공자 영정

1_자공여묘도子貢廬墓圖
명나라 구영 그림(1538)
공자가 죽자 다른 제자들이 3년의
여묘살이를 마치고 돌아갔지만,
자공은 홀로 남아 3년을 더
무덤을 지켰다.

2_적위격경도適衛擊磬圖

3_행단강학도杏壇講學圖

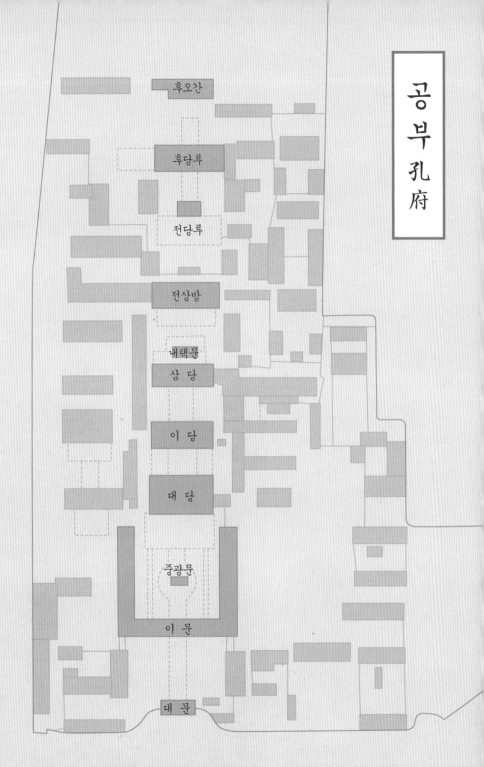

공 부 孔府

후오간

후당루

전당루

전상방

색택문
삼 당

이 당

대 당

중광문

이 문

대 문

공부도 UNESCO 세계문화유산. 공자의 후손들이 대대로 거주하던 곳으로 총 463칸의 방으로 이루어져 있으며, 직계자손은 대대로 연성공(衍聖公)에 봉해졌기 때문에 연성공부라고도 한다.

1_공부대문(孔府大門)

2_중광문(重光門) 연성공이 칙사를 마중하는 곳으로 황제가 직접 공부를 시찰하거나 공자의 제사 때만 열리는 문.

3_대당(大堂) 전원의 가장 핵심적인 건물로 연성공이 공무를 처리하고 칙사를 접견하거나 공식적인 의식을 치르던 사무실.

4   7   9
5
6   8   10

4_삼당정원 공씨 가문의 업무를 처리하던 곳.

5_전원과 후원을 나누는 내택문에 그려져 있는 전설의 괴수.

6_전상방내경 후원의 전상방은 연성공 집안의 관혼상제를 거행하던 장소.

7_전당루(前堂樓)내경

8_후당루(後堂樓)내경 후당루에서는 77대손이자 마지막 연성공인 공덕성 가족이 살았다.

9_일관당 정원

10_후화원

왼쪽 76대 연성공 공영이(孔令貽).

오른쪽 팽태부인(앞줄 오른쪽)·공영이(뒷줄 오른쪽)·도부인(뒷줄 가운데)

공영이

공덕제 · 공덕무 · 공덕성의 생모 왕부인.

연성공 공영이 품에 안긴 공덕무.

가소민(1850-1933) | 자는 봉림, 호는 료원, 청나라 광서제 때의 진사, 청말 한림원 편수, 시강, 경사대학당 총감 등을 역임. 편저로는 『신원사』, 『춘추 곡량전 전주』, 『문헌통고 주』 등이 있다. 그 아들을 공덕무와 혼인시켰다.

공덕무(13세)와 마지막 연성공 공덕성(11세) 남매 | 공부에서.

1930년 공덕제 결혼식 후 후화원에서 공덕제·공덕무 자매.

1936년 연성공 공덕성 '大成至聖先師奉祀官' 취임 후.

1940년대 공덕성 일가

千年孔府的最后一代

孔德懋

천년공부의 마지막 일대
연성공 공덕성 · 공덕제 · 공덕무

공자家이야기

공자家이야기

지은이 가란 · 공동역자 정연호 ·채영호 · 발행인 김윤태 · 발행처 도서출판 선 · 본문디자인 정승연
등록번호 제15-201 · 등록일자 1995년 3월 27일 · 초판 1쇄 발행 2010년 12월 6일
주소 서울시 종로구 낙원동 58-1 종로오피스텔 1409호 · 전화 02-762-3335 · 전송 02-762-3371

값 15,000원
ISBN 978-89-6312-037 9 03810

공자家이야기

가 란 지음 | 정연호 · 채영호 옮김

산

서문

공덕무(孔德懋, 저자의 어머니)

『千年 孔府의 最後一代』가 간행물에 연재되면서 많은 사람의 주목을 받게 되었고, 이렇게 출판까지 하게 되었다. 옛말에 "모르는 것은 책에서 구하고, 지난 일은 기록으로 남긴다讀未明書, 記做過事"고 했는데, 이 책으로 나의 소원이 이루어졌다.

우리 선조이신 공자 이후 역대로 많은 기록들이 있지만 이처럼 짧은 글로써 공자 집안孔府의 일들을 세상에 알리고 사람들에게 깨우침을 주는 것은 아마 이것이 처음일 것이다.

이 글을 보면서 나는 공자가어孔子家語에 나오는 "어려서는 배우는 일에 힘쓰고, 늙어서는 죽음을 생각하며 가르침에 힘쓴다少思其長則務學, 老思其死則務敎"라는 말을 떠올린다. 사람이 세상을 사는데 근본이 되는 것은 덕을 쌓고 착한 일을 하는 것이다. 동서고금의 수많은 명문세가들이 모두 덕을 쌓지 않은 경우가 없고, 사람에게 가장 중요한 것은 역시 책을 통하여 배우는 것이다.

내 딸 가란은 착하고 총명하며, 많은 시간을 나와 함께한 인생의 동반자였다. 어려서는 나에게 귀찮을 정도로 선조들의 가르침과 집안 이야기를 들었고, 어른이 되어서는 내 대신 공부孔府에서 많은 시간을 보내면서 보고, 듣고, 배운 것을 글로 남겼다. 가란은 1980년에 내 이름으로 『공자집안비사孔府內宅軼事』를 출간한 바 있다. 그 후 국내외 독자들의 요구에 따라 다시 수정과 보완을 거쳐 이 책을 출판하게 되었다. 그가 이 책을 출판함으로써 나도 마음의 위안을 얻게 되었다. 이 책의 내용은 공자 집안의 자손으로서 나의 세대가 온갖 풍상을 겪으면서 살아온 역정에 대한 기록인 셈이다.

사람이 세상을 살아가면서 결코 바꿀 수 없는 두 가지가 있다. 하나는 그 사람의 선천적인 출신과 성격이고, 다른 하나는 후천적인 성장환경이다. 나와 나의 딸은 공자 집안의 후손이라는 것과 산동山東 사람이라는 두 가지 운명을 타고났다. 우리는 이로 인하여 고통 받고 슬퍼하기도 했으며, 또한 기뻐하고 행복해하기도 했다.

지금 나의 거실에는 대만에 사는 동생 공덕성孔德成이 써준 '바람 불고 비 오는 날 술 한 잔을 비우니, 머나먼 내 고향 생각이 나네風雨一杯酒, 江山萬里心'라는 글이 걸려 있다.

나는 언제나 '해와 달은 사심 없이 비추고, 하늘의 운행은 변함이 없다日月無私照, 天行有常存'라는 사실을 믿고 있다.

내 사랑하는 딸이 이 책을 출판하는 것을 기념하여 이 글을 쓴다.

차 례

천하제일의 집안
天下第一家

공자의 고향인 산동성山東省 곡부曲阜에는 궐리가闕里街라는 거리가 있고, 그 끝에 공자의 고택故宅이 자리 잡고 있다.

그 고택은 담 하나를 사이에 두고 궁전식 건축물들이 남향으로 거리를 따라 자리하고 있는데, 가장자리가 붉은색인 검은 문 6개로 된 대문이 세 곳에 있으며, 맞은편을 향한 흰색 큰 조벽照壁(밖에서 집 안이 보이지 않도록 대문 안에서 대문을 가린 벽)이 있고, 문 앞에는 상마석上馬石이 있으며, 양옆에는 정교하게 조각된 돌사자 한 쌍이 웅크리고 앉아 있다.

대문 손잡이 고리에는 산예狻猊(사자와 비슷한 전설상의 맹수)가 새겨져 있고, 대문 위쪽에는 파란 바탕에 황금색 글씨로 '성인의 집聖府'이라고 쓴 세로 편액이 걸려 있으며, 양측에는 황금색 글자로 써 붙인 다음과 같은 주련柱聯이 있다.

국가와 더불어 존귀함과 영예를 누리는 경사로운 집안이며
하늘과 함께 문장과 도덕이 영원한 성인의 집안이라네
與國咸休安 尊榮公府第
同天並老文 道德聖人家

여기서 주의할 것은 상련의 '富' 字 위에 점이 없이 '畗'로 되어 있고, 하련에도 '章' 字의 마지막 획이 '𡭔' 처럼 위로 올라가 있다. 이는 '부귀는 끝이 없고, 문장은 하늘에 닿았다富貴無頭, 文章通天'의 뜻을 나타내기 위하여 특별히 의도된 것이다.

여기가 바로 공자의 직계 자손인 역대 연성공衍聖公이 사는 곳이며, 나의 외갓집인 공부孔府이다.

공부의 면적은 200여 무畝(논밭 넓이의 단위. 1무는 30평)이고, 그곳에 청廳(접객실), 당堂(거실), 누각樓閣 460여 채와 화원이 있다. 그림과 조각으로 장식된 기둥, 날아갈 듯한 처마와 채색된 대들보, 기이한 꽃과 돌, 정자와 구름다리 등으로 구성되어 있다.

전체적인 배치는 앞쪽의 공적 업무를 보는 곳과 뒤쪽의 사적 주거공간으로 구분되고, 중간·동쪽·서쪽 세 길로 나누어져 있어 북경의 고궁紫禁城과 비슷한데, 이는 중국 역사상 규모가 제일 크고 가장 호화로운 귀족 저택이라고 할 수 있다.

공부의 동쪽으로 담 하나를 사이에 두고 기세가 웅장하고 금빛 찬란한 공묘孔廟가 있다. 약 300여 무畝의 면적에 466채의 각종 전각殿·행랑채廊들이 있고, 고목들은 하늘 높이 치솟아 있으며, 각종 비석들이 숲을 이루고 있다. 그곳의 정전正殿인 대성전大成殿 앞의 평대平臺(황제가

군신을 접견하던 곳)에는 한백옥漢白玉으로 만들어진 난간이 둘러져 있고, 겹층으로 된 처마 아래에는 용이 아주 정교하게 조각된 10개의 돌기둥이 있다. 기둥에 햇빛이 비치면 하늘로 날아오르는 용만 보일 뿐 돌기둥은 보이지 않을 정도로, 심지어 북경 고궁의 용이 조각된 기둥도 이에 비할 수 없다. 이 때문에서 황제가 이곳에 들를 때마다 황금색 비단으로 둘러싸여, 혹시 있을지도 모를 황제의 시기를 피했다고 한다.

공부의 북쪽으로 직경 1.5킬로미터가량의 측백나무 숲으로 이루어진 곳이 바로 공자와 그 후손들의 묘지인 공림孔林이다. 이곳은 중국에서 면적이 제일 넓고, 역사가 가장 오래되고, 또한 가장 완벽하게 보존된 씨족氏族 고분군이며 사람들이 만든 숲이다. 숲의 둘레는 약 7.5킬로미터15華里이고, 면적은 3,000여 무畝이다.

사람들은 공부孔府, 공묘孔廟, 공림孔林을 '삼공三孔'이라고 부른다. 이전에는 공림과 공묘가 모두 공부에 속해 있어서, 삼공을 공부에서 관리하였다.

공부는 연성공부衍聖公府 또는 '공부公府'라고도 부른다. 이는 1055년 송나라 인종宋仁宗이 공자의 46대 적손嫡孫 공종원孔宗願의 봉호를 '문선공文宣公'에서 '연성공衍聖公'으로 고치고, 정식으로 부府를 설립하여 그 지위를 대대로 세습하게 하였기 때문이다.

공자의 적손이 황제로부터 봉호를 받은 것은 한나라 고조漢高祖 유방劉邦 때부터다. 그는 공자의 9세손 공등孔騰을 '봉사군奉祀君'으로 봉하였고, 이후 원제漢元帝는 공자의 13세손 공패孔霸를 '관내후關內侯'로, 북주北周의 정제靜帝는 공자의 31대 공장손孔長孫을 '추국공鄒國公'으로 봉했다. 역대 제왕들은 처음에는 공자의 적손을 '군君'으로 봉하였다가, 다시 '후侯'로, 이어 '공公'으로 봉하여 점차 지위를 높였고, 그들이 사는 집도 '댁宅'이 아닌 '부府'로 불렀다.

송나라 인종이 '연성공'이라는 봉호를 하사한 후로 금金 · 원元 · 명明 · 청清 · 중화민국民國에 이르기까지 1천여 년 77대 동안 32대를 이어왔다.

연성공의 사회적 지위도 역대 황제들이 공자를 더욱 숭상하게 됨에 따라 점차 상승하였다. 관료로서의 품계官階를 보면 송나라 때 처음 4품四品에서 시작하여 3품, 2품으로 상승하였고, 명나라 태조太祖 주원장朱元璋 때에는 최고 계급인 정1품正一品으로서 문무백관文武百官과 함께 황제를 알현할 때 연성공이 제일 앞에 섰다. 또 청나라 강희康熙황제는 연성공에게 황궁의 어도御道에서 황제와 함께 걸을 수 있도록 허락하였는데, 이는 어떤 귀족에게도 허락하지 않은 영광이었다.

역대에 걸쳐 많은 황제들이 직접 공묘를 찾아오기도 하였다. 한고조漢高祖, 한 명제漢明帝, 한 장제漢章帝, 한 안제漢安帝, 위 문제魏文帝, 당 고종唐高宗, 당 현종唐玄宗, 주 태조周太祖, 송 진종宋眞宗, 청 성조淸聖祖, 청 고종淸高宗 등 11명의 황제가 19차에 걸쳐 이곳을 찾았는데, 이 역시 역대 어떤 귀족들도 받아보지 못한 총애였다.

청나라 건륭황제는 여덟 차례나 공부에 왔었고, 황후가 낳은 공주를 72대 연성공 공헌배孔憲培에게 시집보냈다. 청나라 자희慈喜태후는 나의 외할아버지 76대 연성공 공령이孔令貽에게 자금성紫禁城에서도 말을 탈 수 있도록 특별히 허락하였고, 쌍안화령雙眼花翎(공작새 깃털을 모자의 뒤쪽에 꽂는 관원의 모자 장식으로 삼안三眼 · 쌍안双眼 · 단안單眼으로 구분되고, 많을수록 신분이 높다)과 소초괘縢貂褂(담비 모피를 속에 댄 상의)를 하사하였다.

황제들은 매년 연성공에게 봉록으로 수십만 냥의 백은白銀을 주었다. 또 공부는 산동山東, 하북河北, 하남河南, 강소江蘇, 안휘安徽 등 5개 성에 약 108만 무의 토지를 소유하면서 여기서 나오는 수입으로 제사祭祀를 지냈다. 이외에도 매년 각종 소작인戶人으로부터 많은 실물을 받아왔다. 여기서 소작인은 공부의 하인들이 아니라 별도로 생활하는 공묘에 소속된 사람廟戶 혹은 공부의 땅에서 농사짓는 소작인佃戶들을 말한다. 이러한 사람들은 해당 지방의 보갑保甲(부역 조직)에 소속되어 있지 않고 공부의 호적에 속하므로, 조정에서의 요역을 면하고 그 대신 공부에서 각종 노역을 맡아서 하였다. 이들이 전문적으로 하는 일에 따라 도호屠戶, 저호豬戶, 양호羊戶, 우호牛戶, 소추호筲帚戶, 도제호挑祭戶, 압단호鴨蛋戶, 능각호菱角戶 등으로 나눌 수 있다. 이 소작인들은 대대로 세습하면서 전문적인 노동에만 종사하였다.

청나라 건륭제 때에는 공부에서 '순흥점順興店'이라는 전장錢庄(전당포와 같은 금융기관)을 경영하고, 스스로 지폐까지 발행하였다. 공부는 재력이 충분하였기에 사람들에게 신용이 있었으며, 이곳에서 발행한 지폐는 주위의 여러 현縣에서 유통되었다. 청나라 말기에 순흥점은 쇠퇴를 거듭하다가 문을 닫았다.

공부의 소작료 수입은 주로 제사에 사용되었고, 그 외에 황제에게 공물을 바치거나 생활비 등으로 사용하였다. 공부의 주인은 많지 않아 나의 어머니가 어릴 때에는 4명밖에 없었다. 하지만 집사管事 · 일꾼當差 · 하인僕役은 수백 명이나 있었는데, 청나라 때 제일 많을 때에는 7백여 명이었고, 보통 때에는 5백 명 전후였다. 그들은 주인의 생활을 돌보는 것이 아니라, 대부분 공림과 공묘에서 일을 하였다.

공부는 또한 자체적으로 봉위대奉衛隊라 부르는 군대를 가지고 있었고, 병사를 봉위정奉衛丁이라고 불렀다. 군대의 복장이나 장비는 당시의 정규군과 같았다. 중화민국 이후에는 북양정부北洋政府에서 봉위대를 파견하였는데, 그 인원이 점차 줄어들다가 나중에는 겨우 3백 명이 공부에 주둔하였다.

공부는 공작公爵의 저택일 뿐만 아니라 성인聖人의 집이기도 하다. 이 때문에 왕조가 바뀌어도 영향을 받지 않고 대대로 세습되면서 1천년 동안이나 이어져 내려왔다. 이는 세계적으로도 드문 일로서 '천하제일의 집안天下第一家'이라고 부르는 이유가 바로 여기에 있다.

마지막 연성공은 나의 외삼촌인 77대손 공덕성孔德成이다. 1920년에 북양정부 대통령 서세창徐世昌은 외삼촌에게 작위를 세습하게 하였다. 그러나 1936년에 당시 국민정부國民政府는 연성공의 봉호를 '대성지성선사봉사관大成至聖先師奉祀官'으로 고치고 남경에서 취임식을 가졌으며, 특임관特任官의 대우를 누릴 수 있게 하였다. 이로써 1천년 동안이어져 내려온 연성공이라는 봉호가 역사 속으로 사라졌다.

공자의 77대손은 공부의 천년 역사에서 32대 연성공을 세습한 마지막 연성공이다. 그러나 이것이 공자의 마지막 대는 아니다. 이 대에는 모두 세 사람이 있는데, 나의 외삼촌 공덕성과 이모 공덕제孔德齊와 어머니 공덕무孔德懋로서 모두 친자매, 동생지간이다. 현재 외삼촌은 멀리 대만에 살고, 이모는 세상을 떠났으며, 어머니는 북경에 살고 있다.

공부와 그에 속한 공림·공묘는 이미 국무원의 중점문물보호대상이되어 외부에 개방하고 있으며, 유네스코에서도 '공부·공림·공묘'를 세계문화유산으로 지정하고, '세계유산목록世界遺産名錄'에 등재하였다.

공씨 집안의 조상을 따지면 중화민족의 시조인 헌원황제軒轅黃帝까
지 거슬러 올라가게 되는데, 5천 년 동안 하나로 이어져 오고 있다.

헌원황제는 일생 동안 황하 유역에서 활동하였고, 죽은 뒤 황화 상
류인 섬서성陝西省 황토고원에 묻혔는데, 지금까지 그곳에 능묘가 보존
되어 있다. 1천8백여 년 전의 기록에 따르면 황제의 출생지는 곡부성
6리 밖에 있는 수구壽丘라는 높은 지역이다. 『사기史記』「오제본기五帝
本紀」 색은索隱(주석)에는 "황제는 수구에서 태어났는데, 노성魯城 동문
의 북쪽에 위치하고 있다", "수구는 노성 동문의 북쪽에 위치하고 있는
데, 오늘의 연주兗州 곡부현에서 동북쪽으로 6리 떨어진 곳이다"라고
되어 있다.

『곡부현지曲阜縣志』「고총古塚」에는 "헌원 수구는 옛 곡부현 북문 밖
으로, 황제가 태어난 곳이다"라고 되어 있다. 『선통기禪通記』에도 "황제

가 탄생한 곳은 수구이다"라고 기재되어 있다.

수구는 곡부성에서 동쪽으로 6~7리 떨어진 옛 현의 북쪽에 자리하고 있는데, 그곳은 땅이 융기한 높은 지역이다. 원나라 때 「중수경령공비重修景公碑」의 비문에는 다음과 같이 새겨져 있다. "노로魯는 우공禹貢(중국 고대 지리서로서 상서尚書 · 하서夏書 중의 한 편)에서 말하는 연주라는 곳인데, 이곳의 곡부현성 동북쪽에 융기된 언덕이 있는데 이를 수구라고 불렀다. 전하는 바에 따르면 이곳이 헌원황제가 태어난 곳이라고 한다."

『사기史記』에는 황제가 "흙의 상서로움을 갖고 있고, 흙은 황색黃色이기 때문에 황제라고 불렀다"라고 기재되어 있다. 지금도 곡부 사람들은 "곡부의 황토가 천하제일이다"라고 하면서, 황제가 이곳에서 태어난 것에 대해 자부심을 가지고 있다.

송나라 진종眞宗은 민족의 시조인 헌원황제를 높이 모시기 위하여, 1012년 대중상부大中祥符 5년에 옛 곡부현을 선원현仙源縣으로 이름을 바꾸었는데, 송나라 사람들이 말하는 '선인仙人'은 바로 헌원황제를 가리킨다. 또한 곡부에 황제를 모시는 거대한 궁전을 지었는데 그 이름을 경령궁景靈宮이라고 불렀다. 경령궁의 정전에는 황제와 그의 정비 누조嫘祖의 대형 옥상玉像을 모시고 있다. 경령궁의 규모는 현재 공묘보다 훨씬 더 큰데, 원나라 때 비석에 기록된 것을 보면 다음과 같다. "규모는 총 1320칸으로, 그 웅장함과 아름다움을 따를 것이 없었고, 옥으로 상像을 만들고, 탑감塔龕을 중전中殿에 세워 존귀함과 엄숙함을 나타냈다." 우리는 송나라 때 수구를 중심으로 지은 궁전에 향이 피어오르고, 옥으로 만든 상이 눈부시며 화려하게 빛나는 모습을 상상해 볼 수 있다. 그러나 원나라 헌종憲宗 원년에 번개로 인한 화재로 경령궁이 불타 버렸다. 요즈음도 수구 일대의 논밭에서는 가끔 옛 기와 조각이 발견되고 있다.

헌원황제는 정비 누조를 비롯하여 여절女節·이고夷鼓·모모嫫母 등 4명의 왕비를 두었고, 25명의 아들을 두었다. 누조는 아들 둘을 낳았는데, 장자 원효元囂는 아버지 황제를 대신하여 태호지법太昊之法을 수련하였기에 소호少昊라고도 불렀다. 『예기禮記』·『상서서商書序』·『제왕세기帝王世記』 등 고서에서는 모두 소호를 상고上古 때 다섯 제왕 중의 한 사람이라 하고 있다. 그러나 소호는 고대 동부 연안 일대 부족의 수령이었고, 제위에 오른 뒤에는 수도를 곡부로 옮겼고, 죽은 뒤에는 곡부 운양산雲陽山에 묻혔다.

『제왕세기』에는 "소호가 궁상窮桑에서 제위에 오른 뒤 수도를 곡부로 옮겼고, 죽은 뒤 운양산에 묻혔다"라고 적혀 있다. 『곡부현지』에는 "소호는 황제黃帝가 서릉西陵의 딸 누조와 결혼하여 낳은 아들 원효元囂로서, 사람과 신, 위와 아래를 모두 화목하게 하였으며, 100세까지 살면서 82년간 재위한 후 운양산에 묻혔다"라고 적혀 있다.

운양산은 바로 수구 앞에 있는데, 소호릉少昊陵의 모양은 이집트의 피라미드와 비슷하여 아래가 크고 위가 작으며, 돌로 쌓아 '만석산萬石山'이라고 부르기도 한다. 산 위의 작은 사당에는 한백옥으로 만든 묘를 지키는 산신이 있다.

소호라는 사람이 확실히 존재했는가에 대해서는 의논이 분분하다. 하지만 1978년 소호릉에서 서쪽으로 약 80미터 되는 곳에서 돌도끼石斧·돌삽石鑱·붉은 도자기 솥紅陶鼎·사발鉢 등 유물들이 발굴되었는데, 검증 결과 신석기 유물로 밝혀졌다. 이를 보면 최소한 5천년 전에 이곳에 인류가 살았었다는 것이 분명하다.

소호에 관해서는 더 많은 전설이 있는데, 『산해경山海經』「서차삼경西次三經」에는 "동해 밖에 큰 골짜기가 있는데, 소호의 나라이다"라고 적혀 있다.

「공씨성원孔氏姓源」의 기재에 의하면 소호가 바로 공자의 먼 조상인데, 소호에서부터 공자에 이르는 역대 조상의 이름은 다음과 같다.

원효元囂(소호少昊)	교극喬極	제곡帝嚳	소명昭明
상토相土	창약昌若	조위曹圉	명冥
자오子圉	징微	보정報丁	보을報乙
보병報丙	주임主壬	주계主癸	천을天乙
태정太丁	태갑太甲	대경大庚	대무大戊
하단갑河亶甲	조을祖乙	조신祖辛	조정祖丁
소을小乙	무정武丁	조갑祖甲	강정康丁
무을武乙	대정大丁	문정文丁	제정帝乙
미자계微子啟	중사연仲思衍	송공계宋公稽	정공신丁公申
혼공공湣公恭	불부하弗父何	송부주宋父周	세부승世父勝
정고부正考父	공부가孔父嘉	목금부木金父	공기부孔祈父
방숙防叔	백하伯夏	숙양흘叔梁紇	구丘(공자孔子)

이렇게 계산하면 공자는 소호의 49대손이다.

공자의 성과 이름의 유래

　상商나라 시대에 이르러 상왕 제을帝乙은 아들 둘을 두었는데, 큰아들 미자계微子啓가 곧 공자의 선조이다. 미자계는 첩의 자식이기에 왕위를 계승할 수 없어, 제을이 죽은 뒤 둘째 아들 주紂를 천자로 세우고, 미자계는 주의 경사卿士(재상)로 봉했다.

　주왕紂王은 잔혹무도하여 많은 신하들이 왕위 계승을 반대하였는데, 그중 대표적인 사람이 태사太師 기자箕子, 소사少師 비간比干과 미자계 3명이었다. 기자는 주왕에게 간언을 하였으나 듣지 않자 일부러 미친 척하여 노비로 강등되었고, 비간은 계속 간언하다가 주왕의 노여움을 사 살해당하였고, 미자계는 은殷(상나라를 말함)나라를 떠나 다른 길을 찾았다. 공자는 이 세 사람이 비록 방식은 다르지만 모두 '인仁'의 수준에 도달했다고 생각하였다. "은에 어진 이가 3명三仁이다"라고 하였는데, 그중에는 그의 선조인 미자계도 있다.

주周나라 무왕武王이 주왕을 토벌하려고 은의 수도를 공략하자, 주왕은 분신자살하였다. 무왕은 평소 미자계를 흠모하여 그를 불러 '상공上公'으로 모시면서 송宋나라를 봉지로 주고, 송국공宋國公이라고 불렀다. 따라서 공자의 선조는 송나라 귀족이다.

송국공이 죽은 후, 아들이 없기 때문에 작위를 그의 동생 중사연仲思衍에게 전하였다. 그 후 4대로 전해져 내려오다가 불부하弗父何 때 송나라에 내란이 일어나 불부하는 상공上公에서 경卿으로 강등되었다. 그 후 3대에 걸쳐 경의 작위가 전해지다가 공부가孔父嘉 때에는 다시 대부大夫로 강등되었다.

『주례周禮』에 따르면, 5복五服을 넘으면 새로운 일가別爲公族를 세워야 한다. 공부가는 첫 경인 불부하로부터 이미 5복을 벗어났고, 게다가 그는 경의 작위마저 잃어버렸기에 새로운 일가를 세우고 그 일족의 성族姓을 공孔이라 지었다. 이리하여 공씨 집안이 탄생하였고, 공부가는 공씨 집안의 시조가 되었다. 후에 공부가는 송나라의 귀족 화독華督에게 살해되었고, 그의 증손이 박해를 피해 노魯나라로 피신하여 자리를 잡았으며, 이때부터 귀족으로서의 특권을 상실하였다.

공부가는 왜 공자를 일족의 성으로 삼았는가? 원래 그의 자字는 공부孔父이고, 이름은 가嘉인데, 자신의 자를 성으로 삼은 것이라고 한다. 또 다른 해석은, 공孔 자의 왼쪽 '자子'는 이 일족이 '자子'를 성으로 삼는 은상殷商 왕족에서 파생되었다는 것을 표시하고, 공孔 자의 오른쪽은 용龍의 형상으로서 후손이 번창함을 의미한다고 한다. 공자는 공씨라는 성이 생긴 이후 5대손이다.

공자의 이름이 왜 구丘이고, 자字가 중니仲尼인가에 대해서는 공자의 부모부터 이야기를 해야 한다. 공자의 아버지 숙량흘叔梁紇은 무사였는데 누구보다 용맹스럽고 무예가 아주 뛰어났다. 『좌전左傳』에는 그가 "용맹과 힘으로 제후들에게 알려져 있었다"라고 되어 있다. 한 번은 그가 노나라 군대를 따라 핍양偪陽을 공격하고 있는데, 노나라 군대가 성안에 절반쯤 들어갔을 때 성을 지키던 적군이 갑자기 성문 위쪽으로 올려놓았던 현문懸門을 내려서 노나라 군대를 양분하여 공격하였다. 이때 흘紇이 달려가 두 손으로 성문을 받치고 "철수하라"고 소리쳐 먼저 성에 들어간 노나라 군대를 신속히 철수시켜 공격당하는 것을 모면하였다.

흘의 부인은 딸만 아홉을 낳았기 때문에 조상의 제사를 모실 사람이 없었다. 그래서 첩을 두어 아들 맹피孟皮를 낳았는데, 다리를 절어 역시 선조의 제사를 모실 수 없었다. 숙량흘이 전쟁터에서 돌아온 후 안씨顔氏의 딸 징재徵在를 첩으로 삼았다. 숙량흘과 안징재는 아들을 낳기 위하여 니구산尼丘山에 가서 기도를 드렸다. 기원전 551년 음력 8월 27일에 안징재가 니구산 기슭의 동쪽에 있는 굴속에서 공자를 낳았다. 흘 때문에 사람들은 흘 동굴을 '부자동夫子洞'이라고 부른다.

공자의 부모가 니구산에서 아들을 낳으려고 기도를 했고, 또 공자도 니구산의 굴에서 태어났기 때문에 숙량흘은 "이 아들이 니산尼山의 영기를 받고 태어났다"고 하여 그에게 구丘라는 이름을 지어 주고, 자는 중니仲尼라고 하였다. 후세 사람들은 공자의 이름인 '구'자를 피하기 위하여 니구산을 니산으로 고쳐서 부르고 있다.

공자의 생김새에 대해서는 『가보家譜』「선성소영先聖小影」에 상세한 기록이 있다.

키는 9척 6치이고, 허리는 10위十圍(1위는 양손의 엄지와 식지를 둘러 친 원의 크기)이며, 모두 49가지의 특징이 있다. 머리는 흩어져 있고, 얼굴은 움푹 들어갔으며, 이마는 달과 같고, 코는 태양과 같으며, 손에는 지문이 없고, 걸음은 왕 자王字로 걸으며, 앉은 모습은 용이 웅크린 것과 같고, 선 모습은 봉황이 우뚝 서 있는 것 같으며, 멀리서 보면 엎드린 듯이 보이고, 가까이에서 보면 승斛(쌀을 재는 도량형 기구)과 같이 보이며, 귀는 드리워져 있고, 이마는 복스럽게 나와 있으며, 거북의 척추와 용 같은 체형, 손발·옆구리와 가슴은 범과 같고, 눈은 강과 같으며, 입은 바다와 같고, 배꼽은 산과 같으며, 허리는 숲과 같고, 팔은 날개와 같으며, 입술은 두斗와 같고, 머리는 주조朱鳥(전설상의 새)의 부리와 같으며, 코는 높고, 눈썹은 언덕과 같으면서도 보일락 말락 하며, 발은 대지와 같고, 규竅(몸의 구멍)는 북과 같으며, 소리는 우레와 같고, 배는 늪과 같다……

공자의 풍모에 대한 묘사는 다음과 같다. "그는 온화하면서도 엄하고, 위엄이 있으면서도 흉맹하지 않으며, 공손하면서도 점잖다. 부자夫子는 온화하고, 어질고, 공경스럽고, 검소하며 겸양을 갖추어 멀리서 보면 위엄이 있고, 가까이에서 보면 온화하며, 그의 말씀이 엄숙하여 성인의 풍모를 잘 나타내고 있다."

공자가 세 살 때 아버지가 죽자 어머니는 아들을 데리고 노나라의 수도로 이사했다. 노나라의 수도는 당시 노나라의 정치와 문화의 중심지였다. 공자의 외갓집은 노나라에서 상당한 집안이어서 이들 모자를 돌보아 주기는 하였으나 가장이 없는 생활은 여전히 힘들었다. 공자의 어머니는 어린 공자를 데리고 궐리闕里에서 혼자 살면서, 아들이 시와 예, 각종 기예를 배울 수 있도록 온갖 어려움을 무릅쓰고 심혈을 기울이다가 34~35세 때 세상을 떠났다. 그때 공자 모자가 거주했던 궐리의 옛집은 아직도 존재하고 있으며, 세상 사람들은 공자의 후대를 '궐리세가厥里世家'라고 부른다. 공자의 어머니를 기념하기 위하여 공묘의 서쪽에 있는 계성전啓聖殿 뒤의 계성왕침전啓聖王寢殿에 그의 신위를 모시고 있으며, 니산의 부근에는 안모사顔母祠를 세웠다.

4 공자 후손의 번창

공자는 기원전 551년에 태어나 기원전 479년에 세상을 떠났는데, 지금으로부터 2천5백여 년 전이다.

공자 이래 8대가 모두 외아들이었다가, 제8대 공겸생孔謙生에 이르러 아들 셋을 두었는데, 첫째는 부鮒, 둘째는 등騰, 막내는 수樹였다. 첫째는 8대까지 전해졌고, 막내는 6대까지 전해지고 모두 대가 끊어졌다. 다만 둘째만이 자자손손 많이 이어져 내려갔다. 제35대부터는 자손 수가 많아져 10개의 파가 형성되었다.

> 제1파 35대 현賢. 하남 영릉河南寧陵에서 살았으므로 영릉파寧陵派라고 한다.
>
> 제2파 35대 언言. 하북 헌현河北獻縣에서 살았으므로 헌현파獻縣派라고 한다.

제3파 36대 지_至. 하남으로 피란 가서 노산_{魯山}에 정착하였기에
　　　　노산파_{魯山派}라고 한다.

제4파 38대 영_瑛. 하남 유양_{河南瀏陽}에서 살았으므로 유양파_{瀏陽}
　　　　_派라고 한다.

제5파 38대 시_時. 하남 겹현_{河南郟縣}에서 살았으므로 겹현파_{郟縣}
　　　　_派라고 한다.

제6파 39대 온헌_{溫憲}. 호남 계동_{湖南桂東}에서 살았으므로 계동파
　　　　_{桂東派}라고 한다.

제7파 40대 현_絢. 하남 단양_{河南丹陽}에서 살았으므로 단양파_{丹陽}
　　　　_派라고 한다.

제8파 40대 적_績. 강서 임강_{江西臨江}에서 살았으므로 임강파_{臨江}
　　　　_派라고 한다.

제9파 41대 창필_{昌弼}. 광동 영남_{廣東嶺南}으로 피란 가서 살았으므
　　　　로 영남파_{嶺南派}라고 한다.

제10파 42대 남_柟은 안휘 여강_{安徽廬江}에 거주하였다. 또 회_檜는
　　　　하남 평양_{河南平陽}으로 피란 가서 살았으므로 평양파_{平陽}
　　　　_派라고 한다.

　공자의 적손은 대대로 곡부에서 거주하였고, 외지 자손들은 42대
이전까지 위와 같은 10개 파로 나뉘었다. 42대에 이르러 곡부에 거주
하고 있는 적손 문선공 공광사_{孔光嗣}와 그의 가족이 대부분 살해당하는
참변이 있었다. 당시 공광사의 아들 인옥_{仁玉} 한 사람만이 살아남았는
데, 이 때문에 공인옥_{孔仁玉}을 공씨 집안의 중흥조_{中興祖}라고 부른다.

이후부터는 공씨 집안의 세보世譜를 이전과 같이 10개 파로 나누지 않고, 인옥의 후손으로만 세보를 만들었다.

중흥조 43대 공인옥은 아들 넷을 두었는데, 둘째와 셋째는 2대 만에 대가 끊어져 궐리 공씨의 자손은 모두 큰아들 의宜와 넷째 아들 욱勖의 후손이다. 이 두 파는 53대까지 모두 65명에게 전해졌는데, 그중 큰아들의 후손 6명, 넷째 아들의 후손 14명, 모두 20명이 곡부에 살았다. 후세 사람들은 이 20명의 후손을 20개 파로 나누었고, 그 외 45명은 외지로 이사했거나 대가 끊어졌다. 곡부의 본적에서 옮겨 나간 사람들의 세계世系는 따로 정리하였다.

20개의 파가 57대 '언言' 자 항렬까지 내려갔을 때 가족은 이미 60가家로 번창하였다. 이리하여 이 60가를 60호戶로 정하였는데, 그들은 각기 호명을 가지고 있었다. 이때부터 곡부 공씨 집안은 이 60호를 계보로 삼았다. 60호는 아래와 같다.

제1호	대종호大宗戶	제2호	임기호臨沂戶
제3호	맹촌호孟村戶	제4호	도구호道溝戶
제5호	등양호滕陽戶	제6호	구현호舊縣戶
제7호	종길호終吉戶	제8호	채장호蔡庄戶
제9호	대장호戴庄戶	제10호	율원호栗園戶
제11호	시장호時庄戶	제12호	사북호泗北戶
제13호	점북호店北戶	제14호	서곽호西郭戶
제15호	선원호仙源戶	제16호	천남호泉南戶
제17호	제왕호齊王戶	제18호	성과호盛果戶

제19호 묘공호苗孔戶	제20호 문헌호文獻戶
제21호 기북호沂北戶	제22호 횡문호黌門戶
제23호 석촌호石村戶	제24호 노현호魯賢戶
제25호 기양호沂陽戶	제26호 공촌호孔村戶
제27호 왕당호王堂戶	제28호 소장호小庄戶
제29호 궁단호宮端戶	제30호 화점호華店戶
제31호 고성호古城戶	제32호 강산호岡山戶
제33호 노성호魯城戶	제34호 공둔호孔屯戶
제35호 서성호西城戶	제36호 구성호舊城戶
제37호 여관호呂官戶	제38호 임전호林前戶
제39호 방서호防西戶	제40호 임문호林門戶
제41호 관장호官庄戶	제42호 대설호大薛戶
제43호 광문호廣文戶	제44호 소설호小薛戶
제45호 도악호陶樂戶	제46호 북궁호北宮戶
제47호 지방호紙坊戶	제48호 동장호董庄戶
제49호 방상호坊上戶	제50호 고장호高庄戶
제51호 남궁호南宮戶	제52호 성촌호星村戶
제53호 고류호古柳戶	제54호 오손호吳孫戶
제55호 동촌호東村戶	제56호 마장호磨庄戶
제57호 장곡호張曲戶	제58호 식추호息陬戶
제59호 서림호西林戶	제60호 임서호林西戶

56대 연성공 공희학孔希學은 대종호大宗戶이고, 기타 각 호는 소종호

小宗戶이다. 소종호의 호명은 거주지에 따라 이름을 지었다. 이때부터 공씨의 후손은 모두 60종호로 구분했다. 지금의 곡부 공씨 사람들은 자기가 이 60호 중 어느 호에 속하는지만 알면 공자와의 관계를 알 수 있다.

진귀한 보물
『공자세가보孔子世家譜』

공씨 집안은 오랜 역사를 지니고 있으며 사람 수도 많다. 통계에 따르면 지금 곡부에 사는 공씨族人들은 11만여 명이고, 그 외에 수많은 사람들이 국내외에 살고 있다고 한다. 그 집안사람들은 서로 모르는 사이라도 이름을 보면 자신의 항렬 높낮이를 알 수 있다. 혈연의 멀고 가까움이나 어느 호에 속하는지를 알려면 세보를 찾아보면 된다.

공씨 집안에서 자字의 항렬에 따라 이름을 지은 것은 56대부터였다. 명나라 태조太祖 주원장朱元璋이 10가지 자를 하사한 이후, 명나라 천계天啓 2년에 숭정崇禎황제가 또 10가지 자를, 청나라 건륭乾隆 5년에 또 10가지 자를 하사하였다. 그 후에 나의 외할아버지 공령이孔令貽가 20가지 자를 다시 추가하였다. 1920년 중화민국 9년, 북양정부는 내무부內務部령으로 이 50가지 자를 각 성과 현에 통보하였다. 50가지 자는 다음과 같다.

희언공언승希言公彦承	굉문정상연宏聞貞尙衍
흥육전계광興毓傳繼廣	소헌경번상昭憲慶繁祥
영덕유수우令德維垂佑	흠소념현양欽紹念顯揚
건도돈안정建道敦安定	무수조이상懋修肇彝常
유문환경서裕文煥景瑞	영석세서창永錫世緒昌

나의 외할아버지 공령이는 '영令' 자 항렬이고, 나의 외삼촌과 어머니는 '덕德' 자 항렬이다. 공씨 집안사람들은 항렬에 따라 이름을 지어야 하며, 그러하지 않을 때에는 세보에 올릴 수 없다. 이는 맹가孟軻(맹자. 기원전 372?~기원전 289?), 안회顔回(기원전 521~기원전 490. 춘추 말기 노나라 사람으로 자는 자연子淵 또는 안연顔淵이고, 공자가 가장 흡족해하는 제자), 증참曾參(기원전 505~기원전 435. 춘추 말기 노나라 사람으로 자는 자여子輿이고, 공자의 제자로 72현인 중 한 사람)의 후손에도 마찬가지였다. 왜냐하면 맹자는 아성亞聖이고, 안자顔子는 복성復聖이며, 증자曾子는 종성宗聖으로서 그들의 후손들도 모두 공자와 같은 성인의 후손聖裔이기 때문이다. 대성전 내 공자상孔子像의 양옆에는 맹가, 안회, 증참 세 사람의 위패도 함께 모셔져 있다.

공씨 집안은 한 그루의 큰 나무처럼 오랜 시간이 흐르면서 지파도 많아졌지만, 어떤 지파이든지 간에 모두 세보에 상세히 기재되어 있어, 2천5백 년이 지나도록 그 계보를 일목요연하게 알 수 있다. 『공자세가보』는 중국의 보물일 뿐만 아니라, 세계의 보물이기도 하다. 1981년 내가 곡부에 있을 때 미국에서 온 한 대표단을 만났는데, 100여 명의 전문가들이 『공자세가보』를 연구하기 위하여 곡부를 찾아온 것이었다.

규정에 따르면 『공자세가보』는 30년에 한 번 간단하게 보완을 하고, 60년―甲子에 한 번 전면적으로 보완하여 다시 편찬한다. 최근에 마지막으로 전면적인 편찬을 한 것은 나의 외삼촌 공덕성 때에 완성된 『공자세가보』 민국대보民國大譜이다. 그 이전에는 1백여 년 전인 1744년 청나라 건륭乾隆 갑자년에 전면적인 편찬을 하였다. 그 당시 편찬을 책임진 공계분孔繼汾은 모함文字獄을 당하여 서부의 변경지역인 신강新疆 이리伊犁의 군인으로 편입되어 그곳에서 죽었기 때문에 그 후 편찬이 이루어지지 않았다.

　　나의 외삼촌이 여덟 살 되던 해, 외할머니 도태부인陶太夫人이 나서서 일족 가운데 덕망이 높은 연장자 대표 40명員을 모아 세보 편찬을 위하여 '곡부전국공씨합족수보판사처曲阜全國孔氏闔族修譜辦事處'를 설립하고 2년간에 걸쳐 준비 작업을 하였다. 외삼촌은 비록 나이는 어렸지만 종손이기 때문에 총재를 맡았다. 사무실은 공부의 대당大堂·이당二堂·삼당三堂에 설치하고, 족장 공전육孔傳堉과 40명의 일원인 공인추孔印秋·공계륜孔繼倫이 일상 사무를 처리하였다. 판사처에는 66명의 직원이 있었는데 이들은 주로 전국 각지에 있는 공씨 일족과 연락 업무를 맡았다. 외지에 있던 공씨 종친들도 판사처에 잇따라 대표를 파견하여 평소 한가하던 공부가 북적거렸다.

　　세보는 공부에서 인쇄하였는데, 삼당의 동서 양쪽 곁채 10여 칸에 기계를 설치하고, 인쇄공 30여 명을 모집하였다. 2년간의 준비를 거쳐, 1930년 음력 10월 10일 공묘에서 전국 각지의 공씨 종친들이 참가한 가운데 조상들에게 제사를 올리고 개관의식을 거행하였다. 당시 열한 살인 외삼촌 덕성은 고대 제사 복장을 갖추고, 일족의 어른들과 집사들을 거느리고 북쪽을 향해 제사告祭를 올렸다. 외삼촌은 세보편찬 제문修譜誓詞을 향로 탁자에 올려놓고, 일족들과 함께 3궤9고三跪九叩 (세 번 꿇어앉아 세 번씩 머리를 땅에 닿게 조아리는 절)의 큰 예大禮를 행하였다. 의식이 끝난 후에는 집안 종친들을 초청하여 공부의 대당大堂에서 주연 을 베풀고, 그 앞에는 오색 천막을 치고 폭죽을 터뜨리며 음악을 연주 하였다. 당시 분위기는 성대하고 열렬하였는데, 이는 공씨 집안의 1백 여 년 이래 가장 큰 행사였다.

공씨 세보는 개관 이후 7년간의 작업을 거쳐 1937년에 완성되었다. 세보는 모두 4집 98권이고, 덕성 외삼촌이 서문을 썼다. 그 당시 외삼 촌은 이미 국민정부의 '대성지성선사봉사관大成至聖先師封祀官'으로 취 임하였기 때문에 세보 완간 의식도 신식으로 진행되었다. 새로 편찬한 세보를 공묘 시예당詩禮堂의 향로 탁자에 올려놓은 후, 외삼촌이 집안 종친들을 거느리고 본당에 가서 제사를 올리고, 다시 시예당으로 돌아 와 사배四拜를 올렸다. 이어 외삼촌은 집안 종친들과 함께 바닥에 꿇어 앉아 집사자가 건네주는 세보를 받아 들었다. 그 다음 종친들이 순서대 로 외삼촌에게 읍을 하면 인사를 올렸다. 그날 공부의 대당에는 큰 주 연이 열려 세보편찬을 경축하였다.

공부의 이 민국대보는 지금까지의 공씨 집안의 마지막 세보이다.

외삼촌은 서문에서 "공씨 집안 세보를 만들기 시작한 것은 송宋·원 元 때부터였고, 그 후 60년에 한 번씩 전면적으로 편찬하였는데 건륭 갑자년에 다시 수찬한 것이 지금으로부터 1백 수십 년이 되었다. ······ 돌아가신 도외할머니가 정한 형식에 따라 7년이 지난 지금 마침내 완 성되었다"라고 썼다.

도외할머니는 세보편찬 준비를 하는 과정에서 병으로 세상을 떠났다. 부인이 세보편찬을 주재하는 것은 공부와 같은 봉건세가封建世家에서 쉬운 일이 아니었다. 「민국대보」는 1백여 년 전의 「건륭갑자보」보다 더욱 완벽하여 이전에 부족한 것과 빠진 것을 보완한 것으로써 아주 귀중한 사료이다. 그러나 경비 부족으로 인쇄 수량이 적어 전국의 종친들에게 보내지 못하였고, 공부에 보관되어 있던 것도 문화대혁명十年浩劫 때 대부분 불타고 겨우 2부만 보존되어 있다.

공씨 집안은 중국에서 가장 오랜 역사를 가진 명문세가이다. 연성공의 주요한 직책은 선조에게 봉사奉祀하는 것 외에도 공씨 집안사람들을 관리하는 것으로, 이는 모두 황제의 명에 따른 것이다.

명나라 세종明世宗은 "……선사先師 공자…… 그 집안의 후손은 대대로 작위를 받고, 제사를 하며, 일족을 통솔하라 ……"는 칙령을 내렸고, 청나라 순치 6년 세조清世祖는 연성공 공흥섭孔興燮에게 "그대가 일족을 통솔統攝宗姓하면서 훈계와 격려를 하고, 예법을 가르쳐 모두가 예와 도를 지키게 하여 성스런 가문聖門을 더럽히지 않도록 하라. 집안 법도를 지키지 않고 나쁜 일을 하면, 경미한 자는 스스로 조사하여 처단하고, 중한 자는 상주하여 법에 따라 벌을 주라"고 조칙勅諭을 내렸다. 이후 황제의 유지諭旨를 편액으로 만들어 공부 대당에 걸어 놓는데, 후세 사람들은 이를 '통섭종성統攝宗姓' 편액이라고 불렀다.

연성공은 공씨 일족을 관리하기 위하여 집안 조직을 완벽하게 갖추었다. 위에는 족장族長이 있고, 아래에는 호두戶頭·호거戶擧가 있어 60종호宗戶의 제사와 집안 사무를 책임지도록 했다. 족장은 일족 중에서 덕망이 높은 자를 연성공이 지명하였다. 또 족장아문族長衙門을 설치하고, 그곳에서 일하는 사람 3~4명을 두었으며, 아문 입구에는 검붉은 색의 몽둥이를 놓아 두었다. 연성공은 또 족장에게 '집안을 다스리는 매治家藤杖'를 하사했는데, 이는 사람 키만 한 크기에 위쪽에는 선학仙鶴이 새겨져 있었다. 모든 공씨 일족은 사람이 출생하거나 사망하는 등의 일을 족장관아에 등록해야 했다. 나의 외삼촌 공덕성 때의 족장은 공전육이었는데, 그는 공씨 집안의 마지막 족장이었다.

족장 아래에는 일족 대표 40명으로 구성된 40원員이 있는데, 이는 연성공과 가까운 지파 가운데 덕망이 높은 40분의 연장자들로서, 집안 대사는 모두 이들과 상의한다.

공씨 집안은 엄격한 집안 규율族規과 가훈을 제정하였는데, 그 기본 내용은 다음과 같다.

> 첫째, 제사는 "풍성하고 법도에 맞게, 정성스럽고 공경스럽게 지내야 한다."
> 必豊, 必法, 必誠, 必敬.
> 둘째, 가족관계는 "아버지는 자애롭고, 아들은 효도하며, 형은 우애하고, 동생은 공경해야 한다."
> 父慈, 子孝, 兄友, 弟恭.
> 셋째, 사람됨과 일 처리는 "유교를 받들고, 도를 중시하며, 예의를 갖추고, 덕을 중히 여겨야 한다."
> 崇儒重道, 好禮尙德.
> 넷째, 자발적으로 조세를 바쳐야 한다.
> 다섯째, 공씨 자손은 "남자는 노비가 되어서는 안 되고, 여자는

하녀가 되어서는 안 된다."

여섯째, 책을 읽어 도리에 밝아야 하며, 부모의 이름을 빛나게 하고 자신의 이름을 드높여야 하며, 세속에 물들어서도 안 되고, 아랫사람 되는 것을 즐거워해서도 안 된다.

공씨 일족은 노비가 되어서는 안 된다는 규정에 따라 공씨 성을 가진 사람이 노비가 되면 모두 성을 고치고, 세보에 올리지 않는다.

집안 규율은 부녀를 가장 심하게 속박하였고, 구체적이고 전문적인 규정도 많았다. 예를 들면, 신전이나 사당에 절을 해서는 안 되고, 재가를 해서도 안 되고, 노비가 되어서도 안 된다는 등이다. 특히 부녀는 평생 한 남편만을 섬겨야 하는데, 이로 인한 비극도 많았다.

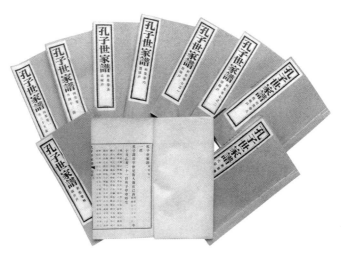

공자세가보

부(附) : 공씨 적손 계보도(孔氏嫡裔承襲表)

공구孔丘 ── 이鯉 ── 급伋 ── 백白 ── 구求 ── 기箕 ──

천穿 ── 겸謙 ┬ 부鮒 ── 수隨 ── ── ──
　　　　　　├ 등騰 ── 충忠 ── 무武 ── 연년延年 ──
　　　　　　└ 수樹

　　　　── 길吉 ── 하제何齊 ── 안安
패霸 ── 복福 ── 방房 ── 균均 ── 지志 ┬ 손損 ──
　　　　　　　　　　　　　　　　　　　　├ 주澍
　　　　　　　　　　　　　　　　　　　　└ 참恢

요曜 ┬ 완完 ── 선희羨 ── 진震 ── 억嶷 ── 무撫 ──
욱旭 └ 참譖

의의懿 ── 선선鮮 ── 승승乘 ┬ 영진靈珍 ── 문태文泰 ── 거거渠 ──
　　　　　　　　　　　　　　└ 경진景進 ── 문희文僖

장손長孫 ── 사철嗣哲 ── 덕윤德倫 ── 숭기崇基 ── 지之 ── 훤萱 ──

제경齊卿 ── 유질惟晊 ── 책策 ── 진振 ── 소검昭儉 ── 광사光嗣 ──

인옥仁玉 ┬ 선宣 ── 연세延世 ── 성우聖佑 ┬ 약몽若蒙 ┬ 단우端友 ──
　　　　　├ 헌憲 ┬ 연택延澤 ── 종원宗願 ├ 약허若虛 └ 단조端操
　　　　　│　　　└ 연악延渥 　　　　　　├ 약우若愚 ── 단립端立
　　　　　└ 면冕 ── 연령延齡 　　　　　└ 약졸若拙

번번璠 ┬ 증증拯 ┬ 원조元措 ── ── 정정湞 ── 사회思晦 ──
진진璹 ├ 총총摠 ├ 원굉元紘 ── 지고之固 ──
개개玠 └ 진진搢 ── 문선文選 ── 만춘萬春 ── 수수洙
호호琥 ── 불불拂 ┬ 원효元孝 ── 지후之厚 ── 완완浣
　　　　　　　　　└ 원용元用 ── 지전之全 ── 흡흡洽 ── 사성思誠 ──

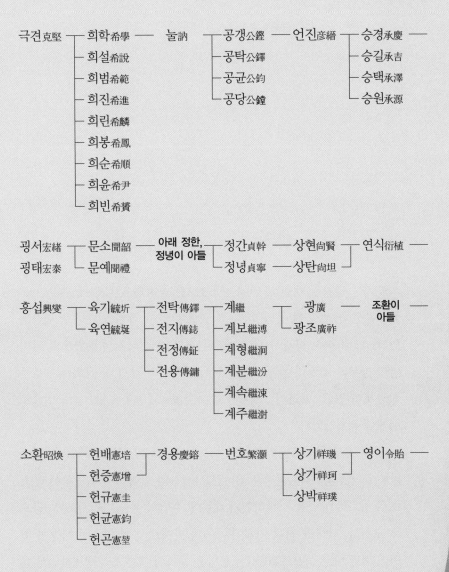

극견克堅 ─ 희학希學 ─ 눌訥 ─┬ 공갱公鏗 ─ 언진彦縉 ─┬ 승경承慶 ─
　　　　├ 희설希說　　　　├ 공탁公鐸　　　　├ 승길承吉
　　　　├ 희범希範　　　　├ 공균公鈞　　　　├ 승택承澤
　　　　├ 희진希進　　　　└ 공당公鐺　　　　└ 승원承源
　　　　├ 희린希麟
　　　　├ 희봉希鳳
　　　　├ 희순希順
　　　　├ 희윤希尹
　　　　└ 희빈希贇

굉서宏緒 ─ 문소聞韶 ── **아래 정한,** ─┬ 정간貞幹 ─ 상현尚賢 ─ 연식衍植 ─
굉태宏泰 ─ 문예聞禮 　　**정녕이 아들** └ 정녕貞寧 ─ 상탄尚坦

흥섭興燮 ─┬ 육기毓圻 ─┬ 전탁傳鐸 ─┬ 계繼 　　　　─┬ 광廣 　　　**조환이**
　　　　└ 육연毓埏 ├ 전지傳銈 ├ 계보繼溥 　└ 광조廣祚 　　**아들**
　　　　　　　　　├ 전정傳鉦 ├ 계형繼泂
　　　　　　　　　└ 전용傳鏞 ├ 계분繼汾
　　　　　　　　　　　　　├ 계속繼涑
　　　　　　　　　　　　　└ 계주繼澍

소환昭煥 ─┬ 헌배憲培 ─┬ 경용慶鎔 ─ 번호繁灝 ─┬ 상기祥璣 ─ 영이令貽 ─
　　　　├ 헌증憲增 ┘　　　　　　　├ 상가祥珂
　　　　├ 헌규憲圭　　　　　　　└ 상박祥璞
　　　　├ 헌균憲鈞
　　　　└ 헌곤憲堃

덕성德成 ·

─ 『공자세가孔子世家』에서 발췌

6 중흥조와
장의할머니張姥姥

739년 당나라 개원 27년에 현종玄宗은 공자의 35대손 공수지孔璲之
를 '문선공文宣公'에 봉하였다. 그 뒤로부터 이 작위는 대대로 세습되
었다. 42대 적손 공광사孔光嗣 때에는 5대10국 시기의 전란으로 말미
암아 공부와 조정의 관계가 단절되어 봉록마저 끊겼고, 작위는 유명무
실하게 되었다. 따라서 그는 현지 사수泗水 주부主簿(지방 관직) 벼슬로
생계를 유지하였다.

당시 공부에는 공말孔末이라는 청소하는 일을 전문으로 하는 사람灑
掃戶이 있었다. 그의 본성은 유劉였으나 그의 할아버지가 공부에서 최
초로 청소하는 일을 시작하였기 때문에 주인의 성을 따라서 성을 공으
로 고쳤다. 당나라 시대 이후에는 이와 반대로 성이 공씨인 사람이 하
인이 되면 다른 성으로 고쳤다. 공말은 공자의 후손으로 행세하면서 문
선공의 지위를 빼앗기 위하여 지방 관리를 매수하였다. 913년 후량後

梁 태조太祖 건화乾化 3년 봄 어느 날 밤에 42대 문선공 공광사를 살해하였다. 당시 공광사의 부인은 채 돌도 지나지 않은 외아들 공인옥孔仁玉을 데리고 친정어머니 장온張溫의 집에 가 있어 화를 면하였다. 이를 안 공말은 관부와 결탁하여 곡부성 밖 숲 앞 장양촌張羊村에 있는 장온의 집을 포위하고, 장온에게 애를 내놓으라고 협박하였다. 마침 장온에게 공인옥과 나이와 생김새가 비슷한 갓난 아들이 있었는데, 장할머니는 성인의 혈통을 지키기 위하여 자신의 아들을 내주자 공말이 이를 공인옥으로 알고 살해하였다.

공말은 공자의 직계 혈족을 다 죽인 것으로 알고, 공부로 돌아가 인장大印(권위를 상징하는 도장)을 빼앗고 공자의 적손으로 행세하면서 스스로 문선공이라 칭하고, 곡부의 대권을 장악하였다. 공말의 횡포에 많은 사람들이 반대를 했지만, 당시는 난세였기 때문에 해결할 방법이 없었다. 이렇게 10여 년이 지났는데, 이 기간 동안 공부에 공씨는 한 사람도 없었다. 이 사건을 역사상 '공말이 공씨 집안에 일으킨 난孔末亂孔'이라 부른다.

이 10여 년간 공인옥은 이름을 고치고 외할머니와 모자간으로 칭하면서 살았다. 그는 열심히 공부하여 17세 때 서울로 가서 과거시험에 급제하여 대학사大學士가 되었다. 그때 공인옥은 황제에게 '공말이 공씨 집안에 일으킨 난'의 전말을 상주하였다. 930년 후당後唐 장흥長興 원년에 명종明宗 이단李亶은 이를 조사한 후 공말을 처형하고, 공인옥으로 하여금 제사를 책임지게 하고, 곡부현 주부의 직책을 맡겼다. 이어 후당 장흥 3년에 공인옥이 문선공의 작위를 세습하는 것을 허가하였다. 이때부터 공씨 집안이 다시 중흥되었는데, 후세 사람들은 공인옥을 '중흥조中興祖'라고 부른다.

후주後周 태조太祖 행노幸魯 때 공인옥으로 하여금 감찰어사를 겸직하게 하였고, 인옥이 45세에 죽자 병부상서의 직을 내렸다. 그의 아들 공의孔宜는 무관이었고, 성인의 후손으로서 황주군사추관黃州軍事推官을 겸직하였는데 북쪽 거란을 토벌할 때 군량미 수송 책임을 맡았다가 거마하拒馬河에서 물에 빠져 죽었다. 그때까지만 해도 공자의 후손도 무관직을 맡을 수 있었지만 1271년 원나라 초년 이후로는 모두 문관으로 봉하여 전문적으로 공자의 제사를 책임지게 하였다.

공부의 후세는 중흥조 공인옥을 기념하기 위하여 그가 죽은 뒤 특별히 그를 위해 '보본당報本堂'이라는 사당을 따로 지었다.

중흥조 공인옥의 묘는 공림 중에서 공자 묘역의 동쪽에 자리 잡고 있는데, 이는 전형적인 벽돌로 지은 4실묘혈四室墓穴이다. 그러나 문화대혁명十年浩劫 때 묘가 파괴되어 겨우 묘의 구조만 알 수 있다. 이런 묘의 형식을 속칭 '유루묘油簍墓'라고 하는데 연구가치가 매우 크다.

공인옥은 외할머니가 아들을 버리면서까지 생명을 구해 주어 공씨 혈통을 보존해 준 은혜에 보답하기 위하여 황제에게 상주하여 외할머니를 공씨 집안의 은친恩親으로 허락 받았다. 이후 어느 세대를 불문하고 그 외할머니의 자손들이 공부에 오면 반드시 귀빈으로 대해야 하며, 이를 지키지 않으면 집안 법도와 조상의 유훈을 어기는 것이 되었다. 공부 위아래 사람과 모든 일족闔族은 모두 장할머니를 장외할머니張姥姥라고 높여 불러야 했기 때문에 장외할머니는 일종의 관직 명칭처럼 되었다. 공인옥은 또 외할머니에게 해목楷木(황련목黃連木. 공자의 묘에 심었다고 하여 공목孔木이라고도 함)으로 만든 용두지팡이를 바치면서 이것으로 문성공의 일품호명부인一品浩命夫人까지도 교육시키거나 때릴 수 있도록 하였다. 외할머니가 죽으면 이 장외할머니라는 명칭과 용두지팡이는 그의 큰며느리가 대대로 계승하도록 하였다.

　장외할머니는 인옥 이후에 세상을 떠났다. 외할머니를 기념하기 위하여 곡부성 밖 장양촌 부근에 자그마한 숲을 장가림張家林으로 봉하였다. 이외에도 공림에 역대의 연성공은 모두 장외할머니의 보은비報恩碑를 세워야 했다. 공인옥의 제사를 지낼 때마다 장씨의 적손 두 명이 와서 함께 장외할머니의 제사도 지내야 하고, 어떤 때는 장씨들로 하여금 연성공을 대신하여 공림에 가서 벌초를 하게 하였다. 장외할머니와 대대로 은친인 사적은 곡부 「속현지續縣志」에 다음과 같이 기재되어 있다.

　　공씨의 외가 친척 가운데 가장 많이 알려진 사람은 안씨顔姓이다. 그러나 연성공과 안 박사는 스승과 제자로 논하지 외가 친척으로 논하지 않는다. 오직 곡부현 장양촌의 장외할머니의 후손과 연성공 및 공씨들만 외가 친척이라 하면서 통상적으로 남녀 모두 친척이라 하고, 나이 든 부인은 외할머니姥姥라 부른다. 경사가 있을 때뿐만 아니라 연성공의 장례가 있을 때에는 내외의 장씨 친척 모두가 오는 것을 영광으로 여겼다. 연성공이 43대공의 제사를 지낼 때에는 장씨 적손과 함께 장외할머니의 제사를 지냈고, 42대 장부인의 제사를 지낼 때에도 그리하였으며, 또 때로는 장씨를 청하여 벌초를 대신하게 하였다.
　　장씨 적손 1명은 연성공의 상주에 의하여 국자감 학생監生이 될 수 있고, 지위를 세습하면서 외할머니 장온張溫을 제사할 수 있게 되었다. 이는 공자의 43대손 공인옥을 구한 공에 대해 보답하기 위한 것이다.

장씨 집안에서 한 사람이 국자감 학생이 될 수 있는 자격은 후에 계속 이어지지 않은 것 같다. 왜냐하면 장씨 집안은 여전히 대대로 농사를 지었기 때문이다.

나의 어머니와 외삼촌이 공부에서 생활하고 있을 때도 공부에 결혼과 호상이 있을 때마다 몇 대인지는 알 수 없으나 장외할머니도 가족들을 데리고 공부에 왔다. 어머니의 말에 따르면, 장외할머니도 지팡이를 짚고 있었으나 중흥조가 준 해목으로 만들어진 용두지팡이는 아니었다고 한다. 당시 장외할머니는 50세가량의 연세에 무명천으로 된 웃옷과 바지를 입었으며, 참대로 만든 바구니를 끼고 온 보통 농촌 어머니의 모습이었다고 한다. 외할머니 도외할머니는 아랫사람에게 잘 시중들어 드리라고 분부하였고, 아주 공경스럽게 대하였다고 한다.

외삼촌 덕성이 결혼할 때에도 장외할머니와 그 집 사람들은 예식에 참가하였는데, 그를 위해 단독으로 음식을 두 상 차렸다. 그것이 나의 어머니가 마지막으로 그를 본 것이라고 한다.

지금은 다시 반세기가 흘렀지만 역사상 자기를 희생하는 지혜와 용기를 갖춘 장외할머니든지, 이전에 어머니가 보았던 소박하고 평범한 농부의 아내인 장외할머니든지 간에 그분들은 어머니의 이야기를 통해 나의 어린 시절의 기억과 감정 속에 선명하게 남아 있다.

공말의 후손은 비록 성은 계속 공이지만 역사상에서 이를 '가짜 공

씨僞孔' 또는 '외공外孔'이라 하고, 공인옥의 후손을 '내공內孔'이라 한
다. '외공'은 곡부의 소설장小薛庄 · 장양촌張羊村 · 서우장西隅庄 · 서충
장西忠庄 · 동충장東忠庄에 많이 살고 있는데, 원나라 초년에 평민으로
편입되었다. 역대로 공씨 집안은 내공과 외공을 엄격하게 구분하고 있
다. 외공은 내공의 항렬대로 이름을 지을 수 없고, 세보에 올릴 수 없으
며, 사씨학四氏學(공자 · 안자 · 맹자 · 증자의 후손들을 위해 만든 교육기관)에 들
어갈 수 없으며, 지방의 요역을 면제 받지 못하였다.

7 12부府

공자의 적손들은 연성공의 작위를 세습 받고 공부에 거주할 수 있지만, 연성공의 형제들은 여기를 떠나 다른 곳에 집을 지어야 했다. 67대 이전에는 적손들이 사는 집에 대해 명확한 명칭이 없었다. 그러나 67대 연성공 공육기孔毓圻 이후 지파가 많아지고 유명한 관리도 많이 배출되었으며, 가업도 상당히 커져 정식으로 '부府'라고 이름을 지음으로써 마치 청나라의 친왕부親王府(왕의 친척들이 사는 저택)와 비슷하게 되었다.

곡부에는 공부 외에 12부가 있다. 그러나 이 12부는 같은 왕조 때나 같은 항렬이 지은 것이 아니고, 또 딱히 12개의 부가 있었던 것도 아니다. 이는 서로 다른 왕조에서 지어진 것으로 그 당시 항렬에 따라 몇 부라고 불리어진 것이다. 구체적으로 살펴보면 다음과 같다.

대부大府 69대 연성공 공계孔繼(작위를 세습하지 못하고 병으로 죽어서, 연성공이라는 봉호는 죽은 후에 추증)의 큰형은 첩의 자식으로 작위를 세습할 수 없기에 청나라 건륭 초년에 공부에서 나와 따로 지었다.

2부 68대 연성공 공전탁孔傳鐸의 셋째 남동생 공전정孔傳鉦의 차손 공광근孔廣根이 청나라 옹정 연간에 지었다.

3부 69대 연성공 공계孔繼의 여섯째 남동생 공계주孔繼澍가 청나라 건륭 초년에 지었다.

4부 69대 연성공 공계孔繼의 사촌 남동생 공계함孔繼涵의 넷째 아들 공광한孔廣闲이 청나라 건륭 초년에 지었다.

5부 동서 두 저택이 있다. 동5부는 72대 연성공 공헌배孔憲培의 셋째 남동생 공헌규孔憲圭가 청나라 건륭 초년에 지었고, 서5부는 공헌배의 다섯째 남동생 공헌곤孔憲坤이 청나라 건륭 말년에 지었다.

7부 69대 연성공 공계孔繼의 넷째 삼촌 공전용孔傳鏞이 청나라 옹정 연간에 지었다.

8부 69대 연성공 공계孔繼의 셋째 남동생 공계형孔繼泂이 청나라 건륭 연간에 지었다.

10부 세 저택이 있다. 서10부는 69대 연성공 공계孔繼의 넷째 남동생 공계분孔繼汾이, 동10부는 70대 연성공 공광계孔廣棨의 여섯째 남동생 공광구孔廣榘가 각각 청나라 건륭 초년에 지었다. 북10부는 5부의 가까운 일족인 공헌균孔憲鈞의 후대가 산다(소5부라고도 한다).

12부 69대 연성공 공계孔繼의 다섯째 남동생 공계속孔繼涑이 청나라 건륭 초년에 지었다.

남5부 원래는 엄숭嚴嵩이 그의 손녀(64대 연성공 공상현孔尙賢의 처)를 위하여 지은 것인데, 후에 68대 연성공 공전탁의 둘째 남동생 공전지孔傳鉱가 소유했다.

신수당愼修堂 68대 연성공 공전탁孔傳鐸의 셋째 남동생 공전정孔傳鉦이 청나라 옹정 연간에 지었다.

상원桑園 75대 연성공 공상가孔祥珂의 사촌 남동생 공상림孔祥霖이 청나라 동치 연간에 지었는데, 5부의 별채이다.

일관당一貫堂 공부의 동남원東南院에 자리 잡고 있는데, 이는 72대 연성공 공헌배孔憲培의 둘째 남동생 공헌증孔憲增이 청나라 건륭 연간에 지었다. 이것 역시 5부의 별채이다.

이상 몇 개 저택과 그 별채는 모두 당호堂號가 있는데, 그중에서 동5부(응원당凝遠堂)·소5부(응도당凝道堂)·서5부(응정당凝靜堂)·일관당(응지당凝祉堂)이 공부와 가장 가까운 혈통이다. 이 4개 부와 공부(응서당凝緒堂)를 합쳐서 '오응당五凝堂'이라고 부른다.

남5부는 연성공의 친형제의 저택이 아니라 64대 연성공 공상현孔尙賢의 부인인 명나라 권신 엄숭이 손녀에게 지어 준 것이다. 그가 친정집을 그리워하지 않도록 곡부에 남5부를 지었는데, 집의 배치와 양식 등이 모두 엄숭의 집을 모방한 것이라고 한다. 10부의 집도 엄숭의 것이고, 곡부성 밖의 큰 장원에도 엄숭의 별장이 있었다. 엄숭의 손녀가 연성공의 부인이기 때문에 공부의 가묘 보본당報本堂에도 엄 부인의 상을 모셨고, 공부에서는 '타엄숭打嚴嵩'이라는 노래를 부르지 못하게 하였다.

공부와 본가를 오가는 규칙이 아주 엄하였다. 공씨 집안은 예의법도가 요구하는 바에 따라 모든 일에 '예문의로가규구禮門儀路家規矩'를 강조하였다. 왜냐하면 예의가 사람의 도덕 수준을 나타내는 것이기 때문이다. 청나라 시대 이전의 공부에는 하나의 완벽한 가정예의규칙이 있었고, 이를 『공씨가의孔氏家儀』라는 책으로 편찬하였다. 이는 다른 귀족들의 집안에는 없는 것이었다. 후에 이 책의 저자 공계분은 건륭 때 문자옥의 박해를 받았고, 이 책은 금서가 되었다. 나의 어머니가 공부에서 생활할 때에도 공부 본가의 친척들의 왕래는 여전히 예를 엄수하였고, 모든 일을 조상들이 만든 법도에 따라 처리하였다. 예를 들면 선물을 보내고, 손님을 초대하고, 언제 오갈 것인지에 대해 모두 규정이 있었다. 아이 낳은 것을 축하할 때는 쌀米 · 달걀鷄蛋 · 홍당紅糖 · 국수掛麵 · 찹쌀사탕江米糖 · 간식點心 등 여섯 가지 물건을 보내야 하고, 상가에 조문할 때는 금은종이金銀紙만 보냈다. 평일에 본가의 친척이 공부에 오면 과일과 과자 11접시를 접대하였다. 묵어 가는 손님의 식사를 차릴 때는 3대건三大件이라는 술상을 차리는데, 이는 공부에서 보통 차리는 술상이었다. 3대건은 해삼 · 상어지느러미 · 오리를 말하고, 매 건마다 네 가지 식힌 반찬, 네 가지 뜨거운 반찬, 네 가지 밥반찬飯菜을 준비하므로 모두 합치면 술상에 서른아홉 가지의 반찬이 나온다.

손님을 접대하는 장소도 규정되어 있는데, 가까운 친척은 동쪽편 방에서, 먼 친척은 서쪽편 방에서, 남자 손님은 응접실花廳에서, 여자 손님은 안채에서 접대한다. 매번 결혼과 호상이 있을 때마다 많은 일가친척들이 찾아왔고, 공부에는 사차호司茶戶(직업적으로 차를 따르는 사람)가 차를 따라 손님을 접대하고, 소수호燒水戶(직업적으로 물을 끓이는 사람)가 물을 끊였다.

사람이 만날 때의 인사도 아주 중요하게 생각하였는데, 아랫사람은
윗사람에게 머리가 땅에 닿도록 절을 해야 하고, 옆에는 시동司童이 노
란색 천을 들고 꿇어앉아 시중을 들어야 한다.

공부에서 일이 있어서 알릴 때는 거리에서 징을 13회 치고, 기타 부
에서는 7회 쳤다. 민국 이후에는 거리에서 징을 치면서 통보하는 것이
점차적으로 사라졌다.

보통 출생이나 사망의 경우 오가는 것을 기피하여 모두 각 부의 사당
에서 각 부가 제사를 지내지만, 돌아가신 분의 정생일整生日(끝자리가 0인
해의 생일) 때에는 음수陰壽를 지내기 위해 집안사람들을 청하여 같이 축
하한다. 돌아가신 분의 초상을 대청에 걸어 놓고, 본가 사람들은 화려한
옷차림으로 분장하고, 부인들은 붉은 치마를 입고 초상을 향해 절을 하
며 생일을 축하하는데, 마치 산 사람의 생일을 축하하는 것과 같다.

공부는 상례喪事를 경사喜事보다 더 중시하는 것 같다. "삶의 마감을
신중히 하고 먼 조상까지 추모하면, 백성의 덕이 후하게 될 것이다愼終
追遠, 民德歸厚(『논어』「학이편」에 나오는 증자의 말씀)"는 집안의 첫 번째 규칙
이다. 각 부마다 평시에도 상복을 준비해 놓고, 집안에서 누가 죽어 조
문을 할 때에는 스스로 상복을 준비한다. 상복의 종류는 아주 많은데,
죽은 사람과의 관계에 따라 어떤 종류의 옷을 입을지 결정한다. 만일
부모가 세상을 떠나면 3년간 손님을 접대하지 않고, 음악을 듣지 않는
데, 이는 공부든 12부든 마찬가지고, 다만 의식만 좀 다를 뿐이다. 공
부에서 운구할 때에는 64명이 들고, 12부는 32명이 든다.

『도화선桃花扇』의 눈물

8

　12부는 공부의 본가 중에서도 관직에 있던 사람들이거나 유명한 인물들의 저택이었다. 이 큰 집안사람들 중에는 생활은 어려웠으나 재능이 출중한 사람들이 많았는데, 그중에서 대표적인 사람이 공상임孔尙任이다.

　공상임은 곡부성에서 동남쪽으로 20리 떨어진 호상촌湖上村에 살았다. 할아버지는 늠생廩生(명·청 시대 관청에서 돈과 양식 등을 지급하는 생원)이었고, 아버지는 명나라의 거인擧人(명·청 시대 향시에 합격한 사람)이었으나 부패한 정치에 낙담하고 관직에서 물러나 은거하였다. 공상임은 어릴 때부터 할아버지와 아버지의 영향을 받아, 비록 감생監生이었지만 열심히 공부하고, 또한 재질이 뛰어나 연성공 공육기孔毓圻가 아주 좋아하였다.

　청나라 강희제가 곡부를 순행할 때, 공육기는 공상임을 불러 강희제

67

에게 경서를 강의하게 하였고, 그를 안내하는 책임을 맡겼다. 공상임이 공부 동학東學의 난당蘭堂(지금은 없어졌음)에서 강의 준비를 할 때 문 앞에는 흠차대신欽差大臣(황제가 특별한 임무를 수행하도록 파견하는 대신)과 중무장한 병사들이 경호를 맡았다. 강의 준비를 끝내고, 강의 준비를 도와준 사촌형 공상현孔尚鉉과 함께 공묘의 시예당詩禮堂에 가서 연습을 하다가 그곳에 걸려 있는 "두 마리 황조가 푸른 버드나무에서 울고, 한 무리 백로가 푸른 하늘로 날아오르네兩個黃鸝鳴翠柳, 一行白鷺上靑天"라는 두보의 시구를 보았다. 공상임은 크게 기뻐하면서 "우리 둘은 곧 벼슬을 할 것이다"라고 하였다. 그 말은 가슴에 백로의 문양을 수놓은 관복을 입게 될 것이라는 뜻이다. 과연 그가 경서를 강의하자, 강희는 아주 칭찬하면서 "이 수재秀才(명·청 시대 부·주·현의 학교에 입학한 사람)가 강의하는 것이 시강대신侍講大臣(황제에게 전문적으로 강의를 하는 대신)보다 낫다"고 하면서, 그를 특별 채용하였다. 13일 뒤 공상임은 파격적으로 국자감박사國子監博士에 발탁되었다.

공상임은 강희제를 위해 안내할 때 공림에서 강희제에게 "조정이 도리에 밝으니 공씨 집안이 번성하여 사람들이 점점 많아지는 공림을 늘릴 수 없겠습니까?"라고 요구하였다. 이에 강희제는 머리를 끄덕이고 잠시 뒤에 다른 사람에게 "이 수재가 간이 커져서 이것도 달라 하고 저것도 달라는구나. 공문孔門에 왔으니 모두 들어주자"라고 하였다. 그러고는 영을 내려 공림을 24경頃(100무로서 2만여 평)에서 29경으로 늘려주었다. 강희제가 이것도 달라 하고 저것도 달란다고 한 것을 보아 공상임이 공림의 확장을 요구하기 전에도 이미 다른 요구를 하였던 것으로 보인다.

공림에 있는 많은 초목의 이름은 공상임이 강희를 안내할 때 지은 것인데 지금까지 사용하고 있다. 공자묘에 가는 넝쿨은 그물 모양이고, 잎은 '一' 자와 같으며, 열매는 새콤하고 달며, 쓰고 매운酸甛苦辣맛이 나는 낙석등落石藤이라는 풀이 있었는데, 강희가 공상임에게 이름을 묻자, 공상임은 등藤의 음이 통疼의 음과 같아 좋지 않으므로 문초文草라고 하였다(중국어로 등藤과 통疼은 모두 텅으로 발음한다). 후에 공림에 있는 것들의 이름 앞에 '문文' 자를 붙여서 새를 문조文鳥, 벌레를 문충文蟲, 나무를 문해文楷라 부르고 있다.

공상임은 북경에 가서 국자감박사에 취임한 후 광동청사사원외랑廣東淸史司員外郎으로 승진하였다. 그는 10여 년 동안 통치자들의 부패와 타락, 백성들의 고통스런 삶을 지켜보면서 사회를 새롭게 이해하게 되었고, 문학적으로도 더욱 성숙해졌다. 그는 "관청의 매 한 끼 식사마다 마음이 부끄럽다官廚一飯心常愧"라는 심정으로 백성들의 고통스런 삶과 관리들의 부패를 꼬집는 시를 많이 썼는데, 이로 인하여 조정의 불만을 샀다.

공상임은 회하해구淮河海口 준설 공사를 도울 때 「회상유감淮上有感」이라는 시에서 다음과 같이 썼다.

조정에선 정책을 결정하기 어렵고　　　　九重圖畫籌難定
일곱 고을의 뽕나무 농민의 수확이 없구나　七邑耕桑戸未收
호화로운 연회 자리의 수부에게 묻노니　　爲問瓊宴諸水部
금술잔의 술을 다 마시면 근심이 없어질까　金樽倒盡可消憂

공상임은 시에서 자신의 포부를 이루지 못한 데 대한 우울함을 토로하고, 백성들의 고난에 대한 동정과 관리들의 사치함에 분노를 표현하였다. 그는 또 「역정걸驛亭乞」에서 다음과 같이 썼다.

황명을 받은 역참의 높은 관리는 자리에 앉아 있고
벼슬 낮은 관리는 오랫동안 꿇어앉아 질책을 당하는구나.
많은 사람들이 서로 밀치며 관리들을 구경하는데
군중 사이로 장관의 앞길은 열어 두어야 한다네.
심부름꾼이 화려한 복장으로 우뚝 서 있고
구걸하는 어린애가 옷을 가리고 조사를 받는다.
관리를 보고도 무릎 꿇지 않으니 관리가 진노하는데
구걸하는 어린애의 배고픔을 알기나 하겠는가.

皇華驛亭大官坐
小官跪遲遭呵唾
千人萬人擁看官
官長面前路須破
僕隸華服公然立
乞兒衣蔽被偵邏
見官不跪官嗔怒
豈知乞兒腹中饑

이런 시들은 모두 조정의 불만을 초래했다.
공상임은 9년의 시간을 들여 『도화선』의 극본을 완성하였고, 사람들은 앞다투어 이를 베껴 갔다. 이 극본을 상연할 때에는 빈자리라곤 찾아볼 수가 없었다. 강희제가 이 일을 알고 바로 사람을 보내『도화선』의 극본을 몰수해 갔다. 얼마 지나지 않아 공상임은 관직에서 파면되었다.

공상임은 "눈물을 훔치며 벗에게 보답하고, 시를 노래하며 하늘을 바라본다揮淚酬知己, 歌騷向上天."라는 시를 남기고 침울한 심정으로 고향 곡부로 돌아와 석문산에 은거하였다. 그는 석문산 석문사石門寺 앞에 초당을 짓고, 고운초당孤雲草堂이라 이름 붙인 후 여기에서 20년간 고독하고 힘든 생활을 하였다. 지금은 이 초당은 없어졌으나 그 흔적은 찾아볼 수 있다.

석문산은 곡부에서 30여 킬로미터 떨어져 있는데, 환경이 우아하고 경치도 수려하다. 역사적으로 많은 문인학자들이 이곳을 유람하였는데, 두보와 이백이 함께 동쪽을 유람할 때 이 산의 곳곳을 다 돌아보았다고 한다. 일설에 의하면 석문산의 추수담秋水潭은 이백과 두보가 만난 곳이라고 한다. 공상임는 추수담 위에 추수정秋水亭이라는 정자를 지었다.

1718년 강희 57년 정월 대보름 사흘 전에 공상임은 세상을 떠났다. 그의 죽음에 대해 당시 그곳 사람들은 매우 비통해하였는데, 후세 사람은 이에 대해 다음과 같은 시를 썼다.

북소리와 퉁소 소리를 눈물로 가리고 들으며	大鼓吹蕭掩淚聽
집집마다 할 일 멈추고 정월 대보름 놀이 가네	家家罷卻上元行
이원 극단의 배우들은 어디로 갔는가	梨園小部人何在
부채의 복숭아꽃을 보니 눈물이 절로 난다.	扇裏桃花哭不勝

공상임의 묘는 공림에서 나의 외할아버지 묘와 멀리 떨어져 있지 않다. 이전에 어머니와 외삼촌은 외할아버지 묘에 가서 제사를 지낸 뒤 늘 그의 묘에 가 보았다. 공상임의 묘비 격식은 아주 특별한데 비명이 '봉직대부호부광동청사사원외랑동당선생지묘奉直大夫戶部廣東淸史司員外郎東塘先生之墓'라고 되어 있다. 지성至聖의 후손이라 하지 않고 그가 파직당할 때의 관직을 쓰고, 아래에 또 동당선생東塘先生이라는 문인의 호칭을 쓴 것으로 보아 이 비는 후세 사람이 세운 것이 아니라 그의 시우詩友가 세운 것 같다.

2천5백여 년 동안
3대만이 고향을 떠났다

9

공자에서부터 나의 외삼촌 공덕성에 이르기까지 2천5백여 년 동안 77대가 연속되었는데 그중에서 적자가 고향을 떠난 것은 3대에 지나지 않는다.

공부孔鮒의 노벽魯壁

첫 번째로 고향을 떠난 사람은 공자의 9세손 공부孔鮒이다. 전국말기戰國末期(약 기원전 264~기원전 208)에 진시황秦始皇이 6국을 통일하고 이사李斯의 건의를 받아들여 분서갱유焚書坑儒의 영을 내렸다. 시황始皇 8년에 공부의 친구 진여陳余가 진시황이 산동으로 온다는 위급한 소식을 전하였다. 공부孔鮒는 공자의 후손으로서 선조 때부터 전해 내려온 많은 책들을 가지고 있었는데, 이를 숨길 방법을 생각하였다. 공부는 "나를 알아주는 사람은 나의 친구밖에 없고, 진秦은 나의 친구가 아니다. 때문에 내게 무슨 위험이 있겠느냐……. 내가 먼저 이를 숨겨 놓았다가 그것을 구하는 사람을 기다리겠다"라고 말하였다. 그는 밤새 선조 때부터 전해 내려온 『논어論語』·『상서尙書』·『효경孝經』·『예禮』 등의 책들을 선조 때부터 살고 있는 집의 겹층벽 사이에 숨겨 놓고, 고향을 떠나 숭산嵩山에 은거하며 글을 가르쳤다.

후에 진승陳勝과 오광吳廣이 봉기를 일으켜 군사를 거느리고 진나라를 공격하였다. 공부孔鮒도 진승의 봉기에 참가하였는데, 진승은 그를 중히 여겨 박사博士로 모셨다. 그러나 아쉽게도 공부가 봉기군에 참가한 지 60일 만에 병으로 세상을 떠났다. 그는 비록 살아서 고향으로 돌아오지는 못했지만, 조상으로부터 전해 내려온 책은 고향에 온전히 보존되었다.

공부孔鮒가 고향을 떠난 후 그의 동생 공등孔騰이 조상의 묘에 제사를 지냈다. 한나라 고조高祖 유방劉邦은 공등을 '봉사군奉祀君'에 봉했다.

한나라 경제景帝 연간에 이르러 경제의 아들 노공왕魯恭王 유여劉余는 궁궐을 확장하기 위하여 부근에 있는 공자의 옛집을 뜯으려 벽을 헐자 갑자기 가는 대나무 부딪치는 소리가 나면서 공부孔鮒가 숨겨 놓은 책들이 나타났다. 가는 대가 부딪치는 소리가 난 것은 옛날의 책들이 죽간을 끈으로 이어 놓은 것이어서 벽이 무너질 때 서로 부딪치면서 그와 같은 소리가 들렸던 것이다.

공부孔鮒가 책을 집 벽에 숨김으로써 유가의 경전들이 남을 수 있게 되었는데, 그 후 사람들이 그의 공을 기리기 위하여 원래의 집 벽, 즉 노벽魯壁 부근에 새롭게 같은 벽을 세웠는데 이것이 지금 공묘에서 볼 수 있는 '노벽魯壁'이다.

공씨 '남북종南北宗'

두 번째로 고향을 떠난 사람은 48대손 공단우孔端
友이다. 1128년 송나라 고종高宗 건염建炎 2년에 금金나라의 침입으로
송나라는 수도를 임안臨安(지금의 항주)으로 옮겼다. 연성공 공단우는 고
종과 함께 남쪽으로 이사하였고, 황제는 그에게 저택과 토지를 하사하
고, 절강浙江 구주灈州에 공묘를 건립하고 또 '니산'과 '공림'을 지었다.
공단우는 구주에 살았고, 대대로 후손들이 번창하였는데 이를 '남종'
이라고 한다.

남종의 후손은 구주 외에도 강소江蘇, 사천四川, 절강浙江, 강서江西,
안휘安徽, 복건福建에 많이 살고 있다.

공단우는 아들이 없어 조카 개玠를 데리고 갔었는데, 그가 죽은 후
개가 작위를 세습하였다.

공단우가 남쪽으로 이사한 뒤에는 그의 동생 공단조孔端操가 곡부에
남아서 조상의 제사를 받들어 모셨다. 금나라 군대가 곡부를 점령한 후
특별히 공자 집안을 존중하였다. 전하는 말에 따르면, 금나라 병사 12
명이 공림의 묘를 도굴하였는데 장군이 이를 알고 "어찌 성인의 묘를
팔 수 있느냐"라고 꾸짖으며 병사들을 묶어서 공자의 묘 앞에 무릎을
꿇리고 사죄하게 한 후 공묘 남쪽에서 목을 베어 내걸었다고 한다.

금나라는 공단조을 연성공으로 봉하였는데, 이를 공씨 집안의 '북
종'이라고 한다.

송나라 건염 2년 공단우가 고종을 따라 남쪽으로 간 이후부터 1233
년 금나라 애종哀宗 대흥大興 2년 몽골이 금나라의 수도를 점령하기까
지 23후 105년 동안 송나라와 금나라가 각각 연성공을 봉하여 6대에

걸쳐 공씨 집안도 남북종으로 나누어졌다.

원元나라가 중국을 통일한 후, 세조世祖 쿠빌라이忽必烈는 연성공이 남북으로 나누어진 것을 해결하기 위하여 누구를 정통으로 세울 것인지를 조사하게 하였다. 남종 연성공 공수孔洙는 "곡부 자손이 선영을 지킴으로써 선조에 공이 있다"고 하면서 곡부의 북종 후대에게 자리를 양보하였다. 쿠빌라이는 "명예보다 친족을 중히 여기는, 이런 사람이야말로 진짜 성인의 자손이다"라고 칭찬하고 공수를 연성공 대신 국자감제주 國子監祭酒에 봉하였다. 이리하여 공씨 집안의 대종주는 북종이 계승하였다.

공자상

공단우가 남쪽으로 이사할 때 일부 물건들을 가지고 갔는데, 그 중에 해목楷木으로 조각한 공자와 공자의 부인 기관씨亓官氏의 상이 있었다고 한다. 전하는 바에 따르면, 이것이 역사상 최초의 공자 조각상으로 그가 가지고 간 물건 중에서 제일 진귀한 것이라고 한다. 일본이 중국에 침입하여 구주를 함락하자 남종의 공자 후손들은 이 조상을 가지고 온주溫州로 피란하였다가 일본이 물러간 뒤 구주로 가지고 왔다. 그 당시 국민당 정부는 성상聖像이 다시 돌아온 것을 기념하여 경축대회를 열었다.

후에 이 조각상은 항주杭州박물관에 수장되었다가 1949년 중화인민공화국이 수립된 뒤 다시 산동 곡부의 공부로 돌아왔다. 비록 공단우는 오래전에 작고하였으나 이 두 조각상은 다시 고향으로 돌아왔다.

타이완에 사는 공덕성

　　　　세 번째로 고향을 떠난 사람은 77대손인 나의 외
삼촌 공덕성이다. 그는 1936년 7·7사변 전에 집을 떠나 중경重慶으
로 갔다가, 1948년에 대만으로 가서 지금도 그곳에 살고 있다.

10

공주가
시집오다

건륭황제의 딸

청나라 건륭황제는 곡부에 성인을 참배하기 위하여 8차례 왔었는데, 매우 공손하고 정성스럽게 예를 갖추었다. 그는 축문에서 다음과 같이 공자를 떠받들면서 공자의 후손을 후대하였다.

영원한 규범을 세우고	樹百年之規範
만세로 태평시대를 열었다네.	開萬世之太平
고금의 존경을 받으니	爲古今所尊崇
천지와 함께 무궁하도다.	與天地無終極

건륭황제는 공부孔府에 곡병황산曲柄黃傘을 하사하였고, 71대 연성공 공소환孔昭煥에게는 담비 모피로 만든 옷과 망포蟒袍를 하사하였다.

그는 공소환에게 6편 이상의 시를 내리고, 친히 공소환의 고조할머니인 황태부인黃太夫人에게 육대함이六代含貽라는 편액을 내렸다.

건륭황제가 제일 처음으로 공소환의 큰아들 공헌태孔憲兌를 만난 것은 그가 13세 때였다. 건륭황제는 그를 국가의 동량이 될 만한 재목이라 생각하여 이름을 공헌배孔憲培라 고쳐 주고, "약관에 단아한 표상을 갖추었으니 기쁘게 바라보노라欣看弱冠著淸標"라는 글을 주었다.

건륭황제에게는 황후 소생의 공주가 한 명 있었는데, 역술가의 말에 의하면 그녀는 황제보다 더 존귀한 집에 시집가야만이 후일 재난을 면할 수 있다고 하였다. 그는 이에 부합되는 집안은 공부밖에 없다고 생각하였다. 건륭은 다만 1왕조 1대의 대귀족이지만, 공부는 역대 왕조 대대로 대귀족이기 때문이었다. 그는 곡부에서 공자의 제사를 지낼 때마다 삼배구고三拜九叩의 대례를 올렸는데, 이는 어떤 귀족과도 비할 수 없는 최고의 영광이었다. 마침내 그는 공주를 공헌배에게 시집보내기로 하였다. 그러나 '만주족과 한족의 결혼금지滿漢不通婚'라는 조상 대대로의 관례 때문에 결혼이 어렵게 되자 우선 공주를 협판대학사協辦大學士 겸 호부상서戶部尙書 우민중于敏中에게 양딸로 보냈다. 그 후 공주를 우씨 집안의 딸이라는 명분으로 공부에 시집보냈는데, 공부에서는 그를 우부인于夫人이라고 불렀다. 공주가 공부에 시집올 때 우민중 일가도 공부로 이사 왔는데, 이때부터 공부에도 성이 다른 친척이 살게되었다.

공주의 지참금

공주가 시집갈 때 북경에서부터 곡부까지 3개월간 매일 끊임없이 혼수품嫁妝을 운송하였다고 한다. 옷과 장식품만도 몇 천 상자가 되었고, 그 외에 비취색 옥으로 만든 분재, 산호나무, 상아 조각품, 인삼, 영지 등 각종 진귀한 보물이 없는 것이 없었다고 한다. 공주가 공부에 시집갈 때 시중들던 태감들도 따라와서 계속 시중을 들었고, 또 마을 7개, 공장 8개, 장원 12개七屯八廠什二庄를 가지고 왔는데 여기에서 얻는 수입은 주로 공주가 하인들에게 용돈을 주는 데 쓰게 하기 위한 것이다.

공부는 공주를 맞이하기 위하여 대대적인 건설공사를 벌였다. 저택 안쪽에 후화원後花園을 만들고, 여기에 전국 각지의 기화요초들을 옮겨 심었는데 1년 내내 꽃이 만발하였다.

결혼할 때 공헌배는 직접 북경으로 가서 공주를 맞이하였고, 그때 건륭황제는 부마를 처음 만난 인사로 그에게 담비가죽 6장, 비단 4단端 (1단은 20자), 종이 5권, 벼루 1개, 붓 4통, 주사朱砂 2통을 주셨으며, 황후와 황태후도 벽옥으로 만든 여의碧玉如意(길상을 상징하는 장식물. 청나라 귀족들이 청혼용으로 많이 사용) 각 1개, 담비가죽 4장, 조주朝珠(관복을 입을 때 목에 걸던 산호·마노·수정·호박·비취·침향沈香 등으로 만든 목걸이) 1접시, 쌈지 3쌍, 유리병과 사발 각각 한 쌍을 주셨다. 공주가 떠날 때 황후와 황태후는 또 다시 접견하여 다른 귀한 많은 것들을 선물했다.

건륭황제는 공부에 특별히 상주십공商周十供 1벌을 하사하였다. 상주십공은 중국에서 보존되고 있는 상주商周 시대에 만든 유일한 제기인데 보물 중의 보물이고, 지금도 공부에 보존되어 있다.

공주가 공부에 시집온 후 황제와 황후, 황태후는 모두 그를 보러 왔었다. 그때마다 매번 연성공 공소환은 아들 공헌배 부부와 자신의 처인 정程부인, 어머니 하何태부인과 함께 산동의 경계인 덕주德州까지 마중을 나갔다. 건륭 19년 2월 황제가 또다시 곡부에 왔을 때는 공헌배가 이미 연성공의 작위를 세습하였으므로 연성공으로서 처음 황제를 모셨다. 황제는 기뻐하면서 다음과 같은 시를 하사하였다.

오랫동안 경사에서 학문을 닦더니.　　　　　　久住京師學問藂,

성인의 고향에 돌아가 제사를 지내려 하네.　　言歸承祭聖人鄕.

스스로 예의에 신중하고 그 단점을 버리니,　　親儀愼勿仍其短,

조상의 유덕을 입어 오래도록 이어지네.　　　祖德恩准衍以長.

수신에 힘써서 예악을 지키는데 한 치의 어김도 없고,

　　　　　　　　　　　　　　　　　修已無過守禮樂,

종친들과 화목하니 대대로 단정한 귀감이 되리라.　睦宗守世率端方.

40년 동안 두 번 만났는데 공의 작위를 이으니,　卌年兩見崇公襲,

인생이 얼마나 빠른지 기억이 아련하다.　　　　佷憶人生曷短長.

　　공헌배는 황제의 은혜에 고개 숙여 감사를 드리며 「화어사시和御賜詩」 한 수를 올렸다.

일찍이 은혜에 감사드리며 스스로의 노력을 다짐하고,

　　　　　　　　　　　　　　　　　早拜恩倫思自藂,

천리 구름 바라보니 고향으로 돌아감을 재촉한다.　望雲千里促歸鄕.

체면 없이 시서를 등한히 한 것이 내심 부끄러워,　違顔深愧詩書廢,

받들고 공경하며 오랫동안 가르침을 이어가네. 迎辭重欽訓誨長.

하사하신 아름다운 이름으로 대대로 덕을 이어가, 錫以嘉名延世德,

스스로 숙질을 치유하는 좋은 방도를 느낀다. 己其夙疾感良方.

간곡한 천자의 말씀이 높고도 두터워서, 諄諄天語同高厚,

우직하게 오로지 근면함으로 가는 길을 삼는다. 守拙惟應勉典常.

공림 밖의 소저림小姐林

공주는 아들 없이 딸 하나만을 낳았는데 아주 어려서 요절하였다. 집안의 규정에 따르면 여자아이는 죽은 뒤 공림에 들어갈 수 없지만, 공주가 낳은 딸이기 때문에 특별히 공림 동쪽 벽 밖에 새로운 수림을 만들고 소저림小姐林이라 불렀다. 주위는 수림으로 벽을 만들고, 동서에 배전配殿이 있고, 세 칸의 향전享殿(조상이나 신불을 모시는 당집)이 있으며, 대문과 두 번째 문의 건축 규모도 아주 엄격히 하였다. 이때부터 공씨 집안의 여자아이들은 죽은 후 뒤 소저림에 들어갔다.

조카의 승계

공헌배는 나이 30이 지나도록 자식이 없었는데, 건륭황제는 특별히 그에게 많은 관심을 가졌다. 건륭 55년에 곡부에 왔을 때는 후사에 관하여 직접 물어보기도 하였다. 후에 공헌배와 공주는 조카를 양자로 세웠는데, 이 사람이 곧 73대 연성공 공경용孔慶鎔이다. 공경용은 난산으로 힘들게 태어났는데, 이를 보고 공주는 "출생하는데 이렇게 시간이 오래 걸리는 것을 보아 나의 아이가 틀림없구나"라고 말하면서 사람을 시켜 공부의 모든 문을 활짝 열어 놓고, 대문 위에는 활을 걸어 놓게 하였으며, 공묘 맞은편에 있는 곡부성의 정남문도 열어 놓게 하였다. 공경용이 출생하자마자 공주에게 안고 온 다음 즉시 황제에게 외손자御外孫가 생겼다고 보고하였다.

공경용은 나의 어머니의 고조할아버지인데, 그의 아들은 공번호孔繁灝이고, 공번호는 아들 공상가孔祥珂를 낳았고, 공상가는 아들 공령이孔令貽를 낳았다. 공령이는 곧 나의 외할아버지다.

공경용은 역대 연성공 중에서도 유명한 인물이다. 그는 재주와 기질이 뛰어났고 많은 글과 그림을 남겼는데, 대표작으로는 「철산원시고鐵山園詩稿」와 「철산원화고鐵山園畵稿」가 있다. 철산원은 공부의 후화원을 말하는데, 가경嘉慶 연간(1796~1820)에 보수하면서 철광석 몇 덩이를 가져다 넣었다. 공경용은 후화원을 철산원이라 이름 짓고, 스스로를 철산원주鐵山園主라 하였다. 이 화원을 수리한 지는 오래되지 않았으나 사람들은 벌써 이 철광석에 관한 신화를 만들었다. 아는 바와 같이 이 몇 덩이 철산이 땅속으로부터 죽순처럼 자라나서 점점 높이 커지더니 나무에서 철로 변하였는데, 이는 땅속에 보물이 있기 때문이라고 한다.

내가 어릴 적에 어머니는 철산원에 대해 이야기해 주었는데, 이는 나에게 철산원에 대한 신비로운 환상을 심어 주었다.

나는 「철산원시고」와 「철산원화고」를 본 적은 없고, 다만 흩어져 있는 몇몇 시구를 읽었는데 이것이 아마 「시고」와 「화고」의 내용이었을 것이다. 공부의 곳곳에는 아직도 공경용이 쓴 대련과 편액이 있다. 그중 화청花廳문 앞 기둥에는 다음과 같은 대련이 있다.

취한 뒤 갈증, 거침없는 시와 광달한 행동은 오늘날 경치를 따르고
酒渴詩狂嘯傲且隨今日景
꽃 피던 새벽녘, 달이 걸린 해 질 녘 풍경은 여전히 옛 본 것과 같
도다.
花晨月夕風光仍似昔年春

공경용은 주량이 대단하였는데 이 때문에 남북 문인 중에서 제3주
인第三酒人이란 칭호를 얻었다. 그가 외아들 공번호를 위해 선택한 여
자가 바로 청나라 시대의 저명한 화가인 필경항畢景恒인데, 그녀도 재
녀才女이다.

공경용은 여섯 살 때에 건륭황제를 만났고, 아홉 살에 작위를 세습
하였다. 그는 어릴 때부터 말솜씨가 뛰어나 윗사람들이 좋아하였고, 일
생 동안 19차례나 황제에게 상을 받았다. 그가 곡부에서 북경까지 가
려면 수로와 육로로 10여 일이 걸렸다. 1823년 도광道光 3년에 그가
북경으로 갔을 때 황제가 근정전勤政殿에서 그를 접견하면서 오는 길의
노고에 대해서 묻자, 그는 "지난 10년간 용안을 뵙지 못해 황상을 그리
는 마음에 하루라도 빨리 오고 싶었습니다"라고 대답하였다. 황제가
또 "산동의 민심은 안정되어 있는가?"라고 묻자, "황상의 홍복이 하늘
과 같고, 백성을 사랑하고 힘쓰심이 정대해서 백성들이 모두 편안합니
다"라고 대답하였다. 공경용은 다리에 병이 있었는데 황제는 그의 걸
음이 불편한 것을 고려하여 국가의 큰 행사를 제외하고는 참석하지 않
아도 된다고 허락하고, 어의까지 파견하여 그의 병을 치료하게 하였다.

공경용은 공주에게 효도를 다하였는데, 공주가 병에 걸리면 밤낮없

이 옆에서 시중들며 잘 때도 옷을 벗지 않았다.

모은당慕恩堂

공헌배와 공주가 세상을 떠난 후, 공부孔府는 공주가 시집 온 은혜에 보답하기 위하여 신위神位를 가묘家廟에 모시지 않고 공부 동학東學에 새롭게 모은당을 지었다. 모은당은 정실이 5칸이고, 안에는 황제의 제문, 공헌배와 공주의 화상이 있으며, 또 목주木主를 모시고 있는데 이는 공헌배와 공주의 목조상이다. 목조상은 진짜 사람 크기와 같으며, 일상생활에서와 같이 부부가 마주 앉아 있고, 나무 단추를 누르면 두 사람이 움직인다. 모은당은 공주가 살아 있을 때와 같이 진열하였고, 몇 명의 하인들이 매일 산 사람처럼 시중을 드는데 하루 세 끼 시간에 맞춰 식사 준비를 하고, 세수·기상 등 일상생활의 작은 일들도 모두 그대로 하였다. 나의 어머니와 외삼촌은 어릴 적에 매년 명절, 초하루, 보름이 될 때마다 모은당에 가서 절을 하며 제사를 지냈다.

공헌배와 공주의 합장묘合葬墓는 공림에 있는데, 지금은 그곳이 하나의 관광 코스가 되었다. 묘의 입구에는 정교하게 조각한 돌로 만든 패방石坊이 있고, 황금색으로 '난음포덕鸞音褒德'이라는 네 글자가 새겨져 있다. 묘지 조성에 세심한 배려를 하였고, 주위의 환경도 매우 우아하다. 나의 어머니가 어릴 적에는 묘지 뒤에 등나무紫藤가 많았고, 꽃 피는 계절이면 어머니와 외삼촌 오누이가 제사를 지낸 후 그곳에서 놀았다고 한다. 그 등나무는 어머니의 공부 생활에서 많은 아름다운 추억을 남겨 주었다. 어머니는 결혼한 후 북경의 집 뜰 화원에도 등나무를 심었다. 내가 어릴 적에 등나무 꽃이 필 무렵이면 어머니는 언제나 그 아래에서 나에게 공주 이야기를 들려주었다.

공주의 양아버지 우민중의 후예들은 줄곧 공부 동학의 한 정원에서 살았고, 사람들은 그들을 관친官親이라고 하였다. 그들은 매달 공부로부터 양식을 받았지만, 공부 사람과의 왕래는 많지 않았다. 나의 어머니는 결혼하기 전에 종종 우가于家에 놀러 갔었는데, 그때 우가는 매우 쓸쓸했다고 한다.

공주, 건륭황제의 사랑스런 딸은 공부에서 몇 십 년간 생활하면서 시도 남겼는데, 전해져 온 것은 많지 않다. 내가 본 「봄날 저녁의 감회春暮感懷」라는 제목의 시는 다음과 같다.

성안 곳곳에 푸른 잡초 사방에 깔려 있고,	滿城荒草綠成茵,
절기가 서로 재촉하니 슬픔이 배가 된다.	節序相催倍愴神.
버들가지 이리저리 날리고 춘삼월 비가 내리니,	柳絮萬飛三月雨,
홀연히 배꽃 떨어지고 봄은 가지에 남는다.	梨花忽謝一枝春.
꾀꼬리 꿈에서 깨어나 창문에서 지저귀고,	流鶯驚夢臨窗啼,
새끼제비 사람 보려고 주렴 안으로 날아든다.	乳燕窺人入幕頻.
혼자서 난간에 기대어 지난 일을 슬퍼하고,	獨倚欄杆傷往事,
한없는 원망 속에 눈물만이 손수건을 적신다네.	幽恨無限淚沾巾.

공주가 공부에 시집온 사실에 대해 민국 2년에 편찬한 가보에는 "72대 헌배憲培, 자字 양원養元, 호號 독재獨齋, 고종의 딸이 처이다高宗以子妻之"라고 기재되어 있다.

비운의 공계속

고목이 하늘을 찌르는 공림孔林은 공자와 그의 후손들의
묘지이다. 그러나 곡부성 밖 서쪽 대류장大柳庄 황야에 풀이 가득 자란
황폐한 묘 하나가 있는데, 그 안에도 공자의 후손이 묻혀 있다. 그가 바
로 청나라 때 대서예가 공계속孔繼涑이다.

공계속은 일생 동안 열심히 공부하였고, 남다른 재능을 가지고 있었
다. 그가 남긴 「옥홍루비첩玉虹樓碑帖」은 역사유물 가운데 귀중한 보물
이다. 1979년 북경에서 이것을 전시할 때 국내외 문화계의 높은 평가
와 찬사를 받았다. 그러나 그의 일생은 아주 고달팠다. 그는 공부의 인
근에 있던 12부에서 살았고, '계繼' 자 항렬이다. 그러나 조정과 연성공
을 배반하였다는 죄명으로 집안에서 쫓겨났고, 죽은 후에도 공림에 묻
히지 못하였다. 그의 관을 묻을 때도 세 가닥의 쇠사슬로 관을 묶었다.

그러나 이른바 공계속의 죄라는 것은 완전히 미신 때문에 빚어진 황당한 일이었다.

전하는 말에 따르면, 어느 날 밤 북경 황궁에서 어떤 사람이 하늘의 자미성紫微星이 어두워지는 것을 발견하였다. 자미성은 황제를 상징하기 때문에 이 별이 어두워진다는 것은 황제에게 액운이 있을 것임을 뜻한다. 동시에 그 옆의 별은 매우 밝은 빛을 발하고 있었는데 이는 그 별이 자미성을 침범하려는 것이고, 곧 그 자리를 뺏으려 하는 것을 의미한다. 점술가가 점괘를 본 결과 이 밝은 별은 산동의 어떤 사람을 가리킨다 하였고, 어떻게 알아냈는지는 알 수 없으나 그가 훗날의 공계속이라는 것이었다. 조정에서 사람을 보내 공계속의 집을 조사하였는데 그가 살고 있는 집은 팔괘八卦 모양으로 지어졌고, 정방 9칸의 지붕 용마루가 하나로 연결되어 있었다. 이는 당시의 금기를 범한 것이다. 그리하여 즉시 그 집의 용마루를 끊어 버리고, 이어 그 부모의 무덤을 파헤치자 무덤의 좌우 양측에 용과 같은 큰 벌레가 있었는데, 모두 발 하나가 없었다. 점술가는 이 발이 다 자라나면 공계속이 왕위를 찬탈하여 황제가 된다고 해석하였다. 그리고 공묘의 대성전 앞의 측백나무가 중간 가지는 자라지 않고 옆의 가지만 무성하게 자라나고 있었는데, 누군가 이는 공계속이 주문을 외워서 이렇게 되었다고 하였다. 공계속은 항렬에서 두 번째인데 그가 연성공 자리를 뺏기 위해서 주문을 외워 측백나무가 그렇게 되었으며, 이는 공씨 집안을 장자가 계승하지 않고 둘째가 계승할 것을 상징한다고 하였다. 이렇게 해서 그에게 '염주어발이지念呪語發二枝'라는 죄명을 씌워 그를 집안에서 쫓아냈다.

공계속은 집안에서 쫓겨난 뒤 더욱 분발해서 공부하고 서예를 연구하였는데, 10년간 살고 있던 옥홍루玉虹樓에서 내려오지 않았다. 옥홍루는 공부에서 멀지 않은 곳에 있는데 그 건축형식은 공부의 전당前堂과 비슷했고, 지금 이 건물은 없어졌다. 공계속은 여기서 역대 명가들의 서법을 수집·연구하여 유명한「옥홍루비첩」586조각을 완성하였는데, 그 탁본을 101책으로 나누어 표구하였으므로「백일첩百一帖」이라고도 한다. 이는 중국 서예 역사에서 매우 높은 예술적 가치를 지니고 있다. 공계속은 만년에 북경에서 병으로 세상을 떠났는데 죽을 때까지 그의 누명은 벗겨지지 않았고, 그의 관을 세 가닥의 쇠사슬로 묶어서 곡부로 운구하여 황야에 묻었다. 그의 후대도 대대로 죄인의 집이라는 이름에서 벗어나지 못하였다. 당시 예법에 따르면 죄인의 후손은 길사나 흉사가 있을 때 북만 두드릴 수 있고 악기는 연주할 수 없었으므로, 그의 집안은 길흉사가 있을때 악기 연주를 하지 못하였다. 그 후 8대가 지나 나의 외할아버지인 76대 연성공 공령이에게 어떤 사람이 이 일에 대해 어떻게 하는 것이 좋은지를 묻자, 외할아버지는 "지금 이미 중화민국인데 계속 북만 두드리지 말고 악기를 사용해야 될 때는 악기를 사용하라"고 하여 그때부터 그 집안에서도 다시 악기를 연주할 수 있게 되었다.

공계속은 비록 집안에서 쫓겨났지만 그의 서예「옥홍루비첩」은 후세에 전해져 내려왔으며, 이는 진귀한 문화유산이다. 나의 어머니가 결혼할 때「옥홍루비첩」을 혼수품으로 북경에 가지고 왔다.

『공씨가의』와 공계분

공계속의 친형 공계분孔繼汾도 재능이 출중하였지만 불행한 희생자였다. 그는 일생 동안 공씨 집안에 대한 연구를 하였으며 많은 저작을 남겼다. 21세 때 『건륭갑자세가乾隆甲子世家』 22권을 편찬하였고, 그 후 『궐리문헌고闕裏文獻考』 100권・『악무전보樂舞全譜』・『상장의절喪葬儀節』・『궐리의주闕裏儀注』・『적계소보嫡系小譜』・『행록시초行錄詩草』 등을 편찬하였다.

공계분은 14세 때 공생貢生(명・청 시대 각 성에서 제1차 과거시험에 합격한 사람)이 되었고, 후에 다시 국자감중서國子監中書・군기처행주軍機處行走(군기처에서 전문 관원을 두지 않은 곳을 겸임하는 것) 등의 직책을 맡았다. 건륭황제가 곡부에 와서 공자를 제사 지낼 때 공묘에서 황제에게 경서를 강의하였고, 황제의 안내를 맡으면서 능력을 인정받았다.

공씨 집안에 길흉사가 있으면 으레 모두 공계분에게 와서 예법에 대해 물었다. 그는 후세의 자손들이 예법에 따라 혼례와 상례를 치를 수 있도록 하기 위하여 3년이라는 시간을 들여 『공씨가의孔氏家儀』 14권과 『가의답문家儀答問』 4권을 썼다.

그러나 뜻밖에 이 두 책이 그에게 목숨을 잃는 재앙을 가져다주었다. 공씨 집안에 공계수孔繼戍라는 5품 집사관執事官이 있었는데, 그가 산동 순무巡撫(성 지방장관)에게 다음과 같이 신고하였다. "공계분이 『가의』에서 말하는 예의는 청나라 『회전會典』의 큰 법에 부합되지 않고, 감히 조정에서 정한 대전의식大典儀式을 함부로 뜯어 고쳤다. 공계분이 『가의』의 자서自序에서 '옛 법을 되살리려는 작은 소망에서於區區復古之心'라고 한 것은 그가 현실 제도에 불만을 가지고 이전 제도로 되돌리

려는 뜻을 표현한 것이다." 당시는 문자옥文字獄이 많았던 시절이라 이러한 신고를 받은 산동 순무는 즉시 황제에게 보고하고, 곡부로 가서 공계분을 붙잡아 심문하였다. 그 후 황제의 명에 따라 공계분을 북경으로 압송하여 형부와 대학사 구경大學士九卿에 넘겨 엄히 심문하였다. 공계분은 『가의』는 집안에서의 행사를 가리키고, '복고'는 공자의 오랜 가풍祖風을 가리키는 것으로, 지금의 조정도 공자를 존중하기 때문에 이는 과거와 현재의 사회제도와 아무런 상관이 없다고 해명하였다. 그러나 이러한 해명으로는 대역죄의 혐의를 벗을 수 없었고, 형부와 대학사 구경은 황제의 의사에 따라 공계분을 처결하였다.

공계분은 성인의 후손으로서 벼슬도 하였고, 대대로 나라의 은전도 받았다. 망령되게 『가의』를 써 명예를 얻으려 했는데, 이는 성인께서도 말씀하신 "이렇게 나아가고 물러남에 근거 없는 무리들을 제일 경멸한다此等進退無據之徒, 最可鄙恨"와 다름없다. 뿐만 아니라, 『회전』은 따라야 할 규정으로서 전칙典則이 분명하다……. "공계분은 응당 중히 판결하여 이리伊梨(서쪽 신강 위구르 자치구의 지역)로 귀양 보낸다. 누구든지 함부로 망령되게 글을 쓰면 처벌받는다는 것을 깨닫게 하기 위하여 『가의』 인쇄 판본은 산동 순무가 처리하고, 이 책은 모두 찾아내어 불태우도록 명한다."

당시 60세가 넘은 공계분은 족쇄를 차고 신강 이리로 귀양살이를 떠났다. 그는 사건 종결 후 16개월 만에 세상을 떠났는데, 아마도 귀양 가는 길에서 죽었을 것이다. 공계분의 묘는 곡부성 서쪽의 이화점梨花

店에 있다.

공계분의 죄가 인정된 후 『가의』는 금서가 되었다. 산동 순무는 건륭황제의 뜻에 따라 곡부에 와서 몇 개월 동안에 걸쳐 『가의』를 찾아내고, 이를 불태웠다. 연성공 공헌배는 공씨 집안사람들에게 "가까운 집안사람이든 먼 집안사람이든 가리지 않고 『가의』나 계분이 쓴 다른 책을 가지고 있는 사람은 즉시 바쳐야 한다. 만약 이를 숨기거나 보는 자는 엄하게 죄를 묻겠다"라고 영을 내렸다. 많은 공씨 집안사람들의 집이 수색을 당하였고, 60종호의 호두戶頭 · 호거戶舉 · 대소집사大小執事는 모두 각서를 썼다.

공계분의 아들 공광삼孔廣森은 청나라의 유명한 한학자漢學家로, 그의 저작은 이미 학술적 가치가 큰 도서善本로 북경도서관에 보관되어 있다. 공광삼은 아버지 때문에 일생 동안 뜻을 이루지 못했다. 그는 생명의 위험을 무릅쓴 여러 차례의 집 수색에도 불구하고 일부 『가의』의 잔본을 보존해 왔는데, 아쉽게도 20세기 중기 문화대혁명 때 이 잔본도 모두 없어지고 말았다.

『공씨가의』와 『가의답문』의 내용은 주로 네 부분으로 되어 있다.

길례吉禮 묘제廟祭 · 츤襯 · 묘제墓祭
흉례凶禮 상복喪服 · 상복표喪服表 · 상제喪祭 · 분상奔喪 · 부츤扶櫬 · 개장改葬 · 적시회장吊時會葬
가례嘉禮 유혼有婚 · 가정연회家庭宴會 · 상견相見 · 수가보修家譜와 자서自序이다.

『공씨가의』와 『가의답문』을 쓴 목적은 전통적인 가족의 예를 지키기 위한 것이다. 만약 이것이 보존되어 왔다면 오늘 우리가 공자를 연구하고 이전 사회를 이해하는 데 많은 도움이 되었을 것이다.

공부와 공씨 집안은 예의를 중히 여겨 왔지만 『가의』가 없어진 후에는 이를 이해할 수 없게 되었다. 청나라 선통宣統 연간(1909~1911)과 원세개袁世凱가 집정하던 시기에 「무무보武舞譜」·「숭성전례崇聖典例」와 공부의 관복제를 반포하였고, 민국 초년에는 북경대학 마계명馬季明 교수가 공부의 상사의식을 연구하여 『공림상례孔林喪例』라는 책을 썼다. 이 것들은 공씨 집안의 예법에 관하여 보존되고 있는 마지막 자료들이다.

12 외할아버지
공령이

76대 연성공인 나의 외할아버지 공령이(1872~1919)는 자가 곡손谷孫이고, 호가 연정燕亭이다.

그는 많은 사진을 남겼는데 그중에서 제일 인상적인 것은 외할아버지와 어머니가 함께 찍은 사진이다. 외할아버지는 큰 두루마기를 입고 의자에 앉아 자애로운 미소를 띠며 두 살짜리 딸을 무릎에 안고 있고, 어머니는 꽃무늬가 있는 옷을 입고 작은 꽃모자를 쓰고 있으며 애티가 가득한 얼굴로 손가락을 입에 물고 있었다.

외할아버지는 이 사진을 찍고 얼마 지나지 않아 돌아가셨다. 그는 딸에게 아버지의 정을 주지 못한 채 이 사진과 같이 모든 것이 정지되고 말았다. 그때 외할아버지는 40여 세로, 외삼촌은 아직 태어나기 전이라 슬하에 이모와 어머니 두 딸밖에 없었다. 외할아버지는 딸을 무척 사랑했는데 그가 생전의 마지막 편지인, 당시 북경의 친정집에 있던 도씨 외할머니陶外祖母에게 쓴 편지에서 다음과 같이 어머니에 관한 이야기를 하고 있다.

> 부인 옥람玉覽…… 이뉴二妞는 요즘 먹는 것과 노는 것이 모두 정상이다. 대변은 원래와 같고 그 외는 모두 기쁘게 한다. 특히 알리는 바이다.

여기에서 이뉴는 어머니의 유명乳名인데, 그때 그는 좀 불편하였는데 큰 어른公爺으로서 외할아버지는 이에 대해 아주 많은 관심을 기울였다.

외할아버지는 어릴 적에 아버지를 여의고 형제자매 없이 독자로 자라 다섯 살에 연성공의 작위를 세습하였고, 광록대부光祿大夫로 봉을 받았다. 그는 곡부 고반지古泮池 공부의 행궁에 서당鄕塾을 세웠고, 또 안顔 · 맹孟 · 증曾의 후손과 함께 사씨사범학당四氏師範學堂을 건립하고 학당의 총장을 맡았다. 후에 그는 또 청나라 정부의 명을 받고 산동의 학무에 대해 검사하였고, 광서光緖 15년에는 유지를 받고 한림원시강翰林院侍講을 맡기도 하였다.

신해혁명 이후 외할아버지는 여전히 연성공의 작위를 보존하였고, 정부는 「숭성전례」를 반포하여 매년 연성공에게 봉록을 주도록 규정하였다. 원세개는 외할아버지를 군에 봉하기도 하였다. 증조외할머니는 외할아버지가 어릴 적에 아주 엄격하게 교육을 시켰다고 한다. 외할아버지는 일생 동안 공부를 게을리하지 않았는데 특히 서예와 매화 그림에 능하였다고 한다. 외할아버지는 평소 종이와 먹을 아주 아껴 붓으로 물을 찍어 종이에 글씨 연습을 하였고, 그 종이를 줄에 걸어 말린 후 이

틑날에 다시 사용하였다고 한다. 당시 새해가 되면 사람들이 연화年畫를 사서 집에 붙이는 풍습이 있었는데, 곡부 사람들은 대부분 외할아버지가 쓴 붓글씨를 샀다고 한다. 특히 그가 쓴 「만공가萬空歌」는 인기가 많았다고 한다.

남에서 북으로 가고, 서에서 동으로 가고,	南來北往走西東,
보이는 것은 언제나 텅 빈 인생이라네.	看得人生總是空.
하늘도 텅텅 비고, 땅도 텅텅 비고,	天也空, 地也空,
인생이 아득하게 그 가운데 있구나.	人生渺渺在其中.
해도 텅텅 비고, 달도 텅텅 비고,	日也空, 月也空
동일출 서일몰은 누구의 공 때문인가.	東升西墜爲誰功.
밭도 텅텅 비고, 땅도 텅텅 비고,	田也空, 地也空,
얼마나 많은 주인들이 바뀌었던가.	換了多少主人翁.
방도 텅텅 비고, 집도 텅텅 비고,	房也空, 屋也空,
눈 깜짝할 사이에 교외에는 무덤 하나 생겼네.	轉眼荒郊土一封.
처자도 없어지고, 자식도 없어지고,	妻也空, 子也空,
황천길에서도 서로 만날 수가 없구나.	黃土路上不相逢.
금도 없어지고, 은도 없어지고,	金也空, 銀也空,
죽고 난 후에 언제 손안에 있었던 적이 있는가.	死後何曾在手中.
관청도 비고, 자리도 비었네,	官也空, 職也空,
끝없는 업보 때문에 원한도 끝이 없다.	數盡孽隨恨無窮.
마차도 비고, 말도 없으니,	車也空, 馬也空,
물건만 남고 사람은 흔적이 없구나.	物存人去影無窮.

세상만사가 모두 즐거운 일일 텐데,　　　　　世上萬般快意事,
시간이 흐르고 흥이 다하니 종래 빈 것일세.　　時移興過總是空.

이외에도 「지족가知足歌」, 「인송가忍訟歌」, 「권인독서가勸人讀書歌」 등이 유명하였다고 한다. 당시 곡부 일대의 농촌에는 거의 모두가 외할아버지의 글을 붙여 놓았다.

외할아버지는 그림을 그리는 것도 좋아하였는데 그중에서도 특히 매화를 잘 그렸다. 나도 몇 점을 가지고 있었으나 아쉽게도 동란 때 없어졌다. 지금도 나는 그중의 그림 속에 있는 시를 기억하고 있다.

은은한 봄바람에 그림자 어스레한데,　　　　　春風淡淡影幽幽,
옥피리 비켜 부니 누각에 달빛 그득하다.　　　玉笛橫吹月滿樓.
나그네 오더니 떠날 마음 없고,　　　　　　　行客見來無去意,
시인이 읊조림을 멈추고 향수에 젖어든다.　　騷人吟罷起鄕愁.
작은 다리 아래 흐르는 물에 석양이 비껴들고,　小橋流水斜陽處,
교목만 무성한 옛 성에 오랜 나루터가 있는데.　喬木荒城古渡頭.
부질없이 삼십여 년 세속을 좇았구나,　　　　誤逐塵埃三十載,
지금도 나부산에서 매화선녀 만날 꿈을 꾸는구나.　至今飛夢續羅浮.

전에 외할아버지와 만나 본 적이 있는 노인들의 회고에 의하면, 그가 다른 사람들에게 준 가장 큰 인상은 겸손하고 온화하여 붙임성이 좋으며, 활달하고 도량이 넓으며 뽐내는 티가 없었다는 것이다. 그의 친구들 중에는 위로는 고관과 귀인이 있고, 아래로는 평민 백성과 극단의 배우들까지도 있는데 이들과 의형제를 맺기도 하였다. 외할아버지는 극을 공연하기를 즐겼는데, 공연할 때마다 자신이 하인 역을 맡고 다른 사람에게 관리 역을 맡게 하고는 자신이 다른 사람에게 무릎을 꿇었다. 다른 사람들이 반대하자 외할아버지는 "극은 극이다. 사실이 아니다"고 하였다.

외할아버지가 살아 계실 때 한번은 안채에 불이 났는데, 위층에 '십공+供'을 보존하고 있었다. '십공'은 상주 시대에 만든 제기인데 우리나라에서 유일하게 지금까지 보존되어 온 완전한 제기로 매우 진귀한 것이었다. 외할아버지는 다급하게 "이 십공은 황제가 나에게 보관하라고 한 것인데 훼손되면 어찌하냐?"고 말하자, 극단에서 연극을 하던 한 사람이 위층으로 올라가 십공을 가슴에 안고 창문에서 곤두박질하여 뛰어내렸는데 사람도 제기도 모두 훼손되지 않았다고 한다.

외할아버지는 하인들을 관대하게 대하였다. 공부의 경제가 쇠퇴해진 이후 그의 수조반관隨朝伴官(상조 시 6명의 반관이 그를 따랐다)과 신변의 하인들이 쓸 돈이 없으면 그는 "내가 너희들을 데리고 돈을 좀 찾으러 가자"라고 말하고는 그들을 데리고 돈 있는 친구들의 집으로 놀러갔다. 외할아버지가 가면 그 집에서는 그가 데리고 간 하인들에게 당연히 사례금을 주었다. 그는 늘 상사를 진행하는 집에 가서 점주點主(상례 중의 한 관습으로서 신주神主의 주主 우의 점點을 찍는 것)를 하였다. 우리 고향 일대에서는 돈 있는 집의 사람이 죽으면 모두 연성공을 청해서 점주하는 것을 영광으로 생각하는데, 이것을 살아 있는 사람과 죽은 사람의 복이라고 생각한다. 그는 갈 때 아주 많은 하인을 데리고 가는데 그때도 그들은 하인들 모두에게 사례금을 주었다.

외할아버지는 4명의 아내가 있었다. 본처 손부인은 제녕濟寧 사람으로 리부우시랑吏部右侍郎 손유문孫瑜文의 딸인데, 자식을 낳지 못하고 외할아버지가 22세 때 병으로 세상을 떠났다. 손부인이 세상을 떠난 후 외할아버지는 곡부 민간의 풍씨豊氏를 첩으로 맞아들였는데 그도 자식을 낳지 못했다. 외할아버지는 33세 때 또다시 정식으로 도부인陶夫人을 아내로 맞아들였다. 도부인은 이름이 숙의淑猗이고, 북경 사람이며, 산동 대명부大名府 지부知府 도식윤陶式鋆의 딸이다. 결혼한 후 자희慈喜태후를 배알하였고, 자희태후는 그를 1품 부인으로 봉했다. 도부인은 아들 하나를 낳았는데 세 살에 요절하였다. 외할아버지는 43세 때까지도 여전히 자녀가 없었는데, 이는 성맥聖脈을 잇는 것과 관계되는 대사이기에 도부인이 북경의 친정에서 데리고 온 시녀 왕보취王寶翠를 첩으로 두었는데 이 왕부인이 바로 나의 친외할머니이다. 왕부인은 딸 둘과 아들 하나를 낳았는데, 그들은 나의 이모 공덕제孔德齊, 어머니 공덕무와 외삼촌 공덕성이다.

외할아버지가 작위를 세습한 40여 년 사이에 황제는 곡부에 관리를 네 차례 파견하여 공자의 제사를 지내게 하였다. 외할아버지도 네 차례 북경으로 가서 생신을 축하하고 은덕에 감사드렸으며, 여러 번 상을 받았고, 쌍안화령雙眼花翎을 달게 하였고, 자금성에서 말을 탈 수 있게 하였다.

광서光緒 23년에 외할아버지가 북경에 가서 광서황제를 만날 때 팽태부인彭太夫人을 위해 패방을 만들 것을 청하여 광서황제의 허락을 받았다. 그해 팽태부인은 60세였다. 당시 광서황제가 그를 보고 나이를 묻자 그는 "서른여섯 살입니다. 신이 어릴 적에 어머니는 많은 위험을 겪었고, 공령이를 사람으로 키우느라 쉽지 않았기에 신은 태후와 황제의 은전을 빌려 어머니에게 편액 하나를 상하면 자기 절에 패방을 세워 어머니의 은혜에 보답하려고 합니다. 신은 여러 번 성은을 입어 감히 경망히 황제께 상주하지 못하겠습니다"라고 말하였다. 광서황제는 "아들로서 응당 효도를 다하는 것은 당연한 일이고, 이것도 너의 효심이다"라고 하였고, 자희태후는 친히 '복수福壽' 자를 써 주었다. 자희태후와 광서황제는 또 팽태부인에게 무량수불無量壽佛, 여의와 옷감을 상으로 내렸다.

보존되어 있는 외할아버지와 광서황제의 대화기록을 보면, 외할아버지는 성격이 솔직한 데 비해 73대 연성공 공경용은 비교적 완곡하다. 공경용이 황제의 접견을 받을 때 황제가 공경용에게 왜 앞당겨 북경에 왔느냐고 묻자 그는 "주인을 그리는 마음이 급하다"고 하였고, 황제가 산동의 민정에 대하여 묻자 그는 "황제의 하늘과 같은 복을 입어 민심이 안정되었다"고 하였다. 그러나 외할아버지는 이와 달랐다.

> **황제** "산동의 금년의 정황이 어떠한가?"
> **대답** "좋습니다. 다만 비가 너무 많이 왔습니다."
> **황제** "지성묘至聖廟가 손상되지 않았는가?"
> **대답** "앞부분은 좋습니다만 뒷부분은 수리하지 못했습니다."
> **황제** "왜 수리하지 않았는가?"
> **대답** "경비가 없습니다."
> **황제** "넌 집에서 뭘 하는가?"
> **대답** "글을 쓰고 책을 읽습니다. 몇 년 전에 명사를 청하라는 조서를 받았으나 신의 집이 구차하여 청할 수 없습니다⋯⋯."
> **황제** "이홍장李鴻章을 만나 보았느냐?"

대답 "만나 보았습니다. 이홍장은 황제께 대신 안부를 전해 달라고 하였습니다."

황제 "이홍장이 너하고 무슨 말을 했는가?"

대답 "특별히 말하지 않았습니다. 일본의 일에 대해서는 한 글자도 말하지 않았습니다."

황제 "그가 왜 말하지 않는가?"

대답 "예."

황제 "이홍장은 또 너와 무슨 말을 하였는가?"

대답 "조서에 의하면 외관은 모두 시월 초하루에 북경에 와서 축복하기로 하였는데 신은 왜 이렇게 빨리 북경에 왔느냐고 물었습니다. 신은 비 때문에 늦을 것이 우려되어 그랬다고 대답하였습니다."

광서황제는 외할아버지가 두 번이나 말씀드린 경제적인 어려움에 아무런 답이 없었는데, 이는 아마도 황제에게 이를 해결할 능력도 없었거니와 해결할 마음도 없었기 때문일 것이다.

외할아버지는 48세에 북경에서 병으로 돌아가셨는데, 병이 난 지 20여 일 만이었다. 도외할머니는 이모를 데리고 북경으로 가서 되외할머니의 친정아버지 병문안을 하였으나 바로 돌아가셨다. 이때 외할아버지는 장인에게 조문을 하기 위하여 하인들을 데리고 북경으로 갔다. 외할아버지가 북경에 간 다음 날 등에 악성 종기가 생겼는데 공부에서 데리고 간 의사 유몽영劉夢瀛도 있었으나 병세가 악화되어 음력 9월 16일 북경 태복사太僕寺 성공부聖公府에서 돌아가셨다. 그해 이모는 네 살, 어머니는 두 살, 외삼촌은 태어나기도 전이었다.

외할아버지는 임종할 때 후손의 일을 가장 근심하였다. 1천년을 이어 내려온 연성공의 작위가 자기 대에서 끊어질지도 모른다는 불안감 때문이었다. 그는 당시 임신 5개월인 왕부인에게 모든 희망을 걸고 있었다. 병이 위급함에도 대총통 서세창徐世昌과 양위한 황제遜帝에게 다음과 같은 글을 올렸다.

서세창에게 올린 글은 다음과 같다.

령이令貽는 병세가 위급하여 베개에 엎드려 구슬프게 울면서 구술로 마지막 상신을 드리오니 삼가 후일을 부탁드립니다. 동로東魯의 령이가 우매하고 별다른 학식이 없음에도 전청前淸 광서 2년에 작위를 계승하고 연성공의 직책을 맡았습니다. 민국이 성립한 후에도 전 대총통의 명령을 받고 연성공으로 일을 하였습니다. 8년 동안 여러 총통으로부터 은혜를 입었으나 보답을 하지 못하여 부끄럽습니다. 10월 4일 령이의 장인 도식윤陶式鋆의 상을 입어 북경에 조문을 왔다가 갑자기 등에 악성 종기가 생겨 바로 의사를 불러 치료를 하였으나 불행히도 효험이 없어 다시 일어나지 못할까 두렵습니다. 사성조례査聖條例 제1조에는 연성공은 예전의 관례에 따라 전대의 영전을 받고, 작위를 세습하는 종자는 지방장관을 통하여 내무부에 심사를 요청하도록 되어 있습니다. 령이 나이가 근 50으로 아직 대를 이을 아들嗣子이 없으나 다행히 측실 왕씨가 임신한 지 5개월이 되었습니다. 만약 남자아이를 낳으면 규정에 따라 연성공을 계승할 수 있을 것이고, 여자아이를 낳으면 집안사람들이 함께 의논하여 후계자를 찾을 것입니다. 다만 령이의 병이 중해서 그때까지 기다리지 못할 것 같습니다. 이전에 임묘林廟에 급한 일이 있을 때 내무부에서 봉위관을 정해 도와주기로 하여 령이 사람을 선발한 적이 있었습니다. 당시 성장과 의논하여 이전 청나라 때의 하남 대도大挑의 지현知縣 공광달孔廣達을 쓰기로 하고 위임하여 줄 것을 청한 바 있었습니다. 이 때문에 지금 임묘의 각종 일들은 봉위관 공광달이 대신하고 있습니다. 이후 령이의 아들이 장성하면 그때 그에게 일들을 넘기도록 하는 것이 좋겠습니다. 집안의 가정사는 령이의 사촌형 공령예孔令譽가 돌볼 것입니다. 삼가 부탁드립니다. 허락하여 주시고 영을 내려 임묘의 사무에 차질이 없도록 해 주시면 령이는 구천에서도 은혜에 감사드리고, 합족闔族도 마찬가지일 것입니다. 은혜를 바랍니다.

근정謹呈

대총통

연성공 공령이

양위한 부의溥儀에게 올린 상주문은 다음과 같다.

아뢰는 글

황상의 은혜에 보답하지 못한 채 신은 병이 위급하여 베개에 엎드려 구슬프게 울면서 일을 부탁드리나이다. 신 우둔하고 배운 것이 없음에도 성은을 훔쳐 광서 2년에 작위를 계승하였고, 지금까지 오랫동안 많은 폐를 끼쳤나이다. 황상으로부터도 많은 총애를 받았나이다. 황상의 하사에 저의 마음은 감동으로 무어라고 형용할 수 없나이다. 금년 정월 황상의 생신을 맞이하여 관품의 순위에 따라 생신을 축하드렸고, 황상을 만나 뵐 수 있어서 기뻤으며, 또한 자금성에서 말을 탈 수 있도록 허락받았는데 이와 같은 특별한 대우를 받은 영광에 깊이 감동하였으며, 하루빨리 보답을 드리고 싶은 마음 가득합니다. 10월 4일 신의 장인인 직례 도원直隸道員 도식윤의 상이 있어 조문을 위하여 북경에 도착하여 황상의 자애로운 얼굴을 만나 보면서 황상의 가르침을 들으려고 하였나이다. 그런데 도착 다음 날 등에 악성 종기가 나 급히 의사를 찾아 치료를 하였지만 효과가 조금도 없나이다. 요즈음 병세가 점점 위중해지고 있어 장차 일어나지 못할까 두렵나이다. 신은 나이 50이 되도록 아직 대를 이을 아들이 없어 근심하나이다. 다행히 측실 왕씨가 임신 중인데, 만약 아들을 낳는다면 작위를 계승할 수 있나이다. 신은 대대로 나라의 은혜를 입고서도 아직 보답을 하지 못하여 가슴이 찢어질 것 같습니다.

신은 천자께서 날로 덕이 높아지고, 꾸준히 학문에 힘쓰시기를 바라나이다. 장차 공교孔敎로 나라를 다스리고, 조상을 숭배하며, 백성들이 황상의 큰 덕과 자비에 감명하고, 나라가 계속 흥성하기를 바라나이다. 그러면 신은 죽어도 산 것과 다를 바가 없을 것입니다. 황상의 은혜에 감사하며 작은 성의로 구술하여 마지막으로 아뢰나이다. 황상께서 읽어 주시기를 바라나이다.

주奏

신 연성공 공령이

외할아버지는 임종할 때 이미 말을 할 수 없었는데, 두 손가락을 내밀어 배와 가슴을 가리키셨다고 한다. 그가 마지막으로 근심한 것은 왕외할머니의 임신이었다. 이는 성현의 맥을 이을 수 있는지와 관련된 대사이기 때문이다.

외할아버지가 돌아가신 후 그를 가까이에서 모시던 조경趙慶이 대총통과 내무부에 이를 보고하고, 여러 사람들에게 부고를 하였다.

민국 9년

삼가 알립니다.

연성공 공은 휘가 령이이고 호가 연정으로서, 양력 11월 8일(음력 9월 16일) 축시에 태복사 거리 연성공부에서 주무시면서 운명하셨습니다. 이에 양력 12월 17일(음력 10월 26일)에 천구하고, 양력 18일(음력 20일) 오시에 발인하고 곡부로 운구하기로 하였습니다.

특별히 알려드립니다.

알림

청지기 삼가 아룁니다.

民國九年

敬稟者

衍聖公孔諱令貽號燕庭于陽(夏)曆十一(九)月八(十六)日丑時薨於太僕寺街衍聖公府正寢, 茲擇定陽(夏)曆十二(十)月十七(二十六)日受吊送庫, 十八(二十)日午時發引運柩 回曲.

特報

聞

長班叩稟.

　대총통 서세창은 북경의 지방장관京兆 윤왕달尹王達을 태복사 거리 연성공부로 보내 조문하였고, 청나라 황실에서도 관리와 여러 대표들을 보내 조문하였다.

　외할아버지가 세상을 떠난 지 한 달 뒤 영구를 곡부로 옮기려 할 때 국무총리 근운붕靳雲鵬은 대총통령을 내려 위문하고, 장례비로 3천 은원銀元을 주었다. 곡부로 돌아와 장례를 치를 때 대총통은 다시 육영계陸榮棨를 파견하여 조문하게 하였다. 영구가 곡부로 올 때의 기차는 화차花車 1량, 하인들이 타고 짐을 실은 1등차와 3등차 각각 1량이었고, 지나가는 각지에서 지방관원이 직접 맞이하고 보내도록 하여 성인의 후예에 대해 최고의 예의를 갖추도록 하였다.

　영구 기차는 요촌窯村역에서 멈추었고, 연주兗州 진수사鎭守使는 40명의 기마 부대를 파견하여 영접하였다. 영접 행렬에는 각계의 대표들, 지방관리와 신사, 각종 의장대도 포함되어 있었다. 새벽 3시에 기차가 도착하여 아침 7시 정각에 영구를 내렸는데, 의장대가 북소리와 음악 소리를 울렸고, 의장대를 앞세운 운구행렬은 오후 2시가 되어서야 공부에 도착하였다.

장례 준비

외할아버지가 돌아가신 그날 공부孔府는 북경으로부터 전보를 받았다. "상공께서 오늘 축시에 북경에서 돌아가셨다上公已於是日丑時薨于京邸." 모든 사람들은 비통해하며 급히 장례 준비를 하였다. 전상방前上房에 영위를 세우고, 흰 장막을 친 다음 흰색 등을 걸었다. 각 문에 있던 대련文聯과 신상門神을 없애고 흰 종이를 붙이고, 천막을 세우고 나서 양탄자毛氈를 펴고, 공부 중간 길의 각 문, 즉 대문大門 · 이문二門 · 중광문重光門 · 대당大堂 · 이당二堂 · 삼당三堂으로부터 전상방에 이르기까지 문을 다 열고, 각종 종이로 만든 의장, 가마, 대마對馬, 인마引馬(고대 고급관리가 출행 시 앞에서 길을 안내하는 말을 탄 사람), 금산, 은산, 옷궤 등을 준비하였다. 모든 준비가 끝난 후 사람들은 월대月臺에서 애도를 표하였다.

주제主祭를 맡은 사람은 이모 공덕제였다. 당시 네 살이었던 이모는 장엄한 분위기 속에서 4명의 예생禮生이 인도하는 대로 제례의식을 진행하였다. 이렇게 제사 주재자가 어린 경우는 공부의 역사에서 처음 있는 일이었다. 제례의식은 상당히 복잡하였다. 이모는 매 절차마다 손을 씻어야 했고, 제사 절차는 초헌初獻 · 아헌亞獻 · 종헌終獻 · 짐헌斟獻 · 부복애俯伏哀 · 송신送神 등으로 구성되어 있었다.

영구를 공부로 운구하여 염大殮한 후 전상방에 모셨다. 집안사람들이 마지막으로 종이돈紙錢을 태우면 폐상閉喪을 한다. 폐상 기간에는 정기적으로 제사를 드린다. 제삿날에는 하루 세 번 북과 악기를 연주하고, 세 번 폭죽을 터뜨린다. 공부 전상방 중간에 4면을 남색 유리로 걸치고, 가운데를 흰 천으로 받친 영구천막을 만들고, 관 앞에는 각종 기물冥器과 사화社火를 놓고, 명정銘旌으로 가려 두었다. 관은 천막에 1년 정도 두었다가 장례를 지낸다.

관은 복건福建에서 운반해 왔는데, 안에는 4개의 통나무 주목朱木으로 만든 내관이 있고, 밖에는 큰 측백나무로 만든 붉은 외관으로 되어 있었다. 외관에는 다섯 마리의 금색 용이 그려져 있는데 이를 오룡봉성五龍捧聖이라고 한다. 출관할 때에는 관 위에 용두봉미龍頭鳳尾가 그려진 덮개를 얹었다. 관 위에는 "공자 76대손 습봉연성공 휘영이, 자연형행구孔子七十六代孫襲封衍聖公諱令貽, 字燕亭行柩"라고 써 있었다. 관목이 썩지 않도록 하기 위하여 100여 근의 소나무 기름松油으로 90번 칠하였고, 그때 다른 원료도 많이 혼합하여 사용하였다. 관 안에는 금을 펴고 은을 덮었으며, 유해의 입에는 큰 진주를 물리고, 손에는 금으로 만든 여의如意를 쥐어 주고, 발밑에는 2개의 은원보銀元寶를 넣었다. 이외에도 비취반지翡翠班指, 보제조주菩提朝珠, 쌍안화령雙眼花翎 등과 같은 보물들을 넣었다.

조상의 유훈祖訓인 "정성스럽게 장례葬禮를 치르고 제사를 지내 조상을 추모하면, 백성들의 마음이 점점 후덕하게 될 것이다愼終追遠, 民德歸厚矣"라는 말씀에 따라 공부 사람들은 부모의 상례가 민심을 얻고, 도덕성을 가늠하는 중요한 기준이라고 생각했다. 출관하기 위하여 길을 고치고 마른 나무를 제거하며, 심지어 장애가 되는 건물도 제거하는 등 장례 준비에 1년 2개월이 걸렸다. 민국 9년 11월 29일에 발인發靷하였다.

출관일

외할아버지의 출관은 곡부의 근래 1백여 년 역사에서 대사였다. 현지의 노인들은 아직도 그에 대한 기억이 생생하다고 한다. 그때 나의 어머니는 네 살이었는데, 그의 기억 속에는 온통 하얬다는 생각밖에 남아 있지 않다고 한다.

그때는 마침 겨울이고 또 큰 눈까지 내렸는데, 사람들은 하느님도 어르신公爺을 위해서 상복을 입었다고 했다.

수백 리 밖의 사람들도 와서 출관을 지켜보았는데, 먼 곳에서 온 사람들은 길거리에서 노숙하였고, 큰길이든 작은 길이든 사람으로 넘쳐났다. 이들이 그런 어려움을 무릅쓰고 그곳을 찾아온 것은 단순한 구경이 아니라 공자에 대한 존경과 그의 적손에 대한 관심 때문이었다.

2천4백여 년 동안 유가의 전통을 이어온 공자의 고향은 시대의 많은 변화에도 불구하고 공자의 후손들이 이미 하나의 문화현상으로 발전시켰다. 그곳에서는 연성공을 보면 복을 받고 한평생 눈병에 걸리지 않는다는 속담까지 생겨났다. 그곳 사람들은 이미 그 연성공을 볼 수는 없었지만 그의 영구만이라도 보고 싶어 하였고, 그것이 또한 마지막 기회이기도 하였다.

장례 행렬은 맨 앞의 사람들은 공림의 공묘에 이르렀으나 뒤쪽의 사람들은 아직 공부의 대문을 나서지도 못했을 정도로 끝이 없었다. 행렬의 첫머리에는 집사들이 개로귀開路鬼를 하고, 그 뒤에는 의장儀仗, 기산旗傘(제례용의 천개天蓋), 고악鼓樂, 정번旌幡(상갓집 앞에 세우는 깃발. 발인할 때 상주가 들고 나가는 조기), 마장馬仗, 방필方弼(발인할 때 길을 여는 신상), 용완정用玩亭, 제안정祭案亭, 그 뒤에는 끈을 잡은 어린애들인 만가랑挽歌郎이 섰다. 이외에도 군대軍隊, 마대馬隊, 순경대巡警隊 등이 뒤를 따랐다. 영구 뒤에는 상주孝主가 있었고, 상주의 주위는 흰 천막으로 둘러놓았다. 그때 외삼촌 덕성은 한 살이었는데, 그가 놀랄까 봐 청관請棺할 때만 그를 안고 옆에 서 있었다. 상주는 외할아버지의 측근인 도세귀屠世貴가 맡았는데, 그는 도외할머니로부터 마을 하나를 상으로 받았다. 나의 어머니와 이모를 포함한 여자 손님들도 공부의 문 앞에서 차를 타고 가는데, 사람이 너무 많아 4시간이 지나도록 차에 다 오르지 못하였다.

영구 행렬이 묘지에 도착하기 전에 고위직 무관 1명이 사토관辭土官(세상과 작별하다의 뜻으로 죽었다는 뜻)을 맡아 실탄으로 무장한 봉위정奉衛丁을 이끌고 말을 타고 묘지에서 서로 총소리를 내며 싸움을 벌여 귀신들을 쫓아내어 외할아버지의 영혼이 간섭을 받지 않도록 하였다.

영구를 보내는 날 공부에서는 한 번에 1천여 상씩 술상을 차렸고,

그 비용이 은양銀洋 1만 1100여 원, 전錢 1만 9650여 적吊(구시대의 화폐 단위로, 1000개의 동전이 1적이다)이 들었다.

공림에서 가장 중시되는 묘는 위 3대와 아래 3대의 묘이다. 위 3대는 공자·공자의 아들 공리孔鯉와 손자 공급孔伋이고, 아래 3대는 74대손 공번호孔繁灝·75대손 공상가孔祥珂·76대손 공령이孔令貽이다. 외할아버지의 묘는 지금까지 공림에 있는 마지막 적손의 묘이다.

외할아버지의 제문을 쓴 사람은 외할아버지의 친구 황궁남서방행주皇宮南書房行走, 청말의 저명한 역사학자 가소민柯劭忞이다. 후에 외할아버지와 외할머니를 합장할 때에도 그가 묘지명墓誌銘을 썼다. 가소민은 곧 바로 나의 할아버지이다. 가씨 집柯宅은 북경 태부사太仆寺 거리 성공부聖公府 옆에 있는데 나는 거기에서 자랐다. 물론 그것은 그로부터 20여 년 뒤의 일이다.

14 작은 어르신小公爺의 탄생

공덕성의 출생

　　외할아버지께서 병이 깊을 때 대총통께 드리는 마지막 상주문에 "작은 부인側室 왕씨가 임신한 지 5개월"이라고 밝혔는데, 만약 아들을 낳으면 당연히 공작의 작위를 계승하게 된다. 민국정부 내무부內務府는 왕씨의 임신을 확인하기 위하여 공부로 하여금 입증서류를 성장공서省長公署를 통하여 보고하게 한 후 승인하기로 하였다. 이에 공부의 족장族長 공흥환孔興環, 본가本家 공상체孔祥棣, 공령예孔令譽, 공령후孔令侯, 공령후孔令煦 및 중국 의사 류금패劉金佩, 독일 의사 루돌프盧德福 등이 왕외할머니가 임신했음을 증명하는 서류를 제출하였다. 그 후 복잡한 절차를 거쳐 대총통이 왕씨 유복王氏遺腹 사실을 인정하였다.

　　외할머니의 출산은 매우 중요한 문제이므로 의외의 사태를 방지하기 위하여 공부에서는 외할머니의 생활에 대해 세심한 배려를 하였다. 안채 후원에 별도의 주방을 만들고 믿을 만한 사람 두 명으로 식사를 준비하였으며, 이들이 만든 음식 이외에는 다른 음식을 먹지 못하게 하였다.

이어 만약 남자아이를 낳으면 문제가 없지만 여자아이를 낳을 경우 77대 연성공 작위를 누가 계승해야 하는가가 문제였다. 각지의 공씨 집안사람들이 모두 공부로 모이고, 심지어 절강에 있는 공씨 남종까지도 공부에 왔다. 연성공 작위를 둘러싸고 저마다 나름대로의 생각이 있었기 때문에 공부의 분위기는 매우 긴장되었다. 따라서 외할머니 곁을 철저하게 지켰다.

외할머니는 정월 초나흘에 해산하였는데, 산실産室은 그의 침실인 전당루前堂樓 서쪽 칸의 난각暖閣이었다. 나의 이모와 어머니도 여기에서 태어났다. 조산助産을 위하여 중국 의사와 외국인 의사까지 왔었지만 가장 중요한 역할은 전통방식에 따라 노산파老娘婆가 맡았다. 공부에서는 12부의 나이 드신 할머니들을 전부 모셔서 산실에서 출산을 지키게 하여 분만과 관련한 문제를 상의할 수 있도록 하였다. 그리고 여자아이를 남자아이로 바꾸거나 기타 의외의 일이 생기는 것을 막기 위하여 북양정부는 군대를 파견하여 공부 내외에 초소를 지어 경호를 하고, 장군이 직접 전당루에서 군대를 지휘하였다. 성정부에서도 관리를 파견하여 상황을 지켜보았다. 공부의 불당루佛堂樓와 전당루의 송자관음상送子觀音像 앞에 제상을 차리고, 향을 피우면서 작은 성인이 태어나기를 기원하였다.

작은 성인을 맞이하기 위하여 공부는 대문에서부터 안채에 이르기까지 모든 문을 다 열어젖히고, 심지어는 공자께 제사 지낼 때만 여는 중광문重光門도 전례를 깨뜨리고 열었다. 중광문은 공부의 최고 영예를 상징하는 표지로서 오직 나라를 세운 황제만이 이 문을 세울 수 있다고 한다. 문 위에는 작은 활을 걸어 놓았는데, 이는 작은 성인이 순조롭게 집 안으로 들어오기를 바라는 뜻이었다. 외할머니는 몇 시진時辰(2시간)이 지나도 해산을 하지 못하였다. 본가의 할머니들은 이전에 두 딸을 분만할 때에는 순산하였는데, 이렇게 시간이 걸리는 것을 보면 아들을 낳을 것 같다고 하여 많은 사람들을 흥분시켰다. 하인들은 저마다 폭죽, 오색 비단, 붉은 종이를 준비하느라 바빴다.

할머니들은 중광문만 열어서는 부족하다고 하면서 곡부 현성의 정남문도 열어야 한다고 하였다. 정남문은 황제가 오거나 공자의 제사를 지낼 때만 열어 놓는데 이번에도 전례를 깨뜨리고 열었다. 그러나 정남문을 열어 놓고 한참을 기다려도 해산하지 못하였다. 이때 누군가가 전에 풍수를 보는 사람이 "후화원後花園이 지세가 높아서 앞의 전당루를 눌렀다"고 하였는데 그 때문에 작은 성인이 나오기 어렵다고 하면서 앞의 지세를 높여야 한다고 하였다. 이에 "노반魯班(춘추전국시대 사람으로 목수의 조상이라고 불린다)이 여덟 장을 높였다魯班高八丈"라고 쓴 나무패를 전당루의 각문角門에 걸어 놓았다. 그 각문은 후화원으로 통하는 문인데 앞의 지세를 화원보다 더 높여 놓았다는 것을 상징하는 것이다. 나의 어머니가 결혼할 때까지 그 나무패는 계속 거기에 걸려 있었다.

최후의 연성공

위험한 고비가 지나고 드디어 작은 성인이 태어났다.

곡부 성안이 즉시 들끓었다. 탄생을 축하하는 예포 12발이 울리고, 폭죽 소리가 끊이지 않았다. 공부에서는 문마다 채색 등불을 걸고, 각 부의 본가에 사람을 보내 작은 성인의 탄생을 통보하고, 하인들이 거리에서 징을 치면서 "작은 성인이 태어났어요"라고 알렸다.

외삼촌이 태어난 후 공흥환은 즉시 족장 명의로 대총통, 국무총리, 내무총장과 산동성장에게 전보로 "선先 연성공 령이令貽의 첩妾 왕씨의 유복이 2월 23일, 즉 음력夏曆 정월 초나흘 사시巳時에 남자아이를 출산하였는데, 모두 무사하다"라고 보고하였고, 아울러 연성공 작위계승을 요청하였다. 전보가 가자마자 각지로부터 많은 축전을 받았다.

외삼촌이 막 1백 일을 지나자마자 서세창徐世昌 대총통으로부터 다음과 같은 연성공의 작위 수여 통지를 받았다.

민국 9년 4월 20일 대총통의 영을 받들어
공덕성을 연성공으로 봉한다
民國九年四月二十日奉大總統令
孔德成襲封爲衍聖公

출생한 지 3개월 남짓 되는 외삼촌 덕성은 공부의 1천 년 역사에서 마지막 연성공의 작위를 물려받았다. 그때 이모는 네 살이고, 어머니는 두 살이었다.

외삼촌이 태어난 지 17일 만에 외할머니 왕부인은 돌아가셨는데,

그가 살던 서쪽 칸 난각 바깥벽에는 지금도 그의 단정하고 아름다운 사진이 걸려 있다. 우리가 공부에 가면 그는 사진 속에서 우리를 자애롭게 바라보고 있다.

외삼촌이 태어난 뒤 중요한 일 중의 하나는 유모를 물색하는 것이었다. 그때 외삼촌은 잘 먹지를 않고 항상 울기만 하였다고 한다. 공부에서 10여 명의 유모를 찾았으나 어떤 사람은 젖이 모자랐고, 어떤 사람의 젖은 먹은 뒤 배탈이 났다. 그러던 중 공부의 의사 유몽영劉夢瀛이 공묘의 대문 앞에 젊은 여자가 포동포동 살이 오른 어린애를 안고 걸식하는 것을 발견하고, 그 여자를 데리고 들어왔다. 공부 사람들은 그 여자에게 목욕을 시키고 새 옷을 입힌 다음 해삼으로 끓인 국을 먹이고 외삼촌에게 젖을 먹이게 하였다. 외삼촌이 젖을 먹고는 조용히 잠드는 것을 보고 도외할머니는 만족해하면서 3일간을 데리고 지켜보다가 그 모녀를 공부에 남게 하였다. 사람들은 공묘 앞에서 그 모녀를 발견한 것이 하늘의 뜻天意이라고 여겼다.

유모의 성은 장씨였는데, 그의 음식은 작은 주방에서 별도로 준비하였다. 매일 아침에는 돼지 뒷다리를, 저녁에는 닭 한 마리를 삶아 주었고, 하루에 2근 반의 찐빵饅饅을 먹었다. 유모의 딸아이는 집에 보내어 그의 할머니가 키우게 하였고, 공부에서 매일 한 근의 찐빵과 4냥의 흰 사탕가루를 주었다. 공부는 또 유모의 남편에게 10여 무의 채소밭을 주고, 몇 칸의 집을 지어 주었다. 외삼촌이 아홉 살에 젖을 뗀 뒤에도 유모는 계속 공부에서 살았는데, 모두 30여 년을 함께 지냈다.

어머니와 오누이 세 사람은 모두 도외할머니와 함께 전당루의 동쪽 칸에 살았는데 어머니와 이모는 안쪽 칸에서 각자 침대를 쓰고, 도외할머니는 바깥 칸에서 외삼촌과 한 침대를 썼다. 유모는 도외할머니의 방에서 따로 작은 침대를 놓고 생활하였고, 항상 외삼촌을 돌볼 준비를 하고 있었다.

유모는 외삼촌을 지극히 아꼈는데, 문화대혁명十年動亂 때 병으로 돌아가실 때도 계속 "소성小成이 왔구나, 소성이 왔구나" 하면서 대만에 있던 외삼촌을 불렀다고 한다.

공부에서 아이들의 아명을 부를 수 있는 사람은 도외할머니와 유모뿐이었다. 그들은 이모를 대뉴大妞, 어머니를 이뉴二妞, 외삼촌을 소성이라고 불렀다. 다른 사람들은 대소저大小姐, 이소저二小姐, 소공야小公爺라고 불렀다. 유모 외에도 전적으로 그들을 보살피는 남자 하인이 있었다. 진경영이라는 하인은 어머니가 어릴 적에 온종일 안고 있었고, 그 후에는 외삼촌을 전적으로 안고 다녔다. 뒷날에는 진경영, 오건장, 이봉명 세 사람이 한 걸음도 떨어지지 않고 외삼촌을 보살폈다. 여름에 외삼촌이 잠잘 때면 이봉명은 모기장을 내려놓고 밖에서 계속 부채질을 하였다. 외삼촌이 공자의 제사를 지낼 때에는 진경영과 오건장이 항상 옆에서 돌보았다. 1937년에 그 두 사람은 외삼촌을 따라 중경에 갔다가 다시 남경으로 갔고, 1948년 말 다시 외삼촌을 따라 대만으로 갔다. 남경에 있을 때 외삼촌이 외출하면 진경영이 따라 다녔는데 용돈도 그가 보관하였다.

공부의 금지禁地
안채

안채

공부孔府의 대문에서 가운데 길을 따라 6개의 정원을 지나면 안채에 이른다. 이곳은 연성공과 그의 부인, 자녀가 사는 곳이다. 어머니와 외삼촌이 어릴 때 안채의 주인은 바로 도외할머니와 그들 삼 남매였다. 문에는 "함부로 들어가는 자는 엄벌에 처한다"라는 글이 붙어 있었다. 문 양옆에는 안시당雁翅鏜, 호미곤虎尾棍, 금두옥곤金頭玉棍 등과 같은 형장곤봉刑杖棍棒과 도창검극刀槍劍戟이 배열되어 있었다. 이러한 곤봉과 병기들은 청나라 황제가 공부를 지키는 데 사용하도록 하사한 것으로, 이 무기로 사람을 죽이더라도 벌을 받지 않았다.

공부의 500백여 명(명·청 시대 많을 때는 1천여 명) 하인들 중에서 안채에 들어갈 수 있는 사람은 겨우 십여 명뿐이었다. 안채로 물을 나르는 물지게꾼도 들어가지 못하고 안채의 문 옆 담장에 있는 구멍으로 물을 부었다. 그곳에는 물이 담장 안으로 흘러 들어갈 수 있도록 물길이 만들어져 있었다.

청나라 광서光緒 연간에 공부 안채에서 화재가 발생하였다. 그곳에 있는 사람들은 대부분 부녀자들로 불길을 잡지 못하였고, 밖에 있는 사람들은 안채에 들어갈 수 없어 불길이 크게 번졌다. 3일 밤낮 동안 불길에 휩싸여 7개의 전각이 모두 불타 버렸다. 건물들은 나무로 지은 것이어서 불꽃이 아주 높게 치솟았고, 불에 타서 끊어진 나무들은 불꽃을 튀기며 하늘로 튀어 올랐다. 어떤 사람은 불새火鳥라고 하면서 불을 향해 꿇어앉아 신에게 은혜를 베풀어 달라고 빌었다. 화재가 일어난 뒤 공부를 다시 짓는 데 든 돈은 명나라 때 곡부 현성을 건설하는 것보다 많았다. 이 화재 이후 곡부 고루鼓樓 부근에 천의사天衣社라는 소방대를 만들었다. 민국 초년에 공부에는 또 한 번 화재가 발생하였으나 마침 제때에 발견하여 천의사가 불을 껐다.

안채와 외부와의 연락은 안채의 문 옆에 있는 심부름하는 하인을 통해 한다. 두 부류의 사람이 있는데, 한 부류는 차변差弁이라 하고, 다른 한 부류는 내전사內傳事라고 한다. 각각 십여 명으로 구성되어 있는데, 안채 문 옆의 작은 방耳房에서 당번을 서면서 안채에 소식을 전한다.

하인들은 안채 문어귀에 등받이가 없는 2개의 긴 의자에 앉아 있다가 손님이 오면 한 줄로 공손히 일어서고, 조장이 긴 소리로 "○○부인 오셨습니다"라고 통보하면 안에 있는 내전사가 나와서 손님을 영접하거나 돌려보낸다. 만약 귀한 손님이 가마를 타고 오면 쪽문角門에서 내려 공부 내의 작은 가마로 바꿔 타고 안채로 들어간다. 이 가마는 남색 모직물로 된 덮개가 있는데 작고 가벼우며, 앞뒤에서 두 사람이 드는데 공부 내에서만 사용한다.

안채에 들어서면 탐문猭門이 나오고, 그 안에 나무로 만든 가림벽影
壁이 있다. 그곳에는 기린麒麟과 비슷한 전설에 나오는 탐이라는 탐욕
스런 괴수가 그려져 있다. 발에는 금과 은을 딛고, 몸에는 진주를 걸치
고 있으며, 하늘을 향해 입을 벌리고 태양을 삼킬 것처럼 하고 있다. 탐
문은 전상방과 마주하고 있는데, 이는 자손들이 탐욕스럽지 않도록 훈
계하기 위한 것이다. 이전에는 연성공이 외출하기 위하여 이곳을 지날
때면 하인이 "어르신公爺, 너무 탐욕스럽습니다"라고 높게 소리쳤다고
한다. 그렇게 하는 것은 하나는 어르신이 안채에서 나간다는 것을 알리
고, 다른 하나는 외출한 후 탐하지 말고 소박한 가풍을 지켜야 한다는
것을 일깨워 주기 위한 것이라고 한다.

전상방前上房

공부는 전형적인 봉건 대귀족의 장원莊園과 관아官衙의
건축 형식을 갖추고 있다. 그곳은 부귀의 기상 속에 성인 저택의 특색
을 잘 나타내고 있는데, 곳곳에 시예지가詩禮之家로서의 분위기가 잘
나타난다. 집 안팎, 문과 기둥 곳곳에는 다음과 같은 대련楹聯과 경구警
句가 붙어 있었다.

천하의 문장은 이보다 뛰어남이 없고,　　　天下文章莫大乎是,
한 시대의 현자들은 모두 이로부터 나온 것이라네.

　　　　　　　　　　　　　　　　　　　一時賢者皆從其由.

만권의 시서는 읽기가 쉽고,	萬卷詩書易讀,
십 년의 나무는 늘 푸르다네.	十年樹木長春.
친구는 사람을 가려야 하고, 처세는 예의에 따라야 하네.	
	交友擇人處世循禮.
집에서는 근검함을 생각하고, 생업엔 근면해야 한다.	
	居家思儉守職宜勤.
좋은 벗이 오면 달을 보는 듯하고,	有好友來如對月,
귀중한 책을 얻으면 꽃을 보듯이 하라.	得奇書看勝觀花.

어머니는 지금도 옛날에 살던 전당루 문 앞 기둥에 있던, 공경용孔慶鏞이 지은 대련을 기억하고 있다.

집 안에서는 마땅히 안팎 정리를 생각하고,	居家當思淸內外,
귀천을 구별하며,	別尊卑,
친구를 택하여 자신에게 도움이 되게 하라.	擇朋友, 有益於己.
처세에 있어 특히 예법을 지키고,	處世尤宜守禮法,
소인은 멀리하고, 군자를 가까이하며	遠小人, 親君子,
마음에 부끄러움이 없게 하라.	無愧於心.

전상방은 일상생활에서 중요한 장소이다. 외할아버지는 생전에 매일 여기에서 공부의 업무를 처리하고 공문을 내보냈다. 전상방 서쪽 칸의 창문 옆에는 외할아버지가 사무를 보는 큰 책상이 있었다. 외할아버지가 돌아가신 뒤에는 도외할머니가 여기에서 외할아버지가 하시던 일

을 맡아 하였다.

전상방은 또한 연극을 보는 곳이기도 하다. 경극京劇을 보는 것은 공부의 전통이며, 중요한 문예활동이기도 하다. 주인이나 하인, 어른, 아이 할 것 없이 모두 경극을 좋아했는데, 특히 외할아버지는 대단한 애호가였다. 청나라 말에 공부에는 경극을 노래하는 극단과 산동지방의 극山東梆子1을 노래하는 극단이 있었다. 이들은 일련의 복장과 도구를 갖추고 있었으며, 배우들은 북경, 제남은 물론 남방에서 온 사람도 있었다. 이들은 대부분 고향으로 돌아가지 않고 곡부에서 살았으며, 죽은 뒤에는 곡부성 밖의 도화심처桃花深處라 불리는 공동묘지에 묻혔다. 그곳의 이름은 아름다웠으나 실제 경치는 알 수 없다. 어머니도 가 본 적이 없어 그곳에 과연 복숭아꽃이 있었는지는 모른다고 한다.

극단의 어떤 배우들은 노래를 특히 잘하였다고 한다. 특히 기화옥紀花玉이라는 아주 유명한 배우가 있었는데, 외할아버지가 돌아가신 뒤 북경으로 갔다고 한다. 그 후에 극단은 해산되고, 일부 배우들은 공부에 남아 일을 하였다. 그 후에도 공부에서 일하던 배우들이 일부 하인들을 데리고 남아 있는 연극 도구들을 가지고 노래를 하였다. 당시 마구간의 진심천陳心泉은 대화검大花臉2 역을 맡고, 화원의 진陳씨는 용투

---

1 산동 대부분 지역과 하북河北·하남河南 일부에서 유행하던 중국 전통극 곡조曲調의 하나인 '방자강梆子腔'의 일종.

2 중국 전통극에서 원로·대신·재상으로 분장하는 역(얼굴에 색칠을 한 데서 나온 이름).

3 중국 전통극에서 시종 또는 병졸의 옷을 입은 사람 또는 그 역.

龍套[3] 역을 맡았다. 이런 하인들은 노래와 연기는 물론 전문 배우들보다는 못하였지만 공부에 있던 화려한 복장만으로도 보는 사람들로 하여금 연극에 도취되게 하였다. 어머니의 세 오누이는 연극을 한다는 소식만 들어도 매우 기뻐하였다고 한다. 왜냐하면 이것이 그들의 중요한 취미생활이었기 때문이다.

연극을 할 때는 전상방의 큰 마당에 무대를 만들었다. 무대를 세우기 위하여 가운데 구멍을 뚫은 4개의 큰 추석墜石을 놓고 그곳에 무대의 기둥을 꽂았다. 공부에서 땅을 파서 기둥을 세우지 않은 이유는 흙을 함부로 파면 풍수를 파괴할 우려가 있었기 때문이다. 연극을 할 때에는 공부의 대문 밖 거리에도 무대를 세우고, 무대 앞에 '백성과 더불어 즐긴다與民同樂'라는 현수막을 걸었는데, 많은 백성들이 와서 함께 연극을 구경했다.

공부 내에서는 함부로 흙을 파지 못하였으나 외삼촌의 유모 장어머니는 전당루의 마당에 있던 푸른색 벽돌을 들어내고 호박金瓜을 가득 심었지만 누구도 말하지 않았다. 이는 아마 그가 유모였기 때문일 것이다.

전당루와 후당루

전상방을 지나고 또 좁은 길을 지나면 수화문垂花門이 있다. 도외할머니는 이모, 어머니와 외삼촌 세 명을 데리고 수화문 안에 있는 전당루前堂樓에서 살았다. 외삼촌이 어릴 때는 공부의 집안일, 공씨 집안의 대사, 지방 정부나 군대와의 연락 등 큰일들은 도외할머니가 모두 결정하였다.

전당루 후문에서 나와 후외헌後外軒을 지나면 넓은 후당루後堂樓가 있다. 외삼촌은 결혼한 후 여기에서 살았다. 후당루 뒤에는 후5칸이라고도 하고 조괴헌棗槐軒이라고도 부르는 일자로 배열된 방이 있었는데, 이곳은 연성공이 책을 읽는 곳이다. 공부는 원래 8채進의 정원으로 구성되었는데, 이 후5칸을 합치면 9채 정원이 되었다. 이로 인하여 61대 연성공 공홍서孔弘緒는 황제가 반포한 '궁실유제宮室逾制'를 위반하였다고 하여 면직처분을 받았고, 그의 동생 공홍태孔弘泰가 연성공을 계승하였다.

후5칸의 뒤는 화원이다. 이곳은 오누이들이 어린 시절 제일 즐겨 놀던 곳인데, 책을 읽는 시간을 제외하고는 대부분의 시간을 여기에서 보냈다.

불당루

안채에는 불당루佛堂樓가 있는데, 안에는 크고 작은 1천여 개의 신상이 모셔져 있다. 여기서 말하는 불당루는 불교와는 무관한 것이다. 공부는 귀신을 모시지 않고, 장례 때에도 불사를 하지 않고, 스님들이 독경을 하지도 않는다. 이는 공자께서 "괴이함과 힘으로 하는 일, 어지러운 일, 귀신에 관한 것을 말하지 않는다不語怪力亂神"라고 말씀하신 뜻을 좇았기 때문이다. 불당루에는 송자낭낭送子娘娘, 지모낭낭地母娘娘, 두모낭낭豆母娘娘, 고모낭낭拷母娘娘, 천제天齊, 토지土地, 용왕龍王, 재신財神, 희신喜神, 복신福神, 귀신貴神, 성황城隍, 조군灶君, 화신火神, 관음보살觀音菩薩, 관운장關公, 아미타불彌陀佛과 같은 집안 여자들의 가신家神들을 모시고 있었는데 지금은 모두 없어졌다. 신상 중에서 가장 큰 것은 불당루 아래층 가운데에 서 있는 관운장의 조각상이다.

피난루

　　수화문 밖 동쪽에는 피난루避難樓가 있는데, 모양은 높은 물탑처럼 생겼고, 주위는 푸른색 벽돌로 쌓았으며, 창문은 없다. 이것은 무엇으로 만들어졌는지 모르지만 불에도 타지 않고 포격에도 견뎌 낸다고 한다. 처음 지을 때는 공부에 재난이 있을 때 연성공이 잠시 피신하도록 하기 위한 것이었으나, 한 번도 사용하지 않아 작은 문의 큰 열쇠는 녹이 가득 슬었다. 피난루 안에는 우물이 있고, 그 위에 널판이 있는데 이것은 특수장치機關로서 모르는 사람이 들어와서 널판을 디디면 우물에 빠진다고 한다. 피난루에는 사람들이 거의 가지 않아 한밤중에는 부엉이가 안에서 괴상한 소리를 낸다고 한다.

　　안채의 서학西學에서는 또 다른 우아함을 느낄 수 있다. 굽이굽이 도는 회랑, 고목과 기이한 꽃, 그리고 꽃이 분분히 떨어진 모습은 사람들로 하여금 떠나기를 아쉬워하게 한다. 이곳은 공부에서 경치가 가장 우아한 건물이다.

　　나의 어머니는 태어나서부터 시집갈 때까지 줄곧 공부의 안채에서 생활하였는데 이른바 "바깥출입을 하지 않는다大門不出, 二門不邁"라는 대갓집 딸千金의 생활이었다.

16 안채
생활

1 천년을 이어온 귀족 가문으로서 공부의 생활방식은 전통을 고수하였기 때문에 바깥세상의 영향은 비교적 적게 받았다. 공부孔府에는 "선례가 있으면 그대로 따라야 하고, 없는 것을 새로 만들 수 없다有例不能減, 無例不能添"라는 가르침이 있었다. 이는 모든 것을 조상의 관례에 따라야 하고, 사용하는 물건도 조상이 남겨 놓은 것이라면 하나도 줄여서는 안 된다는 것을 말한다.

충서당忠恕堂을 예로 들면 실내에 옥으로 된 꽃바구니, 작은 청동솥銅鼎, 옛 청동솥古銅鼎, 『창려문집昌黎文集』, 박고등博古燈, 침향봉황산沈香鳳凰山, 옛 동전거울古銅穿衣鏡, 박취봉황경撲翠鳳凰鏡, 옥거울玉鏡, 자명종自鳴鍾, 옥편종玉片鐘, 대리석 정방형 책상大理石方几, 단향목 필통檀香筆筒, 육릉궁등六楞宮燈, 대나무뿌리사자竹根獅子, 거문고탁자琴卓, 나한침대羅漢塌, 소편금로小片金爐, 벽옥사발碧玉碗, 제홍색도자기霽紅瓷瓶,

126

황제 하사품 책御賜書, 다보도多寶榧, 옥어룡화삽玉魚龍花揷, 산호분재珊瑚盆栽, 느림등流蘇燈, 한나라편병漢扁瓶, 경태람솥景泰藍鼎, 경목꽃조가발걸상硬木刻花脚踏, 옥향정玉香亭, 어제시문집禦制詩文集, 어비통감집람御批統鑒輯覽, 상서정의尙書精義, 행궁도行宮圖, 팔대가서첩八大家字帖, 장정석도산蔣廷錫挑山, 산수고괘달山水高掛達, 당인산수화唐寅山水畫 등이 놓여 있었다. 이것들은 몇 대를 거치는 동안에도 원래 그대로 놓여 있었다.

그러나 공부의 생활도 사회 변화에 따라 점차 바뀌어 중화민국 이후에는 유리거울도 사용하기 시작하였다. 다른 집에서는 유리거울을 사용하는 것이 사소한 일이지만, 공부에서는 옛 청동거울 대신 유리거울을 사용한다는 것은 일대 혁신이었다.

나의 어머니가 어릴 적까지만 해도 공부에서는 보온병을 사용하지 않았다. 당시 시장에서 파는 보온병들이 많았지만 공부에서는 여전히 차 화로茶爐로 데운 물을 사용하였다. 공부의 차 화로는 다른 곳에서는 볼 수 없는 것이었다. 청동으로 만들었는데 화로 가운데서 목탄을 태우고 주위에 물을 넣었다. 어머니가 외출하면 하인들은 차 화로와 목탄을 메고 뒤에서 따랐다고 한다.

공부에는 시계도 많았는데 대부분은 황궁에서 하사한 것이거나 외국에서 선물로 보내온 것으로 아주 정밀하고 아름다웠다. 어머니가 결혼할 때는 아주 큰 팔음금종八音金鐘을 선물로 가지고 왔는데, 외부를 전부 금으로 장식한 것이었다. 공부에 시계가 많이 있었지만 시간을 측정하고, 알리는 방법은 여전히 옛 방식대로였다. 대청正廳 앞의 월대月臺에 있는 해시계와 청동 주전자로 만들어진 물시계로 시간을 측정하였고, 아침에는 종으로, 저녁에는 북소리와 폭죽 소리로 시간을 알렸다. 매일 아침 성문을 열 때는 종루鐘樓에서 종을 쳤고, 저녁에 성문을 닫을 때는 고루鼓樓에서 북을 쳤다.

곡부 최초의 마차

1930년대 초에 나의 이모가 북경에 놀러 갔다가 길거리에서 마차를 보고 매우 좋아하였다. 그래서 마차를 사고, 성이 풍馮씨인 마부를 데리고 돌아왔는데 이것이 곡부 최초의 마차였다. 그 후 공부에서는 노새가 수레를 끌던 것을 말로 바꾸었다.

이처럼 옛 전통을 고수하는 전형적인 봉건 대가족에서 최고 지위에 있는 사람은 도태부인, 즉 도외할머니였다. 외할아버지가 돌아가신 후 외삼촌의 나이가 어렸기 때문에 공림·공묘·공부의 모든 일을 도외할머니가 관리하였고, 외할아버지의 친사촌 형 공령예孔令譽가 공부의 집사管家를 맡았다. 도외할머니는 매일 아침 전상방에서 외할아버지가 생전에 쓰시던 큰 책상에 앉아서 공부 내의 8개 부서八大房로부터 보고를 받고 처리 방향을 결정하셨다.

공부의 관원, 집사, 소갑小甲(촌의 밭 책임자)이 올리는 문서 첫머리에는 "큰할머니, 어르신의 재가를 바랍니다公太太, 公爺恩准"라고 썼는데, 큰할머니는 도외할머니이고, 어르신은 외삼촌을 가리킨다. 도외할머니가 문서를 확인할 때에는 내생來生이라는 하인이 옆에서 시중을 들었다. 도외할머니는 친히 수리·토목공사 현장을 돌아보고, 집안의 어른들을 소집하여 집안 대사를 상의하였다. 또한 고악전습소古樂傳習所를 창립하여 제례에서 음악을 연주하고 춤추는 사람樂舞生을 양성하였고,

밖으로는 산동성의 성장을 비롯한 관리들과 공부와 관련된 일들을 협의 · 결정하였다. 특히 국내 정치가 혼란스러워지자 군벌들이 수레나 인부, 가축들을 징발하는 일이 많았는데, 고위관리들로 하여금 이를 금지토록 하였다. 도외할머니는 또 북방 군벌인 장종창張宗昌에게 글을 보내 연주진수사가 곡부에서 방어임무를 맡게 하였다. 1925년경 군대가 곡부를 지나가는데 약탈을 일삼자 공부에서는 술과 음식 등 위문품을 전달하고, 군 간부들에게 부탁하여 지방 사람들을 보호하도록 하였다. 또 전쟁이 거듭되면서 패퇴하는 군인들로부터 곡부 지역을 보호하기 위하여 일족회의를 열어 자위에 필요한 무장을 하기도 하였다. 외할아버지가 돌아가시고 외삼촌이 어릴 적에도 곡부 지역에서 공부는 여러 측면에서 상당한 영향력을 가지고, 일정한 역할을 수행하였다.

공부의 자수

공부의 전통 자수인 '노나라 자수', 즉 노수魯繡는 전국적으로 유명하였다. 노수는 다양한 기법을 사용하는데, 단사수單絲繡 · 쌍사수雙絲繡 · 타자打子 · 백납百衲 · 수화繡花 등으로 구분할 수 있고, 이를 방식에 따라 포包 · 대帶 · 합盒 · 투套 · 조條 · 폭幅 등으로 구분할 수 있다. 일반적인 자수의 소재인 산수 · 인물 · 꽃 · 짐승 · 초충 등에서도 노수 구도의 엄밀함과 수법의 다양함, 표현의 화려함과 생동감이 잘 드러나 있다.

공부에는 전문적으로 꽃을 수놓는 주이니朱二妮가 있었는데, 그의 작품은 주로 선물용으로 사용되었고, 이를 액자에 넣어 벽에 걸어 두기도 하였다.

공부에서는 직접 누에를 쳐서 비단을 짰다. 누에를 치는 요영姚榮이라는 사람은 나의 어머니를 데리고 후당루에 가서 누에 치는 것을 보여주기도 하였다. 누에를 치는 사람들은 일할 때 공부에서 작업복으로 주는 마포 두루마기를 입었다. 후당루에서는 창문을 막고 누에를 쳤는데, 그곳에서 친 누에로 짠 비단은 시장에서 파는 것과 달리 질감이 아주 부드럽고 얇아서 여름에 입으면 매우 시원했다. 이런 비단은 보통 고동색, 회색, 남색으로 화려했기 때문에 공부에서는 거의 입지 않았다. 이는 아마도 "선비 집안에서는 평생 비단옷을 모르고 산다"라는 교훈 때문일 것이다.

나의 어머니와 이모는 성인의 후손이 지켜야 할 "선비 집안은 소박하게 생활하여야 한다"는 조상의 가르침에 따라 침실의 침상에서는 농민들이 사용하는 무명 요와 남색에 작은 흰 꽃이 있는 이불을 덮었다. 침실에도 여자아이들이 좋아하는 붉은색 · 녹색으로 된 것은 없고, 커튼 등 모두 수를 놓지 않은 남색이었다.

공부 사람들의 옷

공부에서는 옷에도 특별히 신경을 썼다. 중화민국 5년 9월 당시 도외할머니를 위하여 한 번에 지은 옷이 162벌이고, 그중에는 친칠라나 담비 가죽으로 만든 옷도 십여 벌이었다. 공부에는 도외할머니와 세 아이의 옷을 기재한 별도의 장부가 있었고, 각각 다른 사람들이 옷에 번호를 붙여 별도의 상자에 넣어 전문적으로 관리하였다. 그

럼에도 불구하고 어머니와 이모는 이러한 옷들을 대부분 입어 본 적이 없고, 심지어 보지 못한 것도 많았다. 그들은 평소 남색으로 된 옷들을 입었고, 신도 꽃신 대신 검정색 베로 만든 신을 신었으며, 머리는 길게 땋아 붉은 끈으로 묶었다. 그들은 설날과 같은 명절이나 특별한 기념일 등에만 비단옷을 입었다.

외삼촌 덕성은 두세 살 때부터 결혼할 때까지 긴 두루마기를 입고, 진주로 '수壽' 자를 새긴 작은 모자를 썼다.

외할아버지의 옷을 기록한 장부를 보면, 공부에서 매년 그를 위해 4백 벌의 옷을 준비하였다. 그중 한 장부를 보면 진주모람녕주포珍珠毛藍寧綢袍, 진주모청단장수마괘珍珠毛青緞長袖馬褂, 호퇴장수마괘狐腿長袖馬褂, 호퇴대금감견狐腿對襟坎肩, 은회장수마괘銀灰長袖馬褂, 화회람녕포花灰藍寧袍, 회청단장수마괘灰青緞長袖馬褂, 소모양피회추포小毛羊皮灰繻袍, 소모피람장수마괘小毛皮藍長袖馬褂, 중모양피청장수마괘中毛羊皮青長袖馬褂, 회니대창灰呢大氅, 진주양고단포珍珠羊庫緞袍, 회양추주찰요灰羊繻綢紥腰 등이 있었다. 다른 장부에는 두루마기를 적었는데, 화회서花灰鼠 2벌, 진주모珍珠毛 1벌, 금은감金銀嵌, 천마호감天馬狐嵌, 천청직지天青織地, 원청녕주元青寧綢, 직면마지織綿麻地, 홍청선추紅青線繻, 홍청양추紅青洋繻, 홍청단자紅青緞子, 원청실지元青實地, 천정니자天青呢子, 천청선추天青線繻, 청니자青呢子, 청선추青線繻, 홍청우단紅青羽緞, 청주주青紬綢, 천청사天青紗 등이 있었다. 아마도 외할아버지는 이 많은 옷을 한 번도 입어 보지 못했을 것이다.

예전에 어머니에게서 들은 이야기가 있는데, 지금도 그 이야기를 떠올리면 웃음이 절로 난다. 어머니와 이모는 어렸을 때 남색 옷과 검정색 베로 만든 신 대신 아름다운 옷과 신발을 신고 싶었다고 한다. 그러나 그들은 공부 안에서만 생활하였기 때문에 밖에 무엇이 있는지도 몰랐다고 한다.

한번은 친척 한 분이 어머니와 이모에게 비 올 때 신는 신을 보내왔는데 검은 고무로 만든, 빛이 번들거리는 신발이었다고 한다. 자매는 난생처음 보는 신발을 알아보지 못하고, 그것을 보내 준 친척에게 무슨 신발이냐고 물었는데, 그도 잘 몰라 적당히 "빛이 나는 신"이라고 대답하였다. 그러면서 이 신발이 지금 유행하는 신발이라서 두 아가씨께 보냈다고 하였다. 이는 두 사람이 좋아하도록 선의로 지어낸 거짓말이었다. 그러나 어머니와 이모는 신발이 번들거리는 것에 놀라면서 맑은 날에도 신고 공부를 돌아다녔다. 사람들이 이를 보고 칭찬인지, 신기해서인지 아니면 눈에 거슬렸기 때문인지는 알 수 없으나 "쯧쯧, 세상 참 많이 변했네. 아가씨가 빛이 나는 신을 신었네"라고 하였다 한다.

후에 어머니와 이모는 유행을 따라 양말을 신었는데, 이는 북경이나 제남에서 사온 것이었다. 그러나 양말 신는 방법을 몰라 버선을 신고, 그 위에 다시 양말을 신어 발이 아주 무덥고 불편하였다. 그러나 그들의 눈에는 그것이 당연히 예뻐 보였을 것이다.

그들이 쓰는 모자 또한 농촌 아주머니들이 쓰는 검정색 무명 벨벳으로 만든 것이었다. 공부의 부녀자들은 나이와 관계없이 모두 이러한 모자를 썼기 때문에 그들은 다른 종류의 모자가 있는 줄을 알지도 못했다. 어머니와 이모는 자신들의 생각대로 모자에 많은 진주와 비취를 달았다. 머리 모양은 전에는 머리 뒤에 큰머리 태를 땋고 붉은 끈을 맸는데, 십여 살이 되어서는 누구한테 배웠는지 기억나지 않지만 때로는 높게 틀어 올렸다. 그때는 비록 중화민국 시절이었지만 어머니와 이모는 아직도 이전 청나라 때의 만주족 부녀자들과 같은 머리 모양을 하였다.

어머니와 이모는 견직물을 그다지 좋아하지 않았으나, 그들이 결혼하기 전에 유행했던 옷은 제남에서 사온 능사 비단으로 만든 두루마기였다. 덕성 외삼촌도 옷차림에는 신경을 쓰지 않고, 집에서 해 주는 대로 입었다고 한다.

공부 사람들의 외출

공부 사람들은 대부분 외출을 하지 않고 부내에서 생활하였는데, 한번 외출하려면 절차가 아주 복잡하였다. 도외할머니가 외출할 때는 그가 살고 있는 전당루나 전상방에서 작은 가마를 타고 동문까지 가서 다시 큰 수레를 타고 밖으로 나갔다. 밖으로 나갈 때는 반드시 하인들이 뒤를 따랐다. 그들은 공부 내에 살면서 주인이 외출할 때만 함께 수행하면서 시중을 들고, 외출이 없으면 공부에서 쉬었다. 수행하는 하인들은 주인의 외모, 체격이나 풍채에 어울리는 사람들로 구성하였다. 나의 외할아버지는 키가 크고 건장하셨기 때문에 수행하는 하인들도 모두 키가 컸다. 그중 조북부趙北夫라는 사람이 대부분 외할아버지를 수행하였다고 한다.

공부 내에서 타는 작은 가마는 가마꾼 외에도 하인 한 사람이 함께 따라간다. 가마가 작은 문을 지날 때마다 그곳을 지키는 하인들이 한 줄로 서고, 그곳의 조장이 앞에서 전통 방식에 따라 예를 갖추면서 "마님께 인사를 올립니다"라고 외친다. 이후 조장이 뒤로 세 발짝 물러서서 대오로 돌아가면 가마가 그곳을 지나간다.

몇 번의 인사를 받은 후 각문角門에 도착해서 큰 수레로 바꾸어 탄다. 행렬의 맨 앞에서는 '정마頂馬'라고 부르는 말을 탄 하인이 길을 낸다. 만약 저녁이라면 정마 앞에 좌우로 등롱을 든 사람이 선다. 등롱에는 붉은색의 송설체로 '습봉연성공부襲封衍聖公府'라고 씌어 있다. 정마의 뒤에는 실탄으로 무장한 최소 8명 이상의 봉위정이 수레를 호위하고, 그 뒤에 도외할머니의 마차가 진행한다. 수레는 장식에도 많은 신경을 썼는데, 수레를 끄는 노새의 안장은 법랑으로 만든 것이고, 끈은 자홍색이었다. 수레의 몸체는 아주 넓고 좌우로 각각 2개의 유리 창문이 있었는데, 여름에는 비단 창으로 바꾸었다. 겨울에는 수레 안에 친칠라 가죽을 깔았다. 도외할머니는 수레 안에 앉고, 수레 밖 양쪽 발 디딤대의 한쪽에는 마부가 서고 다른 한쪽에는 하인이 섰다. 수레 문 앞쪽으로 늙은 여자 하인이 은으로 만든 물담배통을 들고 앉아 있었는데, 그녀는 외할머니에게 담뱃불을 붙여 주는 사람이다. 수레 뒤에는 십여 명의 하인들이 따랐는데 어떤 사람들은 말을 타고, 어떤 사람들은 걸어서 간다.

들은 말에 의하면 외할아버지가 생존해 계실 때는 외출 규모가 더욱 컸다고 한다. 청명절에 공림에 가서 성묘할 때 의장대의 구성원은 폭죽 터뜨리는 사람 1명, 징 치는 사람 4명, 북 치는 사람 4명, 고깔모자 쓴 사람 4명, 향로 든 사람 4명, 수레를 인도하는 사람 3명, 마부 4명, 가마꾼 8명, 예비 가마꾼 1명, 가마꾼 보조 2명, 대소 수행인 9명, 신변 하인 1명, 하인 15명, 호위 약간 명, 집사 등 수 명, 공물 운반자 1명,

차를 멘 사람 1명, 은을 든 사람 2명, 주방의 일을 하는 사람 등 약 1백 명이나 된다.

행렬이 지나가면 나팔을 불고, 북을 치는 등 온 성안이 떠들썩하였다. 그 이전 외증조할아버지 공상가孔祥珂가 북경으로 행차할 때는 하인과 의장이 더욱 많았을 뿐만 아니라, 연도의 각 주·현에서 인원을 모두 동원하였다고 한다. 행렬이 지나가는 각 현에 미리 통지하여 관리 1명, 큰 가마 1채, 가마꾼 3개 조, 관노 18명, 상여꾼 30명, 타는 말 2필, 수레를 끄는 말 25필, 포졸 10명, 북 치는 사람 1조, 비를 피할 장비, 등롱 등을 모두 준비하게 하였다.

외할아버지가 북경에 갈 때에는 지나가는 주·현에 미리 통지하지 않고, 북경으로 바로 가는 특별열차를 탔다. 외할아버지가 북경에서 돌아가신 후 곡부로 운구할 때는 북경 내무부에서 연도의 각 주·현에 통지하여 지방관리들로 하여금 영구를 영접하여 정성껏 보살피도록 하였다.

어머니 자매는 거의 외출을 하지 않았는데, 그때는 수행하는 사람들이 그렇게 많지 않았고, 타고 나가는 가마도 달랐다. 도외할머니가 타는 것은 '좌차坐車'라 하였고, 어머니 자매가 타는 것은 '소이차小二車'라 하였는데, 할머니가 타는 것보다는 못하였다. 이외에도 공부의 나이 든 하인들이 타는 '대이차大二車'라는 가마가 있었는데, 물론 소이차보다 못하였다. 공부의 집사들이 외출할 때는 보통 말을 탔다. 공부에서는 수십 필의 말을 길렀는데, 이는 집사들을 위해 준비한 것이다. 외삼촌 덕성이 10여 세가 되어 외출할 때도 의장이 없었고, 다만 측근 하인인 진경영·오건장·이봉명을 데리고 나가거나 봉위정 몇 명을 더 데리고 나갔다. 또 그는 번번이 뒷문으로 나갔기 때문에 겉치레를 따지지도 않았다.

안채에서부터 대문까지는 상당한 거리였으므로 출입하기 편하도록 외삼촌은 동학東學 뒤에 소홍문小紅門이라는 작은 뒷문을 만들었다. 그러자 일부 노인들이 많은 걱정을 하였다. 그들은 풍수를 보면 공부의 동서 양측으로 평행하게 뻗은 갱도更道는 가마의 손잡이와 같아서 공부를 가마처럼 들고 있는 형상이고, 이 손잡이가 지금까지 공부를 떠받치고 있었기 때문에 1천년이 지나도 몰락하지 않는 천하제일가가 되었다고 한다. 그런데 만약 소홍문을 내면 동쪽의 갱도가 끊어져 가마의 손잡이가 부러지는 것이므로 공부는 가마에서 내려오게 된다고 걱정하였다. 아무튼 이 뒷문을 만들자 공부의 일상생활은 많이 편리해졌고, 또 외출할 때 갖추던 겉치레들이 많이 줄어든 것은 사실이다.

부무府務 17

공림孔林, 공묘孔廟, 공부孔府 및 공씨 일족과 관련된 여러 일들을 줄여서 '부무府務' 혹은 '임묘부무林廟府務'라고 한다.

공부에는 가장 웃어른인 연성공이 있고, 그의 업무를 보좌하기 위하여 집사管家를 두고 있었는데, 이는 집안사람 중에서 신망이 두터운 사람이 맡았다. 외할아버지가 계실 때에는 외할아버지의 사촌 형인 공령예孔令譽가 집사였다.

외할아버지가 돌아가시고, 외삼촌이 어렸을 때에는 도외할머니가 부무를 처리하였는데, 그때도 공령예는 집사로서 도외할머니를 도왔다. 그는 공부와 가까운 집안이고 또한 40원員 중의 일원이었다.

다음의 기록은 1920년과 1922년 몇 달 동안 공부에 있었던 주요 업무인데 도외할머니가 처리한 것들이다.

1920년

8월 인품과 학식을 갖춘 사람으로 40원을 보충하였고, 공림에 가서 공사를 감독하였다.

9월 고전음악 전습소를 세우고, 교사를 초빙하여 학습을 시작하였다.

10월 조하挑河 공사를 확인하고, 합족들을 소집하여 외할아버지의 장례에 대하여 논의하였다.

11월 외할아버지의 장례 진행 상황을 살피고, 공림 내의 마른 나무를 제거하고 새로운 나무를 심었다.

12월 부내의 사람들과 모든 현의 주민들에게 도박을 하지 못하도록 지시하였다.

1922년

5월 산동성장과 협의하여 초피아肖皮兒 등 시장을 공부에서 관리하게 하였다.

6월 공묘 내의 악기를 정리하고, 거문고와 비파 등은 모두 새것으로 바꾸고 제복을 추가하였다.

7월 소홍 담장小紅牆 등을 수리하였다.

8월 보본당報本堂을 수리하였다.

9월 자양창滋陽廠의 총갑總甲이 잃어버린 땅에 대하여 조사하였다. 이상은 몇몇 대사들이었고, 일상적인 인사이동, 양식조절 등 사소한 일들도 적지 않았다.

공부는 조상에게 제사 지내고 일족을 통솔하는 것을 주요한 직책으로 할 뿐만 아니라, 사회 치안, 지방 사무, 심지어는 군사 사무에까지 중요한 역할을 수행하였다. 이와 관련된 큰일들은 공부가 직접 나서서 해결하였다.

예컨대 1925년에 곡부성 밖의 오촌吳村에서 전쟁이 있었는데 공부는 군벌인 제남의 장종창張宗昌과 오옥수吳玉帥에게 전보를 보내 각 부대로 하여금 곡부를 전선에서 제외하도록 엄명을 내려줄 것을 요청하였다.

장종창과 공부는 보통 관계가 아니었다. 나의 외할아버지는 그와 의형제를 맺었고, 잦은 왕래를 하였다. 외할아버지가 돌아가신 뒤에는 그가 직접 곡부에 와서 묘소에 참배하였고, 공부를 보호하기 위하여 봉위대를 파견하기도 하였다. 그는 경제적으로도 공부를 많이 도와주었는데, 공묘의 침전을 수리하는 데 쓴 2만 원도 그가 기부한 것이다. 도외할머니도 이모와 어머니, 외삼촌을 데리고 제남의 장종창의 집張府을 방문한 적이 있었다. 외삼촌이 여섯 살일 때 장종창은 자기 아들 장제악張濟樂과 의형제를 맺게 하였다. 그때 장제악은 열네 살로, 장종창의의 '위군유년모범제일단義威軍幼年模範第一團' 단장이었다.

도외할머니가 외할아버지에게 시집올 때 북경의 친정집에서 고문師爺으로 두병훈과 진문채를 데리고 왔는데, 뒤에 이 두 사람이 그를 도와 부무를 처리하였다. 그는 또 마부 풍이, 정원사 진씨, 도배장 가준창과 채소일꾼 최오 등도 데리고 왔다. 이외에도 친정의 몇몇 형제들, 즉 셋째·아홉째·열한 번째 형들도 자주 공부에 와서 서학西學 남화청南花廳에 기거하면서 외할머니의 일처리를 도와주었다.

도외할머니가 생전에 마지막으로 한 큰일은 세보를 증간하기 위한 준비였다. 『공자세가보孔子世家譜』는 청나라 건륭황제 이래 1백여 년간 증보하지 못하여 이를 편찬하는 것은 매우 중요한 일이었는데, 이를 외할머니가 여자로서 처음 시작한 것이다. 그러나 2년간의 준비를 마치고, 정식으로 편찬하기 직전 도외할머니는 병으로 돌아가셨다. 그때 도외할머니는 51세였다.

도외할머니가 돌아가신 후 공부의 주인은 세 아이들이었다. 당시 이모는 열다섯 살, 어머니는 열세 살, 외삼촌은 열한 살이었다. 이 때문에 집안일을 돌보아 줄 사람이 필요하였고, 상의 끝에 집사인 공령예의 부인, 즉 어머니의 사촌 큰어머니 원袁부인을 청하였다. 원부인은 원세개의 조카손녀로, 성품이 온화하였다. 공 집사와 원부인 사이에는 공덕공孔德恭이라는 딸 하나가 있었는데, 함께 공부의 안채에 들어와 살았다. 그녀는 외삼촌보다도 나이가 어렸기 때문에 형제들처럼 가깝게 지냈다.

외할아버지의 측실인 풍豐부인, 즉 나의 풍외할머니는 도외할머니보다 먼저 젊은 나이에 돌아가셨다. 어머니의 오누이 세 사람은 도외할머니를 어머니娘라 불렀고, 풍외할머니를 큰어머니大媽라 불렀으며, 나의 친외할머니를 둘째어머니二媽라고 불렀다. 풍외할머니는 원래 전당루의 서상루西廂樓에 살고 있었는데, 왕王 친외할머니가 돌아가신 후 전당루의 서간으로 옮겨 살았다. 그녀는 평소 도외할머니의 시중을 들었는데 매일 아침이면 도외할머니의 방에 와서 인사를 드렸다.

풍외할머니에 대해서는 문자로 남겨진 기록이 없고, 다만 그가 곡부의 평범한 한 상인의 딸로서 아버지가 풍이릉豐二楞이라고 알려져 있다. 그는 공부에서 측실로 생활하면서 슬하에 아이가 없었고, 평소에 밖으로 나오지 않았다. 외할아버지와 왕외할머니가 돌아가신 후 도외할머니가 여자 손님을 접대할 때, 그를 불러 함께 하는 경우도 있었으나 거의 말을 하지 않았다. 관례에 따르면 측실은 본부인 앞에서는 걸상에 앉을 수 없고 낮은 쪽걸상에 앉아야 하며, 또 정색인 붉은색·녹색 치마를 입을 수 없고, 붉은색을 띤 옅은 자색의 옷만 입을 수 있다.

18 제사

어머니는 깊은 궁궐과도 같은 공부의 안채에서 한밤중에 소나 양의 애처로운 소리를 들을 수 있었다. 이는 공묘의 제사를 준비하는 사람이 제물로 바칠 소와 양을 잡는 소리이다.

공자의 제사를 지내는 것은 한나라 고조高祖 때부터 시작되었다. 초한楚漢 전쟁이 끝난 뒤 유방이 천하를 통일하고 고조가 되었다. 그는 사람들이 공자를 본받도록 하기 위하여 기원전 195년(고조 12년)에 곡부에 와서 태뢰太牢, 즉 최고의 예로써 공자를 제사하면서 공자의 9세손 공등孔騰을 봉사군奉祀君으로 봉했다.

공등에서부터 시작하여 77세손인 나의 외삼촌 공덕성에 이르기까지 공자의 적손이 제사의 직책을 맡은 것이 2천1백30년이나 되었다. 공자의 제사를 지내는 것은 공부의 주요한 일이며 또한 봉건시대 국가의 대사이기도 하였다. 역사적으로 역대 제왕들은 하늘, 땅, 일월과 귀신에게 제사를 지내면서 동시에 또 가장 성대하게 공자에게 제사를 지냈다.

조상인 공자의 제사를 지내는 것은 연성공衍聖公의 가장 중요한 임무이며, 공부의 가장 큰일이다. 공부에서 매년 공자의 제사를 지내는 것은 50여 차례이다. 공부 대부분의 수입을 제사에 사용한다.

춘제와 추제

매년 제사는 4대정四大丁(4대제라고도 하며, 사계절의 음력 丁日), 사중정四仲丁(大丁 후의 10일째), 팔소제八小祭(청명, 단오, 제야, 추석, 6월 초하루, 10월 초하루, 생일, 제삿날), 그리고 매달 초하루, 보름, 1년 중의 24절기에 있다.

제사는 크고 작은 것이 있는데, 큰 것은 춘추 두 차례이고, 그중에서도 추제를 더 크게 친다. 공자의 생일은 음력 8월 27일인데, 민국정부 때 양력 9월 28일로 정했다(공부에서는 탄신일이라고 한다). 공자의 생일에 지내는 추제秋祭는 1년 중 규모가 가장 큰 공자의 제사로, 성대하게 의식을 치를 뿐만 아니라 학교도 3일간 휴학함으로써 공자에 대한 존경을 표하고 있다. 춘제春祭는 공자의 사망일에 지내는데, 매년 음력 2월 18일이다.

공자의 제사 의식은 공묘에서 거행한다. 공묘의 정전正殿인 대성전大成殿에는 원래 공자 한 사람만 제사를 지냈는데, 후에 사배四配, 12철十二哲로 확대되었다. 여기서 사배란 공자의 사상을 전하는 데 가장 공로가 큰 4명, 즉 복성 안회複聖顔回·종성 증참宗聖曾參·술성 공급述聖

孔伋‧아성 맹가亞聖孟軻를 함께 배향하는 것을 말하고, 12철이란 유교에서 사배 다음으로 공로가 큰 12명, 즉 민자건閔子騫‧염옹冉雍‧단목사端木賜‧중전仲田‧복상卜商‧유약有若‧염경冉耕‧재여宰予‧염구冉求‧언언言偃‧전손사顓孫師‧주희朱熹를 말한다. 공묘의 동서 곁채에는 공자의 기타 제자와 공자의 사상을 전파하는 데 공이 큰 선현들의 신위도 함께 모시고 있다. 이렇게 하여 공자와 함께 제사를 지내는 사람은 156명이나 된다. 이외에 대성전 뒤 침전에는 공자의 부인 기관씨 亓官氏의 신위를 모시고 있고, 공묘의 동서 양쪽에는 공자의 부친 숙량흘叔梁紇과 모친 안징재顔徵在 및 공자의 직전 5대에 걸친 선조를 모시고 있으며, 공자의 형 맹피孟皮의 신위도 있다. 이 때문에 제사는 아주 빈번하고 번잡할 수밖에 없다.

가제와 국제

공자의 제사는 가제家祭, 즉 집안의 제사와 국제國祭, 즉 국가에서 주관하는 제사 두 가지로 나눌 수 있다. 국제는 대부분 황제가 대신하나 지방 관리를 파견하여 제사를 지내는 것으로, 민국 이후에는 대회를 여는 형식으로 바뀌었다. 반면 가제는 옛 전통을 그대로 지키고 있다.

가제는 저녁 9시에 시작하여 밤 12시에 끝나는데, 약 1천여 명이 참여한다. 통상 관리 1백여 명이 예를 집행하는 예생禮生, 예의 진행을 알리는 명찬鳴贊, 예의 진행을 돕는 상예相禮 80명, 가야금을 켜거나 북을 치는 사람, 깃발을 들거나 춤을 추는 사람과 같은 악무생樂舞生 120

명, 그리고 사씨학四氏學(공자·안자·맹자·증자를 위한 학당)의 학원學員, 공씨 집안사람, 소작인 등이다.

제물

공자의 제사용 제물祭物은 아주 엄격한 기준을 가지고 있다. 공씨 집안의 족규 제1조에 제사는 "풍성하고, 깨끗하고, 정성을 다하고, 공경을 바쳐야 한다必豐, 必潔, 必誠, 必敬"고 규정하고 있다. 청나라의 황제도 다음과 같은 성지를 내렸다. "공묘와 공림에서는 항상 제사를 깨끗이 하도록 해야 한다."

제사에 사용하는 소는 온몸이 검고, 몸집이 우람하고, 100근 정도의 무게에 밭갈이를 하지 않은 젖소乳牛여야 한다. 제사 지낼 소를 준비하는 집祭牛戶은 소에 황색 비단을 걸치고, 연성공이 소에게 절을 한 뒤 소를 잡아야 한다. 양은 30근 정도의 흰색이어야 하고, 돼지는 80근 정도의 순 검정색이어야 한다.

제사를 지내기 이전에 사육을 할 때에도 엄격한 기준에 따라야 한다. 예를 들면 소에게 매일 녹두 1되, 검은콩 5홉, 가는 풀 한 단을 먹여야 한다. 기타 제물로 고양이의 피, 가시연밥, 사슴의 가슴 등 수십 종이 있는데, 이에 관하여 무게·모양·출처 등 여러 측면에서 상세한 기준을 가지고 있다. 원료뿐만 아니라 가공 방법에도 기준이 있다. 예를 들면 물고기는 반드시 '뫼산山' 자 모양의 큰 소금으로 비벼야 하고, 사용하는 산초는 모두 머리와 꼬리를 없앤 뒤 사용해야 하며, 불을 때는 나무의 길이는 8치가 되어야 하고, 숯은 닭의 뼈를 사용한 숯이어야 하며, 불을 땔 때 튀는 소리가 나야 된다.

이러한 기준에 맞는 제물을 찾는 것은 쉬운 일이 아니다. 따라서 공부에는 전문적인 임무를 부여받은 우호牛戶, 양호羊戶, 저호猪戶, 어호魚戶, 소탄호燒炭戶, 염호鹽戶 등을 두어 제수 용품을 공급하게 하고 있다. 이들은 제물들을 준비하기 위하여 각지를 다녀야 하기 때문에 지방의 각종 부역과 세금을 면제받는다.

제사에서 예의 진행을 알리는 명찬鳴贊은 요즘으로 말하면 회의의 사회자와 비슷한데 요구조건이 매우 엄격하다. 먼저 얼굴 생김새 · 풍채 · 기풍 등이 특출하여야 하고, 나아가 목소리가 매우 우렁차야 한다. 명찬은 제사 지낼 때 대성전 제전 옆에 서서 각종 구령을 하는데 모든 사람이 들을 수 있도록 크게 말하여야 한다. 명찬은 평소 공묘의 수림에서 목청을 연습하였고, 특히 6월이면 더욱 긴장되었다고 한다. 그 목소리는 우렁차야 할 뿐만 아니라 음악적 특성을 가져야 하는데, 마치 시를 읊거나 노래를 하는 것처럼 말꼬리를 길게 끌어야 한다.

제례 음악

공자의 제사에 사용하는 음악을 곡부 공묘음악 혹은 정제丁祭음악이라고 한다. 이것은 일반 사찰이나 궁정의 음악과는 달리 악기, 악보, 무일舞佾, 복장, 악무생의 출신과 모집시험 등에서 유구한 예술의 원류와 독특한 악제를 가지고 있다. 알려진 바에 의하면 공자의 제사용 음악은 수나라 문제隋文帝 인수仁壽년에 석전釋奠 악장을 만든 것을 기본으로 삼고, 그 후 여러 왕조의 변천에 따라 계속 변화 · 발전되어 왔다. 명나라 때에는 역대의 제사 기록을 종합적으로 정리하여 6장章 6 주奏로 확정하였다.

공자의 제사용 음악은 훈塤, 축柷, 어敔, 편종編鐘, 편경編磬 등과 같은 고대의 악기를 사용하고 있다. 함께 사용되는 악장 「대성악大成樂」 6장의 명칭은 다음과 같다.

1장 영신迎神 「소평지장昭平之章」 **2장** 초헌初獻 「선평지장宣平之章」

3장 아헌亞獻 「질평지장秩平之章」 **4장** 종헌終獻 「서평지장敘平之章」

5장 철헌徹獻 「의평지장懿平之章」 **6장** 송신送神 「덕평지장德平之章」

가사나 곡은 모두 길지 않고, 모두 4언四言시이다. 예를 들면 「영신함평지곡迎神 咸平之曲」은 아래의 몇 구절밖에 없다.

위대한 성인인 공자께서는 모든 덕행과 커다란 공적을 갖추시고
문화를 전파해서 모든 군왕들이 숭배하고 존경한다.
법규에는 일정한 도리가 있어, 학교를 분명하게 나타내고,
경건한 마음으로 보궤簠簋를 다루고, 종과 북의 시간이 엄격해야
한다.
大哉至聖, 咸德弘功, 敷文元化, 百王是崇.
典則有常, 昭茲辟, 有虔簠簋, 有嚴鼓鐘.

120명의 악무생은 대성전 앞의 한백옥漢白玉 난간으로 둘려 있는 월대月臺 위에서 팔일무八佾舞를 추었다. 손에는 약籥과 새의 깃을 들고

아주 느린 리듬으로 춤을 추면서 한 글자씩 표현한다. 악무생은 장기간에 걸쳐 양성하는데, 공부에서는 동학 내에 고악전습소를 설치하여 전문적으로 양성하였다.

공자의 제사는 연성공이 주재한다. 나의 외할아버지 76대 연성공 공령이孔令貽가 돌아가신 후 외삼촌이 태어났을 때에는 족장인 공전육孔傳堉이 대신 제사를 주재하였고, 친척들이 옆에서 외삼촌을 안고 있었다. 외삼촌이 두 살 때부터는 그에게 예법을 가르쳤고, 다섯 살 때부터 정식으로 제사를 주재하였다.

공자의 제사를 지낼 때 다섯 살인 외삼촌, 즉 77대 연성공 공덕성孔德成은 진홍색 웃옷에 단화를 수놓고, 나팔꽃 모양의 넓은 소매 그리고 아래는 치마처럼 비슷해 보이는 상裳으로 구성된 고대의 제복을 입고, 중앙 통로甬路 양옆에 서 있는 중앙정부의 고위관료들, 신문기자, 집안의 장로, 각 부문의 대표들의 주목을 받으며 대성문으로 들어와 행단杏壇 앞에서 절을 한 후 다시 행단을 돌아 대성전 앞 월대로 왔다. 그의 옆에는 하인 진경영과 오건장이 따라다니며 보살폈는데, 층계나 문턱이 있으면 두 사람이 그를 안아 지나게 하였다. 또 옆에는 예를 인도하는 인찬引贊이 따르고, 뒤에는 등롱을 든 사람手罩, 향로를 든 사람提爐, 비단으로 만든 등을 든 사람紗燈과 기타 수행 하인들이 따랐다.

외삼촌은 대성전 가운데 있는 높은 감실神龕에 있는 공자의 조각상 앞에서 무릎을 꿇고 절하는 복잡한 제사의식을 진행하였다. 외삼촌이 공자에 대한 제사를 주재한 후, 다른 참석자들이 공자의 조각상 양옆에 있는 맹자孟子·자사子思·안자顔子·증자曾子·염옹冉雍·단목사端木賜 등 여러 선현先賢·선유先儒의 신상과 신위에 제사를 지내는데, 이를 여제餘祭라고 한다. 이외에도 대성전 뒤의 침전에 모신 공자의 부인 기관씨, 공묘의 동서 양쪽에 모시고 있는 공자의 부친 숙량흘과 모친 안징재, 공자의 직전 5대에 걸친 선조들의 신위에도 여제가 거행된다. 공자의 제사에서 외삼촌이 절을 하는 횟수가 제일 많았는데, 민간에서는 "작디작은 어르신이 하는 절도 많다"는 말이 전한다.

외삼촌이 열 살쯤 되자 제사 예법에 아주 익숙해졌다. 걸음걸이도 정중하였고, 아래를 보지 않고도 한 걸음에 벽돌 하나씩, 정확하게 벽돌 중앙을 딛는 것을 보고 노인들은 그에게 신선의 풍채神仙風采가 있다고 칭찬하였다. 외삼촌은 아직 어렸지만 제사를 지내면서 순리에 어긋나는 것이 없었다. 그러나 제사가 끝난 뒤에는 다시 어린애의 모습으로 돌아가 안채에서 누나들과 함께 죽마를 타고, 연을 띄우면서 놀았다.

공자의 제사 중에서 명찬과 인찬이 사용하는 언어는 모두 문어체였다. 대제를 올리는 절차를 '대성전석전례大成殿釋典禮'라고 하는데, 그 순서는 다음과 같다.

명찬 악무생은 제자리로 가고, 집사자는 각자 맡은 일을 처리하시오. 제사를 돕는 제관陪祭官은 제자리로 가고, 제를 올리는 분헌관分獻官도 제자리로 가시오.

인찬 각자 제자리로 가시오.

명찬 모혈毛血(제사에 쓰는 희생의 피)을 묻으시오.

인찬 세수간盥洗所에 가서 손을 씻으시오. 위패 앞으로 나가시오, 꿇어앉아 잔을 올리시오. 한 번 엎드려 세 번 조아리며 절을 하시오.

(음악 시작) 영신악迎神樂으로 「소평지장昭平之章」을 연주한다.

인찬 세수간에 가서 손을 씻으시오. 선사의 신위 앞으로 가시오. 꿇어앉아 머리를 조아리며 절을 하시오. 바로 하시오. 향을 올리고 제자리로 돌아가시오.

명찬 세 번 꿇어앉아 절을 하시오. 초헌례初獻禮를 올리시오.

(음악 시작) 초헌악初獻樂으로 「선평지장宣平之章」을 연주한다.

인찬 세수간에 가서 손을 씻으시오. 작爵(잔)을 씻은 후 주준酒樽(술독)으로 가시오. 준자樽者는 멱羃을 들어 술을 따르시오. 선사의 신위 앞에 가서 꿇어앉아 절하시오. 바로하고, 잔을 올리시오.

명찬 복조福胙(육류 제물)를 내리시오.

명찬 앞으로 오르시오. 제자리로 돌아가시오. 작을 하사하고 복조를 받으시오. 세 번 꿇어앉아 절하시오. 제자리로 돌아가시오.

명찬 세 번 꿇어앉아 아홉 번 머리를 조아리며 절하시오. 찬饌을 묻으시오.

(음악 시작) 예찬악瘞饌樂으로 「의평지장懿平之章」을 연주한다.

명찬 송신送神이오.

(음악 시작) 송신악送神樂으로 「덕평지장德平之章」을 연주한다.

명찬 세 번 꿇어앉아 아홉 번 머리를 조아리며 절을 하시오. 축백祝帛을 받들고, 요위燎位(불을 놓는 곳)로 가시오.

인찬 예를 끝내오.

공자의 제사를 지내면서 주제는 제례의 규정에 따라 여러 차례 손을 씻어야 한다. 조금이라도 깨끗하지 않은 것은 선조에 대한 불경이라고 생각하였기 때문이다.

대제의 3일 전부터 외삼촌은 공묘에 가서 머물면서 목욕하고 제례 절차를 반복하였다. 제사를 지내는 날 외삼촌은 금장식을 한 8명이 메는 가마를 타고 공부 앞길인 궐리가闕里街를 지나 공묘 정문으로 들어간다. 공묘와 공부는 벽을 사이에 두고 접해 있는데, 작은 문으로 통할 수 있었다. 공묘에서 머무는 3일 동안 필요한 경우 이 작은 문을 통하여 안채로 드나들 수 있다. 나의 어머니도 이 작은 문으로 공묘에 가서 외삼촌을 보기도 하였다.

역사상 황제가 공자를 추모하러 오는 경우에도 제복을 입고, 규문각奎文閣으로부터 대성문까지 걸어서 갔다. 중화민국 당시의 국제國祭를 지낼 때는 참여자들이 제복 대신 긴 두루마기를 입었고, 짧은 옷을 입고는 들어갈 수가 없었다. 당시의 국제는 천여 명이 참가하였는데, 제물을 준비하지 않고 화환을 바쳤다. 화환은 파란화芭蘭花로 만들었고, 수도 남경에서 비행기로 운반해 왔다. 아침에 공묘에서 제사를 지내는데, 꿇어앉는 대신 허리를 굽혀 절하였다. 참석자들은 오전에 제사를 지내고, 오후에 공림으로 가고, 저녁에는 공묘에서 진행되는 가제家祭에 참가하였다. 이때 정부의 관료들은 제사에 직접 참여하지 않고 옆에서 제사를 참관하였다.

어머니가 어릴 적에 본 가장 성대한 국제는 1938년 공자의 탄신일에 거행된 추제였다. 중화민국 총통 장개석은 제사에 엽초창葉楚傖을 대표로 파견하였다. 정중함을 표시하기 위하여 제문은 엽초창이 가져오지 않고, 별도로 부쳐 왔다. 당시 함께 동행한 사람들은 중화민국 정부의 간부들로서 고시원考試院 대표 임상민林祥民, 민정청장 이수춘李壽春, 산동교육청장 하사원何思源 등 수십 명이나 되었다. 그들은 곡부에 있는 공씨 일족의 12부에 나누어 머물렀는데 사람이 많아 숙소가 부족하였고, 심지어 이불까지 따로 만들어야 했다.

국제를 앞두고 공부에서 다음과 같은 공고를 하였다.

> 음력 8월 27일, 국부國府에서 고위관료들을 파견하여 7시에 성조(공자)께 제사를 올린다. 무릇 집안사람들은 모두 참여하여야 하므로 당일 오전 6시 묘정에 모여 순서에 따라 예를 올리라.
>
> 이화당履和堂 알림具

이화당은 공부의 당호인데 응서당凝緒堂이라고도 한다. 국제는 아침 7시에 정식으로 시작하여 다음과 같은 순서로 진행하였다.

전례 시작 → 전체 정렬 → 주 제관 제자리 → 보조 제관 제자리 → 기타 제관 제자리 → 분향 → 헌화 → 헌작獻爵 → 제문 낭독 → 전체 선사 공자를 향하여 세 번 국궁예三鞠躬禮 → 제례 종료

국제가 끝난 후 자정이 되면 가제를 지낸다. 제사가 끝난 후 제사 음식은 참가자와 12부에 나누어 준다.

대제에는 많은 비용이 소요되기 때문에 공부에서는 양식을 팔아서

비용을 마련한다. 이 때문에 안채 뒤에는 양식창고에서 사람들이 종일 양식을 밖으로 운반하였다. 1928년의 통계에 따르면, 1년간 공림과 공묘의 제사에 쓴 비용은 약 1만 6천 원元이었다.

원래 족규에 의하면 부녀자는 제사에 참가할 수 없다. 그러나 민국 이후에는 이 규정을 엄격하게 적용하지 않았고, 따라서 나의 어머니와 이모 그리고 본가의 부녀자들도 자주 대제에 참가하였다. 어머니의 회고에 따르면, 그들은 항상 저녁식사 후에 일찌감치 공묘에 가서 기다렸다고 한다. 저녁 제사가 시작될 때면 등불을 켜는데, 천년의 고림古林이 온통 등불로 뒤덮인다고 한다. 장엄한 분위기 속에서 엄숙한 고악이 서서히 연주되고, 사람들은 고대의 제복을 입고 경건하게 예배를 드리고 춤을 춘다. 그 모습은 지금도 어머니의 눈에 선하다고 한다.

역사적으로 살펴보면 옛적에도 부녀자가 공자의 제사에 그것도 주제로 참가한 적이 있다고 한다. 1297년 원나라 성종成宗 대덕大德 원년元年 제50대 연성공 때에 대성전 중수가 끝나자 황제의 여동생인 대장공주大長公主가 두 번 곡부에 와서 공자의 제사를 지냈다고 한다. 곡부에서는 이를 비석에 새겨 기념하였으며, 현지縣志에 수록되어 있다.

19 공부의
요리

공부 요리

　　공부 요리孔府菜는 중국 음식의 계보菜系에서 독자적인 파를 형성하였다. 1천1백여 년의 역사에서 독자적인 음식과 조리 방법이 생겨났기 때문이다. 공부 요리는 재료의 선택에서부터 조미료, 조리 방법, 음식의 이름, 음식을 담는 그릇, 음식의 배열, 음식을 내오는 순서, 심지어는 식당의 배치, 연회의 음악 등을 강조하고 있다.

　공부 요리는 보통 '부채府菜'라고 했는데 과거에는 부채를 매년 황궁에 공물로 바쳐야 했고, 민국 이후에 장개석 등을 접대한 적도 있다.

　공부의 음식연회는 여러 가지가 있는데 최고급은 '공부연회연채전석孔府宴會燕菜全席' 또는 '고파주석高擺酒席'이라고도 한다. 이때 음식은 130여 가지가 오르는데, 주빈석은 식탁에 사람이 둘러앉지 않고 빈 공간으로 둔다. 식탁에는 4개의 큰 은접시를 놓고, 그 위에 찹쌀로 1자

154

높이 되는 원기둥 모양의 고파高攞를 만들어 세운다. 그 다음 은접시에 말린 연밥의 씨·해바라기 씨·호두 알갱이 등을 이용하여 형형색색의 문양을 만들고, 고파에 한글자씩 새겨 넣는다. 앞에서 보면 고파의 네 글자가 하나의 성어를 이루는데, 그것이 주연의 축사가 된다. 예를 들면 생일에는 '수비남산壽比南山(남산과 같이 장수한다)', 결혼식이면 '복수원앙福壽鴛鴦(부부가 원앙처럼 복 받고 장수한다)'과 같은 글자를 새겨 둔다.

말린 과일로 고파에 수를 놓는 것처럼 글자를 새기려면 많은 공을 들여야 하는데, 고파 4개를 새기는데 보통 12명의 숙련된 요리사가 48시간을 들여야 완성할 수 있다.

식기

연회에 사용하는 식기는 특별한 고파식기인데 도자기로 된 것, 은으로 된 것, 돌로 된 것 등 각종 재료로 이루어져 있다. 이는 모두 한 세트씩 주문하여 만든 것이기에 만일 1개라도 망가지면 전체를 사용할 수 없게 된다. 따라서 매번 사용할 때마다 믿을 만한 사람을 정하여 전문적으로 관리하였다.

식기의 특징은 그 모양에 있다. 음식을 담는 사발이나 접시는 네모모양, 엽전元寶 모양이나 그릇 모양 등 여러 가지인데 요리의 특징에 맞추어 만든 것이다. '대자상조帶子上朝(연성공이 황제를 배알할 때 아들을 데리고 가는 것을 형상화한 것)'라는 요리는 한 마리의 오리가 한 마리의 비둘기를 데리고 있는 모습을 하고 있는 접시에 음식을 담는다. 또 '금은어金銀魚'라는 요리는 황색과 흰색의 물고기를 나란히 늘어놓은 모습을 한 그릇에 음식을 담는데, 반쪽은 금색이고 나머지는 흰색이다. 사람들 앞에 놓는 작은 접시도 어떤 것은 박 모양·팔괘 모양 등 서로 다른 모양을 하고 있는데, 각각의 용도가 다르다.

식기 중에 또 한 세트는 '작은 연못'이 붙어 있는 것이 있다. 큰 식기 또는 밥을 담는 작은 사발은 아래에 모두 뜨거운 물을 넣을 수 있는 작은 연못이 있어 음식이 식지 않도록 할 수 있다. 사람들 앞에 놓는 국을 담는 작은 사발을 '구탕완口湯碗'이라고 하는데, 한 번 마실 수 있는 국을 담을 수 있다. 주위에는 역시 작은 연못으로 보온할 수 있게 하였다.

주연의 종류

공부 요리의 주연에서 비교적 보편적인 것은 '3대건三大件'이라고 하는데, 즉 해삼·상어 지느러미·오리로 만든 요리이다. 매 건마다 4개의 냉채, 뜨거운 요리, 밥과 함께 먹는 요리가 따라오고, 마지막에는 후식으로 단 음식, 비스킷, 과일 등이 나온다. 이 경우 매 상마다 40여 가지 요리가 나온다.

제일 아래 등급의 요리는 하인들이 먹는 음식이다. 보통 전상원前上院의 큰 마당에 장막을 치고 돗자리를 깐 다음 하인들이 둥글게 둘러앉는데, 이를 좌석坐席이라고 한다. 이 상에는 10가지 요리가 오르는데, 이를 '10대완十大碗'이라고 한다. 어떤 기록에 의하면 10대완은 해삼海蔘, 부레魚肚, 홍육紅肉, 청계사淸鷄絲, 와괴어瓦塊魚, 백육白肉, 육병肉餅, 해미백채海米白菜, 팔선탕八仙湯과 첨반甜飯으로 구성되어 있다.

연성공이 먹는 음식도 항상 산해진미는 아니다. '공야반公爺飯'이라는 메뉴를 보면 일반적인 6가지 요리에 산동 농민들이 흔히 먹는 짠호호咸糊糊(면을 오래 삶아 죽처럼 만든 음식), 전병煎餠, 고구마山芋, 짠지咸菜 등을 곁들였다. 그가 먹는 음식이 일반 사람들과 다르다면 좀 정성을 들인 것뿐이다. 덕성 외삼촌은 호호糊糊를 특히 좋아했는데, 항일 전쟁이 끝나고 중경에서 남경을 거쳐 곡부에 돌아오자마자 호호를 찾았다고 한다.

콩나물볶음

공부의 요리 가운데는 아주 보편적인 음식도 특별한 의미가 있어 귀빈을 접대하기도 한다. 예를 들면 콩나물볶음은 청나라 건륭 때부터 공부의 전통 음식이 되었다. 한번은 건륭황제가 곡부에 왔는데, 배가 고프지 않아 음식을 아주 적게 먹었다고 한다. 연성공이 이를 보고 급히 주방에 좋은 방법이 없는지 물었다. 요리사도 별다른 방법이 없어 옆에 있던 콩나물에 산초를 넣고 볶아서 올렸다. 황제는 산초를 본 적이 없어서 연성공에게 묻자, 연성공은 그것은 입맛을 돋우게 하는 산초라고 대답했다. 황제는 콩나물 요리를 먹어 보고 맛이 좋다고 칭찬하였다. 그 후 콩나물볶음은 공부의 전통 요리가 되었고, 이를 위하여 콩나물을 전문적으로 기르는 '택두아호擇豆芽戶'를 두었다. 이 콩나물볶음은 이후 오늘날 '정향두부丁香豆腐'로 변화, 발전하였다. 두부를 볶은 후 조그맣게 3정三丁 모양으로 가른 다음 여린 콩나물을 작은 두부에 꽂으면 마치 한 송이 정향나무의 꽃과 같은 형상을 한 요리가 되는 것이다. 음식이 상에 오르면 주인은 손님에게 그것을 만들어 보여 주었다. 공부의 요리 중에는 후화원後花園의 냉이와 원추리, 공림의 특산인 임여林藉(고구마의 일종) 등과 같은 재료로 만든 것도 있었다. 이러한 재료들은 특별히 가공하여 황제에게 공물로 바치기도 하였다. 어머니가 어릴 적에도 자주 그런 채소로 만든 음식을 먹었고, 그것으로 만두소를 만들기도 하였다고 한다.

은행 요리

공부의 시예당詩禮堂 앞에는 큰 은행나무 한 그루가 있다. 송나라 때 심은 것이라고 하여 송과宋果라 부르기도 한다. 이 나무에 대한 시가 있을 정도이다.

은행잎 분분히 떨어짐이 빗소리처럼 들리고,　　　銀杏雙雙化雨經,
뿌리 깊은 나무 강당의 영험함을 기탁한다네.　　　根深托寄講堂靈.
선비들은 송나라 때 심었다고 하는데,　　　　　　士人傳說栽于宋,
마치 장생함이 신선이 사는 학령산과 같다오.　　將謂長生似鶴嶺.

이 은행도 공부의 요리에서 유명한 음식이다. 이를 시예은행詩禮銀杏이라 부르는데, 귀빈이 오면 반드시 접대하는 음식이다. 음식 이름은 "옛적에 시예당을 찾아 시와 예를 배운다昔者趨庭, 詩禮垂訓"라는 옛이야기에서 나왔다. 여기서 '정庭'은 시예당을 가리키는데, 은행나무는 바로 그 앞에 서 있다.

잉어 요리

　　잉어鯉魚는 공부의 특산은 아니지만, 공부에서는 이를 홍어紅魚라고 부른다. 왜냐하면 공자의 아들 이름이 '리鯉'였기 때문에 리 자를 피하여 그렇게 불렀다. 공부뿐만 아니라 곡부의 사람들도 모두 그렇게 부른다.

　　공리孔鯉의 이름에는 다음과 같은 유래가 있다. 어머니 기관씨亓官氏가 아들을 낳자 노나라 제후가 공자에게 잉어를 보내어 축하하였다. 공자는 이를 기념하기 위하여 아들의 이름을 '리'라고 짓고 자를 백어伯魚라고 하였다.

절인 짠지

　　공부에서 가장 일반적인 음식은 겨울에 큰 항아리에 절인 짠지이다. 매년 겨울이 되면 공부에서는 많은 짠지를 절였다. 안채 수화문 옆의 방 두 칸에는 큰 항아리들이 가득하였는데, 그곳에는 황색의 엉겅퀴를 술과 간장에 담근 것과 배추와 무를 절인 것들이었다. 배추는 속잎만 남도록 다듬고, 뿌리 부분을 잘라 구멍을 내서 특별히 만든 조미료를 그 안에 넣은 다음 항아리에 담고 큰 돌로 눌러 놓는다. 몇 주 후면 숙성이 되는데 이를 '산호백채珊瑚白菜'라고 불렀다. 무는 아주 얇게 깎아 항아리에 넣어 단촛물을 붓는데, 이를 사의무우蓑衣蘿卜라고 하였다. 겨울에 절인 김치는 안채의 주인들이 먹는 경우는 많지 않고, 대부분 하인들이 집에 가지고 갔다.

　　외할아버지는 생전에 좋은 음식도 드셨지만 사채渣菜(남은 음식을 섞어

159

서 만든 음식)를 특히 좋아하셨는데, 그 음식의 새콤한 맛을 즐겼다고 한다. 곡부에는 손씨와 장씨 두 집안이 청나라 연간에 도대道臺(지방관리 명칭)라는 벼슬을 하였다고 한다. 나의 외할아버지는 그들과 자주 왕래하였는데, 두 집안에 잔치가 있을 때 하인을 보내어 사채를 얻어 오게 하였다고 한다. 그러나 그들은 사채를 줄 수가 없어 여러 음식을 섞어 사채처럼 만들어서 하인에게 주었다고 한다.

공부의 주방

공부의 주방은 황궁의 어선방과 비슷하였는데, 내주방·외주방·작은 주방으로 나뉘었다. 내주방에서는 안채를 위한 음식을 만들고, 외주방에서는 밖에 있는 참모·집사·관리인 등과 같은 사람들을 위한 음식을 만들며, 작은 주방에서는 도외할머니를 위해서 음식을 만들었다.

여름에는 많은 사람들이 후화원의 양정涼亭(정자 이름)에서 음식을 먹었는데, 그곳에 임시 주방을 설치하기도 하였다. 내외 주방은 평상시에 3개 조로 나누어 1개 조가 10일씩 일을 하였다. 설이나 제사 때에는 3개 조 모두 밤새 일을 해야 하지만, 평상시에는 매달 10일만 일하면 된다.

어머니가 어릴 적에 이 3개 조의 조장인 갈문환, 장조증, 장근관은 서로 경쟁관계에 있었다고 한다. 음식을 잘하는 조가 연회를 맡고, 큰 상을 받았기 때문이다.

공부의 주방 업무는 세분화되어 만두를 만드는 사람, 후식을 만드는 사람, 짠지를 만드는 사람, 콩나물을 기르는 사람 등으로 나뉘어 있었고, 그 일이 대대로 전해져 몇 대, 심지어는 몇 십 대가 공부의 주방에서 한 가지 일에만 종사하기도 하였다. 요리사 조옥연 같은 사람은 조상 10여 대가 공부 주방에서 요리를 하였고, 그도 이미 70세가 넘었었다고 한다. 1979년에 나의 어머니가 곡부에 돌아갔을 때도 그는 건재했다고 한다. 왕옥회라는 요리사는 외할아버지가 좋아하는 음식을 잘 만들어 많은 상을 받았다고 한다. 그는 후식도 만들었는데 솜씨가 뛰어났다고 한다.

공부의 떡이나 과자 같은 후식들은 색상, 향기, 맛, 모양 등이 특이하여 당시 수도인 북경의 유명한 가게에서 만든 것도 감히 따라올 엄두를 내지 못하였다고 한다. 특히 과자는 구운 즉시 먹는 것이 더욱 맛이 있었다고 한다. 공부에서는 종종 과자를 황궁에 공물로 드리기도 했다. 한번은 도외할머니가 왕옥회가 만든 과자를 먹다가 크기가 서로 다른 것을 보고 그를 불러 질책하자, 그는 "저는 비록 반죽한 밀가루 덩이를 손으로 끊었지만 분량은 틀림이 없을 것입니다. 큰마님께서 저울에 달아 차이가 있다면 달갑게 벌을 받겠나이다"라고 하였다. 도외할머니가 사람을 시켜 저울로 달아 본 결과 분량에 조금도 차이가 없었다고 한다. 왕옥회의 칼을 쓰는 기술도 대단하였다고 한다. 그는 다시마를 3층으로 자른 다음, 옻칠을 한 상 위에 놓고 마치 머리카락처럼 잘게 써는데, 상에 아무런 흔적이 남지 않을 정도였다고 한다.

공부의 주방에서는 만두소를 만들지 않는다. 동학에 있는 술 빚는 집에서 전문적으로 공자의 제사용 황주와 만두를 만들고 있다. 안채에서 만두가 필요하면 사람을 보내어 만두를 가져다 쓰고, 집안에 경사나 상사가 있을 때에는 한 번에 많이 가져다가 안채의 서쪽 곁채에 넣어서 보관한다.

어머니가 어릴 적에 이미 공부의 경제사정이 많이 나빠졌다고 한다. 평소에는 진미를 먹는 경우가 적었는데, 그래도 매 끼니마다 7~8가지 요리를 먹었다고 한다. 당시 '부육府肉'이라는 고기를 자주 먹었는데, 그 모양이나 색상이 북경의 돼지고기 장조림과 비슷했다고 한다. 도외 할머니와 어머니 오누이 셋은 주로 함께 식사를 하였는데 그때마다 몇 명의 나이 든 여자 하인老媽媽들이 옆에서 시중을 들었다. 그들은 옆에서 채를 올리는 사람, 밥을 뜨는 사람, 분부를 기다리는 사람, 주방에 가서 음식을 가져오는 사람 등으로 식사하는 것을 도왔다고 한다.

내주방은 비록 안채에 있지만 그들이 살고 있는 전당루까지는 몇 개의 문을 통과하고 나서 다시 하나의 복도, 몇 개의 마당을 지나야 하기에 음식을 들고 오면 절반은 식는다고 한다. 겨울에는 따뜻한 음식을 먹기 위하여 샤브샤브火鍋를 자주 먹었다. 할머니 1명과 어린애 3명 모두 4사람의 식사량은 적었기 때문에 매 끼마다 음식의 절반 이상이 남았는데, 여자 하인들은 돌아가면서 이것을 자기 집으로 가져갔다. 그들은 순서를 정하여 음식을 가져갔다고 한다.

안채에서는 손님을 주로 전상방에서 접대하였다. 음식은 주방에서 만들어 전상방 문밖에 있는 음식상까지 가져오면, 집안의 하인이 이를 방 안에 있는 상으로 옮기고, 다시 음식을 올리는 하인이 요리를 식탁에 올린다. 남자 손님의 상에는 남자 하인이 요리를 올리고, 여자 손님의 상에는 여자 하인이 요리를 올린다.

공부는 시서詩書의 집안이기 때문에 엄격한 법도에 따라 술을 마시는 법도가 엄격할 수밖에 없었다. 공부에는 저명한 학자 계복桂馥 (1736~1805)이 정한 「주법 10조酒規十則」가 있다. 계복의 집은 원래 공부의 청소를 전담하는 하인의 집灑掃戶이었으나, 그는 어려서부터 열심히 공부하여 대학자가 되었다고 한다. 계복은 「주법 10조」에서 술을 마시는 경우로는 시를 짓거나 거문고를 탈 때, 또는 꽃이나 달구경을 할 때 등을 들고, 술을 마셔서는 안 되는 경우로는 새로운 손님을 맞거나 날씨가 더운 여름 등을 들고 있다. 그는 또 술을 마실 때 화로에 차를 달이거나 여름의 시원한 바람을 맞는 것은 흥취를 돋울 수 있기 때문에 좋으나, 집안일이나 정치에 관한 이야기는 해서는 안 된다고 적고 있다.

그러나 외할아버지가 살아 계실 때도 이미 이 규정들은 잘 지켜지지 않았다고 한다.

20 어린 시절

이모와 어머니, 외삼촌은 고색창연한 집들과 성현들의 정취가 가득한 집에서 남다른 어린 시절을 보냈다. 비록 폐쇄적이고 보수적인 생활이었지만 천진난만하고 기쁨에 넘칠 때가 많았고, 깊은 혈육의 정과 미래에 대한 꿈도 있었다. 어린 시절은 어머니의 일생 중에서 가장 잊을 수 없을 뿐만 아니라 가장 활동적이었던 시기였다.

어머니 삼남매는 밥을 먹고, 잠을 자고, 글을 읽고, 노는 것을 함께 하면서 밤낮으로 그림자처럼 붙어 지냈다. 셋이 함께 놀다가도 외삼촌이 손님을 만나러 나가면 어머니와 이모는 그 자리에서 외삼촌이 돌아올 때까지 기다렸다. 그들은 한 번도 말다툼을 한 적이 없었다. 외삼촌은 비록 작은 어른신小公爺이었지만 함께 놀 때에는 언제나 두 누나의 의견에 따랐다. 숨바꼭질, 소꿉장난, 술래잡기 등 놀이를 할 때면 언제나 누나들이 시키는 대로 하였다.

공부에는 장난감이 없었고, 밖에서 파는 물건을 함부로 사들이지 않았기 때문에 진주나 비취·마노·금붙이 같은 보석이 아이들의 장난 감이 되었다. 때로는 흩어져 있는 성인의 행적을 기록한 그림聖跡圖이나 비첩碑帖을 늘어놓거나 쌓아서 각종 놀이도구를 만들기도 했다. 과가가過家家라는 놀이를 할 때 천으로 만든 인형이 없으면 대신 뒤뜰 정원後花園에 가서 풀이나 수숫대를 가져다 인형을 만들어 가지고 놀았다. 어떤 때는 하인이 나무로 작은 수레를 만들어서 검은 양과 흰 양을 끌고 와서 수레를 끌게 하였다. 외삼촌은 이모와 어머니를 수레에 태우고 수레를 몰고 다니면서 즐겁게 놀았다. 이것들이 그들이 어린 시절에 가지고 놀았던 거의 유일하고도 그럴듯한 장난감이었다. 그로부터 오랜 시간이 지났지만 어머니는 아직도 어린 시절을 회상할 때마다 양이 끌던 수레에서 놀던 이야기를 하시곤 했다. 1984년에 내가 공부로 돌아갔을 때 우연히 창고에서 이 나무 수레를 발견했는데, 그때까지도 보기에 쓸 만했다. 그 이듬해에 어머니가 공부에 가셨을 때 일부러 보여 드렸더니 매우 기뻐하셨다.

어머니의 어린 시절에는 이모와 외삼촌 외에는 같이 놀 친구가 거의 없었으나 간혹 밖에서 놀러 오는 친구가 있었다. 그중 한 사람인 유삼원劉三元은 의사인 할아버지 유금패劉金佩와 아버지 유몽영劉夢瀛을 따라 공부에 왔다. 유금패는 나의 외증조할아버지 때 황제가 공부에 보내 준 어의御醫로, 그의 집안은 대대로 의사였다. 그는 공부 밖에서 살면서 진료할 때 가마를 타고 공부로 왔는데, 그때마다 손자인 유삼원을 마치 지팡이처럼 데리고 왔다. 유금패가 죽은 뒤에 그의 아들 유몽영이 아버지를 이어 공부에서 진료를 하였다.

유몽영은 공부에서 진료 외에도 평소 외할아버지를 도와 많은 일들을 하였다. 외할아버지가 돈을 맡겼다가 잊어버려도 항상 다시 챙겨서 돌려드렸다. 한번은 그를 통하여 다른 사람에게 돈을 빌려 주었는데, 돈을 빌려 간 사람이 파산하자 그가 외할아버지에게 말하지 않고 자기 재산을 처분하고 모자라는 돈을 빌려서 공부에 갚았다고 한다. 그때 그가 주위 사람들에게 말하기를 "이는 성부聖府의 돈이기 때문에 손실이 생겨서는 안 된다"고 하였다 한다. 외삼촌이 어릴 적에 중병에 걸렸는데 아마 장티푸스였을 것이다. 유몽영은 밤낮없이 침대 옆에서 간호하면서, 자기 집에 아편 한 가마를 끓여 놓고는 자기의 뒷일까지 모두 준비해 두었다고 한다. 당시 그는 자기의 처에게 "만약 작은 어른신小公爺이 눈을 감으면 나도 이 아편을 마시겠소"라고 하였다 한다. 이 일은 외삼촌의 병이 완치된 후에야 모두 알게 되었다. 유몽영의 의술은 매우 뛰어나 공부 사람들은 그를 매우 깊이 신뢰하였다. 곡부에서 시행하는 의사시험과 임상시험도 그가 출제하였다고 한다.

유삼원은 할아버지와 아버지를 따라 자주 공부에 와서 비슷한 또래인 어머니, 외삼촌과 어울려 재미있게 놀았다. 때로는 어머니와 외삼촌은 사람을 보내어 그를 불러 같이 놀았다. 유삼원은 성장한 후에 공부에 와서 일을 했다. 어려서는 서재에서 외삼촌의 글 친구書童를 하였는데, 글씨를 아주 잘 쓰고, 많은 경서經書의 내용도 줄줄 꿰고 있었다. 다 커서는 가업을 이어 그의 아버지를 따라 의사로서 다른 사람들을 치료하였다. 후에 그의 의술도 매우 뛰어나 곡부 사람들은 병이 나면 모두 그를 찾았다.

유삼원 외에 그들과 함께 어울렸던 사람으로 외삼촌 덕성德成의 유모 장부인의 딸 장배영張培英이 있다. 사람들은 그녀를 '마마니媽媽妮'라고 불렀다. 그녀는 일을 하는 외에 자주 어머니랑 함께 놀았다. 나중에 그녀가 공부에 살지 않고 밖에서 그녀의 아버지를 도와 농사를 지을 때에도 자주 놀러 왔다. 그 외에도 자주 어울렸던 아이들로는 소주소小朱小, 주이니朱二妮 등이 있었다. 이 꼬마 친구들이 모이면 매우 시끌벅적하였고, 놀 때도 신분의 귀천과 고하 구별이 없었다. 때때로 하인들도 그들과 함께 놀아 주었다. 그들이 자주 놀던 곳은 정원後花園이다. 인공으로 만든 산의 동굴은 그들의 아지트老窩였다. 그들은 서로 쫓고 쫓기며 놀았는데, 누구도 외삼촌이 성인聖人이라는 점을 개의치 않았다. 외삼촌이 비록 어르신公爺이지만 가족들은 그가 사람을 때리거나 욕을 하지 못하게 하였다. "공씨 집안 아이는 욕을 모른다孔氏家兒不識罵"라는 말이 있듯이 공부에서는 예禮가 가장 먼저였다. 외삼촌이 어릴 적에 하인을 때린 적이 있었는데, 본가 사십원四十員의 어른들이 이 문제를 상의한 후 상징적으로 선생을 청하여 교편戒尺(학생을 가르치기 위한 매)을 들게 하였다. 이는 조상들이 물려준 "부유하지만 예를 숭상해야 한다富而好禮"는 가르침을 교육시킨 것이다.

한번은 외삼촌이 친구와 후화원에서 놀다가 작은 흙덩어리로 친구의 얼굴을 때려 친구가 울었다. 놀란 외삼촌은 곧바로 달려가 그를 달래고, 이모와 어머니도 함께 달랬다. 외삼촌은 지니고 다니던 연고의 일종인 만금유萬金油를 듬북 발라 주면서 도외할머니陶外祖母에게 일러바치지 말라고 부탁하였다. 또 한번은 유삼원 등과 함께 마술變戲法 놀이를 하면서 깨진 유리구슬을 입안에 넣었다가 부주의로 삼켜 버렸다. 유삼원은 놀라서 어찌할 바를 몰랐고, 공부가 발칵 뒤집어졌다. 다음

날 외삼촌이 대변으로 그 유리구슬을 배출하고 나서야 모두들 안심하였다.

도외할머니는 평소 아이들이 노는 것을 많이 나무라셨다. 아이들이 뛰어다니고 깔깔거리면서 시끄럽게 굴면 "점잖은 것을 좀 배워라"고 하셨다. 이 때문에 아이들은 놀면서도 도외할머니가 오지 않는가 하고 살폈다. 그러다가 멀리서 도외할머니가 오는 것이 보이면 노는 것을 멈추고 있다가 지나간 뒤에 계속하여 놀았다.

무대를 세우고 창극을 하는 것은 아이들의 가장 중요한 문예활동의 하나였다. 매번 창극을 볼 때마다 아이들은 설을 쇠는 것처럼 기뻐하였다.

외삼촌은 창극을 보는 것뿐만 아니라, 친구들과 후당루後堂樓에 모여 노래를 하면서 놀았다. 그때마다 유삼원 · 마마니 등을 불렀고, 가끔 외삼촌을 보살피는 진경영도 참가하였다. 그들은 각기 작은 비단 조각으로 분장을 하고 놀았고, 후당루에서 누에를 치는 요영姚榮이 망을 보았다. 손뼉을 한 번 쳐서 사람이 오는 것을 알리면 놀이를 멈추고 있다가 지나간 뒤 다시 계속하였다. 한번은 공부에서 창극을 하였는데 외삼촌도 공연에 참가하여 사자獅子 드는 역을 맡았다. 공연에서 박자를 맞추지 못하고 먼저 사자를 들어 올려 많은 사람들의 웃음을 자아냈다.

아이들은 놀다가 배가 고프면 주방에 사람을 보내어 대바구니에 만두饅頭이나 간식點心을 가져오게 하여 어머니나 외삼촌이 사람 수에 따라 똑같이 나누어 주었다. 때로는 다른 아이가 집에서 진빵을 가져오면 외삼촌도 달라고 하여 함께 나누어 먹었다.

어머니와 이모, 외삼촌은 공부 밖의 음식을 거의 먹지 못하였다. 그 당시 곡부성曲阜城에는 조붕아趙蹦兒라는 멜대를 메고 다니며 사탕, 과일 등 군것질을 파는 사람이 있었다. 아이들이 밖의 물건들을 보고 싶을 때에는 하인을 시켜 그를 불러 왔다. 그가 땅콩엿·당호로糖葫蘆·산사떡山楂糕 등을 한 멜대 가득 메고 오면, 어른이든 아이이든, 혹은 남자든 여자든 관계없이 주위에 있던 사람들을 불러와 마음껏 먹게 하였다. 오누이 세 사람도 그들과 함께 나누어 먹었는데, 밖의 음식을 꽤나 신기하고 재미있어 하였다. 한 멜대의 음식을 다 먹고 나면 조붕아를 공부 경리실賑房에 보내어 음식 값을 받아 가게 하였다.

아이들은 평소에 공부 밖으로 나가는 일이 드물었다. 외출을 할 때면 보통 공부의 별장인 곡부의 고반못古泮池에 갔다. 이곳은 오래되고 아름다운 곳이다. 『시경詩經』 「노송魯訟」 중의 '영반수詠泮水'가 바로 여기를 노래한 것이다. 청나라 건륭乾隆황제가 곡부에 왔을 때 이곳을 행궁行宮으로 사용한 적이 있다. 처음에 그는 여기가 바로 고대의 반수泮水라는 것을 믿지 않고 후세 사람들이 억지로 가져다 붙인 것으로 생각했다가 나중에 자기가 틀린 것을 알고 시를 써서 자기 생각이 잘못됐음을 인정하였다. 그 시는 다음과 같다.

이곳은 평범한 곳이 아니고,	此地非常地,
새로운 성은 바로 옛날 성이네.	新城卽故城.
여관은 여전히 변함없이 머무르고,	館仍今日駐,
연못은 옛날처럼 맑은 듯.	池是古時淸.

반지泮池의 가운데에 사명정四明亭이라는 정자가 있는데, 여름이면

도외할머니는 아이들을 데리고 자주 이곳에 왔다. 고반지의 물은 아주 투명한데, 전하는 말에 따르면 황제가 본 적이 있기 때문이라고 한다. 이곳에서는 개구리가 울지 않는데, 이는 황제가 여기에 머물렀을 때 개구리의 소리가 시끄러워 개구리가 울지 못하게 엄명을 내렸고 그 후부터 개구리가 울지 않았다고 한다.

그리고 서관마을西關大庄에 서관화원西關花園이라는 곳이 있었는데 강 옆에는 수양버들이 있었고, 강 가운데는 연꽃이 많았다. 그들은 그곳에 가서 배를 타고 놀기도 하였고, 배에서 사진을 찍기도 하였다. 외삼촌의 사진 중 7~8세 때 서관화원에서 찍은 것이 있는데, 그는 가운데 서 있고, 양옆에는 완전무장한 거구의 호위병사인 봉위정奉衛丁이 지키고 있었다.

공부의 동학東學 거리 쪽 높은 담장 안에는 큰 흙더미가 있었는데, 그 위에 올라서면 담장 밖에서 오고 가는 행인들을 볼 수 있다. 가끔 그들은 몰래 안채 문內宅門을 나와 그곳에 올라가 담장 위에 기대어 밖을 넘겨다보았다. 나중에 하인들이 이 모습을 보고 작은 어르신小公爺과 아가씨가 담장 위에 기대어 밖을 내다보는 것이 우아하지 못하다고 생각되었던지, 그 위에 정자를 짓고 이름을 관첨대觀瞻台라 지었다.

내가 어릴 적에 어머니로부터 여러 번 그 흙더미에 관한 이야기를 들었다. 내가 불혹의 나이가 된 1980년대에 공부에서 반년을 지낸 적이 있는데 그때 머물렀던 곳이 바로 그 정자가 있던 옆이었다. 이미 정자는 없어졌지만 나도 종종 혼자 흙더미 위에 올라가 담장 너머로 먼곳을 보면서 어머니의 어린 시절을 회상해 보기도 하였다. 지금은 그 흙더미는 없어지고 그 자리에 단층집이 있다.

　중화민국 수립 이전에 공부孔府와 맹孟 · 안顔 · 증부曾府는 공동으로 사씨학四氏學이라는 학당學堂을 만들어 자제들을 교육 시켰는데 사람들은 이를 '가학家學'이라 불렀다. 중화민국 수립 이후 사씨학을 '사씨사범학당四氏師範學堂'으로 이름을 바꾸었는데, 이것이 바로 지금의 곡부사범학교曲阜師範學校의 전신이다.

　역대 연성공衍聖公은 '사씨학'에서 공부하지 않고, 공부에 별도로 설립한 학당에서 선생을 모셔 공부하였다. 그런데 나의 외증조할아버지 공상가孔祥珂는 공부에서 공부하지 않고 북경역문관北京譯文館을 졸업하였다. 그가 『사서四書』 · 『오경五經』을 배운 과정은 알 수 없으나 명강연으로 유명하였다. 제1차 세계대전이 끝난 후 파리에서 평화회의가 열렸는데 외증조할아버지가 중국 대표단의 일원으로 파견되어 산동 교동膠東의 주권회복 문제에 대하여 강연을 했는데, 청중들에게 아주 큰 반향을 일으켰다고 한다.

어머니가 학교를 다니기 전부터 어른들은 선조들이 어떻게 열심히 공부하였고, 역사상 위대한 인물들이 어떻게 공자를 존중하였는지에 대해 가르쳤다. 공부에서는 주인부터 하인에 이르기까지 옛 성현들의 책을 읽는 것을 첫째가는 일로 여겨 책을 열심히 읽지 않으면 "불충불효不忠不孝, 대역부도大逆不道"한다고 생각하였다. 역대 황제들도 모두 연성공이 열심히 공부하도록 유지論旨를 내렸다.

역대 연성공이 황제를 배알할 때면 황제는 연성공에게 읽은 책에 대해 물어보았다. 그 가운데 명나라 태조明太祖와 공극견孔克堅의 대화 내용을 비석에 새겨 공부의 이문二門 안에 세워놓았다. 어머니는 글을 익힌 후 이 비석에 대해 관심이 많았다. 황제가 말한 내용은 문어체도 아니고 구어체도 아닌 것이 참 우스웠다. 대화 내용은 다음과 같다.

"선비老秀才는 가까이 오라. 그대는 나이가 얼마인가?"

"신臣은 53세입니다."

"내 보기에 자네는 복 많고 쾌활한 사람이니, 어려운 일을 부탁하지는 않겠네. 자네는 늘 글을 써서 아이들에게 주는데, 보아하니 자네가 자질도 온후하여 일가를 이루었네. 자네의 선조가 삼강오상三綱五常의 좋은 법도를 남겨 주었는데, 자네가 집에서 글을 읽지 않으면 그 법도를 지키지 않는 것이 되니 그러면 어찌 되겠는가. 자네가 늙더라도 늘 글을 써야지 게을러서는 안 되네. 자네 집에서 또 한 사람의 훌륭한 인물이 나오면 좋지 않겠는가."

172

이모, 어머니, 외삼촌은 모두 다섯 살 때부터 가학家學에 다녔다. 가학은 공부에서 세 아이를 위하여 만든 것으로 옛날 서당과 다르고, 신식 학교와도 같지 않았다. 교실學屋은 처음에는 전상방前上房 서칸西間에 있다가 후에 서학西學 뒤로 옮겼다. 서재에는 공자의 신위를 모시고, 한가운데는 선생이 쓰는 큰 책상이고, 창문 옆에는 개의 작은 책상과 걸상을 놓았으며, 화분도 진열해 놓았고, 벽에는 큰 시계가 있었다. 선생은 다섯 분의 유명한 유학자名儒였는데, 성은 각각 장莊 · 여呂 · 왕王 · 변邊 · 첨詹이었다.

선생은 일 년 내내 공부에 있으면서 아이들을 가르쳤고, 가르침은 매우 엄격하였다. 교육과정은 주로 『사서四書』와 『오경五經』 그리고 칠현금七弦琴, 수학, 어문, 지리, 역사로 구성되어 있었다. 그 외에도 많은 시간을 들여 글씨 연습을 해야 했다.

공부에서는 서예를 중요하게 생각하였다. 공부에 손님이 오면 그때마다 전상방前上房의 큰 탁자에 문방사우文房四寶, 즉 종이 · 붓 · 먹 · 벼루를 내놓고 아이들에게 글씨를 쓰게 하였다. 이는 귀빈을 접대하는 데 없어서는 안 될 예절의 하나였다. 외삼촌이 일곱 살 때부터 주위 사람들이 찾아와 외삼촌이 쓴 글을 구해 가기 시작하였다. 한때 너무 많은 사람들이 외삼촌의 글씨를 구하려 해서 외삼촌 혼자 많은 글을 쓸수 없어 나의 어머니에게 대필을 부탁하기도 했다. 1996년에 어머니가 곡부로 돌아갔을 때 상점에서 외할아버지 공령이孔令貽와 외삼촌 덕성德成의 글씨를 팔고 있는 것을 보았다. 당시 창고에는 어머니가 예전에 썼던 대련對聯들도 보존하고 있었다고 한다.

오누이 셋은 아침에 일어나면 각자 유모의 보살핌을 받으면서 세수를 하고 교실로 가서 새벽 공부를 하고, 8시 정각에 선생과 함께 아침 식사를 한 후 오전 공부를 시작하였다. 점심때에는 안채로 돌아와 도외 할머니와 함께 식사를 하고 1시부터 교실에서 오후 공부를 하고, 6시 경에 안채로 돌아와 저녁 식사를 하였다. 겨울에는 저녁 식사 후 다시 교실에 돌아가 저녁 공부를 하였고, 여름에는 저녁 시간에 후화원에 가서 바람을 쐬며 놀 수 있었다. 가학에는 일요일이 없고 책력皇曆의 글자 순서, 즉 건建·만瞞·평平·수收·폐閉·파破·성成·개開·정定·집 執의 순서에 따라 한 달을 배열하여, 성成인 날마다 쉬도록 정했는데, 이렇게 되면 한 달에 3일 쉴 수 있었다.

공자에게 제사를 지내는 날이나 성묘하는 날, 설을 쇨 때 며칠간 휴 식하였다. 설을 쇤 후에는 개학하는 날은 선생이 책력皇曆을 찾아본 후 에 결정한다.

개학하는 날에는 아이들이 먼저 공자의 신위에 절을 하고, 다음에 선생에게 절을 하고 난 다음 한 해의 공부를 시작하였다.

선생은 언제나 아주 온화하였으나 아이들을 엄격하게 공부시켰다. 책을 암기할 때는 처음부터 한 구절씩 순서대로 암기해야 할 뿐만 아니 라, 마지막 구절부터 거꾸로 한 구절씩 암기해야 했다. 암기를 다하면 선생은 웃으면서 고개를 끄덕이는 것이 전부였고, 아이들의 시문에 대 해 거의 칭찬을 하지 않았다. 아이들의 작문을 보다가 만족할 만한 구 절이 있으면 여러 번 반복하여 읽는다. 외삼촌이 어릴 적에 다음과 같 은 시구들을 지었다.

단풍나무 잎이 붉게 물들 무렵,	楓林葉初丹,
돌아가는 까마귀는 근심이 가득하다.	歸鴉萬點愁.
서풍이 발 사이로 들어와 사람이 여위고,	西風簾卷人同瘦,
외로운 소나무는 홀로 서서 추운 시절과 함께하네.	孤松獨伴歲寒時.

위 시구를 보고 장莊 선생은 미소를 띠며 여러 번 읽고 나서 시를 쓰는 데 좀 더 격조가 높아야 하고, 답답한 감이 있으면 안 된다고 가르쳤다. 외삼촌이 간혹 손님을 만나러 불려 나갈 때면 선생은 돌아와야 할 시간을 알려 주었고, 돌아오면 빠진 수업을 보충하였다. 외삼촌은 글을 읽는 것 외에도 관청에 출입하는 문제를 비롯하여 사회생활하는 데 필요한 여러 문제에 대해서도 선생께 직접 여쭈어 보기도 하였다. 방과 후에 손님을 만나러 나가는 경우에도 선생의 허락을 받고 갔다. 공부에서 귀빈을 청하는 경우에는 반드시 선생을 청하여 자리를 함께하였다.

세 아이는 어렸지만 열심히 공부를 하였고, 노는 것에 마음을 두지 않았다. 서재 밖에는 아주 큰 석류나무 한 그루가 있었다. 여름이면 작은 흰 꽃이 가득 피었고, 그 향기가 매우 짙어 창문 안으로 스며 들어왔다. 그들은 가끔 책을 놓고 흰 꽃이 가득 핀 나무 아래에 가서 잠깐씩 놀았으나 누가 시키지 않아도 조금 뒤에 함께 서재로 돌아와 계속 공부를 하였다.

선생을 초빙하여 세 아이를 가르치는 것은 그 당시 공부에서 가장 중요한 일 중의 하나였다. 이는 본가들이 신중하게 논의한 후에 결정한 것으로, 첫 번째 초빙된 선생은 내무萊蕪 사람인 왕육화王毓華였다. 그는 신식 학당을 졸업하여 경서에 대한 기초는 약간 부족하였다. 그가 공부에 와서 가르친 지 얼마 지나지 않아 본가 중에서 이의를 제기하는 사람이 있었다. 만약 신식 학당을 졸업한 선생에게서만 배우면 나중에 성인의 후예가 선조를 잊게 된다는 것이었다. 마침 이때 장해란莊陔蘭 선생이 중국 우정郵政 대표단을 따라 곡부에 왔다. 장 선생은 연세가 일흔 가까이 되었고, 한림翰林이었으며, 경서와 서예에 조예가 깊었다. 공부에서는 그에게 가학에서 교육에 힘써 줄 것을 부탁하였다. 장 선생은 공부에 남기로 동의하였으나 손님 신분으로 지내면서 급여俸給를 받지 않고 아이들에게 글과 경서를 가르치기로 하였다.

훗날 장 선생이 여呂 선생을 소개하여 함께 가르치기로 하였다. 여 선생은 향시에 합격한 사람擧人이고 젊었다. 여 선생이 온 후 왕 선생은 직접 아이들을 가르치기보다는 자습을 지도하였다.

도외할머니는 자주 교실에 가서 아이들이 수업하는 것을 지켜보았고, 시험성적이 나오면 본가 친척들에게 알려 주었다. 어머니가 열한 살 때 도외할머니는 반신불수가 되셨다. 그동안 외삼촌은 도외할머니와 함께 잠을 잤지만 병환을 앓으신 후부터는 왕 선생과 함께 잠을 잤다. 왕 선생은 외삼촌을 각별히 아꼈다. 늘 밤중에 일어나서 그에게 이불을 덮어 주었다. 여 선생도 아이들의 일상생활에 대해 각별히 세심한 관심을 보였다. 여 선생은 부인이 외지에서 오면 그들을 초대하여 식사를 했으며, 방과 후에는 그들을 데리고 정원에서 산책을 하였다.

항일전쟁 전날 밤 외삼촌이 곡부에서 중경으로 갈 때 여 선생이 대동하였고, 왕 선생은 공부에 남아 본가 사람들과 함께 공부의 일을 돌보았다. 그 당시 장 선생도 연세가 많아서 공부에 남아 있었다. 항일전쟁에서 승리한 후 외삼촌이 중경에서 남경으로 가자 왕 선생도 그를 찾아 남경으로 갔고, 왕 선생과 여 선생 모두 남경 공덕성 판사처孔德成辦事處에 살았다.

왕 선생은 비교적 신식이었다. 그는 여자가 전족纏足하는 것을 강력하게 반대하였다. 그가 공부에 왔을 때 마침 이모가 전족한 지 며칠 안 되어 매일 울고 있었다. 왕 선생은 전족을 풀 것을 강력히 주장하였고, 여 선생도 이에 대해 반대의사를 표시하지 않았다. 공부는 선생을 특별히 존중하기에 선생의 말에 따를 수밖에 없었다. 그리하여 이모는 전족을 풀게 되었고, 어머니도 전족을 하지 않았다.

아이들이 학교 다니기 시작한 지 얼마 안 되어 왕 선생의 요구에 따라 일기를 쓰기 시작하였다. 처음에는 모두 장부를 적는 식이었다. 다음은 외삼촌이 일곱여덟 살 때 쓴 일기이다.

12월 18일
아침에 춘추 곡량전穀梁傳 수업을 2시간 받고, 작은 글씨를 여섯 줄 썼으며 큰 글씨를 두 장 썼다. 작문의 제목은 '송공宋公과 초나라 사람楚人이 홍泓에서 싸우다'이다. 시는 겨울 풍경冬日卽景이었는데 동冬이란 글자를 얻어야 했다. 오후에는 곡량전 수업을 2시간 받고, 당시문선唐詩文選 복습을 2시간 하였다. 저녁에는 송군宋君이 왔고, 10시에 잠을 잤다.
날씨는 맑았고, 온도계寒暑表는 36도였다.

다음은 어머니가 어릴 적에 쓴 일기이다.

아침 7시에 일어나 세수를 하고, 7시 반에 학교에 가서 『예기禮記』 수업을 받았는데 '팔주八周'에서부터 '상사이십칠인上士二十七人'까지였다. 9시에 아침을 먹은 후, 작은 글씨를 여섯 줄 쓰고, 『춘추』「좌전左傳」의 '공회제후발래公會齊侯拔來'에서부터 '제세치지 위호齊泄治之魏乎'까지 수업을 받았다. 12시에 수업을 끝내고, 점심을 먹은 뒤 1시에 사당影堂과 불당佛堂에 가서 절을 하고, 1시 반에 학교에 가서 큰 글씨를 쓰고 좌전과 당시唐詩 2편首의 수업을 받았다. 5시에 하교하여 후원에서 산보를 하였다. 저녁 식사 후 교실에서 『시경詩經』을 복습하고, 8시에 일기를 쓴 뒤 좀 쉬었다. 그리고 10시에 잠을 잤다.

날씨는 흐렸다가 개었고, 온도계는 42도였다.

아이들은 매일 저녁 일기를 쓰는 외에도 시 한 수씩을 지어야 했다. 아래의 시 몇 수는 외삼촌이 열 살 때 지은 것이다.

밤중에 책을 읽음夜中讀書

오늘 밤 초가집이 추운데,	今夜茅齋冷,
찬 등 앞에서 장시간 읊었다.	長吟寒燈前.
개가 짖던 깊숙한 골목은 매우 고요해,	犬吠深巷靜,
책을 읽는 소리 중에 달이 하늘에 걸린다.	書聲月在天.

정원에서園中

해 질 무렵에 푸른 난간에 비스듬히 기대어,　　黃昏斜倚碧欄杆,

동쪽 울타리의 국화가 떨어짐을 슬퍼한다.　　惆悵東籬菊花殘.

작은 정원에 산보할 때 해는 저물고,　　閑步小園歲亦晚,

측백나무 오동나무의 참새 소리에 석양이 차가웁다.

柏桐雀噪夕陽寒.

늦가을殘秋

작은 정원에 나뭇잎이 다 떨어져 황량하고,　　小園木落盡荒涼,

오로지 오래된 밭 안의 국화만이 향기롭다.　　惟有老圃菊花香.

겨울 벌레들이 온 바닥에서 조용히 울어대고,　　滿地寒蟲鳴寂寂,

빈 숲 속의 기러기 소리에 석양이 걸려 있다.　　空林雁聲帶夕陽.

단풍紅葉

어느 곳 가을 나무가 오나라[1]의 단풍과 비슷한지?　何處秋樹似吳楓,

작은 정원 부근의 붉은색이 주위를 장식하네.　　點綴小園一帶紅

마치 출정하는 사람이 새로운 혈전을 치른 듯이,　猶似征人新戰血,

이 숲 속에 이곳저곳 어지럽게 흩어져 있네.　　幾點亂灑此林中.

---

1 춘추시대春秋時代 십이열국十二列國의 하나로 지금의 강소성江蘇省 남부와 절강성浙江省 북부에 위치해 있었으며, 훗날 회하淮河 유역까지 영토를 확장하였다.

가학에서 아이들은 산수도 배웠다. 지금 생각하면 웃읍지만 산수 문제를 풀 때 가로로 쓰든 세로로 쓰든 모두 붓으로 썼다. 당시는 만년필이나 연필이 없어 어쩔 수 없었지만, 붓으로 아라비아 숫자를 쓰면 아주 어색하였다. 매 문제마다 정갈하게 적힌 답은 모두 파리 머리만 한 해서체였다.

　가학에서는 다양한 형식으로 자주 시험을 보았다. 시와 글을 쓰는 것 외에 시험답안지를 작성하는 문제도 있었다. 예를 들면 빈칸 써넣기, 암기하여 쓰기, 틀린 글자 고치기 등이다. 세 아이의 시험성적은 항상 90점 내외였고, 100점을 맞을 때는 매우 드물었다. 매번 시험을 치르고 난 뒤에는 교실에 있는 하인이 도외할머니에게 성적을 보고하였다. 본가의 어른들이 공부에 올 때면 언제나 세 아이의 숙제를 살펴보면서 최근의 성적에 대하여 물어보곤 하였다.

　아이들의 숙제를 쓰는 책과 시험답안지에는 각자의 나이, 이름과 자字를 밝혔다. 이모의 이름은 덕제德齊, 자는 백평伯平이고, 어머니의 자는 중숙仲淑이고, 외삼촌의 자는 달생達生이다. 외삼촌이 아홉 살 때의 서명은 '9세歲, 공덕성 달생 77대손孔德成達生七十七代孫'이었다.

　세 아이들이 학교에 갈 때는 오건장吳建章과 진경영陳景榮이 데리고 갔다. 수업 시간에 그들은 학교의 옆방에서 기다리면서 창문 밖을 주시하고 있다가 휴식 시간에 아이들이 나오면 곧바로 그들은 따라 나섰다. 학교에는 오건문吳建文이라는 하인이 있었는데, 그는 오건장의 동생으로 삼남매보다 열 살 넘게 많았다. 세 아이가 공부할 때 그는 옆에서 조심스럽게 보살폈고, 방과 후면 언제나 오건장·진경영과 함께 아이들을 안채로 데리고 갔다. 겨울에는 '저녁 공부燈學'를 하기 때문에 8~9

시가 되어야 수업이 끝났다. 수업이 끝날 때면 몇 백 칸의 방이 있는 공부의 큰 정원은 칠흑같이 캄캄했다. 오건문은 앞에서 작은 호롱불을 들고 아이들을 데리고 길고 구불구불한 회랑을 걸으면서 끊임없이 낮은 소리로 발 아래의 계단을 조심하라고 주의를 주거나 아이들의 이름을 부르면서 아이들이 무서워하지 않게 하였다. 그 광경은 어머니에게 깊은 인상을 주어 몇 십 년이 지나도록 잊혀지지 않았다. 오건문의 형 오건장은 줄곧 외삼촌 덕성을 따라 곡부에서 중경으로, 중경에서 남경으로, 마지막에는 대만으로 갔다.

다섯 분의 선생 중 세 분이 한평생 공부에 남아 있었다.

22 제일 즐거운 날
설

일 년 중에서 가장 설레고 즐거운 날은 아마 설을 쉴 때였을 것이다.

공부에서 새해가 되기 전 부뚜막신에게 지내는 제는 아주 특이하다. 일반 백성들의 집에서는 부뚜막신에 대해 아주 경건하지만, 공부에서는 그렇지 않다. 부뚜막신의 지위는 연성공衍聖公보다 낮고, 돈과 권세도 연성공보다 훨씬 적다. 때문에 공부의 주인은 친히 부뚜막신에게 제를 지낼 수 없고, 하인들이 제를 지낸다.

부뚜막신의 신위는 공부의 주방에 들 수 있는 자격이 없기 때문에 몇 년간 쓰지 않는 땔나무를 넣어 두는 작은 창고에 붙여 놓았다. 그곳은 밥 짓는 연기에 그을려 벽이 시커멓고, 거미줄과 먼지로 가득하다. 매년 부뚜막신에게 제를 지낼 때의 의식도 아주 시끌벅적하다. 7~8명의 하인이 나팔을 불거나 북을 두드리고, 제를 주관하는 하인이 있고, 그 외에 일부 젊은 하인들은 뒤에서 제물을 들고 따라다닌다. 제사를 지낼 때 그 하인은 명령조로 몇 마디 분부를 하고, 기도를 드리지 않는다. 왜냐하면 "성인은 하늘이 보호한다聖人自有天保佑"라고 하였기 때문에 부뚜막신도 그에 대해 어찌할 수 없기 때문이다. 그러나 나의 어머니가 어릴 적에는 이런 것들은 그다지 중요하지 않고, 재미 삼아 시끌벅적하게 제를 지냈기 때문에 외삼촌도 직접 제를 지낸 적이 있다.

음력 12월 8일 납팔일臘八에는 납팔죽臘八粥을 먹는다. 평일에는 하인들이 집에 돌아가서 밥을 먹지만, 이날만은 모두 공부에서 죽을 먹는다. 왜냐하면 12부十二府의 본가들에 보내 줘야 하고, 선조의 위패에 올려야 하며, 또 부처님께도 공양을 드려야 하기 때문에 많은 사람들을 동원하여 죽을 끓여야 했다. 호인戶人 중 소화호燒火戶는 이날 특별히 불을 피워야 한다. 큰 가마를 걸고 죽을 끓인 뒤 큰 항아리에 퍼 담았다. 납팔죽은 두 가지가 있는데, 하나는 거친 것으로 하인들이 먹는 것이다. 여기에는 입쌀, 고기 조각, 배추, 두부 등을 넣는다. 죽을 먹을 때는 한 사람에게 한 근의 찐빵饅饅을 주었다. 다른 한 가지는 고운 것으로, 이는 안채內宅와 12부 및 제물을 바치는 데 쓴다. 이것을 만드는 데는 상당한 기술이 필요하였다. 율무쌀·마름 쌀·용안·연밥·백합·대추·팥·찹쌀 등으로 끓이며, 죽 위에는 잣알·살구씨·해바라기씨·개암·복숭아씨 등 마른 과일粥果를 올려놓았다. 마른 과일을 만드는 데는 정성을 깃들인다. 산사나무 열매의 경우 구멍 난 꽃바구니를 만들어 죽 위에 올려놓는다. 어머니와 가족들은 납팔죽을 먹을 때마다 마른 과일을 먹기가 아까워 한참 동안 감상하곤 했다.

제물을 올리는 것은 매우 번거로운 일이다. 불당루의 경우 안에 크고 작은 1천여 개의 불상이 있는데 각 불상 앞에 한 그릇씩만 올려도 반나절 동안 담아야 했다. 제물을 다 올린 후에는 또다시 큰 대야에 쏟아 넣어야 했다. 제물로 올린 죽은 불당루를 관리하는 하인인 진陳씨의 몫이 된다. 어머니가 열 살 좀 넘었을 때 그도 요령이 생겨 제물 올리는 방법을 바꾸었다. 모든 부처들이 함께 한 대야를 드시라는 뜻으로 죽을 큰 대야에 담아서 불당루 한가운데에 놓았다. 그러고는 그 대야의 죽을 자기 집으로 가져갔다. 관리인도 제지하지 않은 것이 묵인한 것으로 보였다.

공부 밖에는 개인이 세운 사원香火院이 많이 있는데, 그들도 와서 죽을 달라고 하였고, 심지어 분두미盆頭米도 달라고 하였다. 대장大庄에서, 동관낭낭묘東關娘娘廟에서, 심지어는 태산泰山에서도 오는데 그중엔 여승이 꽤 많았다. 외삼촌 덕성이 출생하기 전에 도외할머니는 매년 정월 초파일이면 사람을 보내 태산에 가서 아이가 생기기를 빌었다. 나의 외할아버지도 아들을 얻기 위하여 태산에 가서 소원을 빈 적이 있었다. 때문에 사람들은 모두 외삼촌을 태산에 빌어서 얻은 아이라고 하였다. 외삼촌이 출생한 후 그를 위해 태산의 여승을 사부로 모시었고, 매년 사람을 보내 태산에 향을 올렸다.

납팔일이 지나면 설 쇨 준비 때문에 바빠진다. 집안 청소를 하고, 채색 천막을 치고, 붉은 탄자를 깔고, 의자의 방석과 궁등宮火蹬을 바꾸며, 각종 만두, 찐빵, 떡 등을 만든다. 공부의 주방에서 3교대로 일하던 사람들은 모두 나와서 일을 하고, 소화호燒火戶도 와서 불을 땐다. 안채는 밤낮이 없이 바쁘게 돌아갔다. 만두를 쪄낸 뒤에는 큰 항아리에 넣어 두는데, 이 항아리만 해도 많은 방을 차지하였다. 만두는 제물로 올리는 것과 사람들이 먹는 것, 끼니로 먹는 것과 주안상에 올리는 것 등등 다양하게 나뉘고 그 구별이 아주 자세하다. 어머니와 외삼촌은 사람들의 웃음소리가 가득하고, 왁자지껄하고, 흥겨운 분위기를 좋아하였다. 그맘때에는 방과 후 아무 곳에도 가지 않고 곧장 집으로 돌아와 음식 만드는 것을 보았다.

어머니와 외삼촌도 이때가 되면 매일 많은 대련을 쓰느라 매우 바빴다. 설이 가까워지면 외삼촌의 글씨를 구하려는 사람들이 많이 몰려들었다. 친한 친구와 이웃 외에도 공부의 하인들도 글씨를 구해 갔다. 어머니도 외삼촌을 도와 매일 10여 폭을 대필하였고, 둘이서 손이 모자라면 간혹 서재의 선생도 대필하였다.

음식을 만들고 나면 안채에서 일하는 여자 하인들에게 한 사람에 한 바구니씩 만두, 설떡, 찐빵 등을 상으로 주었다. 설떡은 한 층 한 층 쌓아서 만든다. 아래가 크고 위가 작으며, 매 층마다 주위에는 대추를 꽂아 넣는데 맨 위에는 대추 하나밖에 놓을 자리가 없다. 모든 대추는 뾰족한 끝이 위를 향하게 세워서 놓는다. 이런 설떡을 한 걸음 한 걸음 올라간다는 뜻으로 '보보고步步高'라 하고, 먹기 전에 먼저 땅을 한 번 구르는데 이는 위로 높이 오르기 시작했음을 뜻한다.

섣달그믐이 되면 사람들은 모두 안채에 모여 물만두를 빚었다. 공부는 곳곳에 유리등大玻璃穗子燈과 우각궁등牛角宮燈, 붉은 초大紅蠟燭를 켜 놓고, 큰 청동향로立地大仙鶴銅爐에는 단향檀香 가루를 태우고, 땅에는 붉은 탄자를 펴놓고, 정원에는 채색 천막을 쳐 놓고, 색색의 띠를 늘어 놓는다. 이날 오누이 셋은 점심을 먹은 뒤 보본당報本堂에 가서 예를 올리고, 저녁 식사 후에는 조묘祖廟에 가서 절을 하며 예辭歲를 올리고, 다시 보본당에 가서 절을 하였다. 돌아온 후에는 들락날락하면서 놀다가 지쳐서 잠이 들었다. 두세 시경이 되면 불려 일어나 천지신天地神에

게 절을 하는데, 이는 공부만의 전통이었다. 전상방前上房 마당에 거적
席子으로 '천지루天地樓'를 지은 후 각 방향으로 많은 상을 놓고 상 위에
는 각 신의 위패를 놓았다. 한가운데 상에는 천지신을 모시는데 위패에
는 '천지삼계만령방진재天地三界萬靈坊眞宰'라고 써 있었다. 각종 신의
위치는 책력皇曆을 보고 자리를 확정하기 때문에 해마다 변한다. 세 아
이는 잠에서 깨어나 비몽사몽간에 많은 신의 위패를 향해 절을 하는데
한참을 하여야 마칠 수 있었다.

천지신에게 절을 하기 전에 먼저 제사용 폭죽祭炮을 터뜨려야 한다.
폭죽은 탁자 위에 놓고 터뜨리기 전에 폭죽에 불을 붙이는 향香에 절을
해야 한다. 공부에서 폭죽를 터뜨리면 온 성의 집집마다 모두 신에게
제사를 지낸다.

전상방 마당에 천지루를 세워 각 신위를 모시는 외에도 조천간朝天杆
을 세워 천등天燈을 밝힌다. 바로 수화문垂花門 안에 전당루와 멀지 않은
곳에 깃대처럼 아주 높은 장대를 꽂고 꼭대기에 유리등을 걸어 놓고 등갓
에는 작은 인형을 그려 놓는다. 등은 밤낮으로 켜 있어야 하며, 보름 동안
켜 놓는다. 장대가 아주 높기 때문에 곡부 사람들 모두가 볼 수 있다.

설달그믐 저녁에 곡부의 일반 백성들의 집에서는 모두 밟기놀이踩歲
를 한다. 마당에 수수깡을 가득 펴 놓고 사람들이 오고 가면서 밟아서
부순다. 이를 '세세歲歲(쇄쇄碎碎)평안平安[1]'의 뜻으로 보기 때문에 잘게

---

[1] 세歲와 쇄碎의 중국어 발음이 동일하기 때문에
부서질수록 해마다 평안해진다는 의미로 새긴다.

부서지면 부서질수록 좋다. 촛불빛 아래 웃음소리와 흥겨운 분위기 속에서 사람들은 저마다 행복한 소원을 빌고, 발 아래의 수수깡이 부서지는 맑고 경쾌한 소리를 들으면서 들뜬 기분을 만끽한다. 그러나 공부에서는 밟기놀이를 하지 않는다. 마당이 너무 넓어서 밟을 사람이 그렇게 많지 않았을 것이기 때문일 수도 있다. 자정이 되면 각 부府의 본가本家는 모두 서화청西花廳으로 모여 가묘家廟에 가서 제를 올린다.

설을 쇠면 어른들은 오누이 세 사람에게 세뱃돈壓歲錢을 준다. 세뱃돈은 붉은 봉투에 넣어 '장수백세長命百歲'라고 써서 그들의 베개 옆에 놓아둔다. 이외에도 사람들이 자는 침대 머리맡에 있는 경태람景泰藍이라는 음식서랍에 찹쌀가루로 만든 여의如意, 감, 귤 등 음식을 넣어 둔다. 새해 초하루 아침에 하인은 삼당원三堂院에서 연속 몇 시간씩 폭죽을 터뜨린다. 아이들은 폭죽 소리에 깨어나 말하지 않고 먼저 손으로 베갯머리맡의 음식을 더듬는다. 잠자리에서 일어난 뒤에는 묘廟, 사당祠堂, 불당佛堂으로 절을 하러 간다. 어머니가 가장 인상 깊었던 것은 초하루에 끊임없이 절을 하는 것이었다.

아침부터 공부의 5백여 명의 하인들은 차례대로 들어와 세배를 한다. 이는 그들이 일 년 중 유일하게 안채에 들어올 수 있는 기회였다. 도외할머니는 전상방前上房 안채正房의 태사의자太師椅에 앉아 있고, 세 아이는 옆에 서 있었다. 공부의 하인에서부터 시작하여 공림孔林, 공묘孔廟, 마구간馬號, 벌목간柴火園, 각 곳의 봉위대奉衛隊 등 사람들이 차례대로 들어와서 절을 하였다. 빨간 종이로 만든 작은 쌈지에 몇 백 개의 작은 동전을 넣어서 일부 사람들에게 상으로 주기도 하였다. 절이 끝나면 앞사람들은 신속히 물러나고 뒷사람들이 연이어 들어왔다. 끝없이 절을 하고 끝없이 덕담이 이어졌다. 하인들의 세배가 겨우 끝나면 12부의 본가들이 세배를 온다. 그러면 또 끝없는 절에 끝없는 덕담이 이어진다. 본가들이 공부에 와서 세배를 할 뿐만 아니라, 삼 남매도 밖에 나가서 세배를 해야 했다. 보통 세배가 끝나기 전에 어느새 개학을 맞이하게 된다. 그러면 그들은 하는 수 없이 방과 후에 계속하여 세배를 하러 다닌다. 어머니가 열다섯 살, 외삼촌이 열세 살 되는 해에 이모가 시집을 갔다. 그 이후로 매번 어머니와 외삼촌 단둘이서 밖에 나가 세배를 했다.

정월 초하루부터 2월 2일까지 한 달 남짓 공부의 문 앞에서부터 고루문鼓樓門까지 거리에 매일 오전에 장이 섰다. 이를 '고루문회鼓樓門會'라고 불렀으며, 장은 북적거렸다. 각종 물건을 파는 것 외에도 서커스, 양금, 만담, 무술연기도 있었다. 삼 남매는 매일 빼놓지 않고 이러한 공연을 보러 다녔다.

고루문회에서 외할아버지가 쓴 「지족가知足歌」, 「인송가忍訟歌」, 「만공가萬空歌」 등의 글도 팔았는데 사는 사람이 매우 많았다. 다른 지방의 일반 백성들은 새해를 맞으며 세화年畫를 많이 사지만, 곡부 사람들은 모두 외할아버지의 글을 샀다. 농촌의 집집마다 거의 모두가 외할아버지 글을 벽에 붙여 놓았다.

오전에는 고루문회가 열리고, 오후에는 용등회龍燈會가 열렸다. 곡부의 민간에서는 용등놀이, 땅위에서 배 달리기, 죽마놀이, 사자놀이 등이 유행하였다. 각 촌마다 거의 모두가 설을 쇨 때에는 이러한 놀이를 하였다. 어느 촌의 용등놀이든 모두 공부에 와서 하였기에 공부의 용등놀이는 끝이 없었다. 공부에서 놀이를 하는 곳은 이문二門 안의 대당大堂 앞인데, 촌민과 공부 밖 사람들이 모두 들어와 보았다. 아이들이 사람들 사이에서 다치는 것을 막기 위하여 사람들 사이에서 보지 못하게 하고 대당의 온각暖閣에 앉아서 보게 하면서 대당에서 나가지 못하게 하였다.

용등놀이를 할 때는 공부의 하인들과 폭죽호花炮戶라는 폭죽을 쏘아 올린다. 폭죽은 여러 가지 모양으로 매우 정밀하게 만들어졌고, 하늘에서 다양한 꽃 모양으로 변화한다. 공부에는 용, 호랑이, 선학, 배불뚝이 아미타불, 어린아이 등의 두 세트 18나한羅漢의 가면이 있었다. 하인들은 이것을 가지고 놀이를 하였다.

이모가 좀 자란 뒤에 용등놀이를 하고 싶어 했는데 어머니와 외삼촌 모두 적극적으로 찬성하였다. 이모는 사자머리를 쥐는 역을 맡았는데, 구경하는 농민들이 웃으면서 "공부의 큰아가씨가 사자놀이를 하네" 하였다. 삼 남매는 모두 매우 즐거워하였다.

설을 쇨 때 그들은 또 한번 농민들을 볼 수 있는 기회가 있는데 바로 곡부 북문 밖 수림 앞의 '임문회林門會'이다. 이를 화시花市라고도 하였다. 기나긴 신도神道에는 오고 가는 차와 사람들로 북적였다. 곡부의 종이꽃과 벨벳으로 만든 꽃은 집집마다 이를 부업으로 삼을 정도로 아주 유명하였다. 이는 멀리 제남과 북경에까지 팔려 나갔다. 사람이 달고 다니는 것, 제물에 꽂는 것, 병에 꽂는 것 등의 종류가 있고, 그 아름다움은 눈이 부실 정도였다. 그들 삼남매는 해마다 한 번씩 화시를 구경하였지만 사지는 않았다. 하인들이 이미 여러 상자 가득 사서 공부에 가져다 놓았다. 그들은 가마에 앉아 밖을 내다보면서 화시를 한 바퀴 돈 다음 집으로 돌아왔다. 가마 안에 앉아 꽃구경을 하는 것이 아니라 사람 구경을 한다는 것이 적절한 표현이었다. 그들은 평소에 외부와 단절되어 있기 때문에 밖이 어떤 세상인지 매우 알고 싶어 하였다. 농민들의 옷차림이나 언행 등은 언제나 그들 삼 남매에게 흥미진진한 이야깃거리였다.

정월 초7일에 공부는 하인을 보내 화신火神의 제사를 지냈다. 화신 각火神閣 거리에는 임시로 화신을 모시는 천막을 치고, 백성들은 향 한 묶음을 가지고 가서 제를 올렸으며, 공부는 향과 초 외에 제물도 가지고 갔다. 어머니는 이 화신을 모시는 곳에 한 번도 가 본 적이 없다.

정월 보름은 등절燈節이다. 이날은 집집마다 콩가루등豆面燈을 만든다. 공부의 주방에서도 만들었는데 아주 재미있다. 콩가루를 반죽하여 작은 사발을 만들고 안에 콩기름을 넣은 후 심지를 꽂아서 각 방 곳곳에 불을 켰다. 또한 세수등歲數燈이라는 것도 만들었는데, 나이 수만큼 등을 만들어 하나의 큰 대야에 넣어서 켜 놓는 것으로 생일 케이크에 꽂는 작은 촛불과 비슷하다.

정월 열엿샛날에는 곡부의 백성들 모두가 병을 쫓기 위해 나와서 돌아다녔다. 어머니는 사람을 접대하느라고 바쁘기 때문에 이런 날도 쉬지를 못한다.

입춘에는 동문 밖에 영춘장迎春場이 있는데, 경기가 좋을 때에는 마당에 떡·과자 등을 가득 담은 큰 바구니를 놓아두고 아이들이 공짜로 먹게 하였다. 백성들은 모두 아이들을 데리고 놀러 갔으나 어머니는 한 번도 간 적이 없다. 이날 공부에서는 각 방마다 영춘화迎春花로 단장해 놓는다.

설을 제외하고 일 년 중 어머니가 제일 좋아하는 명절은 8월 15일과 7월 7일이다. 이 두 날 저녁에는 전당루 마당에 상을 몇 층으로 쌓은 후 제일 위에 향로와 제물을 올려놓는다. 이를 '상천공上天供'이라고 한다. 8월 15일에는 공부에서 직접 만든 크고 작은 세트의 월병을 제물로 올렸다. 7월 7일에는 과자를 제물로 올리는데, 이는 틀을 이용하여 각종 모양으로 찍어 낸 다음 기름에 튀긴 것이다. 사람들은 제물을 높게 올리면 하늘과 가까워지기 때문에 상아嫦娥, 옥토끼玉兔, 견우와 직녀가 보고 내려와 먹는다고 하였다. 어머니는 이를 진짜로 믿고 매번 제물을 올려놓으면 어디도 가지 않고 고개를 들고 하늘을 바라보았다. 비록 아무것도 보이지 않았지만 해마다 하늘을 올려다보았다. 올려다보면서 머릿속으로 이 아름다운 신선들이 날아서 내려오는 정경을 상상하였던 모양이다.

7월 15일에는 또 '유등河燈'을 띄웠다. 백성들은 강에서 띄우고, 공부는 고반지古泮池에서 띄웠다. 유등은 두꺼운 종이로 배를 만들고 안에 작은 촛불을 켜 놓는 것이다. 사람들은 그것이 덕을 쌓는 것이라고 믿었다. 즉, 강에 빠져 죽은 사람들의 영혼이 유등을 타고 극락세계로 간다고 하였다.

공부는 고반지에 유등을 띄울 뿐만 아니라 전당루 앞에 있는 연꽃을 기르는 큰 항아리에도 띄웠다. 연꽃을 기르는 항아리에는 빠져 죽은 사람이 없는데도 불구하고 유등을 띄우는 것을 보아서는 그것이 아마도 일종의 상징일 것이라 생각된다.

어머니는 결혼 후 고향을 떠나 대도시로 갔지만, 매번 설을 쇨 때면 언제나 고향의 정취가 가득한 소박하고 정겨운 장면을 생각하게 된다고 한다. 대도시의 화려하고 웅장한 극장, 조예가 아주 깊은 예술가의 표현 등은 좋기는 하지만 이들보다 친근하지는 못하였다.

공부의 신화神話

공부孔府, 공림孔林, 공묘孔廟를 삼공三孔이라 한다. 이는 중국에서 현존하는 가장 온전하고 가장 방대한 고대건축물 중의 하나로, 곳곳에 신기하고 아름다운 전설들로 가득 차 있다. 하늘을 나는 새, 땅 위의 작은 풀, 돌 하나, 나무 한 그루……, 이 모두에 사람을 감동시키는 이야기가 있다. 삼공은 마치 신화의 세계와도 같다. 어머니는 이러한 분위기 속에서 자라났다. 내가 어릴 적에 어머니가 나에게 전해 준 이야기는 모두 외할머니 집의 신화와 전설이었다. 그 신화는 이미 어머니의 정신세계의 한 부분이 되었다. 어머니는 이들 신화와 전설로 나의 어린 영혼을 일깨워 주었다.

공부가 1천년을 이어오면서 100칸 이상의 방들이 기나긴 세월 동안 잠겨 있었다. 어떤 것은 몇 백 년이 지난 것도 있다. 이 때문에 잠겨 있는 방에는 신선이 있고, 물건들은 요정이 되었다. 예컨대 이전에 동학東學에 어서루禦書樓가 있었는데, 여기에는 주로 역대 황제가 하사한 경서經書와 시문詩文을 보관해 두었다. 전해 오는 말에 의하면 그 책들은 요정妖精이 되었는데, 모두 하늘의 선녀같이 아름다운 미녀라고 했다. 요정은 작은 나무 신을 신고 밤이면 뚜벅뚜벅 마루 위를 걸어 다닌다. 자기 눈으로 직접 본 사람도 있다고 하나, 다만 언뜻 보이더니 사라졌다고 한다. 사람들은 그를 '어서루의 작은며느리'라고 한다. 내가 어른들에게 이 책이 왜 늙은 영감으로 변하지 않고 미인으로 변했는지 묻자 대답하기를 "책 속에 자고로 옥 같은 미인이 있느니라書中自有顏如玉" 하면서 덧붙이기를 경서經書를 많이 읽지 않은 사람은 만나 볼 연분이 없다고 하였다.

공부에는 늙은 영감 모양의 신선도 있다. 서학西學 뒤에 안회당安懷堂이라고도 부르고, 구투간九套間이라고도 부르는 넓은 방이 있었다. 당시에 이곳은 사람이 살지 않는 방으로, 밖에서 보면 기둥에 부조浮彫를 하고 대들보를 채화彩畫로 장식한 것 등은 다른 방과 비슷하였지만 실내는 같지가 않았다. 방 안에서는 천장과 네 벽을 볼 수 없고, 자단목紫檀木을 투각하여 만든 포도나무 받침대를 가득 세웠다. 이 많은 포도나무 받침대는 방을 불규칙하게 9칸으로 갈라 놓았다. 홀 맞은편은 조용한 마당으로서 나무와 꽃이 무성하고 고목이 하늘을 찌르며, 나무 아래에는 도자기 의자坐鼓와 작은 돌상石桌이 있다. 전하는 말에 따르면, 달이 뜨는 여름밤이면 하얀 수염을 늘어뜨린 신선이 혼자 도자기 의자에 앉아 술을 마신다고 한다. 어떤 늙은 하인은 자기 눈으로 달 아래에서 술을 마시는 이 신선을 본 적이 있다고도 한다.

오래된 집에는 요정과 귀신이 아주 많다. 예컨대 목 매어 자살한 적이 있는 방에는 귀신이 조화를 부리고, 어떤 방의 편액 뒤에는 큰 뱀이 숨어서 도를 닦아 신선이 되었다는 등등의 이야기들이 있다. 어머니는 곁채 앞에 있는 긴 복도를 지나다니면서 자물쇠가 굳게 잠겨 있는 방들을 보았는데, 방 안에 서가가 가득 진열되어 있고 위에는 먼지가 두껍게 앉아 마치 그 책들이 모두 요정이 된 것처럼 느껴졌다고 한다.

책 이외의 물건도 요정이 될 수 있다. 전상방에 놓여 있는 큰 황양목黃楊木 봉황鳳凰은 가공을 하지 않은 천연적으로 형성된 괴목이다. 이것은 황궁에서 하사한 물건이다. 공부 사람들이 전하기를, 이 봉황은 밤새도록 이 방에서 저 방으로 날아다닌다고 한다. 또한 봉황새가 푸드덕하며 날개 치는 소리를 들었다고 하는 사람도 있다.

사람들은 공부의 모든 요정과 귀신들 모두를 구투간의 하얀 수염이 있는 할아버지 신선이 관리한다고 믿는다. 그래서 이 할아버지 신선이 공부의 평안을 보호하기 때문에 매년 섣달그믐날 밤에는 연성공衍聖公 혼자 구투간에 와서 이 신선에게 제사를 지낸다. 제사를 지내러 올 때에는 등불과 제물을 든 하인 한 사람만 데리고 온다. 구투간에 제물을 진설해 놓은 후 하인은 밖에 나가 문어귀에서 기다리고, 연성공은 혼자 구투간에서 정북쪽을 향해 절을 한다. 나의 외할아버지가 매년 구투간에 와서 제사를 지낼 때는 항상 유몽영이 따랐다. 어머니가 어릴 적에 구투간의 대들보에 빈 광주리를 걸어놓았었는데 이는 신선이 안에서 쉴 수 있게끔 준비해 둔 것이라고 한다.

중국 백성들은 까마귀를 상서롭지 않은 동물이라고 여기지만, 공부에서는 까마귀가 환영을 받는다. 매일 황혼 무렵이면 여러 무리의 까마귀가 먼 곳으로부터 시끄럽게 울면서 날아와 고목의 나뭇가지에 시꺼

떻게 내려앉았다가 다음 날 아침이면 다시 날아간다. 전하는 바에 의하면 공자가 "까마귀는 부모 은혜를 갚는다烏鴉反哺"라고 하여 까마귀는 '효도하는 새孝鳥'로 알려졌고, 까마귀는 그 은혜에 보답하기 위하여 공부에 군대나 도적들이 범접하지 못하게 한다고 한다. 그 때문에 사람들은 곡부의 까마귀를 공자의 '삼천 까마귀 병사烏鴉兵'라고 하였다. 공자가 천하를 주유周遊한 후 고향에 돌아와 제자들을 가르치면서 항상 제자들을 데리고 성 밖으로 놀러 갔다고 한다. 자주 성 밖으로 나가기 때문에 군대나 도적의 습격을 받는 일이 많았다고 한다. 그런데 공자가 위험에 처하면 까마귀가 날아와서 군대나 도적들의 눈을 쪼아 공자를 보호하였다고 한다. 공자는 매일 아침 일찍 나가서는 저녁 늦게 돌아오기 때문에 이 까마귀들도 아침에 성문을 열 때면 날아가고, 저녁에 성문을 닫을 때면 다시 돌아온다. 곡부의 백성들은 이 까마귀들이 공부孔府의 위엄을 세워 주기 위해 오는 것이라고 여기기 때문에 누구도 이를 쫓거나 해치지 않는다. 어머니와 외삼촌이 어릴 적에 쓴 시에도 까마귀가 자주 나온다.

사람들은 또한 공부의 건물이 하늘과 서로 조화를 이룬다고 한다. 풍수風水에 의하면 공부의 지세地勢는 '전청룡前靑龍, 후백호後白虎, 좌주작左朱雀, 우현무右玄武, 명칠성明七星, 암팔괘暗八卦'라고 한다. 명칠성은 지상의 7채 건물이 북두칠성 모양으로 분포된 것을 가리키는데, 그중의 하나가 바로 피난루避難樓이다. 암팔괘는 지하의 수맥이 팔괘八卦 모양을 이루고 있다는 것을 가리킨다. 전하는 말에 의하면, 공부는 북두칠성과 서로 연계되어 있기 때문에 연성공이 매년 음력 8월 초나흘에 북두칠성北斗을 향해 접북두接北斗라는 제사를 지낸다고 한다. 이

것은 공부와 하늘이 서로 밀접하게 연계되어 있다는 것을 상징하며, 또 이렇게 해야 공부가 대문의 대련對聯에 있는 것처럼 "하늘과 수명을 함께한다同天並老"고 할 수 있다.

접북두는 성대하고 장중한 공자의 제사에 비하면 극히 신비스럽게 진행된다. 이 제사는 외부 사람들이 참여하지 못할 뿐만 아니라, 공부에서도 극소수의 사람들만 참여할 수 있다.

안채의 전당루前堂樓 벽에 유리 덮개 하나가 있는데, 그 안에 작은 시계가 있고, 작은 시계 안에 실 한 뭉치를 넣어 두었다. 8월 초나흘 북두칠성이 떠오를 때면 연성공과 그를 대신하여 실을 이을 사람이 함께 접북두를 지내러 간다. 두 사람은 조심스레 이 실뭉치를 꺼내어 불당루佛堂樓로 가서 향을 피우고 제물을 올린다. 제물은 매우 간단하여, 유등油燈을 북두 모양으로 진열한 칠성등七星燈, 제물 다섯 가지, 향 1자루가 전부였다. 제물을 차린 후에는 불당루를 지키는 사람을 밖에 내보내고 두 사람이 제를 지낸다. 먼저 연성공이 절을 하고, 그 다음 실을 잇는 사람이 절을 한 후 실뭉치를 꺼낸다. 실뭉치는 황黃·백白·흑黑·녹綠·홍紅의 서로 다른 색상의 끊어진 실들로 이루어져 있는데, 이는 황생토黃生土·토생금土生金·금생수金生水·수생목水生木·목생화木生火라는 이치를 표현한 것이다. 실을 잇는 사람이 이 몇 가닥의 실을 순서대로 이어 놓으면 공부와 하늘의 북두성을 이어 놓은 것처럼 된다. 외삼촌 덕성德成이 북두에 제사를 지낼 때는 유몽영이 실을 이었다. 그가 병에 걸려 임종할 때쯤에야 아들 유장후에게 그것을 가르쳐 그가 덕성을 위해 북두를 잇게 하였다. 그전에는 유장후도 그 일에 대하여 전혀 알 수가 없었다고 한다. 이는 인간과 하늘의 연계, 즉 천기天機를 함부로 누설해서는 안 되었기 때문이다. 유장후는 바로 외삼촌의 어릴 적 친구 유삼원이다.

어머니가 어릴 적에 공부에 신기한 문물이 하나 있었다고 한다. 그것은 당나라唐代 사람인 원천강袁天綱과 이순풍李淳風이 그린 장래를 예언하는 그림推背圖이라고 한다. 그림에는 원숭이 한 마리가 복숭아 한 개를 받들고 있는데, 사람들은 외삼촌 덕성德成이 원숭이띠이기 때문에 이 그림을 외할머니 도태부인陶(桃)太夫人이 77대 연성공衍聖公을 키우는 것으로 해석했다고 한다.

공부의 평범한 물건들도 대부분 나름대로 유래가 있다. 큰채大堂와 작은채二堂 사이의 통로에 붉은색 칠을 한 긴 의자가 있는데, 이는 명나라 때 원로閣老 엄숭嚴嵩이 탄핵을 당해 처벌을 받게 되자 연성공에게 부탁하기 위하여 찾아와 접견을 기다릴 때 앉았던 것이다. 그의 손녀, 즉 엄세번嚴世藩의 큰딸이 바로 64대 연성공 공상현孔尚賢의 부인이었다. 엄숭은 만년에 아들 세번이 어사禦史 추응용鄒應龍과 임윤상林潤相의 탄핵을 받아 죽음을 당했고, 그도 관직을 잃고 가산을 몰수당하였다. 그는 손녀의 집에 와서 집사事官(6품의 관리)에게 연성공을 만나게 해달라고 부탁하자, 집사가 냉랭하게 대하면서 이 긴 의자에 장시간 앉아서 기다리게 하였다. 결국 연성공은 그를 접견하지 않고 대신 금으로 된 그릇을 주었다. 사람들은 이것을 걸식할 그릇을 준 것이라고 믿었다. 얼마 지나지 않아 엄숭은 병으로 세상을 뜨고 말았다. 이 의자에 전해져 내려오는 우스개 이야기는 백성들의 선악에 대한 생각을 반영하고 있는 것이다.

공부·공림·공묘에 신기한 전설들이 가득할 뿐만 아니라, 주위에 있는 니산尼山 · 방산防山 · 주공묘周公廟 · 소호릉少昊陵 등에도 신화와 전설들이 많이 있다. 공자의 어머니 안징재顔徵在가 공자를 낳기 전에 니산에 가서 아들을 낳게 해 달라고 기도를 드리고 집에 돌아왔는데, 마당에 갑자기 기린麒麟 두 마리가 나타나 입에서 옥백玉帛을 토하였다. 옥백에는 하늘의 별자리星宿가 인간 세상에 내려와 장래에 주나라周朝를 진흥시킬 것이라는 글이 써 있었다고 한다. 또 공자가 출생할 때 하늘에서 음악을 연주하는 소리가 들렸고, 동시에 다섯 명의 신선이 채색구름 속에서 내려왔다. 그중의 한 사람이 "하늘이 성인聖人을 낳고, 하늘이 음악을 내렸다"라고 말하였다고 한다.

공자는 니산에서 태어났다. 앞에는 이룡산二龍山이 있고, 뒤에는 오로봉五老峰이 있다. 전하는 바에 의하면, 이것은 두 마리 기린과 다섯 명의 신선이 변한 것이라고 한다.

공자를 북두칠성의 첫 번째 별인 괴성魁星이라고도 한다. 『효경孝經』에 의하면 괴성魁星은 글文을 관장하므로 하늘에서 문관文官의 우두머리라고 한다. 공자는 바로 하늘의 괴성이 인간 세상에 내려온 것이다. 이 때문에 공묘에 있는 공자의 장서루藏書樓를 '괴문루魁文樓'라고도 한다.

공자는 신선이 인간 세상에 내려온 것이기에 당연히 미래를 내다볼 수 있다. 곡부에서는 진시황秦始皇이 공림에서 강을 판 이야기가 다음과 같이 전해지고 있다.

노나라 애공魯哀公 16년에 공자가 중병에 걸려 자공子貢이 문안 갔을 때 그는 자공에게 "어제 저녁 꿈에 두 기둥 사이에 앉아 있었는데 마치 은나라 사람殷人의 장례식과 같았다"라고 하였다. 그는 자기가 살

날이 얼마 남지 않았다는 것을 알고 제자를 불러 묏자리를 보러 갔다.

그들은 이룡산二龍山에서부터 시작하여 동쪽으로 니산尼山, 북쪽으로 절타산折陀山까지 두루 살펴보았으나 적당한 곳을 찾지 못하였다. 그 후 공자 일행이 곡부성의 북쪽 사수泗水 강변으로 갔는데, 북쪽으로 한 줄기 강이 흐르고, 남쪽 강변에 평탄한 땅이 있었다. 공자는 그곳을 가장 이상적인 곳이라고 생각하였다. 이때 자공이 공자에게 "여기가 자리風脈는 더할 나위 없이 좋은데 앞쪽에 강이 없지 않습니까?"라고 하자, 공자는 "급할 것 없다. 나중에 진나라 사람秦人이 여기에 강을 낼 것이다"라고 대답하였다.

공자 서거 후 약 270년이 지나, 진시황秦始皇이 6국을 통일하고 폭정을 행하였다. 공자의 학설을 없애기 위하여 분서갱유焚書坑儒를 자행하였다. 어떤 사람이 진시황에게 말하기를 "유학儒學을 없애려면 먼저 공자 묘지의 풍수를 파괴해야 합니다. 공림에는 강이 없습니다. 만약 공자의 묘 앞에 강을 하나 내면 그와 그의 고택 궐리闕里를 갈라놓게 되어 공자의 신령이 나타나지 못할 것입니다"라고 하였다. 진시황은 그 의견을 받아들여 사람을 보내 공자의 묘 앞에 공림을 가로지르는 수수하洙水河를 팠다. 이는 결국 공자를 위해 힘을 보탠 것으로 공자 묘의 마지막 공정을 완성한 것이다.

공자의 후예 중에서 무신론자無神論者의 대표적인 인물은 공도보孔道輔라고 할 수 있다. 그는 송나라宋代 상부祥符 연간에 진사進士를 지냈으나 후에 중승中丞이 되었다. 그 당시 연성공이 나이가 어려 황제는 그가 대신 제사를 맡도록 하였다. 하루는 공도보가 영주로 갔다. 당시 영주 진무관眞武館의 신상神像 뒤에 뱀신神蛇이 있었는데, 사람이 제를 올리면 신상 뒤에서 기어 나왔다고 한다. 그 뱀이 아주 영험하다는 소문을 듣고 천리 밖의 사람들도 기도를 하러 왔다. 공도보도 그 말을 듣고 제물을 준비한 다음 부하들을 데리고 가서 제를 지내는데, 과연 들은 대로 그 뱀이 신상 뒤에서 기어 나왔다. 모두들 영험함을 믿고 엎드려 절을 하였다. 이때 공도보가 홀笏로 뱀의 머리를 내려쳤고, 뱀은 그 자리에서 죽었다. 그곳에 있던 사람들이 모두 공포에 떨고 있는데, 공도보가 "뱀은 내가 죽였으니 다른 사람은 상관없다. 만약 그것이 정말로 영험하다면 나에게 재앙을 내릴 것이고, 내가 오늘 이후에 무사하다면 이 뱀은 신이 아닌 것이다"라고 하였다.

이때부터 그 홀은 격사홀擊蛇笏이라고 불렀으며, 공부의 가보가 되었다. 어머니도 어릴 때 그 홀을 보았는데 길이가 2자, 폭이 5치인데 아직도 뱀의 피가 묻어 있는 것 같았다고 한다. 송나라 조맹부趙孟頫는 「제격사홀題擊蛇笏」이라는 시를 남기기도 하였다.

곡부는 그야말로 신화의 세계이다. 이 신화들은 미신이 아니라 백성들의 풍부한 상상력과 아름다운 미래에 대한 동경과 추구를 표현한 것이다.

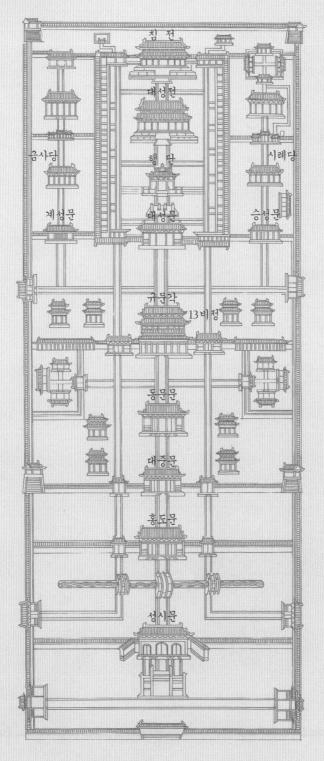

침전

대성전

금사당

행단

시례당

계성문

대성문

승성문

규문각

13비정

동문문

대중문

흥도문

성시문

공묘 안내도 공자를 기리는 사당. 공자 사후 1년 뒤인 기원전 478년에 노나라 애공(哀公)이 세운 것이 시초.

1_공묘 항공도

2_공묘 제1문 · 영성문(櫺星門)
영성은 고대 중국인들이 학문의 수호성으로 숭상했던 별.

3_공묘 제4문 · 대중문(大中門)
대중문의 편액은 청의 건륭제가 직접 쓴 글씨.

4_공묘 제2문 · 성시문(聖時門)

5_규문각(奎文閣) 공묘 제6문으로 높이가 23미터에 달하는 3층 목조 누각. 원래는 황제가 하사한 서적이나 붓글씨를 보관하는 도서관이었다. 1960년대까지 보존되던 귀중한 문서들이 문화혁명의 광기 속에서 모두 불타 없어졌다.

6_13비정

7_대성문(大聖門)

8_행단(杏壇) 공자가 직접 은행나무 아래에서 제자들에게
학문을 가르쳤던 자리에 세운 단.

9_대성전(大聖殿) 편액은 청나라 옹정제의 글씨.

10_북경에 있는 대성전

11_대성전 용주

12_쌍용고목

13_성적전(聖迹殿) 공자의 발자취를 기록한 그림인 성적도를 조각해서 보존했던 건물.

14_공묘 제례

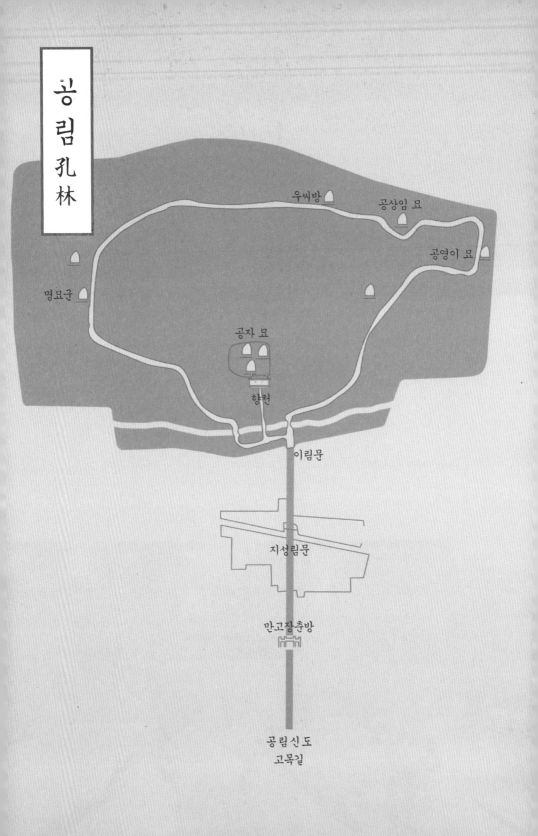

공림 孔林

우씨방

공상임 묘

공영이 묘

명묘군

공자 묘

향전

이림문

지성림문

만고장춘방

공림신도
고목길

1_공림신도(孔林神道)

2_만고장춘방(萬古長春坊)

3_지성림문(至聖林門)

4_공자 묘

5_고목길

가족묘지
공림 孔林 24

"신종추원이면, 민덕귀의니라愼終追遠, 民德歸厚矣"라는 선조 공자의 뜻에 따라 부모의 상사喪事를 잘 처리하는 것이 공자의 후예의 도덕 수준을 판단하는 중요한 기준이 되었다. 공부의 각 부에는 평상시에 모두 상복을 준비하고 있다. 만일 본가의 사람이 사망하여 조문을 갈 때 모두 각자 자기의 상복을 준비하였다. 상복의 종류는 매우 많은데, 사자死者와의 관계에 따라 어떤 상복을 입는지가 결정된다.

상례喪禮에는 많은 특별한 의식儀式과 의장儀仗이 있다. 친구가 조문을 오면 대문 앞에 있는 악단이 음악을 연주한다. 손님이 남자인지 여자인지, 아니면 남자와 여자가 함께 오는지에 따라 연주하는 음악이 달라진다. 대문의 양옆에는 악귀를 쫓기 위한 '방필方弼'과 '방상方相'이 서 있다. 이 둘은 비단과 나무로 만든 거구로, 옷차림과 얼굴 모양이 경극京劇에 나오는 분장한 얼굴花臉과 비슷하고, 높이는 1장丈이 넘는다.

217

사람이 그 안에 들어가서 걷고 움직이는 각종 동작을 할 수 있다. 영구靈柩를 장지까지 모실 때 이 방필과 방상이 영구 행렬 맨 앞에 선다.

사자死者에게 수의를 입히는 것은 대렴大殮과 소렴小殮으로 구분할 수 있다. 3일 만에 하는 소렴小殮은 평상복을 입히는 것이고, 5일 만에 하는 대렴大殮은 관복을 입히는 것이다. 여자는 봉황관에 수놓은 솔鳳冠霞帔에 입에는 진주를 물리고, 전신에 향료를 뿌린 후 비단으로 얼굴을 포함하여 머리부터 발끝까지 완전히 싸맨다. 여자는 푸른색 비단으로, 남자는 붉은색 비단으로 세 겹을 싸고 나서 다시 흰색 비단으로 단단히 싼다. 다 싸고 나면 시신은 보이지 않고, 마치 흰색 꽃병花瓶 같다. 12 부도 이렇게 수의를 입힌다.

영구靈柩를 잠시 안치하는 곳도 규정이 있다. 연성공衍聖公과 일품부인一品夫人은 안채의 전상방前上房에 안치하고, 첩姨太太이나 공부의 친척은 그 뒤의 백호청白虎廳에 안치한다. 말하자면 전청룡前靑龍(희방喜房이라고도 함)에서 아이를 낳고, 후백호後白虎에 죽은 사람을 잠시 안치한다는 것이다. 이는 '청룡당두靑龍當頭, 백호진벽白虎鎭壁'이라는 뜻으로, 공부의 풍수에 맞는 것이라고 한다. 그러나 공부에 거주하는 본가의 가까운 친척이 없었기 때문에 어머니는 본가가 백호청에 영구를 안치한 것에 대한 기억이 없다고 한다. 왕외할머니가 돌아가셨을 때에도 영구를 서학西學에 안치하였고 백호청에 안치하지 않았다고 한다.

영구를 안치해 두는 장막은 파란 유리로 천장을 만들고 안에 종이로 만든 사람과 말, 보물단지聚寶盆, 돈나무搖錢樹, 금은원보金銀元寶 등을 넣어 두는 외에도 1백 개가 넘는 부장품副葬品을 넣어 둔다. 예를 들면 주석으로 만든 작은 찻주전자와 찻잔, 나무로 만든 작은 밥상과 의자,

베개와 이불이 있는 작은 침대, 꽃을 수놓은 작은 옷, 신발과 양말 등 의복 등을 넣는데, 크기는 실제보다 작지만 아주 세밀한 것이었다. 작은 신에도 아주 정교한 꽃봉오리와 기타 도안을 수놓았다. 어머니의 당백모堂伯母 원부인袁夫人은 부장품副葬品을 만드는 것으로 유명하였다. 그가 수놓은 꽃무늬는 확대경으로 보아야 똑똑히 볼 수가 있었다. 이 부장품은 안장할 때 함께 묻는다.

영구를 안치해 두는 막 안의 관 앞에는 명정銘旌을 걸어 놓는데 긴 붉은 비단이 장막처럼 위로부터 늘어져 관을 가린다. 붉은 비단에는 사자死者의 관직명官銜을 적고, 안장할 때에는 관위에 덮어 놓는다.

행상出殯할 때 상여꾼의 수는 사자의 지위에 따라 다르다. 공부에서 사람이 죽으면 64명이 상여를 메고, 12부에서 사람이 죽으면 32명이 상여를 멘다.

공씨 가규家規에는 부모가 돌아가시면 3년간 손님을 접대하지 못하고, 악극을 보거나 듣지 못한다. 공부는 물론 12부도 이 규정을 모두 준수하여야 하는데 이 3년을 '정우丁憂'라고 부른다. 원료 조정의 관리들은 부모가 돌아가셔서 벼슬을 그만두는 경우 조정에서 봉록俸祿을 주지 않지만 공부의 관직은 정우 동안에도 원래대로 봉록을 지급한다. 어머니는 아주 어릴 적에 정우에 관한 교육을 받았다. 공자의 제자 재여宰子(기원전 522~기원전 458)가 3년이 너무 길다고 여겨 이를 줄이자고 주장하자, 공자는 단호히 반대하면서 "사람이 태어나서 3년이 지나야 부모의 품에서 떨어질 수 있는데 부모를 위해 3년이라는 상례喪禮를 지키는 것은 최소한도의 예로써 이렇게 하지 않으면 양심이 없는 것이다"라고 하였다. 어머니가 어려서 교육을 받을 때 사람들은 끊임없이 그에게 정우의 중요성을 강조하였다.

공부에서는 상례를 매우 중시하였기 때문에 심지어 하인이 죽어도 그의 집에 가서 조문弔喪하였다. 보통 연성공을 대리하여 큰 하인을 보내는데, 그를 천사天使라고 부른다. 다만 그가 타고 가는 가마는 8명이 메는 금빛 지붕의 붉은색 꽃가마가 아니라 4인이 메는 은빛 지붕의 녹색 가마다. 가마 앞에는 연성공의 행차와 같이 금과金瓜, 월부鉞斧, 조천등朝天鐙, 깃발旗, 그물羅, 우산傘, 부채扇, 정숙肅靜, 회피回避 등 1백여 가지의 의장을 갖추고 있다. 상가의 사람들은 마치 황제를 맞이하는 것처럼 마을 밖까지 나와 엎드려 영접한다.

원래의 규정에 따르면 하인이 부府내에서 죽으면 문으로 시신을 옮기지 못하고 담장 위로 내가야 한다. 공부의 담장은 아주 높다. 다행히 이전에 하인이 부내에서 죽었다는 말을 듣지 못하였으나 만약 부내에서 죽었다면 보통 걱정이 아니었을 것이다. 어머니가 공부에서 생활할 때에는 사실상 이 규정이 없어졌다. 조안복趙安福이라는 하인이 부내에서 병사하였으나 그의 시신을 문으로 내갔다. 그 당시 이에 대해서 말하는 사람은 아무도 없었다.

공부의 대문 밖 동쪽에 골목이 하나 있는데 이곳을 귀신 골목鬼胡同이라고 한다. 그곳 사람들이 출상을 할 때 공부의 대문 앞으로 지나가서는 안 되기 때문에 이 골목으로 돌아간다. 그래서 귀신 골목으로 불리는데, 출상할 때를 제외하고 여기를 지나다니는 사람은 드물다.

공림은 곡부의 북문 밖에 있는데, 면적은 3000무畝, 숲의 길이는 15리華里이다. 이는 중국 역사상 가장 유구하고 규모가 크며, 완전하게 보존된 가족묘지이다. "천년 고목의 숲이 깊어 5월에도 춥다古木千年在,

林深五月寒"라고 할 만큼 바다같이 넓은 수림이 펼쳐져 있다. 고목은 하늘을 찌르며 나뭇가지는 용 모양을 하고 있고, 나무뿌리들은 서로 뒤엉켜 장관을 이루고, 숲속에는 각종 기화요초奇異草木들이 자라고 있다. 신의 과일이라는 막林㮮, 영지靈芝, 톱풀蓍草, 황련목楷木 등은 사람들에게 고풍이 완연함을 가득 느끼게 한다. 그윽하고, 고상한 초목이 우거진 숲 속에는 수많은 무덤이 빽빽하게 들어차 있다. 수천 기의 석인石人과 석수石獸가 있으며, 나뭇가지가 드리워져 있고, 눈부시게 화려한 전殿 · 정亭 · 당堂 · 방坊이 있다.

공림에서 가장 윗대의 무덤은 선조 공자의 묘이고, 가장 아랫대의 무덤은 77대 적손嫡孫인 나의 외할아버지 공령이孔令貽의 묘이다. 이는 공림에서 현재 개방한 두 명소이다.

외할아버지와 외할머니를 합장한 묘는 공림 내 환림동로環林公路의 동쪽 길가에 있다. 어머니는 이모, 외삼촌과 성묘하러 갈 때마다 끝도 보이지 않는 천년의 고목 숲古林 속에서 부모의 묘를 향해 절하고 긴 시간 묵묵히 묘 앞에 서 있노라면 지하에 계신 부모님과 남매간의 특별한 혈육의 정을 느꼈다고 한다.

부모의 묘소에는 2~3일에 한 번씩 성묘를 갔다. 성묘를 가면 아버지의 항렬, 할아버지 항렬, 증조할아버지 항렬, 고조할아버지 항렬 및 그 이상 항렬인 조상들의 제사도 지냈다. 청명절, 공자 탄신일, 시월 등을 비롯하여 제사를 지내야 하는 수많은 날들이 정해져 있다. 또한 공림에 가서 제사를 지낼 뿐만 아니라 가묘家廟, 배영당拜影堂, 모은당慕恩堂, 보본당報本堂 등에서도 제사를 지낸다. 제례祭禮는 복잡하지만 아이들의 생활에서 매우 중요한 내용이다. 공부의 집사司房가 보관하고 있는 두꺼운 책에는 언제, 어느 대, 누구의 제삿날祭日인지 자세히 기록되어 있다. 매달 초가 되면 집사는 그 달의 어느 날에 가묘家廟나 공림孔林에 가서 누구의 제사를 지내야 한다는 것을 적은 목패木牌를 시간표처럼 대당大堂 앞에 걸어 놓는다. 세 아이는 목패木牌를 보고, 제사를 지내러 간다.

성묘하러 갈 때는 도제호挑祭戶가 제기들이 가득 들어 있는 큰 제기함祭盒 4개를 메고 간다. 제물로는 가시연밥鷄頭米·만두饅饅·고기·술 등을 준비하는데, 제사가 끝나면 공림을 지키는 사람들에게 나누어 준다. 제사 때 피우는 향은 단향檀香을 쓰고, 찻주전자도 메고 간다. 일행들은 호위 군사인 봉위정奉衛丁과 기타 수행하는 하인 등 약 1백여 명이나 되었다.

공림 내 향전享殿의 동북쪽에 망제단望祭壇이라는 제단이 있는데 이를 '고혼단孤魂壇'이라고도 부른다. 이곳에서는 오래된 고혼孤魂들의 제사를 지내는 곳이다. 그 고혼들은 자손이 없기 때문에 외삼촌과 이모, 어머니가 제사를 지내 주었다.

곡부에서는 고혼들의 제사를 지내는 풍습이 있는데, 이것을 덕을 쌓는 일이라고 믿었다. 대부분은 연세가 많은 부인들이 제를 지냈다.

공림에 있는 나무 종류는 아주 많다. 전하는 바에 의하면, 공자의 제자들이 각자 한 그루씩 다른 지역外地의 괴목을 옮겨 심었기 때문이라고 한다. 지금은 2만여 그루의 고목이 있다.

공림에는 벚나무가 가득하다. 벚꽃이 만발할 때면 삼 남매는 꽃구경을 다녔다. 공림에 가장 많고 유명한 것은 황련목楷木이다. 전하는 바에 의하면 공자가 죽은 후 다른 제자들은 3년간 시묘를 살았으나 자공子貢은 6년간이나 시묘를 살았다고 한다. 자공은 6년이 지나고 나서 울면서 그간 상을 치르면서 사용하던 황련목楷木으로 만든 지팡이喪杖를 공자의 묘 앞에 꽂았는데, 그가 흘린 눈물이 지팡이를 타고 땅속으로 스며들었다고 한다. 그 후에 그 황련목에서 싹이 나 큰 나무로 자랐고, 공림의 황련목은 모두 그 나무에서 번식된 것이라고 한다. 황련목의 재질材質은 조직이 단단하고 무늬가 규칙적이어서 조각하기에 알맞다. 공부에서는 황련목으로 만든 여의如意를 만들어 귀빈들에게 특별히 선물하고 있다. 그 외에도 황련목을 이용해 지팡이나 바둑돌을 조각하기도 한다. 예부터 "곡부의 세 가지 보물은 황련목 조각楷雕, 니산의 벼루尼山硯, 톱풀蓍草이다"라고 한다. 그중에서도 황련목 조각을 제일로 친다.

곡부의 세 가지 보물 가운데 하나인 톱풀도 공림의 특산물로, 작은 흰 꽃이 피고, 곧은 줄기에 8개의 모서리가 나 있는데 마치 팔괘八卦와 같다. 육경六經 중 『역경易經』으로 점을 칠 때는 이 톱풀을 사용한다. 예전에는 "톱풀을 가진 점쟁이가 잘 맞힌다"는 말도 있어 톱풀이 있는 점쟁이는 당연히 손님들도 많았다. 그 때문에 많은 점쟁이들이 온갖 방법을 동원하여 공림에서 톱풀을 구하기도 하였다. 공림을 참관하는 사람들은 돌아갈 때 늘 톱풀을 뜯어 가지고 갔다. 어머니도 어릴 적에 늘 톱풀을 가지고 점을 치면서 놀았다. 공부에서는 톱풀을 하나의 특별한 선물로 사람들에게 주었으며, 황궁에 공물貢物로도 바쳤다. 제물로 바칠 때에는 50그루를 한 묶음으로 하여 노란색 끈으로 묶어 함에 넣었다.

공림에는 하수오何首烏·산삼野蔘·향부자香附·반하半夏 등 70여 종의 약재가 나는데, 그중 가장 많은 것이 영지靈芝다. 공림에는 또 막林芋이라고도 하는 산토란山芋이 나는데, 이는 인공적으로 재배한 토란과 비슷하다. 기다랗게 생긴 것이 전분이 많고 아주 달아, 양식으로도 사용한다. 백성들이 와서 이를 캐 먹었는데, 공부에서도 이를 먹었다. 사람들은 이것을 선조의 은덕恩德이라고 여겼다. 영지靈芝와 막林楪도 황궁에 공물로 바쳤다.

숲에는 앵무새鸚鵡, 구관조八哥, 종달새百靈, 황벽黃碧과 같은 새들이 많았다. 어떤 새는 황련목의 씨만 먹는데, 일명 납청취臘聽嘴라고 하였다. 공상임孔尚任이 청나라 강희황제康熙帝에게 이 새를 문조文鳥라 아뢴 이후로 그것이 정식 이름이 되었다. 이 새는 아주 재미있다. 사람들한테 자주 잡혀 온다. 황련목의 씨를 먹이면 쉽게 길들일 수 있고, 울음소리가 매우 구성지고 듣기 좋다. 문충文蟲이라고 하는 것도 있는데, 매미蟬와 비슷하여 울음소리가 꽤나 듣기 좋다. 이것을 다음과 같이 시로 표현하였다.

문충의 음악 소리는 아와 송을 이루고,　　　韻葉金絲呈雅頌,
미약한 사물이지만 아름답게 노래한다네.　　物微也得號文明.

공림의 특산에 대하여 「임묘통기시林廟通紀詩」에는 다음과 같이 묘사하고 있다.

톱풀 蓍草

톱풀 봉오리로 점을 치니 좋은 운수가 나타나고,　苞蓍占卜吉祥呈,
한 뿌리에 무성하게 50줄기 자라났네.　　　　　一本芃芃五十莖.
팔괘1와 오행2의 형상이 합쳐져,　　　　　　　八卦五行形象合,
좋은 환경에서 우수한 인물이 끊임없이 나오네.　鐘靈毓秀不虛生.

영지 靈芝

알록달록 부드럽고 둥글고 짙은 청홍색,　　　　　斑爛圓厚彩青紅,

이슬 내린 수풀에서 영지를 딴다네.　　　　　　採取靈芝在露叢.

성지에서 생산하는 사랑스런 구름뿌리,　　　　　爲愛雲根産聖地,

무리 지은 백지풀은 봄바람에 목욕하듯.　　　　　鐘芷神秀沐春風.

오색의 밝은 빛은 일출에 눈부시어,　　　　　　五色光華燦日出,

다른 풀과 비교해도 같지 않다네.　　　　　　　比他衆卉不相同.

이슬 같고 비단 같은 아름다운 무늬를 세우고,　　如露似錦文章立,

따서 궁궐3에 바치니 상서로움이 무지개 같다.　采獻金鑾瑞氣虹.

막 林藞

이 풀은 무덤 옆에서 널리 자라나고,　　　　　此草廣生旁墓宮,

모양이 지황4 같고 잎은 파처럼 푸르다.　　　　地黃形式葉青蔥.

보통 이 풀은 산약과 비슷한데,　　　　　　　尋常一樣如山藥,

공림5에서 자라나니 다르게 보인다.　　　　　出自聖林便不同.

문초 文草

가늘고 푸른 잎이 자등인 듯싶어,　　　　　　青青細葉如藤蘿,

풀이 오행을 갖추니 수려함이 뛰어나네.　　　　草得五行秀氣多.

십자 같은 문자 모양 송백 밖에 이루어져,　　　十字文成松柏外,

비단 같은 꽃이 피니 향기도 조화롭다.　　　　花開錦繡味中和.

문충 文蟲

2, 3월에 벌레 울음소리가 들려오고,	二三月裏有蟲鳴,
높은 산 흐르는 물소리가 청명하게 들린다.	流水高山入耳淸.
문충의 음악 소리는 아와 송을 이루고,	韻葉金絲成雅頌,
미약한 사물이지만 아름답게 노래한다네.	物微也得號文明.
문충의 모양이 매미보다 더 작고,	文蟲之象小於蟬,
새처럼 울면서 봄나무 꼭대기에 걸려 있네.	似鳥鳴春樹梢懸.
좋은 금슬을 드러내듯 가는 소리 이어지고,	如喜瑟琴聲細細,
생황의 반주를 바꾸듯 풀의 소리 떠들썩하다.	笙簧迭奏草音喧.

문조 文鳥

숲 속의 나무 위는 끝이 보이지 않고,	林中樹木上無梢,
문조가 가을겨울에 안락한 곳으로 온다네.	文鳥秋冬來樂郊.
노랫 소리 조화롭고 음운도 아름답고,	吟唱悠揚音韻好,
가지를 지남이 베틀의 북과 다르지 않네.	穿枝不異鶯梭抛.

문해차향 文楷茶香

해라 부르는 문목6이 즐겁게 봄을 맞이해,	楷名文木喜逢春,
처음으로 자라는 새싹을 말려 진귀한 것이 된다.	初出新芽焙作珍.
차를 기다리던 손님이 간 뒤에도,	可待茗茶客去後,
혀에 남은 향기가 좋은 느낌을 준다네.	香留舌本最宜人.

몽산차**7**를 끓인 후에 뭇사람들이 칭찬하지만,   烹出蒙山衆口誇,

그 향기를 어떻게 해차와 비교할 수 있을까?   清香哪比此楷茶.

육우**8**의 비평을 거치지 않아도,   不經陸羽品題著,

비 오기 전의 여린 싹을 압도한다네.   壓倒雨前嫩蕊芽.

공자 묘의 서남쪽 방향의 숲속에 동굴이 하나 있다. 다소 경사져 있고, 입구가 작고 안이 커서 마치 기름을 담는 데 사용하는 유루油簍같이 생겼다. 하인들은 아이들이 그곳에 빠질까 봐 걱정하여 동굴 근처에 가지 못하게 하였다. 사람들은 이를 유루묘油簍墓 또는 우란무덤牛蘭墳이라고 한다. 이런 묘는 거대한 깔때기를 거꾸로 땅에 묻어 놓은 모양으로, 입구는 벽돌이나 돌을 쌓아서 만든다. 사람들은 유루묘가 진나라 때秦代 만들어졌다고도 하고 송나라 때宋代 만들어졌다고도 한다. 당시 사람들이 60세까지 살면 생매장해야 했는데, 자식으로 차마 못할 짓이라 이런 유루묘를 파서 노인을 안에 모셔 놓고 매일 밤 대바구니에 음식을 가져와 아래로 내려 보냈다고 한다. 공씨 가족들이 만든 묘도 많았다고 한다.

예전에 도적 떼들은 사람을 잡아 유루묘에 숨겨 놓고 그 몸값을 받아 낸 뒤 묘에서 끌어냈다. 숲은 크고, 관리하는 사람은 적고, 담장이 허술하여 도적 떼들이 자주 드나들어도 이를 알 수 없었다. 그러나 한 번도 묘를 도굴하는 일은 없었는데, 이는 아마도 지방의 풍속과 관련이 있을 것이다.

공림에서는 풍수를 매우 중요시한다. 옛날 사람들은 공림의 풍수가 국가의 운세에 영향을 미친다고 여겼다. 청나라 도광道光 3년(1823)에 황제가 73대 연성공 공경용孔慶鎔을 접견할 때 "공림林內은 풍수風水를 가장 중히 여겨야 하고, 절대로 경솔히 변경해서는 안 된다. 하물며 본 황조皇朝가 문文으로 나라를 다스리는데, 국운과 관련된 일을 절대로 소홀해서는 안 된다"라고 훈시하였다.

광서光緒 30년(1904)에 진포津浦 철도(天津-江蘇省 浦口)를 부설하기 위한 측량조사를 하였는데, 당시 철길이 공림의 서쪽 담장 부근을 지나가도록 계획되어 있었다. 외할아버지는 그렇게 되면 철길이 성묘聖墓를 진동시키고, 성맥聖脈을 파괴하여, 조상祖宗이 평안을 얻을 수 없다는 내용으로 조정에 여러 차례 상소를 올렸다. 결국 철도는 곡부 외곽을 우회하여 부설되었고, 이 때문에 오늘날 곡부에는 기차역이 없다.

당시 진포 철도를 감독하던 서세창徐世昌(1855~1939, 북양군벌)은 나의 외할아버지가 성묘聖墓를 보호하는 데 공이 있다고 상소하여 표창할 것을 청하였다. 조정에서는 외할아버지에게 상으로 담비 웃옷騰貂褂을 내렸다. 지금도 공부의 대당 앞에 당시 상으로 내린 것을 기록한 광록패光祿牌가 있다. 본가의 한 할머니는 "우리 공가孔家가 천년 동안 쇠퇴하지 않은 것은 공자 묘의 풍수가 좋기 때문이다. 황제의 묘는 정북正北이기에 한 왕조一朝 한 세대一代의 귀족에 불과하지만, 공자의 묘는 정북이 아니고 다소 틀어져 있기에 자자손손을 보호해 줄 수 있다"라고 말하기도 하였다. 그 할머니가 왜 그런 것인지는 설명하지 않아 그 이유는 알 수가 없다. 내가 공림에 가서 공자의 묘를 유심히 살펴본 적이 있는데, 방향이 틀어져 있는지는 알 수가 없었다.

공자의 묘 정면에는 그의 손자 공급孔伋, 즉 자사子思의 묘가 있고, 그 옆에는 그의 아들 공리孔鯉, 즉 백어伯魚의 묘가 있다. 이러한 구조는 말하자면 "아들은 손을 잡고, 손자는 안는다攜子抱孫"라는 속설을 반영한 것으로, 이는 『주례周禮』의 "군자는 손자는 안지만 아들은 안지 않는다君子抱孫不抱子"라는 예법에 따른 것이다.

공자 부모의 묘지는 곡부성 밖 15리 되는 양공림梁公林에 있는데 구묘舊墓라고 부른다. 왜 공자는 양공림에 묻히지 않고 자기 손으로 새로운 묘지, 공림孔林을 만들었는가? 이 문제에 대해서는 아직 확실한 해답이 없다. 『예기禮記』「단궁檀弓」에는 다음과 같은 기록이 있다. 공자가 방산防山에 부모를 안장하고 돌아왔는데, 나중에 그의 제자가 돌아올 때 마침 비가 내렸다. 공자가 왜 늦었는지를 묻자, 제자가 묘의 제방이 무너져 묘를 손보고 오느라고 늦었다고 대답했다. 공자가 아무 말을 하지 않자 제자가 세 차례 같은 이야기를 하였다. 이에 공자는 눈물을 흘리면서 "내가 듣기로는 예로부터 묘는 수리하지 않는 법이다"라고 하였다. 이 사건 때문에 그가 새로 묘지를 정한 것은 아닌지 모르겠다.

공자의 묘는 진짜인가? 어떤 사람들이 이에 대해 의문을 제기하였지만 근거가 있는 것은 아니다. 또 그것이 진짜라는 것을 증명해 줄 것도 없다. 사서史書에는 "공자가 죽은 후 성북의 사泗에 묻었다"고 쓰여 있을 뿐이다. 『공자묘지고孔子墓地考』에 의하면 공자가 새로운 묘지를 정한 후 먼저 자기의 처와 아들을 안장하고, 그가 죽자 제자가 공자의 뜻에 따라 공자를 안장하였다. "공자를 사泗에 안장한 것은 의심할 바가 없다." 그러나 당시 제자들은 "묘墓이고 무덤墳이 아니다"라는 고례古禮를 지켜 흙을 높게 쌓아 올리지 않았다. 한나라 때漢代에 이르러 봉분을 쌓았으며, 이를 마치 융기한 말등 같다고 하여 마렵봉馬鬣封이라고 부른다. 이는 당시의 존귀한 일종의 봉분 형식이다.

공림에는 1천여 개를 헤아리는 석조신수石彫神獸가 있는데, 이 석조는 어머니의 어린 시절에 풍부한 상상력을 키워 주었다. 석조는 의인화擬人化되어 오성悟性과 신통력을 가지고 있었다. 두 쌍의 신수神獸가 있었다. 한 쌍은 문표文豹9이고, 다른 한 쌍은 녹단甪端인데 신통력이 대단했다. 문표는 용맹스러울 뿐만 아니라 온화하다. 전설에 의하면, 공자가 책을 읽을 때 한 쌍의 문표가 곁에서 책을 들고 먹을 갈았다고 한다. 녹단의 재능은 사람이 짐작하기 어렵다고 한다. 공자가 열국列國을 주유周遊할 때 그가 수레를 끌었고, 팔방八方의 말도 할 줄 알아 통역도 하였다고 한다. 지금도 관광객을 안내하는 통역들이 그에게 고개를 숙여 경의를 표한다. 그 밖에도 석인과 석수에 관하여 전설은 수없이 많다.

그 당시 어머니와 외삼촌은 매번 성묘할 때면 먼저 수수교洙水橋 뒤의 갱의정更衣亭에서 휴식하고, 성묘 후에는 언제나 공림에서 놀았다.

공림에 가서 성묘하는 것 이외에도 그들은 자기 집의 가묘家廟와 사당에서 제사를 지냈다. 12부 본가들은 기일에는 서로 오가지 않고 각 부의 사당에서 본부가 제사를 지내거나 공림에 가서 성묘한다. 다만 매번 사자의 정생일整生日10 때에는 음수陰壽를 지낸다. 이때에는 사자의 큰 영정을 대청에 걸어 놓고, 본가들은 화려한 옷차림으로 단장하고, 부인들은 붉은 치마를 입고 와서 영정에 절을 하며 마치 살아 있는 사람과 마찬가지로 성대하게 잔치를 한다. 가장 성대했던 것은 나의 어머니가 일고여덟 살 때 일로, 나의 외증조할머니 팽태부인彭太夫人의 음수 때였다. 잔치 자리를 충서당忠恕堂에 마련하고, 영정 주위에는 본가에서 보내온 비단으로 된 축하휘장을 가득 걸어 놓았다. 마당에는 악대들이 천막을 치고 그 안에서 세악細樂11을 연주하였다. 영정 앞의 크고 붉은 제상에는 복숭아壽桃[12]를 올리고, 세발 은잔으로 술을 올렸다. 하객들이 은잔에 술을 가득 채운 후 영정을 향해 들었다가 술을 부어 버리는데 이로써 영정이 마신 것이 된다.

이러한 음수陰壽를 쇠는 장면은 어머니에게 잊을 수 없는 인상을 남겨 주었다.

---

1 중국 상고 시대에 복희씨伏羲氏가 지었다는 여덟 가지의 괘卦로, 건乾 · 태兌 · 이離 · 진震 · 손巽 · 감坎 · 간艮 · 곤坤을 말함.

2 금金, 수水, 목木, 화火, 토土 등 우주 만물을 이루는 다섯 가지 원소.

3 당唐나라 때, 궁宮 안에 있던 높고 큰 건물. 후에 소설이나 희곡戲曲에서 황제가 신하를 만나는 궁전으로 쓰임.

4 지황地黃. 현삼과玄蔘科의 여러해살이풀로 높이는 30센티미터 정도이고, 잎은 모여 나고 긴 타원형이며, 주로 약재로 쓰임.

5 성림聖林. 지금은 공림孔林이라 부른다. 공자 및 그의 후인의 무덤.

6 나무의 명칭. 『문선文選』「좌사左思」의 '오도부吳都賦'에 나온다.

7 중국 쓰촨성四川省 명산현 몽산이 원산지인 잎차.

8 육우陸羽(733~804). 자가 홍점鴻漸이며, 당나라 사람. 『차경茶經』의 저자이다. 차성茶聖, 차선茶仙, 차신茶神으로 찬양되고 있다.

9 표범의 일종.

10 매번 9 또는 0이 들어가는 나이의 생일, 즉 49세, 50세, 59세, 60세, 69세, 70세 생일.

11 징과 북 따위의 소란스러운 음악에 대하여 관현악기로 내는 경쾌하고 맑은 소리의 음악.

12 장수를 축원하는 복숭아 모양의 밀떡이나 신선한 복숭아. 서왕모西王母가 생일에 반도회蟠桃會(복숭아 잔치)를 열어 신선神仙들을 접대한 데서 유래되어 일반에서도 복숭아를 사용하게 됨.

25 군벌軍閥
혼란시기混戰時期

중화민국 이후 군벌들이 난립하면서 세상이 혼란스러워졌다. 원래 공부는 황실에서 하사하는 연봉年俸과 소유 토지의 세로 생활해 왔다. 그러다가 청나라가 망하면서 연봉이 없어져 결국 소작료에 의지하여 생활할 수밖에 없었다. 그러나 공부가 소유하고 있던 5개 성省 30여 개의 현縣에 분포된 100여 무畝의 토지도 대량으로 유실되었고, 소작료도 몇 년씩 거둬들이지 못하는 경우도 있었다.

소작료를 거둬들이지 못하는 원인은 천재, 전쟁, 반공反孔운동, 관리자들의 횡령, 착복, 토지 관리의 혼란 등등 여러 가지가 있었다. 게다가 소작료는 선조가 정한 것이어서 비록 물가가 폭등하고 화폐의 가치가 변화하였더라도 조정하지 않았다.

공부의 토지는 황제가 하사하는 사전祀田이기 때문에 왕조가 바뀔 때마다 변동이 많았고, 소작료 규정도 매우 혼란스러웠다. 소작인은 여러 부류가 있었다. 사전祀田을 하사할 때 따라온 흠발소작인欽撥佃戶(실재호實在戶), 토지를 하사받은 후 소작을 하고 부역의 면제가 실재호實在戶보다 못한 투충소작인投充佃戶, 일반 농민들과 같이 공부의 부역은 부담하지 않으나 소작료를 더 많이 내는 기생소작인寄生佃戶 등이 있었다. 규정에 의하면 공부는 토지를 팔 수 없다. 소작인은 공부의 토지를 소작하려면 2 원元을 내고 문서를 받아야 하나 민국 이후에 와서는 상당히 혼란스러웠다. 공부에서 토지를 관리하는 기구를 관구청管勾廳이라고 하였는데 그곳의 총책임자인 관구관管勾官으로부터 그 아래의 총갑總甲과 촌의 소갑小甲은 몰래 토지를 팔았고, 소작들도 임의로 토지를 양도하여 공부의 토지가 많이 유실되었다. 나중에는 관구청에서 관리하는 토지공부인 '홍책紅册'과 실제 토지가 많은 차이가 있었고, 일부 토지는 소유권 분쟁이 발생하기도 하였다. 이러한 토지에 대한 혼란은 민국 이후에 비로소 발생한 문제가 아니라 역사적으로 존재하던 문제가 민국에 와서 더욱 발전되었을 뿐이다. 광서光緖 시기에 지방장관인 순무巡撫 장요張耀가 상소를 올려 강소동산江蘇銅山, 패현沛縣 일대의 토지를 조사하여 공부의 부족한 토지를 보충해 줄 것을 건의하였다. 후에 조정에서는 장지동張之洞을 파견하여 조사하였지만 유실된 사전을 찾아내지 못했다. 그 후 동銅·패沛 일대에서 142경頃을 보충하여 하사하며 매년 서주도徐州道에서 소작료 2,880조吊를 보내기로 하였다. 그러나 서주도에서 공부에 지불하던 소작료는 민국 3년(1914)부터 더 이상 지불하지 않았다. 민국 15년(1926), 산동성장山東省長이 재무청財務廳에 편지를 써서 성부聖府의 유실된 황토강黃土岡의 400여 경頃의 토지를 공부에 돌려줄 것을 요구하였으나, 시국이 혼란스럽고 서류도 유

233

실되어 받아들여지지 않았다. 1934년, 장개석蔣介石은 유실된 사전祀田을 파악하기 위하여 가모이賈慕夷를 보내 중앙사전정리위원회中央祀田整理委員會를 만들었으나 3년이 지나도록 별다른 성과가 없었고, 항일전쟁이 발발하여 중단되었다.

당시 채원배蔡元培(1868~1940)·장몽린蔣夢麟이 장개석에게 모든 사전祀田을 없앨 것을 주장하였지만, 공상희孔祥熙의 방해로 실현되지 않았다. 그러나 이는 사회에 매우 큰 영향을 미쳤다. 하남河南·안휘安徽 등 다소 멀리 떨어져 있는 성省은 물론, 나중에는 심지어 곡부 주위의 사수泗水 일대의 소작료도 거둬들이지 못하였다. 어떤 부락은 7~8년씩 소작료를 지불하지 않았다. 그나마 소작인이 지불한 소작료도 관구청管勾廳의 직원들이 횡령하는 일이 많았다. 당시 관구청에 상선도商善道라는 관구관管勾官이 있었는데 체구가 우람하고 도덕군자처럼 행세하였다. 그는 평소 소작인들을 못살게 굴면서 재난이 있는 해에도 소작료를 감면해 주지 않는 것은 물론 기한이 지나면 더 많은 소작료를 징수하여 가로채고, 심지어 온갖 협박으로 남의 재물을 가로채기까지 하였다. 이에 많은 족인들이 연명으로 그가 공부孔府를 기만하고, 소작료를 착복하여 민중의 분노가 크다고 공상희에게 고발하였다. 그 후에 그는 해고되었다. 그런데 나중에 어머니가 안채에서 사람들이 수군거리는 것을 들으니, 그를 고발한 사람들도 그와 한통속으로 서로 많이 차지하려고 싸우다가 문제가 불거진 것이라고 했다.

예전에는 기부금도 공부의 주요한 수입 중 하나였다. 공부의 많은 일들이 기부금으로 이루어졌다. 외할아버지가 살아 계실 때 홍콩의 곽정상郭貞祥이라는 상인이 4만 은원銀元을 기부하여 니산尼山의 성묘聖廟

를 수리하였다. 장종창張宗昌이 기부한 2만 은원銀元으로는 공묘孔廟의 침전寢殿을 수리하였고, 안휘安徽 수현壽縣의 손다헌孫多巘이 기부한 돈으로는 임묘林廟를 수리하였다. 이외에도 소액의 기부금이 있었는데, 예전에는 이 돈을 모두 공부에 직접 주어서 지출하게 하였다. 1931년에 곡부 일대에서 일어난 염석산閻錫山과 풍옥상馮玉祥의 전쟁으로 인하여 공부孔府와 임묘林廟가 모두 심하게 파손되었다. 전쟁이 끝난 후 전국적으로 기부금을 받아 성지聖地를 다시 수리하려고 하였으나 한복구韓復榘가 기부금의 대부분을 착복하였다. 그는 제남濟南에서 철수할 때 이 기부금을 상자에 넣고 위에 '의약품'이라는 표시를 하여 전용 열차로 운반해 갔다.

공부는 비록 수입은 없었지만 지출을 줄일 수 없었다. 5백 명의 하인도 하나도 줄이지 않고, 제사도 계속 지냈다. 공부가 세운 사립명덕중학교私立明德中學校가 있었다. 교육부에 등록되어 있었지만 비용은 전부 공부에서 부담하였다. 그때 명덕중학교의 교직원은 늘 3~4개월씩 월급을 받지 못하였다. 곡부성 밖의 동장董庄에 소학교가 있었다. 그 촌의 문묘文廟를 수리하기 위하여 공부에 기부를 요청하여 대외적인 위상을 고려하여 50원元을 기부하기로 약속하였다. 그것은 매우 적은 돈이었지만 그마저도 기부할 돈이 없었다. 동장의 소학교는 몇 번씩이나 찾아와 기부금을 재촉하였고, 공부는 경제사정이 곤란하다는 이유로 시간을 달라고 사정을 하였으나 끝내 그 기부금을 내지 못했다.

당시 공부에서 곤란한 경제사정을 해결할 수 있는 유일한 방법은 돈을 빌리는 것이었다. 위로는 공상희孔祥熙 · 장종창張宗昌 · 한복구韓復榘로부터 아래로는 부내의 하인들에게서까지 돈을 빌렸다. 큰일을 할 때는 물론이고 유등油燈의 갓을 사거나 술을 사는 등 작은 일에도 돈을 빌려야 했다. 안채와 좀 가까운 사람은 거의 모두가 공부에 돈을 빌려 준 적이 있고, 진경영陳景榮 · 조옥곤趙玉坤 · 조안곤趙安坤 · 유몽영劉夢瀛 등 중요한 하인들은 늘 돈을 빌려 주었다. 공부에는 아주 작은 사전私田이 있었다. 이는 원래 연성공衍聖公의 형제들이 집을 마련할 때 주려고 준비해 둔 것이었다. 남문, 북문, 서문 외에 사수泗水 · 대장大庄 · 남관南關 · 분상墳上 등에 몇 십 무畝씩 있었는데, 나중에는 이 사전들도 모두 저당을 잡혔다.

이렇게 가난한 큰 저택에서 제일 괴로운 사람은 어머니의 셋째 백부伯父 공령찬孔令燦이었다. 외할아버지가 돌아가신 후 공부의 공무는 어머니의 백부 공령예孔令譽가 맡았으나, 어머니가 열한 살 되던 해 백부가 돌아가시는 바람에 공령찬이 그 일을 맡게 되었다. 그는 온갖 방법을 다 동원해 돈을 마련하였는데, 매년 연말이 되면 한바탕 난리가 났다. 공부에는 "조천간朝天杆을 세우면 돈을 빌려 준 사람들이 얼굴을 바꾼다"는 속담도 생겼다. 매번 섣달 28일에 조천간朝天杆을 세우면 빚 독촉하는 사람들이 하루 종일 공부의 대문에서부터 안채 문까지 꽉 들어찬다. 이때 공령찬이 나와 변명을 하는데, 그것도 안 되면 다른 사람에게서 돈을 빌려 빚을 갚는다. 그가 친구에게 쓴 편지를 보면 빚 독촉 때문에 어떤 고생을 하였는지 알 수 있다. 그는 편지에서 "모무재毛務齋에게 3000원, 명월정明月亭에게 300원을 빌렸는데 본전과 이자를 같이 달라고 한다. 한 달 내내 하루도 빠짐없이 빚 독촉을 받는다"라고 썼다. 도외할머니가 그의 동생에게 이모 덕제德齊의 혼수 준비에 대해 편지를 썼는데, "혼수에 3000원이 필요한데 이 때문에 밤낮으로 애태운다"고 하였다. 예전 같으면 3000원의 혼수는 아무것도 아니었을 것이다. 1933년에 그가 이모의 시아버지 풍서馮恕에게 쓴 편지에 '……금년 봄에 소작료를 제대로 거두지 못하여 수입이 많이 줄어들어 일상생활의 비용도 곤란하게 되었습니다. 연말에 지출을 맞추기가 어렵습니다……'라고 하였다. 그때 공부와 친구들이 왕래할 때 항상 어렵다는 말뿐이었다.

안채에서 매번 채권자가 돈을 받으러 왔다는 소리를 들을 때마다 연세 든 여자 하인들은 감정을 억누르지 못하면서 공부가 이전과 어떻게 달라졌는지를 이야기하였다. 나의 외증조할머니가 살아 계실 때도 공부에는 간혹 돈이 부족하였다. 그럴 때면 진주를 저당 잡혔다고 하였다. 외증조할머니는 하인을 시켜 창고에 있는 상자를 안채로 들고 오게 하여 한밤중에 상자에서 진주를 꺼내고 대신 벽돌을 상자에 넣고 열쇠를 잠근 후 봉인을 해 두었다. 그러면 아무도 상자의 무게가 줄어든 것을 알 수 없었다고 한다. 공부에서는 항상 이렇게 물건을 담보로 돈을 빌려 쓴 후, 나중에 저당 잡힌 것을 찾아오면 다시 벽돌과 바꾸었다고 한다. 그러나 지금처럼 공개적으로 토지를 저당한 적이 없었으며, 더욱이 채권자가 집에까지 찾아오는 일은 없었다. 이전에 사람들이 어떻게 공부를 존경하였는가 하는 이야기를 하게 되면 항상 이 이야기를 꺼낸다.

민국 초년에 나의 외증조할머니 팽부인彭夫人이 살아 계실 때 한번은 돈이 없어서 산동성山東省에서 은원銀元을 빌리는데 작은 자동차 부대를 파견하여 운반해 오게 하였고, 무예에 능한 사람들이 큰 칼을 차고 호위를 하였다. 당시 산동은 마적 떼가 횡행하였는데, 은원을 호송

237

해 오던 중 도적 떼를 만나 은원은 모두 강탈당하였고, 파견 갔던 사람들은 처참한 몰골이 되어 돌아왔다. 은원을 빼앗긴 일은 공부로서는 청천벽력과 같은 일이었다. 한동안 망연자실하고 있는데 어느 날, 산동대한山東大漢들이 은원을 가득 실은 차를 밀고 공부에 나타났다. 그들은 은원을 빼앗아 갔던 그 도적 떼였다. 그들은 돈을 빼앗은 후에 그것이 공부의 돈이라는 것을 알고, 성인의 집 돈을 빼앗을 수 없다고 하면서 돈을 가지고 온 것이었다. 그 도적 떼들이 공부의 문 앞에 왔을 때 처음에는 부내의 사람들은 무서워서 아무도 밖으로 나가지 못하였다. 그들도 대문에 들어가지 않고 오랫동안 길에 서 있었다. 도적이 공부에 은원을 되돌려 주러 왔다는 손문을 듣고는 성내의 모든 사람들이 몰려들어 공부의 대문 앞은 물샐 틈도 없이 붐비었다.

항일전쟁 이전 공부의 경제력이 점차 쇠퇴함에 따라 지방관료들도 이 '천하제일가天下第一家'를 무시하기 시작하였다. 예를 들면 곡부 과산장戈山場의 옥황묘玉皇墓, 관제묘關帝墓, 동관관음낭낭묘東關觀音娘娘墓, 대장大庄의 현제묘玄帝墓 등은 공부에서 관리하는 묘였다. 그러나 북양군벌北洋軍閥 시기와 장개석蔣介石 시기에 현지의 현縣 정부는 공부의 허락도 없이 임의로 묘를 허물어 벽돌과 돌을 사용하였다. 어떤 현縣의 교육국장은 곡부성 밖의 공부의 사전祀田 300무, 묘전墓田 20여 무를 횡령하기도 하였다. 또 공부의 차를 길거리에서 현지에 주둔하고 있던 72사師 군인들에게 빼앗겨 공부에서 그 부대의 부관副官에게 사람을 보내어 차를 찾아오는 일까지 생겼다. 그때 병사들 중에는 건달들도 많았고, 그들에게 존공尊孔사상은 더더욱 없었다. 심지어는 밤중에 공부의 뒷담을 넘어 들어와 물건을 훔쳐 가는 사람도 있었다. 당시 어머니

삼 남매는 날이 어두워지면 안채 문을 감히 나서지 못하였다. 공부도 이러한 일 때문에 외삼촌 덕성德成의 명의로 72사師를 자주 찾아가 부탁을 하였다.

공부의 경제 형편이 곤란하였지만 그래도 인근에 있던 공자의 제자 안회顏回의 후손 집안인 안가顏家에 비하면 그래도 좋은 편이었다. 당시 안가顏家의 집주인은 책벌레인데다가 집안의 생활 기반도 약해 먹을 양식마저 다른 사람들에게서 빌려야 했다. 공부는 비록 예전과는 비할 바가 아니었지만 그나마 먹을 양식은 있었으며, 생일이 되면 어느 정도 손님접대도 하였다. 외할아버지가 살아 계실 때는 생일잔치를 위하여 술상 몇 백 개를 차렸지만, 도외할머니가 돌아가신 후 어머니와 외삼촌의 5촌 백모堂伯母가 공부의 안살림을 맡아 그분의 생일에는 겨우 본가의 부인 몇 분만 초청하였다. 어머니의 일기에는 "······백모伯母의 생일을 축하하기 위하여 큰숙모, 넷째 숙모, 일곱째 숙모, 아홉째 숙모, 열째 숙모, 열하나째 숙모를 초청하였다. 나도 언니와 남동생과 같이 상에 앉았다"라고 하였다. 당시 생일 축하연도 이 정도의 규모에 불과하였다.

잔치 규모는 여전히 '3대건三大件'이라 불렸지만 이전의 모습은 전혀 찾아볼 수 없었다. 콩나물로 상어 지느러미를 대체하였고, 만두도 부족하였다.

도외할머니가 살아 계실 때 공림의 나무를 베어 팔려고 한 적이 있었다. 그 천년 고목은 모두 매우 귀한 것들이다. 결국 많이 베어 놓았지만 팔리지 않아 공림에 쌓아 두었다. 수림이 파괴되었을 뿐만 아니라 보기도 흉해졌다. 또 한때는 도외할머니가 다른 사람과 의논하여 북경의 집인 성공부聖公府를 팔려고 하였으나 끝내 성사되지 않았다. 전하는 말에 의하면 집안의 일부 사람들이 성조聖祖의 유산을 팔 수 없다며 반대하였다고 한다.

공부의 가난은 또 하나의 특징이 있다. 속담에 "부잣집이 망해도 3년을 간다百足之蟲, 死而不僵"라고 했듯이, 공부 같은 집은 금은보화가 수도 없이 많았기 때문에 아무리 돈이 없다 해도 전혀 없지는 않다. 내가 듣기에는 그로부터 여러 해가 지나서 후당루後堂樓를 청소하였다. 그곳은 오랫동안 아무도 들어가지 않아 야생비둘기들이 살고 있었고, 바닥에는 비둘기 배설물이 가득하였다. 청소를 하다 보니 비둘기의 배설물 아래 많은 금과 진주가 있었다고 한다. 예전에 바닥에 흩어져 있던 것들이 비둘기의 배설물에 묻힌 것이었다. 이전에 등갓이나 술 2냥을 살 돈이 없을 정도로 어려웠을 때에도 어느 누구도 그곳을 청소하여 이러한 것들을 찾을 생각을 하지 못하였다. 그리고 골동품이나 보물들은 더더욱 함부로 내다 팔 수 없는 것이기도 하였다.

1929년 2월 도외할머니가 돌아가셨는데 영구靈柩를 안치하는 기간(1930년 초)에 염석산閻錫山과 풍옥상馮玉祥이 장개석蔣介石을 반대하는 사건이 발생하여 곡부에 전쟁이 일어났다.

어머니 남매는 당시 10여 세의 어린아이였고, 일 년 내내 공부의 안채에서 생활하였기 때문에 바깥세상에 대해 전혀 알지를 못하였다. 전쟁이 일어나기 직전에도 위험이 닥칠 거라는 것을 조금도 예감하지 못하였다.

그날 남매가 전당루前堂樓의 마당에서 노는데 갑자기 먼 곳에서 대포 소리가 들리더니 점점 가까워졌다. 그들은 무슨 일이 일어났는지 아직 모르고 있었으나 나이 든 하인들이 그들을 집으로 끌어들였다. 밖에서는 사람들이 "전쟁이 났다, 전쟁이 났다!"라고 소리를 질렀고, 집에 있는 사람들은 이리 뛰고 저리 뛰면서 우왕좌왕하는 등 난장판이 되었다. 사람들은 어머니를 큰 네모난 탁자 밑에, 외삼촌을 나무 층계 뒤 삼각진 곳에 숨기고 탁자와 층계 위에 이불을 높이 쌓은 후, 수차례에 걸쳐 밖으로 나오지 말라고 신신당부를 하였다. 이때 포탄의 파편들이 계속 집 벽으로 날아왔으나 다행히 벽이 두꺼워 구멍은 나지 않았다. 그들은 탁자 밑이나 층계 밑에 숨어 다른 사람들의 이야기를 듣고서야 염석산閻錫山의 군대와 장개석蔣介石의 국민당 군대가 전쟁을 한다는 것을 알게 되었다. 염군閻軍은 한 달 내내 산동으로 진격하였고, 장개석은 토벌군을 파견하여 산동에 진입하였다. 곡부성 동북쪽의 춘추서원春秋書院과 하구河口에 막 도착했을 때 염군과 만나 육박전을 벌였으나 국민당 군대가 패하였다. 국민당 군대는 그날 밤 곡부로 후퇴하여 성안에서 방어를 하였다. 염군은 곡부성을 포위하고, 대포로 성을 공격하였다.

그 당시 염군은 3개 사師의 병력으로 성을 공격하였고, 국민당 군대는 겨우 하나의 여장旅長이 부대를 거느리고 성을 지켰다. 염군은 11일간 밤낮으로 대표를 쏘면서 공격하였으나 끝내 성문을 열지 못했다. 그 때문에 곡부의 성안에는 도처에 포탄이 떨어졌고, 백성들은 공부와 공묘로 피난 와 안채 도처에 사람들로 붐비었다. 전상방前上房에는 도외할머니陶外祖母의 영구靈柩를 안치하고 있었는데, 심지어는 관밑에서 잠을 자는 사람도 있었다. 계속되는 포탄 공격으로 인하여 공묘 내의 15곳이 심각하게 파손되었다. 그나마 공부와 공묘에 떨어진 포탄의 숫자에 비하면 피해가 별것 아닐 수도 있었다. 괴문각魁文閣의 서북쪽 모퉁이는 파편에 맞아 뚫렸고, 2층의 추녀도 파괴되었으며, 대성전大成殿의 천장도 파편에 뚫렸다. 바깥은 파괴 정도가 더욱 심각한데 안묘顔廟는 30여 곳이나 파손되었고, 곡부의 동·서·북성의 성루는 모두 파괴되었다. 그 전쟁에서 모두 3천여 명이 전사했고, 공부와 공묘에 숨어 있던 사람들 중에도 폭사하거나 부상당한 사람들이 있었다. 외삼촌이 숨어 있는 층계 위에도 폭탄이 떨어졌는데, 다행히 폭발하지 않았다. 대성전大成殿의 공자상孔子像 앞에도 폭탄이 떨어졌는데, 그것도 폭발하지 않았다. 나중에 사람들은 이것을 두고 모두 하늘이 성조聖祖와 소성인小聖人을 보호하였기 때문이라고 말했다. 사실은 당시 폭탄 중에는 불발탄이 상당히 많아 충서당忠恕堂에 떨어진 폭탄도 폭발하지 않았다.

어머니와 외삼촌은 포위당해 있던 11일 동안 먹고 자는 일을 모두 탁자 밑과 층계 밑에서 해결하였다. 이 기간에 성안 곳곳에 유언비어가 돌아 인심이 흉흉하였다. 소문에 염군이 성안에 들어오면 모든 처녀들을 유린한다고 하여 늙은 여자 하인들은 어머니가 다칠까 봐 걱정되어 어린 며느리처럼 화장시키고, 머리는 쪽을 틀어 올렸으며, 옷도 농부農婦의 옷차림으로 바꾸어 입혔다. 외삼촌도 무명옷으로 바꿔 입었다.

이 11일 동안 밤낮의 생활은 정말로 고통스러웠다. 공부에는 많은 사람이 있었는데 마실 물이 부족했다. 평소 마실 물은 남문에 가서 운반해 왔는데, 지금은 그렇게 할 수 없어 동학東學에 있는 작은 우물에 의지할 수밖에 없었다. 많은 사람들이 병들었지만 치료할 약이 없었고, 마지막에는 먹을 양식마저 떨어졌다. 성을 지키는 부대의 탄약도 얼마 남지 않았으나 염군의 공격은 더욱 맹렬하였다. 이때 염군은 사람을 파견하여 성안에 서신을 보내왔다. 기한 내에 성문을 열지 않으면 독가스를 사용하겠다고 전하였다. 성 밖에는 많은 포를 집결시켜 놓았고, 성안의 백성들과 공부의 사람들은 마음이 초조하였다.

마침 이때 장개석蔣介石의 지원군이 와서 동북 방향으로부터 염군의 퇴로를 막고 습격하였다. 염군은 북쪽으로 도망 갔고, 사상자가 절반을 넘었다.

전쟁이 끝난 후 공부는 외삼촌 덕성德成의 명의로 국내외에 다음과 같이 원조를 요청하였다. 서양의 역사를 보면 두 군대가 싸우다가도 성지聖地 예루살렘 부근에서는 모두 성지聖地를 보호하고 있는데, 뜻밖에도 염군은 중국의 성지인 공묘와 공부를 폭격의 대상으로 하였다. 이는 고금을 통틀어 중국과 외국에서도 보기 드문 일이다. 이를 보고 장개석蔣介石, 풍옥상馮玉祥, 손과孫科 등은 모두 개인의 명의로 위문전보慰問電를 보내왔다. 민국 19년 7월 23일 자시子刻에 도착한 장개석蔣介石의 전문은 다음과 같다.

곡부 공덕성 선생 및 공교총회 회원 고람
曲阜孔德成先生及孔教總會各會會員鈞鑒

이번에 곡부 공림의 묘가 훼손되고 백성들이 사상당한 것은 모두 진쯥의 역적이 맹렬한 포화로 성벽을 공격했기 때문입니다. 스스로 성인을 존중하고 예의를 갖추었다고 하면서 이같이 성인의 유적을 파괴하는 것은 정말로 개탄할 일입니다! 우리 군사들은 원래부터 백성들의 재산을 보호하는 것을 사명으로 삼고 있습니다.

이미 총지휘부에 전보를 보내 각 장병들 모두 공림과 공묘를 보호하는 데 만전을 기하라고 명하였습니다.

총사령 장중정 總司令蔣中正

　전쟁이 끝난 후 남매는 몇 달 동안 약을 먹으면서 병을 치료하였다. 무슨 병인지는 그들도 알 수 없었으나 아마도 놀람에 의한 무슨 병이었을 것이다. 그때 곡부성에는 염군이 패한 것은 장개석의 지원군 때문이 아니라 하늘에서 내려온 천병天兵 때문이라는 소문이 돌았다. 그 시절 곡부에서는 공자라는 성인의 고향이라는 점 때문이라고 할 수 있겠지만, 많은 사람들이 나름대로 상상력을 통하여 많은 전설들을 만들어 내고 있었다.

어머니 삼 남매는 어려서 부모를 잃었다. 이러한 환경은 그들에게
서로간에 더 깊은 정을 갖게 하였다. 그들은 말다툼을 한 적이 없고, 울
면서 소란을 피우지도 않았다. 세 사람은 부모 묘소에 성묘할 때마다
절을 하고 난 후 한참 동안 묘 앞에서 묵묵히 서 있었다. 이때 서로간의
사이가 특별히 가깝게 느껴졌다.

이모 공덕제孔德齊는 17세에 풍서馮恕의 작은아들에게 시집갔다. 풍
서는 당시 유명한 서예가였고, 중화민국 건국 후에는 북경전력회사를
설립하여 사장이 되었다. 풍부인馮夫人은 매우 상냥한 사람으로 곡부에
도 여러 번 왔었다. 그는 어머니를 좋아했다. 본래는 어머니를 그의 작
은아들과 결혼시키려고 하였으나 나이 차이가 많아 이모와 결혼시키
고, 어머니를 양딸로 삼았다. 이모가 결혼하는 날 나의 어머니를 양딸
로 삼으면서 예물로 은젓가락, 은사발 등을 가득 가져왔다.

이모가 결혼할 때 풍부인馬夫人과 그의 딸 풍사馬四는 직접 곡부에 와서 신부를 맞이하였다. 그들은 그때 동오부東五府에 머물렀다. 풍사 아가씨는 이모와 사이가 좋아 적적한 이모의 결혼생활에 많은 위안을 주었다. 이모가 결혼할 때 공부에서 남자 하인 오건문吳建文과 여자 하인 석席씨 아주머니를 딸려 보냈다. 얼마 지나지 않아 석아주머니는 공부로 돌아왔다.

이모가 결혼한 후 공부에는 나의 어머니와 외삼촌밖에 남지 않았다. 그들은 나이가 들어 가면서 더욱더 오누이의 정이 소중함을 뼈저리게 느꼈다. 매일 저녁 잠잘 때 어머니는 온각暖閣의 덩그러니 빈 이모의 침대를 보면서 마음이 괴로웠다. 낮에 학교學屋에 가서 공부를 할 때도 이모가 없어 너무 쓸쓸하였다. 오누이는 다른 친구들과 어울리는 시간보다 둘이 함께 지내는 시간이 많았다. 그즈음 공부에 손님들이 점차 많아져 외삼촌이 손님을 맞으러 나갔는데, 그때 어머니는 혼자 외삼촌이 돌아오기를 기다렸다. 그들은 이전과 달리 소꿉장난이나 죽마놀이보다 수업이 끝난 뒤 후화원後花園이나 채소밭에서 산책을 하였다. 공부의 채소밭은 공부와 길 하나를 사이에 두고 밖에 있었다. 그들은 주방 옆의 쪽문을 지나 일관당一貫堂을 돌아 후문으로 나갔다. 하인은 데리고 가지 않았다. 그 당시 외삼촌의 일기에는 거의 매일 어머니 이야기가 있었다. 일부를 소개하면 다음과 같다.

3월 5일 점심 식사 후 작은누나와 함께 동서오부東西五府, 북부北府, 일관당一貫堂에 가서 절을 하고 5시에 집으로 돌아왔다.

3월 7일 4시에 수업이 끝나고 작은누나와 함께 채소밭에서 산책하였다.

3월 8일 작은누나와 같이 서재에서 잡담을 하였다.

3월 9일 작은누나와 함께 공림孔林에 가서 제사를 지냈다.

3월 11일 작은누나와 함께 2시간 동안 배구를 하고, 또 글씨對聯 6폭을 썼다.

3월 12일 5시에 학교를 마치고 후원後園에 가서 놀았다.

3월 13일 작은누나와 함께 글씨對聯를 쓰거나 글씨 연습을 하면서 놀다가, 4시에 후원後園에 가서 산책하고, 5시에 집으로 돌아왔다.

3월 15일 선생이 외출하여 작은누나와 함께 고사 이야기를 하고, 12시에 꽃을 가꾸는 하인에게 꽃을 책상 위에 갖다 두라고 하였다. 앞에는 수선화, 뒤에는 홍매紅梅, 왼쪽에는 어항, 오른쪽에는 과일접시를 놓고 생화 4다발을 과일 쟁반을 둘러놓았는데 참 보기 좋았다.

오누이는 공부도 더욱 열심히 하였다. 선생이 시키는 공부 외에도 동중서董仲舒의 『예禮』를 공부하기 시작하였다.

이모는 결혼한 후 북경에서 곡부에 자주 왔다. 대부분 하인 오건문吳建文을 데리고 혼자 곡부에 왔다 갔다. 그때마다 액세서리나 공예품 같은 작은 선물들을 사와 어릴 적 친구 주이니朱二呢, 유삼원劉三元의 처 등에게 주었다. 일부 서양 물건들을 가져오기도 했는데, 그때까지 공부의 생활이 여전히 보수적이었기 때문에 신선하게 느껴졌다. 한번은 북경에서 보온병을 가져왔는데 공부 사람들이 모두 둘러서서 구경하였다. 그때는 1930년대였지만 공부 사람들은 보온병을 본 적이 없었다. 그들은 불을 사용하지 않고도 보온할 수 있다는 것에 대해 매우 신기해 하였다. 공부의 식구들은 5백여 명이나 되었는데 그 보온병을 보물처럼 간직하고 함부로 사용하지 않았다.

또 한번은 이모가 고무로 된 보온 주머니 하나를 가져왔는데 이것도 처음 보는 것이었다. 외삼촌은 그것을 유삼원에게 주었다. 그가 집으로 가지고 가자 그의 아버지는 무슨 귀중한 보물을 가져온 줄로 알고 매우 당황해하면서 당장 돌려드리라고 했다 한다. 만약 그것이 금반지나 다른 귀중한 물건이었다면 그의 아버지는 두말없이 받았을 것이다.

이모는 결혼하고 2년 뒤 혼자 친정집에 와서 며칠 지낸 적이 있다. 그 당시 풍부인이 돌아가신 지 얼마 안 되어 그녀는 상복을 입었는데, 회색 기포旗袍(중국 여자가 입는 원피스 모양의 전통의복)를 입고 흰색 귀고리를 하고 있었다. 우울하고 말수가 적어져 처녀 시절의 근심걱정 없던 그런 풍모는 찾아보기 어려웠다. 그녀에게 북경에서의 시집 생활이 어떠냐고 물어도 아무 대답도 하지 않았다. 그러나 누구나 다 마음속으로는 "시집가면 시집의 풍속에 따른다嫁雞隨雞, 嫁狗隨狗"라고 시집 생활이 싫든 좋든 운명으로 받아들이고 있는 것을 알고 있었다. 이모가 북경으로 돌아가기 전에 어머니와 함께 후화원後花園의 잔디밭에서 사진을 찍었는데 이것이 두 자매의 마지막 사진이 되었다.

어머니는 열세 살 때 약혼하였다. 어느 날 오후 마당에서 모래장난을 하고 있는데, 하인이 와서 도외할머니陶外祖母께서 부른다고 전하였다. 어머니가 방에 들어가니 도외할머니는 웃으면서 그녀에게 2치 크기의 초등학생 모습의 남자아이 사진을 주면서 "너에게 시집을 찾아 놓았

다"라고 말씀하셨다. 어머니는 그 자리에 사진을 버리고 안방의 온각暖
閣으로 달려 들어가 침대에 올라가 커튼을 내리고 부끄러움에 반나절
동안이나 나오려 하지 않았다. 이렇게 하여 약혼을 한 것이 되었다.

어머니가 결혼하기 전 외삼촌은 식욕이 없어 밥을 먹지 않고, 기가
죽어 어머니를 보고 "누나도 가면 공부에는 나 혼자 남네요"라고 말하
였다. 어머니도 서운하여 눈물만 흘렸다.

결혼하기 3일 전에 외삼촌은 어머니에게 혼수를 주었는데, 수백 상
자의 혼수 중 처음의 것이 바로 황련목으로 만든 큰 여의如意였다.

공부에는 조상으로부터 대대로 물려받은, 돈을 주고도 살 수 없는
보물 2개가 있다. 그것이 바로 사무용 책상만큼 큰 황련목으로 된 여의
이다. 위에는 1백 명의 아이들의 각기 다른 표정과 모습이 정교하게 조
각되어 있는데 그 모습이 마치 살아 있는 듯하였다. 가운데는 한 노인이
조각되어 있었는데 그가 바로 주나라 문왕周文王이고, 1백 명의 아이들
은 바로 그의 아들들이다. 이것이 바로 「문왕백자도文王百子圖」이다.

황련목 조각은 공부의 특산품으로, 공부의 자손들은 귀빈에게는 황
련목으로 만든 여의를 드리고, 일반 손님에게는 금옥金玉 같은 것으로
만든 여의를 드렸다. 또 귀빈에게 드리는 황련목 여의도 매우 작은 것
이었다. 내가 위에서 말한 큰 여의는 공부에 2개밖에 없는 것으로, 이
미 몇 백 년을 전해 내려온 것이다. 후에 이 2개의 여의를 어머니와 이
모에게 각기 하나씩 혼수로 주었다. 또한 공부에는 보석과 진주를 가득
박은 큰 금종金鐘 한 쌍이 있었는데, 이것도 하나씩 나누어 주었다.

결혼식 날에는 외삼촌이 송친送親(전통혼례 시 신부 측 친족이 신부를 시댁
까지 배웅하는 것)하였다. 결혼식은 곡부의 손씨 집孫宅을 빌려 거행하였

다. 나의 할아버지 병환이 중하였기에 나의 큰아버지伯父 가창사柯昌泗가 대신하여 신랑인 아버지를 모시고 곡부에 왔다. 그날 아침 유모乳母 왕王씨가 어머니의 머리를 곱게 빗겨 주고 나서, 어머니는 삶은 달걀 2개를 먹고 혼례복장으로 바꾸어 입고 전당루前堂樓 방의 한가운데 앉아 가마를 기다렸다. 하인들은 모두 새 남색 두루마기를 입었다. 어머니는 봉황관鳳冠을 쓰고 수놓은 예장禮裝을 입고, 8명이 메는 큰 가마를 탔다. 공부의 대문에는 붉은색 천으로 만든 패방牌坊을 세우고, 마당에는 채색 천막을 쳤다. 문밖에는 구경하는 사람들로 붐비고, 연주 소리와 폭죽 소리가 그치지 않았다. 어머니는 아무것도 보이지 않고 들리지 않았으며, 정신도 아득했다고 한다. 마침 그때가 혹서酷暑였다. 그는 머리에 진주가 가득 달린 무거운 관을 쓰고, 예장과 크고 긴치마를 입는 바람에 몸이 땀투성이가 되고 안에 입은 옷도 붉게 물들었다. 그러나 그런 것도 느끼지 못했다고 한다.

어머니가 결혼한 다음 날 오전, 외삼촌은 곧바로 손씨 집으로 찾아가 어머니를 보고 오후에 다시 인사하러 왔으며, 후화원後花園의 정자에서 손님을 초대하여 대접하였다. 어머니는 원래 곡부에서 며칠간 더 머물려고 하였으나 결혼한 셋째 날 북경에서 할아버지 가소민柯劭忞의 병환이 위중하다는 급전急電이 와서 급히 북경으로 올라갔다. 이로써 어머니의 공부에서의 생활이 끝났다. 차에 오를 때 어머니는 치맛자락에 봉황을 수놓은 분홍색의 기포旗袍를 입고 고향과 정든 사람들과 작별하였다. 아침저녁으로 함께 지냈던 혈육과 작별하고 눈물을 흘리면서 고향을 떠났다.

어머니가 결혼하여 곡부를 떠난 다음 날, 외삼촌은 병을 앓아 오랫동안 고생을 하였다. 선생은 그가 작은누나를 그리워하는 줄을 알고 각별하게 살뜰히 보살폈으며 그에게 안채內宅가 아닌 학교學屋에 머물게 하였다. 병이 나은 후에도 안채의 정경을 보고 누나를 그리워할까 봐 학교 가는 것을 제외하고는 후화원과 안채에 가지 못하게 하였다. 선생은 항상 외삼촌을 데리고 다녔다. 삼황묘三皇墓 혹은 연빈루燕賓樓 식당에 가서 악극을 보거나 손님들과 함께 식사를 하였으며, 셋째 외할아버지 공령찬孔令燦의 생일을 기회로 큰 잔치를 벌여 손님접대를 하면서 그의 그리움을 잊게 해 주었다.

외삼촌은 선생의 관심에 감사하였지만 자신은 혈혈단신으로, 아주 고독하다는 뜻으로 '혈여孑餘'라는 자字를 지었는데, 이것으로 그의 심정을 헤아릴 수 있다. 그는 그 후에도 혈여라는 자字를 계속 사용하였다.

그는 어머니에게 상당히 많은 시를 썼다. 어머니는 먼 곳으로 시집을 왔고, 결혼생활이 화목하지 않아 정든 사람들을 많이 그리워했다. 외삼촌의 편지를 읽을 때마다 흐느껴 울면서 몇 번이고 읽었다고 한다. 몇 십 년이 지난 오늘에도 어머니는 여전히 어렴풋이나마 일부를 기억하고 있다.

둘째 누나를 그림懷二姐

황혼 녘에 북쪽을 보니 길은 아득하고,	黃昏北望路漫漫,
골육이 서로 헤어져 눈물이 마르지 않네.	骨肉相離淚不乾.
천리 먼 산은 안개로 가득하고,	千里雲山煙霧遮,
생각하며 홀로 차가운 기러기 소리 듣는다.	搔首獨聽雁聲寒.

밤중夜中

추운 밤 딱따기 소리에 밤은 더욱 깊어지고,
푸른 등잔불 아래서 혼자 시를 읊조린다.
세월이 오늘 밤에 이른 것을 홀로 탄식하며,
만리 달빛에 그리운 마음 기탁한다.

寒夜柝聲覺更遲,
靑燈光下自吟詩.
獨歎歲華今又晚,
萬里月光寄相思.

밤비夜雨

삼경 후에 밤비가 내리니,
근심하는 사람이 누님을 그린다.
사창이 마치 물같이 서늘하고,
파초 잎에 비 떨어지는 소리 들린다.

夜雨三更後,
愁人思女兄.
紗窗涼似水,
蕉葉滴餘聲.

가을밤에 심경을 적음秋夜書懷

동주전자 새는 소리에 삼경이 깊어 가고,
홀로 밝은 달 대하니 오랜 교유를 느낀다.
언제 다시 만나서 같이 밤새워 이야기할지,
늦은 기러기 소리에 가물거리는 가을. 등불.

銅壺漏響三更幽,
獨對明月感久遊.
何當再逢共夜話,
晚雁聲裏殘燈秋.

무제 無題

하늘 끝이라 오랫동안 서신을 통하지 못하고,　天涯久未通雁書,

고개 숙여 근심을 물고기에게 물어본다.　俛首惆悵問雙魚.

서풍에 국화 시들고 사람도 병이 나서,　菊老西風人亦病,

노란 나뭇잎은 저녁따라 드문드문 보인다.　黃葉林中暮已疏.

술 마시며 이야기하다 밤이 깊은 줄도 모르고,　話酒渾忘漏已深,

가을 등불이 달빛 속에 빈번하게 반짝인다.　秋燈頻剪月華勤.

아득히 요성1에 사는 누나를 불쌍히 여겨,　遙憐我姐蓼城住,

종일토록 가족을 그리며 홀로 읊조린다.　鎭日思親獨自吟.

만조 晚眺

해 질 녘의 만조 속에 근심이 가득하고,　萬點愁思晚眺中,

석양이 막 지려니 낙조가 특별히 빨갛다.　夕陽欲落別樣紅.

멀리 천리의 구름 산 밖을 바라보니,　遙看千里雲山外,

몇 줄의 기러기 그림자 먼 하늘에서 사라진다.　幾行雁影滅遠空.

---

1 요성蓼城은 어머니가 북경에서 살고 있는 요원蓼園을 가리킨다.

어머니는 결혼한 후에도 자주 공부에 왔다. 때로는 이모와 같이 왔고, 때로는 혼자 왔다. 어머니가 매번 돌아올 때마다 외삼촌은 뛸 듯이 기뻐하면서 학교도 가지 않고 온종일 누나 곁에 있었다.

이 시기, 외삼촌은 공부에 더욱 열중하였다. 특별한 일이 아니면 절대로 수업에 빠지지 않았다. 집에 손님이 온 경우에도 손님이 돌아가자마자 선생이 말하기 전에 서재로 가서 계속 글을 읽었다. 점차 아이티를 벗어나고 생각도 성숙되기 시작하였다. 선생이 가르치는 과목 외에 그는 동중서董仲舒의 『예禮』를 싱딩히 즐겼고, 어떤 일을 하더라도 반드시 목표를 이루었다. 그는 다음과 같은 시를 쓴 적이 있다.

長龍遠飛駕, 天馬自行空, 于古人書無不讀, 則天下事大可爲.

우리 집과 이모의 집은 모두 북경의 서성西城에 있었다. 이모는 양육골목羊肉胡同에 살고, 우리 집은 태복사거리太僕寺街에 살고 있어 서로 거리가 가까워 자주 왕래하였다. 어머니가 북경으로 시집온 후부터 이모는 많이 편안해 보였다. 그러나 가정에 대한 이야기만 나오면 원만하지 못한 부부생활에도 불구하고 남편에 대하여 좋지 않은 말을 하지 못하고 두 자매는 묵묵히 마주 앉아 있었다. 나중에 나의 아버지가 천진天津에서 일을 하게 되어 어머니도 천진으로 따라 가면서 이모와 헤어졌다.

천진에 있을 때 하루는 어머니가 풍사馮四 아가씨로부터 이모의 병환이 위급하니 빨리 오라는 전보를 받았다. 어머니는 곧바로 북경으로 갔으나 이모는 정신을 잃고 깨어나지 못했다. 북경의 명의名醫 손백화

孫伯華는 진찰 후 아무 말도 없이 처방전을 주고는 돌아갔다. 어머니는 손수 숟가락으로 약을 먹여 드렸으나 이모는 이미 약조차 넘기기 어려운 형편이었다. 그는 겨우 깨어나서 온갖 힘을 쓰면서 "약을 먹을 필요가 없다"고 한마디 하시고, 더 무슨 말씀을 하시려고 입술을 약간 움직이었으나 말 한마디 할 힘조차 없었다. 그러더니 눈가에 한 방울의 눈물을 머금고 어머니를 바라보면서 이 세상과 작별하였다.

이모의 영구靈柩는 북경의 법원사法源寺에 잠시 안치하였는데, 오건문吳建文이 혼자 장기간 빈소靈를 지켰다. 정답고 존경스러운 오건문은 이모가 돌아가신 후 전심전력으로 그녀가 남기고 간 두 어린 아이를 보살폈다. 유모乳母 맹孟씨도 두 아이를 자기의 아이 이상으로 키웠다.

27 나의 할아버지 가소민柯劭忞

나의 할아버지 가소민柯劭忞(1850~1933)은 호號가 요원蓼園이고, 자字가 봉손鳳蓀이며, 근대의 저명한 사학자史學家이다. 할아버지의 선조는 원나라元朝의 저명한 학자 가구사柯九思이다. 가씨 집안柯家은 원적이 절강浙江 황암黃岩이었으나, 명나라 말明末에 난을 피하여 산동山東 교주膠州로 이사 왔다. 그의 할아버지 가배원柯培元은 청나라淸朝의 항영抗英 장군이었고, 대만臺灣의 갈마란葛瑪蘭의 통판通判(관직)을 맡았었으며, 유장儒將으로서 학식이 넓고 재질이 뛰어났으며, 저작이 많아 그당시 경성京城에서 산좌사명가山左四名家 중 한 사람으로 찬양을 받았다. 나의 증조할아버지 가형柯蘅은 명유名儒로서 경학經學과 사학史學에 깊은 조예가 깊어 『설문고이說文考異』·『한서칠표교보漢書七表校補』를 저술했다. 뿐만 아니라 시사詩詞에도 능하였으며, 동치同治 연간 산동 문학계의 지도자 중 한 사람으로서 대표작으로는 『성시천미聲詩闡微』,

256

『두릉요률심언杜陵拗律審言』,『귀우초당시집歸雨草堂詩集』 등이 있다. 나의 증조할머니 이장하李長霞는 내주萊州의 학자이다. 그는『교주지膠州志』를 주필한 진원학원陳源學院의 강연자 이소백李少伯의 딸로, 학문이 매우 깊으며 청나라 북방 문학계의 저명한 여류 시인으로 '시고문사, 관절일세詩古文詞, 冠絕一世'라는 명성을 얻었다. 그의 대표작으로는『기재시집錡齋詩集』·『문선보저文選補著』·『기재일기錡齋日記』 등이 있고, 『만청이시집晚晴簃詩集』,『청시기사淸詩紀事』 등 시문총집詩文總集에도 그의 작품이 수록되어 있다. 증조할머니는 할아버지가 어린 시절 문학적 기초를 닦는 데 아주 중요한 역할을 하였다. 마침 그 당시는 전란捻亂(산동지역에서 일어난 농민 반란) 시기였다. 온 집안은 모두 유방濰坊으로 피난을 갔었고, 전시에 세상이 어수선하여 학교 다닐 형편도 아니었다. 책도 없어 증조할머니가 자기의 기억에 의지해 시문 詩文을 가르쳤다. 증조할머니는「난후억亂後憶」이란 시에서 이를 다음과 같이 표현하였다.

책꽂이에 오천 권의 책,   挿架五千卷,

뜻밖에 한 줌의 재로 사라졌다.   竟敎一炬亡.

백성 모두가 재난을 겪었으니,   斯民同浩劫,

이 뜻을 감히 아픔으로 말할 수 있을지? 此意敢言傷?

학업을 등한시해 아들은 제멋대로 게으르고, 業廢凭兒懶,

한가로운 창문에 해가 길어짐을 느낀다. 窗閑覺日長.

시로써 어린 딸을 불쌍하다 읊조리며, 吟詩憐弱女,

공복으로 당시(초당初唐, 성당盛唐, 만당晚唐)를 음송한다네. 空腹說三唐!

'공복설삼당空腹說三唐'이라는 이 어구는 북경에서 한때 널리 유행하였다.

증조할머니의 기억에만 의지한 가르침을 받으면서 할아버지는 열심히 공부하였다. 할아버지가 일곱 살 때, 증조할머니는 '모춘暮春'이라는 제목으로 시를 쓰게 하였는데, 그의 시에 '燕子不來春已晚, 空庭落盡紫丁香(제비가 오지 않아도 봄은 이미 늦어지고, 빈 정원에는 라일락이 모두 떨어졌네.)'이라는 시구가 있었다. 나중에 할아버지는 반백이 되어서야 큰아들을 보았는데, 나의 큰아버지를 낳기 전에 할아버지의 꿈에 제비가 배속으로 날아 들어오는 것을 보고, 그의 자字를 연령燕齡이라 지었다. 어떤 사람들은 그가 만년에 아들을 얻은 것과 꿈에 제비가 날아오는 것을 본 것은 그가 일곱 살 때 지은 시의 전조前兆가 맞은 것이라고 한다.

할아버지는 17세에 거인舉人이 되었고, 후에 또 진사進士가 되어 한림翰林에 들어갔으며, 광서光緒와 부의浦儀황제에게 글을 가르쳤다. 황제의 명에 따라 일본에 학무學務를 고찰하러 갔었고, 전례원典禮院의 학사學士·서총감독署總監督 등 여러 요직을 맡았으며, 많은 포상을 받았다. 태부太傅 진보침陳寶琛은 그에게 "世傳五藝稱梁孟, 帝許三長比孟班(세상에 유가의 오예를 전하니 양맹梁孟[1]이라 칭할 만하고, 황제가 삼장三長을 하사하니 맹반孟班[2]에 비길 만하다.)"이라는 대련對聯을 써 주었다. 삼장三長이라는 것은 황제가 하사한 '삼장병천三長幷擅'이라는 편액을 가리킨다. 할아버지의 벼슬에 대한 생각은 "不信書生能誤國, 功名造次誤書生(서생을 믿지 못하니 나라를 그르치고, 공명에만 분주하니 서생을 그르친다.)"이라는 그가 지은 두 시구절로 이해할 수 있다. 그렇기 때문에 그는 늘 문을 닫아걸고 방문객을 사절하며 저술에 힘썼다.

그의 저작은 상당히 많고, 내용이 심오하다. 대표작으로는 『신원사新元史』이다. 이 책은 그가 30년간 심혈을 기울여 방대한 자료를 수집하고 섭렵하는 피나는 노력으로 연구하여 써낸 것으로, 모두 257권이나 되는 대작이다. 역대의 정사正史는 모두 국가에서 정리하여 편찬한 것이었지만, 할아버지는 혼자서 수십 년간 심혈을 기울여 이 책을 완성하였다. 이는 지금까지 누구도 이룬 적이 없는 쾌거이다. 『신원사』가 출판된 후 국내외 학술계에서는 이 원사元史를 집대성한 저작으로 공인했다. 교육부의 심사를 거쳐 당시의 대총통大總統 서세창徐世昌의 영으로 『신당서新唐書』·『신오대사新五代史』의 예를 따라 『신원사』를 중국 정사中國正史의 제25사第二十五史로 인정하였다. 이로 인해 일본 동경제국대학에서는 할아버지에게 문학박사 학위를 수여하였다. 이는 일본이 처음으로 중국 학자에게 수여한 것이다.

신해辛亥혁명 이후 청사관淸史館이 설치되었고, 할아버지가 『청사고淸史稿』의 총편찬을 맡았다. 할아버지는 친히 천문天文·시헌時憲·재이災異의 삼지三志와 일부 전고傳稿 및 총찬기고總纂紀稿를 집필하였다. 『청사고』는 1927년에 완성되었는데, 총 536권이다. 『청사고』는 청사淸史의 사료를 체계적으로 정리한 것으로, 이는 후학들이 청사를 연구하는 데 중요한 자료로 쓰이고 있다.

일본정부는 경자庚子 배상조약을 이용하여 중일 양국 학자들로 동방문화사업위원회를 구성하였는데, 모두 한결같이 할아버지를 위원장으로 추대하였다. 그는 『사고전서四庫全書』 개요의 편찬을 책임지고 친히 경부經部 역경류易經類의 개요 152가지를 썼는데, 8년간 심혈을 기울여 이를 완성하였다.

할아버지는 일생 동안 많은 경사經史 서적들을 교정하고 주석하였는데, 출판한 것으로는 『문헌통고교주文獻通考校注』·『역사보譯史補』·『설경차기說經箚記』·『문선보주文選補注』·『이아주爾雅注』·『신원사고증新元史考證』·『후한서주後漢書注』·『요원문초蓼園文鈔』 등이다. 그는 노년에도 열심히 학문에 전념하여 80세에 『춘추곡량전春秋穀梁傳』 15권을 출판하였다. 이는 춘추 시기의 대의大義로 당시 어지러운 사회현실을 바로잡아 보자는 뜻에서였다. 81세에 새로운 작품으로 경주經注의 사본들을 수집하여 『십삼성고증十三經考證』을 저술하는 작업에 착수하였다. 그러나 84세에 이 작업을 끝내지 못하고 지병으로 별세하셨다. 이 저술은 결국 영원히 미완성 작품이 되고 말았다.

할아버지는 문학에도 조예가 깊었으나 시를 잔재주로 보는 중국의 학술 전통에 따라 자신의 시작詩作을 보존하지 않고 쓰고는 그대로 버렸다. 나중에 할머니의 형부 무석無錫 염남호廉南湖가 이를 아깝게 생각하여 일부 시작詩作을 모아서 『요원시초蓼園詩鈔』 5권과 『속시초續詩鈔』를 출판하였다. 왕국유王國維는 1925년 『대공보大公報』에서 "현대의 시에서 가봉로柯鳳老가 첫째로 꼽히는데, 그의 시가 정통적일 뿐만 아니라 수준도 매우 높다"라고 평가하였다. 또 다른 시도 할아버지에 대해 다음과 같이 평가하였다. "……法乳能探三昧奧, 詞源眞障百川東; 梅村不作漁洋渺, 低首騷壇拜此翁(……불법은 삼매의 오묘함을 탐구할 수 있으니, 어원은 백천이 동으로 흐르는 것에 장애가 된다. 매촌(중국지명)이 어양(중국지명)보다 더 넓지 않아, 소단3에서 머리를 숙여 이 노인에 참배한다.)."

다음은 그의 칠언시 2수이다.

병신년4에 교주의 옛집을 지나면서 지음 丙申過膠州故居作

마른 느릅나무는 싹이 없고 얽힌 뿌리만 있어,　　　　枯楡無枌剩盤根,
그 옛날 불에 탔던 흔적은 여전히 남아 있다.　　　　猶帶當年就燒痕.
강총5은 고향에 돌아갈 때 시골 장을 찾았고,　　　　江總還鄉尋草市,
육기6는 나라 떠날 때 누추한 집을 생각했네.　　　　陸機去國憶衡門.
봄이 오니 새끼 제비 매몰된 우물에 둥지 만들고,　　春來乳燕巢堙井,
해 질 녘에 배고픈 날다람쥐 무너진 담으로 넘어간다.

　　　　　　　　　　　　　　　　　　　　　　日莫饑鼯竄壞垣.
외로운 그림자 쓸쓸히 위로할 필요 없고,　　　　　不用煢煢吊孤影,
처량한 지난 일 다시 논해야 한다네.　　　　　　　凄涼往事得重論.

용과 뱀이 참담하게 음의 해에 이르고,　　　　　　龍蛇慘澹歲三陰,
땅은 점차 푸르고 살기가 깊어지네.　　　　　　　　地入靑徐殺氣深.
푸른 바다 동쪽에 뜬 먹구름이 가득하고,　　　　　滄海東浮雲仙墨,
외로운 성 북쪽을 보니 불이 난 숲과 같다.　　　　孤城北望火如林.
밤이 깊어 촛불을 켜니 꿈이 감미롭고,　　　　　　夜闌秉燭間關夢,
연말에 누각에 오르니 감개가 무량하다.　　　　　　歲莫登樓感慨心.
이미 끊어진 풀뿌리는 제멋대로 흩날리고,　　　　　已斷根荄任蓬轉,
십 년 동안의 유랑이 오늘까지 이어진다.　　　　　　十年流宕到如今!

　　중화민국이 건립된 이후 할아버지는 청나라 조정의 유신遺老으로서 근신孤忠自鳴하면서 은거하고, 아무런 관직도 맡지 않았다. 민국 3년,

그는 참정원의 참정參政 및 약법約法회의의 의원議員으로 당선되었으나 취임하지 않았다. 할아버지가 당시 군벌 장훈張勳에게 "不憐擴廓[7]奇男子, 百戰終全牖下身(대장부인擴廓帖木儿을 연민하지 않고, 온갖 전쟁 겪었으나 집에서 운명했다네)"라는 시를 써주었는데, 장훈이 복벽復辟(청왕조 복위 운동) 의 전쟁에서 죽지 않은 것을 감탄스러워했다.

일본이 '9·18사변'[8]을 일으키자 할아버지는 일본과의 합작을 거절하고 동방문화사업위원회에서 중국학자들을 탈퇴시켰다.

할아버지는 민중의 복지사업에도 관심이 많았다. 산동에 수해가 나자, 북경에 산동수재진제회山東水災賑濟會를 세우고 스스로 회장을 맡아 수재민을 도왔다. 또한 직접 박애博愛직물공장을 세워 빈곤한 가정의 자제들을 받아들여 생계를 해결해 주었다.

할아버지는 본처가 별세한 후 48세 때 동성桐城의 고문학가古文學家 오여륜吳汝倫의 딸 오지방吳芝芳과 재혼하였다. 자녀는 모두 오부인이 낳았기 때문에 그는 노년에야 아들을 보았다. 할머니는 재질이 뛰어나고 집안에서 교육을 잘 받아 고문에도 조예가 깊었으며, 『힐재시집詰齋詩集』을 남길 정도로 많은 시를 썼다. 할머니는 신해혁명 후 총통부總統府의 교사를 맡기도 하였고, 할아버지의 『신원사』 편찬에도 많은 도움을 주었다. 할머니는 할아버지가 학술연구를 하는 데 훌륭한 조수 역할을 했다. 할머니의 언니 오지영吳芝英은 '청말3여걸淸末三女杰' 중 한 사람이라는 칭호를 받고 있었고, 추근秋瑾이라는 여협객의 친구였다. 추근이 살해당한 후 그녀가 시신을 찾아와 매장해 주었다.

할아버지가 북경에서 산 부동산은 서단西單 태복사거리太僕寺街 35호였는데, 37호가 바로 나의 외할아버지인 공자의 76대손 연성공衍聖

公 공령이孔令貽의 북경 집이었다. 할아버지는 외할아버지와 막역한 친구이고, 외할아버지와 외할머니의 합장 묘의 묘지명墓誌銘을 썼다. 이는 외할아버지가 생전에 부탁한 것이었다.

공부의 외할아버지가 거처하던 방에는 아직도 예전에 할아버지가 썼던 글이 걸려 있다. 1933년 할아버지가 병환이 중해지자 공령이孔令貽와 사돈을 맺기로 했던 바람을 이루기 위하여 큰아버지에게 아버지를 데리고 곡부에 가서 어머니와 결혼하게 하였다. 나의 부모가 결혼한 지 얼마 안 되어 할아버지는 돌아가셨다.

할아버지는 아들 셋을 두었는데, 큰아들 가창사柯昌泗와 둘째 아들 가창제柯昌濟는 모두 저명한 갑골문甲骨文 전문가이며 교수이고, 막내 아들 가창분柯昌汾은 북경고등경관학교北京高等警官學校를 졸업한 무관武官인데 그가 바로 나의 아버지다.

---

1 한대漢代의 경학가 양구하梁丘賀와 맹희孟喜를 가리킨다.

2 한대의 반고班固, 자맹견字孟堅을 가리키는 듯하다.

3 소단騷壇, 지금의 중국 호남성湖南省 미뤄시汨羅市 옥사산玉笥山 오른쪽에 서 있다. 굴원屈原이 여기에서 「이소离騷」를 적었다.

4 중국 전통 음력의 간지干支로, 연대를 기록하는지 속의 제33년을 병신년丙申年이라 부른다.

5 강총江總(519~594). 남조南朝의 진나라陳의 시인.

6 육기陸機(261~303). 자는 사형士衡이고, 서진西晉의 문학가이다.

7 확곽擴廓은 원나라 장수인 확곽첩목인擴廓帖木人을 가리킨다. 일찍이 명나라 태조 주원장은 그를 가리켜서 천하기남자天下奇男子라고 칭한 바 있다.

8 1931년 9월 18일 일본 동북지역의 관동군이 요령성 심양을 공격하여 무력으로 동북 지역을 장악한 사건.

연성공衍聖公 봉호封號를 봉사관封祀官으로 고치다

외할아버지가 돌아가신 후 적적嫡외할머니이자 고명誥命 1품부인一品夫人인 도태부인陶太夫人이 공부의 대권을 맡았다. 외삼촌이 두세 살 때 도태부인은 늘 그를 데리고 업무를 보고, 보고를 받고, 공부의 일府務을 상의하면서, 그가 배우도록 하였다. 어떤 사람들은 이를 두고 서태후西太后가 수렴청정하던 것과 비슷하다고 말했지만 그렇지 않았다. 도태부인은 외삼촌이 중임을 맡을 수 있도록 육성하기 위해 노력한 것이다. 외삼촌이 아홉 살 때 도태부인이 중풍中風에 걸려 반신불수가 되자 공림孔林·공묘孔廟·공부孔府의 사무는 외삼촌이 독자적으로 처리하게 되었다. 다만 사무 보는 장소가 전상방前上房이 아니었고, 사무 보는 시간도 보통 하고 후였다.

외삼촌이 어머니와 후화원後花園에서 놀고 있을 때 공부의 집사 공령찬孔令燦은 늘 그를 찾아왔다. 공령찬은 어머니의 본가本家의 할아버지인데, 충직하고 성실하기로 집안사람族人 가운데서 이름이 났다. 외삼촌이 비록 나이는 어리지만 종손이기 때문에 집안家族 관념이 매우 확고한 공부에서는 지고지상至高至上의 존재였다. 공령찬은 항상 어린 종손을 보호하고 그를 존중하였는데, 매일의 업무에 대해 보고하고 의견을 구하였다. 매번 그가 찾아오면 외삼촌은 놀던 것을 멈추고 열심히 듣고는 늘 그에게 "셋째 할아버지, 제가 아직 나이가 어려 세상 물정을 잘 모르니 할아버지께서 신경을 많이 써서 알아서 처리하세요"라고 말했다. 공령찬은 늘 외삼촌에게 문제 해결하는 방법을 제시하고 승인을 받았다. 때로는 외삼촌과 어머니가 한창 재미있게 놀고 있을 때 공령찬은 문서를 가지고 오기도 했는데, 문서는 서재의 집사師爺가 초안을 잡은 것이다. 외삼촌은 그 뜻에 따르기로 하면 붓으로 문서 위에 초서로 '행行('그대로 한다' 는 뜻의 중국말)' 자를 쓰고, 공령찬이 이를 확인한 후 물러가면, 외삼촌과 어머니는 계속하여 놀았다. 만약 재무부서賬房(금전이나 화물의 출납을 관리하던 장소) 담당자들과 회의를 하는 등 중요한 일에는 언제나 외삼촌을 현장에 모시고 와서 듣게 했다.

1924년 겨울, 공부는 사씨학四氏學을 궐리명덕중학闕裏明德中學으로 확대 개편하였다. 그 뜻은 "덕德을 모르면", "경經도 폐기된다"는 뜻이다. 그렇기 때문에 '명덕明德'이 필요했던 것이다. 그 다음 해 여름에 명덕중학明德中學이 정식으로 설립되었다. 외삼촌은 당시 다섯 살에 명덕중학의 교장직을 맡았다. 그는 집 학교家學에서 공부하면서 명덕중학에서 하루에 한 시간씩 영어 공부를 하였다. 그리하여 그는 명덕중학의 교장이면서 학생이기도 하였다. 아마 이 세상에서 외삼촌이 나이가 가장 어린 중학교 교장이면서 나이가 가장 어린 중학생이었을 것이다.

공부에는 늘 국내외 귀빈이 찾아왔다. 귀빈이 방문할 때마다 외삼촌은 손님을 접대하러 불려 갔다. 당시 장개석蔣介石, 손과孫科, 풍옥상馮玉祥, 공상희孔祥熙, 대전현戴傳賢 등 많은 군정요인軍政要人들이 다녀 갔다. 공부는 예의를 중시하는 곳이라 외삼촌은 그때 이미 엄격하고 복잡한 예의를 다 익혔다. 공부에서는 귀빈을 모시는 연회에 특별한 식기로 상을 차렸으며, 요리를 모두 130여 가지나 올렸다. 예의를 갖추기 위하여 외삼촌은 항상 적게 먹고, 손님이 돌아간 뒤에 다시 식사를 하였다.

손님들은 항상 선물을 가지고 왔고, 공부에서도 답례를 했다. 공부의 답례는 보통 한위육조漢魏六朝의 비첩이나 성적도聖跡圖 등이었다. 이 물건들은 매우 귀중한 것들이다. 많은 국민당 고관들은 이것들에 대해 문외한이었지만 가치가 있는 것으로 생각하고 공부에서 구해 갔다. 그래서 공부는 몹시 분주하였다. 탁본을 많이 하면 비석이 훼손될 것이나 또 그렇다고 해서 그들의 노여움을 살 수도 없는 노릇이었다. 나중에는 일부 귀중한 비석을 황색 봉인종이를 붙여 놓는 방법을 생각해 내어 이러한 현상이 좀 호전되었다.

때로는 북대北大여행단, 제대齊大여행단 등 여러 단체에서도 방문을 왔다. 그들은 공부에 오면 모두 작은 성인小聖人을 만나 보길 원했다. 외삼촌은 그때마다 밖의 객실에서 몇 분간 만나 보고 사진을 찍었다.

때로는 외삼촌도 외출하여 손님을 만나야 했다. 한복구韓複榘의 아들이 결혼할 때 제남濟南에 가서 축하해 주었다. 때로는 친히 가지 않기도 했다. 상해上海의 합동哈同(1847~1931. 미국 국적의 유대인으로, 대규모 부동산 투자로 대자본가가 되었다)이 사망했을 때 외삼촌은 친히 문상을 가지 않고 '성박작인誠樸作人'이라는 글을 써서 우편으로 보냈다.

공부를 방문하는 외국 손님도 상당히 많았다. 어떤 외국 손님은 오기 전에 공상희孔祥熙 혹은 국민당國民黨 정부에 미리 알려 왔다. 이러한 경우 성대히 영접해야 했고, 연주兖州까지 마중을 나가야 했다.

1935년에 장개석蔣介石은 외삼촌의 연성공衍聖公 봉호를 '대성지성선사봉사관大成至聖先師奉祀官'으로 고치고 특임관特任官의 혜택을 주었다. 이는 당시의 중앙관리中央官員 중에서 최고위급 대우였다. 7월에 남경南京에 와서 취임선서를 하기로 하였다. 외삼촌은 아성亞聖의 후예 맹경당孟慶棠, 복성複聖의 후예 안세용顔世鏞, 종성宗聖의 후예 증번산曾繁山과 함께 제남濟南과 성부省府에 가서 주요 관리들과 인사를 하고 차를 타고 남경으로 갔다. 7월 8일, 남경의 국부國府 예당禮堂에서 성대한 봉사관奉祀官 취임선서의식을 거행하였다. 진립부陳立夫가 선서를 주재하고, 대전현戴傳賢이 선서를 감독하였다. 선서문은 다음과 같다.

광활한 중화민족, 유교를 널리 알린다.

대동 세계, 예의로써 나라를 흥성시킨다.

명을 받아 제사를 받듦을, 대대로 끊임없이 이어간다.

성실하게 공경하면서, 악장을 영원히 계승한다.

성인의 도리로 교화하고, 종묘를 지킬 것을 맹세한다.

선인의 유적을 본받아서, 지키면서 영원히 알린다.

泱泱中華, 儒教維揚. 大同世界, 禮儀興邦.

受命奉祀, 世澤綿長. 矢誠矢敬, 永垂曲章.

聖道化育, 誓守廟堂. 繩其祖武, 斯守恆彰.

32대에 걸쳐 근 1천 년간 전해져 내려오던 연성공衍聖公의 봉호는 여기에서 끝나고 새로운 봉호 '대성지성선사봉사관'이 시작되었다. 그러나 연성공이든 봉사관이든 그의 직책은 조금도 변하지 않았다. 외삼촌은 취임 후 국민당 중앙대표 저민의褚民誼와 재정부 대표 공상면孔祥勉을 동반하고 공원거리貢院街 부자묘夫子廟에 가서 고묘告廟 의식을 거행하였다. 공묘 선사先師의 신위神位 앞에서 고제祭告(제사를 지내면서 알려 드림)하였는데, 고하는 내용에는 "……이제부터 더욱더 성도聖道를 선양하고, 전장典章(법령)을 수호하고, 선조가 남겨 놓은 제도를 준수하며, 계절에 따라 성묘하고, 공경과 성심으로 가득하며, 영원히 제사를 끊이지 않겠다……"라는 구절이 있었다.

남경에서 외삼촌은 열렬한 환영 연회에 참가하였고, 이어서 상해에 갔을 때도 공상희孔祥熙가 그를 위해 성대한 연회를 열었다. 공교회孔教會의 환영 행사 등으로 인해 외삼촌은 매우 바빴다. 이번이 그가 처음으로 멀리 외출한 것으로 오건장吳建章과 진경영陳景燊이 수행하였다. 상해에서 그는 잊지 않고 친히 몇 가지 옷감을 골라 북경北京(당시에는 북평北平이라고 하였다)의 어머니에게 보냈다.

곡부로 돌아온 후 외삼촌은 남경에서 가지고 온 봉사관의 큰 도장을 큰방大堂에 올리고, 제남에서 유명한 장인을 데려와 봉인을 풀었다. 대문 어귀와 마당에 채색 천막을 치고, 폭죽을 터뜨리고, 각종 음악을 연주하면서 성대하고 열렬한 개봉의식을 거행하였다.

외삼촌은 대성지성선사봉사관大成至聖先師奉祀官(奉祀官으로 약칭함)으로 취임한 후 정식으로 부의 일府務를 맡았다. 이 시기에 그는 인격적으로 거의 성장하였으며, 부의 일을 지도·관리하는 데 패기와 재능을 선

268

보였다. 대전현戴傳賢은 "소년이 영민하고, 품위 있고, 소박하며, 조상의 미덕을 계승하여 완성하고 잘 지키어 친인들이 경축할 일이다"라고 칭찬하면서 자기의 어머니가 손수 옮겨 쓴 『효경孝經』 등 책을 외삼촌에게 증정하였다.

당시 부내의 많은 일들은 체계가 없었고, 오륙백 명이나 되는 하인들도 문제가 많았다. 밖의 토지에 관한 문서가 제대로 정리되어 있지 않았고, 공부의 토지도 많이 유실되었다. 외삼촌이 정식으로 부의 일을 맡으면서 이러한 일들은 근본적으로 변화되기 시작하였다.

외삼촌은 주로 다음과 같은 점에 중점을 두어 관리를 하였다.

첫째, 출근 상태를 확인하는 제도를 만들었다. 이전에 공부의 일꾼들은 '각자의 일은 각자가 한다'라는 조상의 교훈祖訓을 엄격히 지키고 있었지만, 이는 다만 정신적 · 원칙적인 요구였고 업무시간에 대하여 구체적인 규정이 없었다. 누구나 오고 싶을 때 오고, 가고 싶을 때 갔다. 외삼촌은 출근과 퇴근 시간을 규정하였다. 오전에는 7시부터 12시까지, 오후에는 2시부터 5시까지였다. 각 근무처에는 출근부를 두고 엄격히 검사하였다. 일이 있어서 출근을 못하면 반드시 휴가신청을 해야 하고, 그렇지 않을 경우에는 무단결근으로 처리하였다. 처음에는 잘못을 기록하고, 세 번이면 해고하였다. 제시간에 출퇴근하는 사람에 대해서는 일정한 기간을 정하여 보너스로 밀 두 말을 주었다.

둘째, 각자의 역할을 규정하였다. 예를 들면 태평항太平缸(항아리, 독) 안에는 항상 물이 넘쳐야 하고, 마당에는 잡초가 없도록 시시각각 제거하여야 하며, 손님이 물건을 빌려 갈 때는 빌리고 반환하는 절차가 있어야 하고, 고건물들과 문물의 보전에 대한 엄격한 규정과 제도를 만들었다. 이렇게 하여 임林, 묘廟, 부府 어디나 질서정연하고 정결하게 하였다.

셋째, 일꾼들의 근무수칙을 제정하였다. 심지어는 길을 걷는 데 대한 규정도 제정하였다. 일꾼들에게는 통일적으로 장방형의 흰 천에 검은 글자로 번호를 매긴 표지를 발급하여 가슴에 달게 하였고, 또한 정기적으로 모양을 새로 바꾸어 잃어버린 것을 다른 사람들이 사용하는 것을 방지하였다. 이전의 공부의 일꾼들은 지방에서 면역권免役權을 향유하고 있있다. 이로 인해 일부 사람들은 공부의 특권을 이용해 밖에서 부당한 일을 하기도 했다. 외삼촌은 공부 내외의 모든 일꾼들은 지방의 법을 지키라고 교육하고, 일단 법을 위반하면 해고한다고 하였다. 또한 공부는 지방정부에 통지하여 그들의 특권을 취소하게 하였다. 이러한 근무수칙으로 인하여 오륙백 명의 많은 구성원들의 근무태도가 눈에 띄게 변했다.

넷째, 재고와 회계제도를 정비하였다. 부내의 모든 물품에 대해 통일적으로 등기부를 만들고, 서류와 대조 확인한 후 문제가 있으면 책임을 추궁하였다. 경비를 사용하려면 반드시 외삼촌의 비준이 있어야 하는 등 엄격한 재무제도를 제정하였다.

다섯째, 인사를 조정하고 편제를 바꾸었다. 예를 들면 공림孔林과 공묘孔廟에서는 원래의 근무자들 이외에 손님을 맞는 근무자를 두고 별도의 제복을 입혔다. 당시 참관자들이 증감함에 따라 새로운 제도를 도입한 것이다. 팔일무八佾舞가 제대로 계승되지 못한 것을 교훈으로 삼아 동학고악전습소東學古樂傳習所를 세워 80명의 학생을 받아 외삼촌이 교장을 맡고, 그 아래에 주임·교사·사환 등을 두어 교육을 체계화하였다.

여섯째, 곡부 부근의 사전祀田을 자세히 조사하여 위장魏庄과 동북 쪽의 10여 마을에서 소작료를 내지 않거나 기타 문제들을 밝혀 내어 유실된 땅들을 되찾고, 책임자를 파면 · 처벌하였다.

일곱째, 두첨량斗尖糧을 없앴다. 당시 하인들이 소작료를 받을 때 말斗의 윗부분이 올라오도록 수북이 뜨는 것을 '두첨량'이라 하는데, 이 것을 하인들이 나눠 가졌다. 외삼촌은 이것을 없애고, 공부에서 하인들에게 상금을 주기로 하였다.

당시 공부의 경제사정이 넉넉지 못하였으나 외삼촌은 일부분의 수입을 빈곤한 본가本家와 고향 사람들을 돕는 데 쓰게 하였다. 열심히 일하는 사람에게는 보너스를 주고, 직무를 소홀히 하는 자는 엄정하게 처벌하였다. 마해馬海라는 하인이 여러 차례 무단결근하고 일도 제대로하지 않았는데, 그가 비록 오래된 하인이었으나 엄격하게 규정을 적용하여 식량지급을 정지하고 정직처분을 하였다. 이 일은 하인들에게 매우 큰 반향을 불러 일으켰다. 또한 외삼촌은 인사문제를 처리함에 있어 그의 친족이 연루되지 않게 특별히 주의하였다. 일례로, 토지를 관리하는 진경당陳景堂이 사전祀田을 훔쳐 판 것이 밝혀져 그를 해고하고 처벌하였다. 그러나 그의 형 진경영陳景榮은 외삼촌의 측근으로서 아무런 영향도 받지 않고 줄곧 중용되었다. 나중에 진경영은 외삼촌을 따라 대만으로 갔다.

외삼촌이 16세의 나이에 공부孔府, 공림孔林, 공묘孔廟을 포함하여 큰 집안일을 관리하고 짧은 시간에 큰 성과를 거둔 것은 그리 쉬운 일이 아니다.

29 혼례식

공덕성 알림 孔德成 啓事

국력 12월 16일 오시 손기방孫琪芳 여사와 혼례를 올려 백년가약
을 맺고자 하오니 참석하여 주시기 바랍니다. 삼가 자리를 빛내
주시기를 기다립니다.

공덕성 근계孔德成 謹啓

(혼례식장은 곡부대성지성선사曲阜大成至聖先師 봉사관부奉祀官府)

이것은 외삼촌의 청첩장이다. 당시 외삼촌의 혼례식에 관하여 많은
신문에서 기사와 함께 사진을 실었다.

외숙모 손기방孫琪芳은 외삼촌보다 세 살이 많으며, 안휘安徽 수주壽
州 사람으로 대대로 선비 집안의 딸이다. 청나라 때 예부상서禮部尚書

손가내孫家鼐의 손녀인데, 손가내는 궁궐에서 열권대신閱卷大臣을 맡았고, 육경궁행毓慶宮行에서 황제에게 공부를 가르쳤다.

혼례식은 공·손 양가에서 여러 차례 신중한 논의를 거쳐 신구식이 혼합된 형식으로 치르기로 하였다. 신부는 신식 예복을 입었으며, 웨딩드레스와 하이힐을 모두 북경에서 주문하였다. 신랑은 창파오마고자長袍馬褂를 입었으며, 의식은 절을 하는 것으로 하였다.

혼례를 위하여 공부에서는 청청廳·당堂·전殿·각閣 모두 새로 칠을 하는 등 대대적인 공사를 하였다. 이는 공부에서는 상당히 혁신적인 일이었다. 대문의 문신門神인 두 금강역사哼哈를 없애고 붉은칠을 하였으며, 지붕의 남색 바탕에 금색 용무리團龍도 뭉게구름雲頭으로 바꾸었다. 또 대문 밖에 무대를 만들었는데 양옆에는 관람석, 붉은 패방牌坊(위에 망대가 있고 문짝이 없는 중국 특유의 건축물. 주로 충효·절의를 지킨 사람을 기리기 위하여 세움), 붉은 등 및 폭죽을 걸어 놓을 채색 장대를 세웠다. 대문에서부터 신방인 후당루後堂樓까지 모두 채색 천막을 쳤는데, 지붕은 붉은색과 파란색 천 조각으로 그림을 만들고, 사방에는 다섯 마리의 용이 복숭아를 떠받치는 채색 유리가 있고, 천막 주변엔 금색으로 '희囍'자를 쓴 오색 띠를 걸어 놓았다. 각 문에는 채색 등·술·방울 등 각양각색의 물건을 매달았으며, 각 문 앞에는 경비병들이 보초를 서는 곳을 만들었다. 공부 안은 손님 초대 준비에 바빴고, 서학西學의 모든 방은 손님 숙소로 비워 놓았다. 많은 사람들이 손님을 위한 이불을 만들고, 몇 백 명의 하인들에겐 모두 새 옷을 갈아입혔다.

손씨 집안은 북경에서 곡부로 혼수를 가지고 왔는데, 결혼식 전날에야 겨우 운송을 마쳤다. 원래 손씨 집안에서는 서양식 가구 한 벌을 보내려고 했는데 길이 멀고 운송이 불편하여 그만두기로 하였다. 요촌역窯村車站에 내리면 길에서 악기를 연주하는 사람들이 따랐고, 혼수를 나르는 사람들 모두 비단옷을 입었다.

혼수품인 금시계 · 액세서리 · 병과 거울 · 비단 · 지분脂粉 · 보석 · 옥기 등을 정원에 펼쳐 놓고도 남아 신방인 후당루後堂樓 안에까지 펼쳐놓았는데, 그나마 이불과 옷 등은 여기에 포함되지 않았다.

결혼 3일 전 손기방은 어머니와 여동생 손연방孫蓮芳(북양정부 재정부장 주학희周學熙의 손자에게 시집감)과 함께 곡부에 와서 동오부東五府에 잠시 머물렀다.

어머니는 북경에서 나와 오빠를 데리고 곡부로 갔고, 이모는 아들 중수衆壽와 딸 소강小康을 데리고 갔다. 연주兗州역에 내리자 공부에서 자동차로 마중을 나왔다.

결혼 당일 어머니와 손연방孫蓮芳이 들러리를 서고, 외삼촌은 신부를 맞이하기 전 우선 묘례廟禮를 고하였다. 숭성사崇聖祠 가묘家廟에 가서 본당에 무릎 꿇고 절을 한 후, 가마를 타고 신부를 맞이하러 갔다. 신부를 맞이하는 의장儀仗은 웅장하고 떠들썩하며 행렬이 아주 길었다. 앞쪽은 이미 동오부東五府에 들어섰는데 뒤쪽은 아직 공부孔府 대문을 나서지 못하였다. 행렬의 구성은 현대와 전통, 관官과 민간民間이 결합된 형태였다. 맨 앞에는 중화민국의 국기國旗 · 표기標旗 16쌍 · 군악대 · 보병 · 기병대가 서고, 뒤에는 전통양식에 따라 기旗 · 징鑼 · 우산傘 · 부채扇 · 어가御駕 · 군뢰軍牢 · 야역夜役 · 금조金爪 · 월부鉞斧 · 등잔朝天鐙 등이 따랐다. 각종 악기五班細樂와 '정숙肅靜', '회피回避'라는 팻말 뒤에는 색색의 옷을 입은 몇 십 명의 아이들이 자손통子孫桶을 안고 일행을 따라가면서 통 안에 은전을 넣었다. 또한 한 쌍의 기러기가 들어 있는 정자雁亭가 있었는데, 이는 부부가 영원히 헤어지지 않는다는 것을 상징한다. 그 밖에 길상吉祥, 희주喜酒, 거울, 화로, 난로 등이 있었다. 외삼촌은 녹색 가마에 앉고 뒤에는 신부를 맞는 꽃가마가 따랐는데, 모두 여덟 사람이 드는 금빛 지붕의 큰 가마였다. 그 뒤에 따르는 붉은 비단을 감은 최신 독일산 자동차에는 나의 어머니가 탔다. 외삼촌은 큰 꽃이 있는 창파오마고자를 입었고, 동오부東五府 문 앞에서 전통 예법에 따라 활을 당겨 쏜 다음 신부를 부축하여 나왔다. 신부는 자동차를 타고 공부 앞에 도착하여 꽃가마로 갈아탔다. 공부에는 화려한 정자彩亭를 설치하고 협문儀門을 열어 놓아 그곳으로 꽃가마가 들어갔다. 혼례의식은 전상방前上房에서 진행하였다. 수를 놓은 20개의 천을 깔아 놓은 긴 식탁에는 전통대로 오공향통五供香筒, 긴 송백의 가지松柏長靑枝, 용봉 과자바구니, 대추, 밤, 연밥蓮子, 땅콩, 잣, 용안桂元, 봉지鳳枝 등이 놓여 있었다. 신부는 정동쪽을 향하여 가마에서 내려 희신喜神을 맞이하고 외삼촌과 함께 한 번 무릎 꿇고 세 번 절1跪3叩하는 대례를 올리며 하늘과 땅에 참배했다. 명덕明德중학교 학생이 축가를 부르고 양복 차림의 많은 기자들이 플래시를 터뜨렸다. 마지막으로 군악을 연주하면서 혼례를 마쳤다. 신부는 비단으로 꽃장식된 선홍색 치파오旗袍를 입고, 선홍색 비단신을 신고, 머리를 올리고 신혼 방에 앉아서 합환주交杯酒를 마셨다. 신혼 방에는 서양식 소파도 있고 전통식 가구들도 있는데, 방의 배치 역시 중국과 서양 형식이 결합된 것이었다. 벽에는 매란방梅蘭芳이 그린 매화가 걸려 있으며, 책상에는 『효경孝經』이 놓여 있다.

이날 세 가지 악극을 공연하였다. 대문 밖 거리에서는 산동지방 전통극山東梆子을 하고, 삼당三堂에서는 곤곡昆曲(중국의 강소성江蘇省 남부와 북경北京, 하북河北 등의 지역에서 유행했던 전통적인 지방극의 하나로 곤강昆腔을 연창함)을 하고, 전상방前上房에서는 경극京劇을 하였다. 배우들은 제남, 북경, 천진에서 유명한 배우들을 초대하였다. 전상방의 경극은 「기쌍회奇雙會」였다. 삼당三堂과 전상방의 악극은 출연배우의 이름, 악극의 내용을 미리 인쇄하여 손님들에게 나누어 주었다. 그날 공교롭게도 비가 오고 사람이 너무 많아 삼당三堂에서 공연을 할 수 없어 임시로 이당二堂에서 악극을 하였으며, 많은 국민당 요인들도 결혼식에 참석하였다. 장개석蔣介石도 곡부에 오기로 하였으나 결혼 4일 전(12월 12일)에 '서안사변西安事變'이 발생하여 장학량張學良과 양호성楊虎城에게 감금당하여 오지 못하였다. 당연히 곡부에서는 '서안사변'을 알지 못하였고, 장개석이 혼례에 참가할 수 없다는 연락을 받지도 못하였다. 결혼 당일 장개석을 기다리느라 식을 연기하였는데 오후 2시쯤에야 국민당 연주兗州 72사師 사장師長 손동훤孫桐萱이 공부에 와서 장개석을 기다리지 말라고 하여 그제야 식을 진행하였다. 장개석이 보낸 축하 휘장은 전상방 한가운데 걸어 놓았으며, 국민당 중앙당부中央黨部는 은정銀鼎과 축하 휘장을 보냈고, 공상희孔祥熙는 은정銀鼎 · 화금대畵金對 · 옷감 외에 축하금 1,000원을 보냈으며, 송철원宋哲元 · 대전현戴傳賢 · 엽초창葉楚傖 등 국민당 요인 및 조곤曹錕 · 서세창徐世昌 · 반선班禪 · 황금영黃金榮 이외에 수많은 사회단체에서 선물을 보내왔다. 일본 주중 대사 川越茂, 石野芳男 및 많은 외국 인사도 선물을 보내왔으며, 공부의 소작농도 축하의 선물을 보내왔다. 공부에서는 소작농들을 큰 천막에 초대를 하고 외부 주방에서 음식을 만들어 '10대완大碗(10여 가지 음식)'으로 대접하였다. 한 번에 100상을 차리는데, 담당자司席員 1명이 10상을 맡았다. 손님이 오자마자 식사를 제공했는데도 축하하러 오는 사람들이 끊이지 않아 오전부터 밤 12시까지 식사 대접을 끝마치지 못하였다.

배우들과 노동자들의 음식은 중주방中廚房에서 맡고, 귀빈들과 친인척들의 음식은 내주방內廚房에서 맡았다. 주방에서는 요리를 맡고, 서무처庶務處에서는 만두와 술을 준비하였다. 내주방內廚房의 술자리는 충서당忠恕堂 · 홍악헌紅萼軒 · 화청花廳 · 전당루前堂樓 · 후당루後堂樓 등 내실에 마련하고, 한 번에 15상씩을 차렸으며, 3대건大件(40여 가지 음식)과 9대건大件(100여 가지 음식)으로 접대하였다.

이튿날 아침 신부는 원袁부인, 이모, 나의 어머니 및 많은 손윗사람들에게 문안인사를 하였다. 신부 뒤에는 나이가 지긋한 부인이 큰 쟁반에 용안탕桂元湯이 담긴 개완蓋碗(덮개가 달린 작은 그릇)을 들고 기다렸는데, 신랑신부가 어른들께 절을 한 뒤에 신부가 그 용안탕을 올린다. 어른들 모두 첫인사 선물로 옷감 같은 것을 준다. 첫인사 선물을 받은 뒤에는 규격을 맞춘 장방형 함에 넣고 붉은 비단으로 덮어 놓는다. 밑에는 많은 비단술이 달려 있었다.

신혼 시절 신혼부부는 자주 밖에 나가 여가를 즐겼다. 당시 공부에는 이미 독일산 자동차 한 대가 있었다. 두 분이 외출할 때에는 거의 수행원을 데리고 다니지 않았다. 때로는 일용잡화를 직접 사 가지고 오기도 했다.

외삼촌 부부는 결혼해서 항일전쟁 전날 저녁 중경으로 갈 때까지 줄곧 공부에서 살았다.

30 결연한 항일투쟁, 인고의 타향살이

'7·7사변事變(1937년 7월 7일 일본이 북경 교외의 노구교盧溝橋에서 중국군을 공격하면서 중국 침략을 본격화한 사건)' 이전 일본정부는 사람을 파견하여 곡부曲阜에서 활동하면서 외삼촌을 이용하였다. 일본정부는 주로 문화학술단체, 학자 또는 개인의 명의로 공부를 방문하였다. 적을 때는 한 사람에서 많을 때는 몇 십 명에 이르기까지, 예를 들면 민정당 당수 견양의犬養毅는 딸을 데리고 왔었다. 주駐 제남濟南 일본영사는 시찰단을 소개하였으며, 단장인 松勇雄治는 50명을 데리고 공부를 방문했다. 佐藤猛雄이라는 일본인은 십여 명을 데리고 왔었다. 건축학자 馬場春吉은 곡부에 여러 차례 와서 머물며「성인유적안내도聖迹導游圖」를 제작하려고 했다. 그는 공부孔府, 공묘孔廟를 상세하게 측량하였다. 심지어 문짝의 크기까지 상세하게 쟀다. 그는 일본에 돌아간 후 일본 도쿄에 곡부曲阜 공묘孔廟의 양식에 따라 새로운 공묘孔廟를 건축하였다. 일본의 공묘孔廟는 '사문회斯文會'라고 하는데, 곡부 대성전의 「사문재자斯文在兹」라는 현판에서 유래했다. 당시 많은 사람들이 공부와 공묘의 건축을 연구하였는데, 그중 두 사람이 가장 오랜 기간에 걸쳐 상세히 연구하였다. 그중 한 사람은 중국의 양사성梁思成(1901~1972. 중국 현대 건축학자)과 일본인 馬場春吉이다. 사문회斯文會 완공 후, 즉 1935년 일본정부는 사문회 낙성식에 외삼촌을 초청하였다. 당시의 정국으로 보아 중국침략전쟁에 이용당할 가능성이 높다고 판단한 외삼촌은 가지 않았고, 본가本家의 공소윤孔昭潤을 파견하여 낙성식에 참가하게 하였다. 행사를 마친 후 일본에서는 곡부에 사람을 보내 적극적으로 외삼촌을 초청하였으나, 외삼촌은 병환이 있다며 시를 써서 완곡하게 거절하였다.

제가 병이 있어 귀국의 손님으로 갈 수가 없고,　余病未能延國賓,
만리 구름과 파도에는 부평초가 모인다.　　　　雲濤萬里聚風萍
강, 천, 주, 사의 원류가 모두 합해지니,　　　　江川洙泗源流合,
하물며 같은 대륙의 사람이니 어찌 다르겠는가?　況是同洲豈異人.

1993년 겨울 일본군은 산동으로 침략해 왔다. 산동의 대지는 포연으로 자욱하였고, 형세가 매우 위급해졌다. 성 정부는 원래 정부를 곡부로 옮겨 공부孔府에 설치할 계획을 세웠다. 공부는 홍악헌紅萼軒 등 여러 개의 방을 비워 놓았으며, 방공호까지 팠다. 12월 하순의 어느 날 저녁 연주兗州 국민당 72사師 사장師長 손동훤孫桐萱이 수행원을 데리고 급히 공부에 왔다. 손동훤은 외삼촌과 잘 알고 지내던 사이였고, 외삼촌은 그를 충서당忠恕堂에서 만났다. 손동훤은 외삼촌에게 형세가 급격히 나빠졌으며 황하대교가 폭격을 받아 성 정부는 철수하였고, 곡부로 오지 않는다고 하였다. 손동훤은 장개석의 전보를 받고 외삼촌에게 새벽 2시에 중경으로 떠나라고 하였다.

외삼촌은 일본인의 지배 아래에서 그럭저럭 살아가기를 원치 않았으며, 일본 침략자를 위한 일을 하고 싶어 하지 않았다. 급변하는 형세도 예상할 수 없어서 2천년 동안 대대로 이어 내려온 고향을 떠나는 것은 쉬운 일이 아니었다. 오늘 이후 조상께 제사를 지낼 사람도 없고, 외숙모 또한 임신을 하여 모든 상황이 매우 복잡하였다. 그러나 외삼촌은 나라에 충성과 조상께 효도를 모두 할 수 없는 상황임을 알고 항일을 위하여 고향을 떠나기로 결심하였다.

급박한 상황에서 외삼촌은 서두를 수밖에 없었다. 위임장을 작성하여 본가本家 삼촌 공영욱孔令煜에게 제사를 책임지게 하고, 매월 공부孔府에서 60위안을 주기로 하였다. 전상방前上房에서 장庄 선생, 왕王 선생, 원袁부인을 불러 왕王 선생을 재무 책임자로 지정하였다. 장庄선생은 공영욱과 왕 선생이 일을 처리하는 데 협조하도록 하고, 사촌 큰어머니는 내실을 책임지며, 중대한 문제는 족장과 40명이 공동으로 협의하도록 하였다. 이어서 남경으로 데리고 갈 수행원을 정하였다. 여呂 선생을 고문으로, 이병남李炳南을 비서로 대동하고, 오거장吳建章, 진경영陣景榮 그리고 외숙모와 함께 온 유모 장張씨와 같이 가기로 하였다. 마지막으로, 외삼촌은 후당루後堂樓 침실에서 외숙모와 물건을 정리하기 시작하였다. 이때 밖에 있는 호위병이 커튼을 열어 놓으라고 하고, 만일에 발생할 수 있는 일을 염려하여 방 안을 예의 주시하였다. 이날 밤 공부孔府의 사람들은 마음이 착잡해 헤어지기를 못내 아쉬워하였다. 그러나 적 앞에서 국가의 이익, 민족의 절개는 무엇보다도 중요한 일이었다. 이날 밤은 시간이 특히 빨리 지나갔다. 새벽 2시에 떠나기로 하였으나 서둘러 정리하고 나니 새벽 4시였다. 당시 외숙모는 머리를 빗고 있는 중이었으나 다 빗지도 못한 채 차에 올랐다고 한다.

늦은 밤 자동차로 곡부의 거리를 지나며 외삼촌은 눈물을 머금고 창밖의 허허벌판을 바라보았다. 이번에 가면 언제 또 고향으로 돌아올지 모른다는 회한과 1천년 선조의 유산을 남겨 놓고 임신한 부인과 함께 간단한 짐을 챙겨 고향을 떠난다는 것이 못내 괴로웠다. 항일전쟁 승리 후 외삼촌은 "당초 고향을 떠나 남하하던 때를 생각하면 가묘는 봉사할 사람이 없었고, 부인은 임신한 상태였으며, 진정으로 고향을 떠나기 어려웠다想當初離家南下, 家廟無人奉祀, 夫人有孕在身, 眞是故土難離啊"라고 회상하였다.

이튿날 아침 공묘 안팎의 수백 명의 사람들은 작은 도련님小公爺이 밤에 떠난 사실을 알고 매우 슬퍼하였다.

외삼촌 일행은 연주兗州·제녕濟寧·하택荷澤을 거쳐 한구漢口에 도착했고, 외삼촌은 한구에서 항일선언을 발표했다. 호북湖北에서 외숙모가 딸을 낳아 이름을 유악維鄂이라고 지었다. 중경에 도착한 후 외삼촌 가족은 가락산歌樂山에 거주하였으며, 8년 동안 궁핍한 생활을 하였다. 중경에 있는 동안 외삼촌은 인편으로 편지를 보내왔다. 편지에 "세상이 어지러워야 비로소 친구의 우의를 알고, 집이 가난하여야 비로소 책을 파는 어려움을 안다世亂始知交友誼, 家貧方曉賣書難"라고 하였다.

특별히 주목해야 할 인물은 손동훤孫桐萱이다. 많은 사람들이 그에 대해 잘 모르지만, 그는 마땅히 기억되고 존경 받아야 할 사람이다. 장개석이 '4·12정변'을 일으켜 많은 공산당원이 체포되었다. 손동훤의 부대도 명령에 따라 5백여 명의 공산당원을 체포하였다. 이에 공산당은 동지들을 구하기 위하여 유관일劉貫一로 하여금 손동훤과 연락을 취하였다. 유관일은 항일전쟁 시기 산동분국 비서장으로 일했다. 손동훤은 공산당을 동정하여 체포한 사람들을 전부 석방하였다. 다른 부대에서 체포한 공산당도 구하려 하였으나 그때는 이미 자신도 자유로운 몸이 아니었다. 장개석은 2명의 특무를 파견하여 그를 감시하였으므로 더 이상 도움을 주기 어려운 상황이 된 것이다. 항일전쟁 시기 신사군新四軍이 가장 힘든 때에 그는 비밀리에 신사군에 은화 5천 원을 보낸 적도 있었다. 손동훤은 이처럼 혁명에 많은 공로가 있는 인물이다. 해방 후에는 줄곧 북경에서 거주하다 '10년동란' 때 서거하여 팔보산八寶山 열사烈士 공동묘지에 안장되었다.

외삼촌은 혼례를 올릴 때 손동훤에게 돈을 빌린 적이 있는데 갚을 길이 없었다. 나중에 그는 이 돈도 받지 않았다고 한다. 손동훤 부부는 외삼촌의 혼례 때 참석하여 축하해 주었고, 소파를 선물하였다. 지금까지도 당시의 외삼촌 침실에 그가 선물한 소파가 놓여 있어 그를 기억하게 된다.

내가 한두 살 무렵 곡부曲阜의 외할머니댁에서 외삼촌을 보았고, 그 후 열 살까지 만난 적이 없다. 항일전쟁 기간에 외삼촌 일가는 중경에 계셨고 우리는 북경에 있으면서 서로 간에 소식마저 없었다.

어머니는 북경에서 우리 남매와 하녀를 데리고 태복사거리太仆寺街 35호의 낡은 저택에서 은거하듯이 살았다. 그 저택의 문 · 창문 · 기둥 모두 칠이 바라고 떨어져 나갔으며, 몇 개의 방은 오랫동안 자물쇠가 잠겨 있었다. 비록 후원에 꽃과 나무를 심었지만 가꾸지 않아 잡초가 무성하게 자라 있었다. 다만 대문만 오히려 비정상적으로 튼튼하고 모든 것이 잘 갖추어져 있었다. 밤색의 대문은 두껍고 무거웠으며, 걸쇠 · 쇠빗장 · 버팀목 등이 모두 잘 갖추어져 있었다.

우리는 외출을 거의 하지 않았다. 자금성紫禁城 인근의 중산中山공원까지 걸어서 20분 거리였지만 10년 동안 단 한 번 그곳에 갔고, 그것도 공원 안에서 걷기만 했다. 그때 어머니는 줄곧 나의 손을 잡고 계셨는데, 어머니의 다이아몬드 반지가 봄날 햇빛 아래 빛나고 있었다. 우리는 '내금우헌來今雨軒'에서 남색 테두리가 있는 작은 찻잔에 차를 마셨다. 이러한 모습이 40년이 지난 지금까지 잊혀지지 않고 기억 속에 생생하게 남아 있다.

집에는 손님이 거의 없었다. 아버지는 소실外室이 있어 어쩌다 한번 들르셨다. 자주 오는 분은 친할머니였다. 할머니는 지팡이를 짚고 뒤뚱거리며 오시는데 나는 할머니가 넘어지실까 걱정되어 옆에 가지도 못하였다. 할머니가 응접실 의자에 앉아 어머니와 얘기를 나눌 때는 옆에서 조용히 듣고만 있어야 했다. 왜냐하면 어른들이 이야기하실 때 아이들은 참견을 하지 못하기 때문이다. 어머니가 잠시 일이 있어 자리를 뜰 때도 할머니는 내가 자리에 없는 듯 눈을 지그시 감고 계셨다. 하지만 나는 집에 손님이 온다는 게 무엇보다 기뻤다. 할머니는 자주 어머니와 외삼촌에 대해 말씀을 하셨기에 나는 그제야 외할머니 집에 또 한 명의 친척이 있는 것을 알게 되었다. 할머니는 외삼촌을 '작은성인 小聖人'이라고 하셨다. 할머니는 어느 날 요괴精가 된 큰 뱀이 문 뒤에서 기어가고 있었는데 많은 사람들이 문을 밀어도 열리지 않았으나 공교롭게도 마침 외삼촌이 문 앞에 오자 그 뱀이 놀라서 도망갔다고 하였다.

"그때 덕성德成이가 이 녀석만 했었는데"라고 말씀하시며 나를 가리켰다.

송충이만 봐도 무서워하는 나로서는 큰 뱀을 달아나게 한 외삼촌이 굉장한 분일 것이라 생각했다. 성인聖人은 어떤 모습일까? 집안에 모셔

둔 부처가 생각났다. 사람들은 부처가 특별한 능력이 있다는데 성인도 아마 그럴 것이라는 생각이 들었다.

부처님 같은 외삼촌과 어머니가 어떻게 지냈는지 궁금하여 어머니께 여쭈어 보았다.

"어머니, 외삼촌이 어머니와 같이 놀았나요?"

"놀았지!"

"외삼촌이 사방치기도 할 줄 아세요?"

어머니는 대답 없이 조용히 웃으셨다.

어머니는 '성인聖人'이나 '큰 뱀' 같은 얘기는 하지 않으셨고, 늘 나지막하게 시를 읊곤 하셨다. "황혼 녘에 북쪽을 보니 길은 아득하다黃昏北望路漫漫"로 시작되는데 그 뜻을 알 수 없어 어머니께 여쭈어 보니 외삼촌이 쓴 시라고 하고는 얼굴을 돌렸는데 눈가가 촉촉해진 것이 보였다. 나는 내가 말을 잘못한 줄 알고 더 이상 묻지 않았다.

항일전쟁 승리 소식이 전해지자 어머니는 그 어느 때보다도 기뻐하셨다. 나는 어머니가 이렇게 환하게 웃는 모습을 처음 보았다. 얼마 지나지 않아 중경에 계신 외삼촌으로부터 편지를 받았다. 그중에는 소학교에 다니는 외사촌 여동생 유악維鄂, 남동생 유익維益의 편지와 가족사진도 있었다. 외삼촌과 외숙모가 앉아 계시고, 유악과 유익이 두 분의 무릎 앞에 기대어 찍은 사진이었다. 같은 사진 한 장은 아직도 당시 외삼촌의 침실인 후당루後堂樓에 전시되어 있다. 사진에 있는 남동생은 이미 1980년대에 병으로 세상을 떠났다.

우리가 편지를 받은 지 얼마 안 되어 외삼촌 일가는 중경에서 남경으로 이사를 하였다. 그해 겨울 어머니도 우리를 데리고 북경의 저택을 떠나 남경으로 갔다.

우리는 비행기를 타고 상해로 갔고, 남경에 계신 외삼촌이 상해로 와서 우리를 마중하였는데, 비서와 진경영陣景榮이 함께 동행하고 있었다. 내가 어머니를 따라 비행기에서 내리는데 어머니가 갑자기 걸음을 멈추었다. 키가 크고 외투를 입은 남자가 우리를 향해 걸어오다 그분 역시 우리 앞에서 걸음을 멈추었다. 그는 어머니와 같은 온화한 눈동자를 가지고 있었다. 나지막하게 "작은누나"라고 부르고는 손을 뻗어 어머니의 어깨를 안았다. 어머니는 아무 말도 못한 채 외삼촌의 외투에 눈물만 뚝뚝 떨어뜨리셨다. 나는 어머니가 우는 모습을 처음 보았다.

외삼촌이 나의 얼굴을 살며시 어루만지실 때 고개를 들어 쳐다보았는데 무척 기뻤다. 왜냐하면 외삼촌은 부처 같지 않았다.

우리는 상해에서 며칠 머물다 남경으로 갔다.

외삼촌의 집은 남경 낭야로瑯琊路 5호에 있다. 회색 3층집으로 도로변의 담은 낮은 울타리로 되어 있어 정원에서 밖의 조용한 거리를 볼 수 있었다. 거리 맞은편은 소역자邵力子·진성陣誠의 집이고, 뒤편은 캐나다 대사관이었다. 외삼촌 집에 있는 하인들은 8년 전 곡부에서 데리고 온 사람들이다. 외삼촌의 옷차림은 소박하였으며, 평상시에는 창파오長袍를 입고 계셨다. 그 당시 외숙모와 동생들은 외가에 가고 남경에 없었다. 외삼촌은 남경에 온 지 얼마 안 되어 할 일이 많았다. 당시 '국민대회(남경 중화민국 시기 전국 국민을 대표하여 정권을 행사하던 기관)'가 개최 중이어서 매일 회의를 하고, 저녁에는 책상에서 또 무언가를 하셨다. 내가 늦은 밤 잠에서 깨어 복도에 나와 보면 옆의 외삼촌 침실에서 불빛이 새어 나오곤 했다.

외삼촌은 부자묘夫子廟 인근의 은고골목殷高巷의 1층 아파트를 임차하여 '공덕성사무소孔德成辦事處'를 설립하였다. 왕王 선생, 여呂 선생과 몇 명의 사무직원들이 거기에서 지내고 있었다. 외삼촌의 월급은 800원인데 생활비와 사무소 비용을 지출해야 하고, 자주 접대를 해야 하므로 경제적으로 넉넉하지는 않았다.

외삼촌은 아무리 바쁘더라도 어머니 방 혹은 아래층 객실에서 우리와 함께 식사를 하셨다. 외삼촌이 긴 소파에 앉아 계실 때 나는 외삼촌의 곁에서 이야기도 나누고 웃고 떠들곤 했다. 한번은 외삼촌이 차茶를 타 오라고 하였는데, 나는 차를 타 본 적이 없어 먼저 컵에 물을 붓고 찻잎을 넣었다. 어머니는 언짢아했지만, 외삼촌은 웃으며 물 위의 찻잎을 살살 불면서 마시며 일부러 아주 맛있는 표정을 지었다. 나는 외삼촌과 차를 번갈아보며 다시 한 번 부처가 생각났다. 그리고 역시 외삼촌은 부처가 아니었음을 확신했다.

외삼촌은 우리를 데리고 남경의 여러 명승고적들을 관람하였다. 연자기燕子磯 가는 길에 외삼촌은 무척 기분이 좋으셔서 웃으며 많은 이야기를 했다. 연자기에 도착하여 산 위에 올랐는데, 흐르는 강 위로 큰 바위가 솟아 있었다. 그 바위 위에는 '친구, 다시 한 번 생각해 보게'라고 새긴 글자가 있었다. 이 글은 강물에 뛰어들어 자살하려는 사람에게 남긴 글이라고 동행한 사람이 설명해 주었다. 그들 중에는 실연한 사람, 실의한 사람이 있지만 생활이 궁핍한 사람들이 더 많다고 한다. 외삼촌은 그 글과 거센 물결을 바라보며 말을 잇지 못하였다.

산에서 내려오며 외삼촌은 나의 손을 잡고 앞장서 걸었다. 저녁의 고요함 속에서 우리는 산길을 따라 묵묵히 걸어 내려왔다. 외삼촌은 엄숙한 표정을 짓다가 어쩌다 한 번씩 머리를 들고 어렴풋이 먼 산의 석양을 바라보며 무언가를 생각하고 있는 것 같았다. 그리고 집에 돌아와 책상에서 오랫동안 글을 썼다. 무슨 글을 썼을까?

항일전쟁 승리 후 외삼촌과 고향 곡부는 8년이나 연락이 단절되었다. 공부에서 처리해야 할 일들이 많았다. 왕육화王毓華 선생이 곡부에서 남경으로 외삼촌을 찾아왔다. 외삼촌은 공영숙孔靈叔과, 왕육화王毓華를 곡부에 파견하여 공잡광孔雪光의 작업을 인수하고 공부관리위원회를 구성하도록 했다. 비서는 이병남李炳南, 관리위원회 위원은 공노천孔魯泉 · 공영숙孔靈叔 · 공은정孔恩亭 · 공순결純潔이 맡았다. 외삼촌도 남경의 공덕성사무실에서 성부聖府 관리회의를 소집하여 각 현의 점용 사전祀田 징수, 공부孔府 직원 근태 상벌, 예산편성, 빈곤한 본가本家 구제 등을 연구하였다.

해방전쟁 중 한때 공부는 일진일퇴하던 격전지였다. 1946년 곡부는 처음으로 해방되었으며, 팔로군八路軍이 농민들을 주도하여 소작료와 이자감면정책을 펼쳤다. 1947년 팔로군이 철수한 후 외삼촌은 집에서 며칠을 보냈다. 10년간 떠나 있다 선조들이 대대로 살아온 고향으로 돌아온 심정은 어떠하였을까? 외삼촌이 고향에 돌아와 첫 식사로 먹은 음식은 짠 호호咸糊糊(현지 농민이 마시는 옥수수죽)였다.

외삼촌은 공부 마당에서 전체 관리인원 회의를 열고 팔로군이 곡부를 점령하였을 때 소작농에게 지시하여 공부의 곡식을 가져간 문제에 대해 언급하였다. 일부 관리자는 재산을 되찾자고 하였으나 외삼촌은 동의하지 않았다. 외삼촌은 "소작농들 모두가 우리의 가난한 고향 사람인데 지금 곡식을 반환하라고 하면 그 사람들의 생활이 너무 곤란해

집니다", "설사 스스로 반환한다 해도 받아서는 안 됩니다"라고 하였다. 회의가 끝난 후 외삼촌은 회의 결정 내용을 포고문으로 작성하여 곡부에 붙였다. 본인이 남경에 돌아온 후 일부 관리자들이 외삼촌이 없는 기회를 노려 소작농을 찾아가 곡식을 반환하라고 할까 걱정이 되어 친필 유지를 곡부로 보냈다. 사람들은 이 글을 귀중히 여겨 아직까지 공부에 잘 보존하고 있다.

친필 지시

1. 소갑小甲의 관리자가 이직하거나 사망하더라도 다시 충원하지 않는다.
2. 팔로군이 곡부를 점령하였을 때 소작농에게 지시하여 가져간 곡식은 이미 지나간 일이니 다시 추징하지 않으며, 자발적으로 반환하는 사람이 있더라도 받지 아니한다.

이상 두 항은 본 봉사관奉祀官이 곡부에 있을 때 포고했었고, 여러 분 앞에서 직접 유지를 내려 주지시킨 것이다.

덕성德成

1936년 8월 1일

불혹이 넘은 내가 어느 날 공부에 가서 잘 보존된 위의 글을 봤을 때 갑자기 남경 낭야로 집에서 그날 밤 외삼촌의 방에서 새어 나온 불빛이 떠올랐다. 이 글은 그때 쓴 것이 아니었을까?

팔로군이 곡부를 점령하였을 당시 공부 내의 일부 관리자들도 소작농과 함께 투쟁에 적극적으로 참가하였다. 외삼촌이 돌아온 후 어떤 사람은 팔로군을 적극지지 했던 12명을 해고하자고 하였으나 외삼촌은 전체 회의에서 한 명도 해고하지 않는다고 선포하였다.

"그들이 그렇게 한 데는 다 이유가 있을 것입니다. 공부孔府 사전祀田이 그렇게 혼란하여 국민당 중앙에서 '사전정리위원회'를 설립하고 3년간 대량의 인력과 경비를 동원하여 정리하려 했으나 깨끗하게 정리되지 않았으나 공산당은 1년도 안 된 기간에 깨끗하게 다 정리를 하였는데 공산당이 큰일을 한 것입니다."

외삼촌의 표정과 말투는 온화했으며, 그의 말은 회의에 참가한 모든 사람이 들었다. 어떤 사람은 아직도 건재하게 활동하고 있다. 조해처曹海泉라는 사람은 12명의 적극 가담자 중 한 사람이었으나 해방 후 소학교 교장을 지냈으며, 아직도 곡부에 살고 있다. 나이가 많이 드신 분들은 아직도 생생히 기억한다고 한다. 외삼촌은 고향으로 돌아온 후 차를 타지 않고 곡부의 거리를 걸어 다니며 만나는 고향 사람들의 안부를 물었다. 그리고 성지의 고적을 보호해 준 것에 대해 감사의 마음을 전하였다. 외삼촌의 이러한 행동은 곡부 사람들에게 미담으로 전해졌다.

외삼촌은 시간을 내어 유모 장張씨를 찾아갔다. 그 당시 유모는 성 밖의 임전촌林前村에 있는 자기 집에 있었다. 외삼촌은 유모와 하루 종일 함께 지냈다. 본래 남경에 모셔 가고 싶어 했으나 유모가 몸이 약하고 병환이 있어 고향을 떠나려 하지 않자 외삼촌이 떠나기 전에 돈을 좀 남겨 놓았다.

내가 위의 글을 쓰고자 한 것은 외삼촌에 대하여 어떠한 평가를 하려고 한 것이 아니며, 오히려 외삼촌을 더 잘 아는 사람들이 평가할 일이다. 내가 하고 싶은 말은 외삼촌도 다른 보통 사람들처럼 친척이나 고향에 대한 향수를 지니고 있다는 것이다. 이는 보편적이고도 소중한 감정이다. 왜냐하면 그러한 감정은 모든 사람들이 다 가지고 있는 것은 아니기 때문이다.

　적막했던 나의 어린 시절, 어머니 외에 외삼촌은 유일하게 나와 친근하게 지내고 또 귀여워해 주신 분이다. 비록 길지 않은 시간이었으나 오랜 세월이 흘러도 결코 잊지 않을 것이다.

점령기의 공부

곡부曲阜는 8년간 일본에 점령당했었다. 일본의 공부孔府에 대한 태도는 한편으로는 공자를 존중한다 하고(침략 자체가 공자 사상에 반한다), 다른 한편으로는 공부의 항일 열사들을 잔혹하게 탄압하였다.

외삼촌이 고향을 떠나 중경으로 간 이후 공부의 경제적인 형편은 조금 나아졌다. 전쟁으로 인해 외삼촌이 집에 없으므로 공부 안의 본가本家 대리인이 공부를 관리하였다. 오는 사람도 적어 지출도 대폭 감소하였다. 제사를 지낼 때 또한 굳이 성대하게 격식을 갖추려고 하지도 않았다. 제사를 준비하는 사람들은 다양한 절약 방법을 생각했다. 이것이 또한 그들 자신들에게도 덜 번거로운 일이기도 했다. 예컨대, 제사 때면 동서 두 행랑채와 곁채를 빼고 대성전에만 40근의 황미주黃米酒를 구리 단지에 담아야 하지만, 3~5근 정도만 담고 나머지는 물을 탔다. 제물 중 사발에 담은 고기는 밑에 채소를 깔고 위에만 몇 점 얹었으며,

고기는 튀긴 떡으로 대체했다. 그리고 제사에 사용되는 돼지, 양, 소머리는 바뀌지 않았으나 작은 것으로 대체하였다. 나중에는 자주 고기를 사던 집에서 빌려서 사용한 후 다시 반환하기도 했다. 본래 규정에는 제사가 끝나면 사람들이 제사용 고기를 조금씩 나누어 가져가도록 되어 있는데, 상의하여 고기 살 돈을 고기 파는 집에 미리 보관한 후 고기를 빌려 쓰고 보관한 돈이 많아지면 양 또는 돼지 한 마리를 한 사람씩 나누어 가질 수 있도록 하였다.

일본이 곡부를 점령하였을 당시 일본정부는 민심을 수습하기 위하여 공부孔府, 공묘孔廟 등 역사유적에 대한 보호를 철저히 하였다. 일본 군관도 늘 공묘에 가서 분향을 하고 절을 하면서 향 값을 지불하였다. 공묘의 관리자들은 일본 군관의 이름과 지불한 금액을 나무판자에 써서 향로를 올려놓는 긴 탁자에 걸어 놓았는데, 다음에 참배 온 일본인은 자기가 낸 돈이 바로 앞에 온 사람보다 많기를 바랐다. 매월 말이 되면 나무판자에는 향을 올린 사람들의 이름과 돈 액수가 적혀 있었고, 나무판자는 한 달에 한 번씩 새로운 것으로 바꾸었다. 그 시기 공부孔府는 돈을 빌리지 않았으며, 저당 잡힌 사전私田도 일부분을 되찾았다.

일본군이 곡부를 점령한 후 가장 먼저 한 일은 공부孔府 이당二堂의 금을 입힌 녹색 판에 '성인후예주택 존중보호, 일본군 진입금지'라고 포고문을 붙여 놓았다. 일본군이 와서 포고문을 보고는 절을 하고 돌아갔다. 외삼촌이 떠날 때 침실 책상 위에 과자 한 통을 놓아두었는데 8년이 지난 뒤에도 그 과자가 그대로 놓여 있었다. 일본군은 거리에서 강제로 인부와 차車를 징발하였다. 그러나 공부의 물차가 물을 운반하러 나갈 때 차 앞에 성공부聖公府의 노란색 작은 깃발을 꽂고 다니면 일본군은 막지 않았다. 공부 직원들 가족의 집 문 앞에도 '성공부 직원 가족'이라는 쪽지를 붙여 놓으면 비교적 안전했다. 일본군은 자주 민가에 들어가 물자를 강탈하고 부녀자를 겁탈하였다. 그러나 공부에는 쉽게 들어오지 않았으므로 12부府 본가本家 직원의 친척들도 모두 공부孔府로 이사 와 동학東學에서 함께 거주하였다. 공부 사람들은 거의 밖에 나가지 않아서 곡부가 함락된 지 1~2년 되었어도 많은 사람들은 일본군이 어떻게 생겼는지도 몰랐다.

당시 공삽광孔雪光이 봉사관奉祀官을 대리하여 공부 및 대외 사무를 처리하는 것 말고도 공부에는 또 다른 한 사람의 안내원이 있었는데, 공부 내부와 현지 일본 정권의 구체적 사무는 모두 그 사람이 해결하였다. 그는 과거에도 공부에서 안내원을 맡았고, 72사師 손동훤孫桐萱 쪽에서 일을 한 적도 있으며, 창파오長袍에 안경을 쓴 모습이 점잖고 사교적이었다. 예를 들면 육군묘지 위령제, 신민회新民會의 설립, 대일본 선무반大日本宣撫班 강연활동, 현공서縣公署 설립, 성벽 보수 상의 업무 등 모두 그가 공부를 대표하여 참가하였다. 일본군은 공묘孔廟 괴문각魁文閣을 빌려 회의를 열었으며, 책상·의자·차·그릇 등 회의용품도 모두 그가 관리하였다.

일본군은 공교孔敎를 존중하기 위하여 곡부에 상당히 규모가 큰 공교孔敎 경전 강의반을 설립하였다. 뿐만 아니라, 공학孔學에 관한 도서관을 설립하여 공학孔學 자료를 찾아 읽을 수 있도록 하였다. 주소는 공부孔府에 두기로 하였다가 나중에 공부孔府에서 동의하지 않아 문창사文昌祠로 바꾸었다.

문창사文昌祠는 고반지古泮池 옆에 있는데, 외할아버지 때 건축한 곳이다. 외국인이 그곳에 교회를 지으려 하자 외할아버지가 알고서 먼저 문창사文昌祠를 건설하였다.

점령 시기 공부의 경비대奉衛隊는 총 300여 명으로 예전보다 약간 증가하였으며, 공부 안에 상주하는 사람은 150여 명이었다. 비록 경비대 인원이 많았으나 사실상 형식적으로 설립된 것이다. 일본 침략군이 공부를 보위하려고 파견한 것이지만 당시 공부에 와서 혼란스럽게 할 수 있는 것은 일본군밖에 없었을 것이다.

공부 사람들은 밖에 잘 나가지 않았지만 공부 밖의 시국과 완전히 단절된 것은 아니었다. 공부에는 지하당원과 항일 인사들이 있었기 때문이다. 어느 날 일본 비행기가 곡부의 상공에 전단을 뿌려 한구漢口가 함락되었고, 일본군은 파죽지세로 승승장구하며 전진한다고 하였다. 공부에도 몇 장이 떨어졌다. 장해란庄陔蘭 선생은 전단 뒤에다 "한구의 퇴각은 중앙군이 자발적으로 철수한 것이며, 현재 외교에 큰 변화가 있다고 들었다. 일본과 러시아가 동북에서 전쟁을 시작하였다. 이 소식이 확실하다면 한구의 함락은 걱정할 바가 아니며 시국은 좋아질 것이다"라고 썼다. 그의 이 몇 마디는 동학東學 본가本家에 신속히 전달되었다. 장庄 선생은 한림翰林의 원로로서 지하당원이 아닌데도 기밀일 것으로 보이는 이러한 소식을 어디서 알아냈는지 궁금하였다.

공자 탄신일 때마다 일본군은 豊田松巖이라는 사람을 파견해 제사를 지냈다. 이 사람은 곡부가 점령되기 전에도 자주 공부에 왔었다. 그때는 그가 손님이고 공부 사람이 주인이었으나, 점령된 뒤에는 그 사람이 주인이 되고 공부 사람은 종이 된 것이다. 매번 그 사람이 와서 제사를 지낼 때마다 공부 사람들은 달가워하지 않았다.

점령된 시기 곡부의 치안은 매우 혼란스러워 상점은 감히 문을 열지 못하였다. 문을 열었다 하면 물건을 강탈해 가는 사람이 있어서 아무것도 살 수가 없었다. 거리에는 고물을 파는 사람들이 많은데 모두 대부호들이다. 생활이 궁핍하여 거리에서 골동품, 옥기, 서화, 가죽 제품을 아주 저렴하게 팔았으나 사는 사람이 없었다. 돈도 없고 감히 살 수도 없었기 때문이다.

지방 무장단체에는 매국노의 자위단自衛團이 있었는데, 편의대便衣隊라고 하였다. 또한 성 밖에는 도비·공산당이 이끄는 유격대가 있었는데, 역시 편의대便衣隊라고 하였다. 이들 편의대는 백성들에게 누가 누군지 혼란을 가져와 종종 오해를 불러일으켰다. 그러나 규율이 다르고 유격대의 전투력이 강해 누가 누군지 판단도 가능했다. 들은 바에 따르면, 유격대는 매달 적을 얼마나 소탕해야 하는지에 관한 계획이 있었다고 한다. 유격대는 늘 밤에 성안으로 들어왔다. 일본군은 곡부 제2사범학교에 주둔하고 있었다. 유격대가 야밤에 성안으로 들어와 자위단을 공격하면 일본군은 나오지 않고 학교 주위 벽에 기관총을 겨누고 있었다. 그리고 이튿날이면 성안은 계엄 상태가 된다. 유격대는 '동포에게 고하는 글', '공孔씨 문중에 고하는 글', '매국노에게 고하는 글', '일본군에 고하는 글' 등의 전단을 뿌렸다. 또한 유지회維持會의 오吳회장, 매국노 안중상顔仲祥 등을 체포하였다. 유격대는 고적 보호에 신경을 썼다. 성에 들어올 때는 동쪽 고루문鼓樓門이나 서쪽 종루문鐘樓門으로 들어오지 않고, 공부 문 앞의 부근에서는 소란을 일으키지 않았다. 그리하여 공부 사람들과 현지 사람들 모두 유격대를 옹호하였다. 밤마다 성에 들어와서 활동한 후 이튿날이면 사람들 사이에 믿을 수 없을 만큼 빠른 속도로 소식이 전해졌다. 사람들은 모두 흥분하여 성안에 유격대의 비밀공작원이 있다고 수군댔다. 자위단 마馬 단장 옆의 한 사람, 아마도 부관이 바로 유격대원일 수 있다고 했다.

토비는 주로 물건을 강탈하며 사람을 납치했다. 밤에 대부호의 집에 들어가 돈과 재물을 빼앗았다. 우배원于培元이라는 대부호가 강탈당하였는데 부족하다며 이튿날 200위안을 더 가져오라고 했다. 돈을 더 갖고 오지 않으면 다시 온다고 협박하여 우배원의 가족은 모두 공부의 후화청後花廳으로 이사 와 거주하였다.

그 당시 토비에게 돈을 갖다 주는 곳은 대부분 주묘周廟와 공묘孔廟였다. 토비는 공부에도 몇 차례에 걸쳐 익명의 편지를 보내 돈을 가져오라고 하였다.

토비들은 전투력이 별로 없는데다가 오합지졸이었다. 성 밖의 곡식이 무르익어 백성들이 추수를 하면 그들이 강탈하곤 했다. 어떤 토비들은 일본군에게 투항을 하였다. 유금계劉金桂라는 토비 두목의 명함에는 '중앙항적후방전지공작단 제1육군 제1군 군장中央抗敵後方戰地工作團 第1陸軍 第1軍 軍長'으로 되어 있었으나 실제로 그의 부하들은 몇 십 명도 되지 않았다.

공부 동학東學에 거주하는 본가本家 사람들의 생활은 궁핍했다. 가지 같은 채소도 구하기 힘든 아주 귀한 고급식품이었다. 사람들은 모두 항일전쟁에 승리하기를 바라고 있었다.

점령 시기에 지하당이 이끄는 항일 조직은 곡부에서 많은 일을 하였다. 지하당의 주요 지도자 중 한 사람은 오부五府 중 나의 어머니 본가本家의 할아버지 공번인孔繁人이다. 그는 항렬은 높았으나 나이는 많지 않았다. 항일전쟁이 발발하기 전 북경에서 대학을 다니고 있었으며, 공산당 지하당 조직에 가입하였다. 항일전쟁 시기에 곡부에 파견되어 임무를 맡았다. 곡부 제2사범학교에서 교사를 하며 항일선전과 조직업무를 맡아 수행하였다. 그는 학생 중에서 몇 명의 지하당원을 키웠고, 진보학생을 조직하여 항일 전단을 인쇄·배포하였다. 비밀집회를 소집하여 항일구국활동의 당위성을 선전하였다. 그 당시 12부府의 본가本家 사람들은 공부 동학東學에 모여 살았으므로 공번인孔繁人은 본가本家 남녀 청년을 대상으로 많은 공작을 하여 몇 명의 지하당원을 키웠다. 그는 이 몇 명의 본가 사람들 중 항일청년 및 지하당원과 함께 자주 농민처럼 변장하여 밖으로 나갔다. 밀짚모자를 쓰고 무명 남색 줄 바지와 옷을 입고 농촌으로 들어가 활동하였다. 당시 본가에서도 눈치를 챘지만 누구도 말하지 않았고, 단지 "이 도련님과 아가씨들은 쉰 전병만 먹는 분들입니다"라고 말했다. 이 말은 항일을 위하여 사서 고생을 한다는 뜻이다.

그 후 공번인孔繁人은 안顏씨 성을 가진 학생을 받아들여 항일선전에 참가하게 하고, 입당을 시키려고 하였다. 이 학생은 겉으로는 적극적이었지만 뒤에서 일본인에게 밀고를 하였다. 당시 형세는 매우 긴박하였다. 공번인이 저녁에 집을 나서려고 준비하는데, 트럭 5대에 나누어 타고 온 일본병사가 제2사범학교를 포위하고 7명을 잡아갔다. 이 모두가 안顏의 밀고로 비롯된 일이다. 일본군은 공번인을 데리고 집에 와서 수사를 하였다. 몸은 꽁꽁 묶여 있었고 옷은 다 찢겨 있었다. 공번인은 일본병사의 감시가 소홀한 틈을 타 뛰쳐나가 우물에 빠지려고 했으나 우물 바로 앞에서 붙잡혀 개머리판으로 흠씬 두드려 맞았다. 일본

병사는 못이 달린 군화로 공번인의 얼굴을 걷어차 피로 얼룩졌다. 그날 그는 연주兗州 일본군 헌병사령부로 압송되어 자백을 강요받았으나 입을 열지 않았다. 그 후 제남에 이송되어 총살당할 때까지 심한 고문을 받았다. 공부의 먼 친척도 제남濟南에 있는 헌병사령부에 갇혀 있다 풀려났다. 그는 풀려나와서 공번인이 마지막으로 재판 받는 모습을 봤다고 했다. 당시 공번인은 심한 고문을 당해 이미 사람의 꼴이 아니었고 무엇을 물어봐도 아무것도 말하지 않았다고 한다. 재판 받는 방에는 작은 문이 있었다. 총살을 당할 사람들은 모두 그 작은 문으로 끌려 나갔는데, 공번인은 고개를 들고 이 작은 문을 나갔다고 한다.

공번인孔繁人이 희생당할 당시 서른한 살이었으며, 집에는 노모와 아내 그리고 세 명의 아이가 있었다. 큰아이가 일곱 살이고, 막내는 몇 달밖에 되지 않았다. 공번인이 희생된 후 가족들의 생활은 더욱 곤란해졌다.

해방 후 그 안顔씨 성을 가진 배반자는 붙잡혀 갔다. 인민정부는 그를 사형에 처할 것을 판결하였으며, 총살형 한다는 포고문이 고루문鼓樓門에 나붙었다.

공번인孔繁人은 중국 인민의 자랑이며 공씨 가족의 자랑이다.

33 작은 나무다리 위에서

1948년 외삼촌이 미국으로 건너가 문물을 살피기 전부터 남경南京은 이미 혼란스러웠다. 어머니는 우리를 데리고 잠시 소주蘇州에 머물렀다. 잠시 정국이 안정되자 외삼촌은 어머니를 만나러 소주로 와 며칠간 머물렀다. 외삼촌이 그해 말 미국에서 돌아왔을 때는 다시 시국이 급박하게 전개되었다. 그는 명령을 받고 곧바로 대만으로 가야 했다. 남매는 다시 헤어질 수밖에 없었다.

무수한 말이 많지만 오직 한마디, 하늘과 바다 끝이라도 꼭 이 세상에서 다시 만나야 한다.

1949년 봄 소주蘇州 해방!

1950년 겨울 미국 군대가 압록강변까지 진격, 항미원조抗美援朝 전쟁 발발! 당시 나는 열네 살로 중학교에 다니고 있었고, 중국공산주의청년단共靑團(만 14~28세)에 가입하였으며, 학교공청단위원회 위원이었다. 나는 어머니의 허락 아래 항미원조抗美援朝에 참가하였다.

아직도 기억하고 있다. 그날 아침 어머니는 나를 작은 나무다리까지 배웅하셨다. 나는 작은 배낭을 메고 앞가슴에는 붉은 꽃을 달았다. 꽃 밑에는 '보가위국保家衛國'이라는 네 글자가 씌어 있었다. 나와 어머니는 작은 나무다리에서 헤어졌다.

어려서부터 친척들은 이구동성으로 나는 어머니 손바닥 안의 보배明珠였다고 했다. 어머니는 나를 당신의 눈 속에 넣어도 아프지 않을 정도로 예뻐하셨다고 한다. 내가 태어났을 때 어머니는 가족들의 반대와 친척들의 권유에도 불구하고 유모를 들이지 않고 손수 키우셨다고 한다.

귀족 아가씨이고 성인의 후예인 어머니는 궁궐 같은 공부에서 자라면서 외출을 하지 않아 나 또한 밖에 나가지 못하게 했다. 하지만 그 남부지방 작은 도시의 봄날 아침에 어머니는 나를 작은 나무다리까지 배웅하시며 화약 연기 자욱한 전쟁터로 보내셨다. 어머니는 기꺼이 나를 보낸 것이다. 순수하고 오랫동안 지켜온 신념이었으며, 누구의 강요도 없었다. 어머니의 연약한 어깨에 얼마나 무거운 짐을 지게 했는지 나는 알고 있다. 그 당시 어머니는 한 번도 혁명교육을 받지 않았으며, 혁명이란 말도 할 줄 모르셨다.

어머니는 나와 떨어질 수 없으며, 내가 없으면 살 수 없다고 말한 적이 있었다.

그 당시 우리 집은 무척 힘들었다. 아버지는 남부지방으로 왔지만 결국 우리를 떠나 소실이 있는 곳으로 가 버렸다.

어머니는 다투지도 않고 울지도 않았는데, 성인의 풍모였다. 혼자 있을 때는 머리를 떨어뜨리고 힘없이 묵묵히 반나절이나 앉아 있기도 했다. 옆에서 어머니를 바라보는 내 마음은 너무 아팠다. 왜 어머니가 우리를 떠나 살 수 없다고 했는지 비로소 그 의미를 알 수 있었다. 저녁 불빛 아래 공부를 하고 있을 때 어머니는 늘 옆에서 조용히 나를 바라보고 계셨다. 얼굴에는 기쁘고 편안하면서도 쓸쓸한 미소를 짓고 계셨는데, 나는 그 웃음이 무엇을 담고 있는지 알고 있다.

어머니는 많은 책을 읽었다. 학당이 아니라 외가인 공부孔府에서 외삼촌 공덕성孔德成과 함께 가학家學을 다녔으며, 여러 선생님이 남매를 가르쳤다. 그것은 엄격한 유학儒學 교육이었다.

시조 공자로부터 외삼촌까지 2천5백년 동안 77대 적손 중 3대만이 고향을 떠났다. 한 분은 공자의 9대손 공부孔鮒이고, 한 분은 48대손 공단우孔端友로 북송北宋의 조정朝廷을 따라 남쪽으로 갔으며, 또 한 분은 바로 나의 외삼촌이다.

"이 결정은 정말 어려운 것입니다."

내가 말했다.

"나라가 어려움에 처했을 때 책을 읽고 예를 아는 사람이라면 대의를 잘 알아야 한다."

어머니가 말했다.

나라가 어려움에 처했다! 우리 나라가 또 한 차례 새로운 전쟁의 위협에 직면하자 어머니는 나를 그 나무다리에서 배웅했던 것이다. 다리 앞에서 어머니는 이 의미심장한 말을 또 한 번 반복하셨다.

작은 나무다리는 남부지방의 작은 도시에서 흔히 볼 수 있는 나무다리다. 양옆의 흙 길에는 풀이 자라 있고, 지나다니는 사람은 적다. 다리 밑으로 바닥까지 보이는 맑은 개울물이 졸졸졸 흐르고, 다리 주변은 잡초가 우거지고 고요하였다.

우리가 다리에 올랐을 때 맞은편 기슭의 흙 길 굽어진 큰길에서 노랫소리가 들려왔다.

씩씩하고 기세당당하게, 압록강을 건너자.

雄赳赳, 氣昂昂, 跨過鴨綠江.

평화 수호, 국가 보위가, 바로 고향을 보호하는 것…….

保和平, 衛祖國, 就是保家鄉…….

사람들이 모여들고 있었다.

어머니는 걸음을 멈추고 나를 한참 동안 바라보았다. 단 한순간의 눈길에도 우울함이나 슬픔은 없었다. 어떤 격려의 말도 필요 없었다. 그저 차분하고 조용할 뿐이었다. 아들과 딸을 군대에 보내는 그 어떤 어머니도 나의 어머니 같은 그런 모습은 거의 없었을 것이라 믿는다.

어머니는 손을 들어 나의 머리와 얼굴 그리고 어깨를 쓰다듬었다. 그 두 손이 싸늘하게 떨리는 걸 느꼈다.

나는 몸을 돌려 이를 악물고 재빨리 다리를 내려갔다. 길모퉁이에서 고개를 돌려 어머니를 한번 보았다. 어머니는 여전히 차분한 모습으로 다리 위에 서서, 한 손을 다리 난간에 올리고 조각처럼 움직이지 않고 나를 바라보고 계셨다.

멀리서 또 노랫소리가 들려왔다.

공청단원들이여 모여라,	靑年團員們集合起來,
장도에 올라 국가를 보위하자.	踏上征途, 保衛國家.
안녕, 사랑하는 어머니…….	再見吧, 親愛的媽媽…….

나는 손으로 입을 막고 숨을 참으며 단숨에 붉은 깃발이 휘날리는 대오를 향해 달려갔다. 잠시라도 마음이 흔들리면 몸을 돌려 어머니 곁으로 달려갈 것 같았기 때문이다.

이렇게 나는 어머니를 떠나 정해진 나의 운명을 맞이하러 떠났다.

빙설과 포화가 내 인생의 서막을 열었다. 길고 긴 굴욕과 쓰라린 세월이 이어졌다. 적막한 먼 길에서 나는 혼자 쓸쓸히 걸었다. 시간과 공간을 초월하는 것은 어머니의 눈이다. 어머니는 항상 나의 뒤에 서 있었으며, 나무다리에서 차분하고 조용하게 나를 바라보고 있었다. 오래전 그 말씀이 나무다리 위 봄 햇살 속에 울렸다.

역사여! 기억하라. 전쟁의 불길이 국문國門 앞까지 타고 있을 때 한 귀족 아가씨이자 성인의 후예이며 또한 혁명교육도 받지 않은 어머니가 나이 어린 딸을 포화가 날리는 전쟁터에 내보냈다. 작은 나무다리 위의 이 순간을 위하여 당신은 1970년대 2천5백년의 노정을 걸었다.

대의를 깨닫다

深明大義

나는 비록 북경北京에서 출생하여 자랐지만 어려서부터 산동山東의 습관에 따라 어머니를 낭娘이라고 불렀다. 나의 어머니가 젊었을 때 나에게 준 깊은 인상은 그의 두 손이다.

어머니가 젊었을 때에는 이발관을 가는 일 외에는 거의 대문 밖에 나가지 않았다. 나는 어머니가 서단북대가西單北大街의 만국이발관(지금은 제일이발관이라고 개명)이라는 곳에 갈 때마다 나를 데리고 갔던 것으로 기억한다. 나는 어머니가 머리하는 모습을 보는 것을 좋아하지 않아서 늘 어머니의 무릎 앞에 기대어 고개를 들고 어머니가 손을 다듬는 것을 보았다. 한 아주머니가 정교한 작은 도구들로 섬세히 머리를 손질하였는데 마치 예술품을 만드는 것 같았다. 나는 눈 한번 깜빡하지 않고 주시하면서 늘 그 작은 도구들이 어머니의 손을 상하게 할까 봐 걱정하였다. 어머니의 손은 너무 가냘팠고, 고급 도자기처럼 매끄럽고, 길면서

305

도 약하고, 뼈가 없는 것처럼 부드러웠다. 이후에 몇 십 년이 지나도록 나는 그렇게 부드러운 손을 다시 본 적이 없다. 어머니의 손은 마치 벨벳으로 받쳐 들어야만 할 것처럼 느껴졌다. 아무것도 건드리거나 들 수 없을 것 같아 보였다.

그러나 어머니는 늘 붓을 들고 책상에 엎드려 글을 썼는데, 이상하게도 사람들은 하나같이 "글자에 힘이 있다"고 칭찬하였다. 한번은 어머니가 종이에 아주 큰 네 글자를 썼다. 그때 나는 대여섯 살쯤 되어 글자를 조금 알아서 큰 소리로 "深(심) ― 明(명) ― 大(대) ― 義(의) ―"라고 읽었다. 어머니는 책상에서 고개를 들고 미소를 지으면서 나를 한참 동안 바라보았다. 햇빛이 어머니의 얼굴을 비추었는데 그 얼굴에는 따뜻하고 진실된 미소가 담겨 있었다. 어머니의 그 미소와 네 글자는 아직도 내 기억 속에 선명하다.

다른 사람들로부터 어머니가 수를 잘 놓는다는 말은 들었으나, 내가 소녀가 되고 어머니가 30여 세 되었을 때에야 비로소 처음으로 어머니가 바느질하시는 걸 보았다. 내가 지원군志願軍에 들어가 집을 떠나기 전날 밤이었다. 어머니는 침대 머리맡에 앉아 내 양말을 기우고 계셨다. 그 시절에는 아직 나일론 양말이 없을 때라 사람들은 모두 목양말을 신었다. 양말을 튼튼하게 하기 위해 어머니는 새로 산 양말 밑바닥에 여러 겹의 천을 대고 꼼꼼히 기웠다. 바늘땀이 너무나도 촘촘하였고, 재주 많은 두 손가락이 위아래로 빈번히 오고 갔으며, 표정은 평온하고 침착하였다. 나도 아무 말 없이 조용히 그 두 손을 바라보면서 어렴풋이 잠이 들었다. 내가 깨어났을 때는 이미 창밖이 밝아 오기 시작했는데, 어머니는 여전히 침대 머리맡에서 열심히 바느질을 하고 있었다. 어머니는 양말 바닥에 '항미원조, 보가위국抗美援朝, 保家衛國(미국에 대항하여 조선을 도와 가정과 국가를 보위하자)'이라는 여덟 글자를 수놓았다. 내 가슴속이 갑자기 뜨거워지고 예전에 느껴 보지 못했던 감정이 복받쳐 올랐다. 나는 그 순간 어머니 앞에서 어린아이 시절이 끝난 것을 느꼈다.

나는 이 양말을 신고 압록강 대교를 건너 화약 연기가 자욱하고 빙설로 뒤덮인 전쟁터에 뛰어들었다. 1953년경에 어머니는 남동생을 데리고 소주蘇州에서 북경으로 돌아왔다. 태복사가太僕寺街의 외할아버지 집은 이미 주인 없는 집으로 처리되어 국유國有가 되었다. 곡부曲阜의 외할머니 집인 공부孔府와 공림孔林, 공묘孔廟는 국무원으로부터 중점 보호문물 대상으로 지정되어 국가가 관리하고 보호하였다. 여러 가지 이유로 어머니는 고향인 곡부曲阜와 연락을 모두 끊고 북경에서 거주하였다. 어머니는 노동에 참가하기 시작하였다. 사탕공장에서 일을 하였고, 가내 부업으로 재봉틀·자수 등의 잡일도 하였다. 소리 없이 세월은 흘렀고, 어머니의 두 손도 어느새 모습이 변하였다. 여러 해 동안의 평범한 노동과 자질구레한 가사는 손을 거칠게 하였고, 가늘던 손가락도 어느새 뭉뚝해져 버렸다.

내가 농촌에 하방下放(간부나 지식인들이 사상 단련을 위해 공장·농촌·광산 등지로 노동하러 가는 것)되어 노동할 때의 기억인데, 어느 해 겨울 어머니를 보러 돌아가니 어머니는 마당에서 큰 나무 대야에서 침대 시트를 빨고 있었다. 물은 매우 차가웠고 어머니의 손도 꽁꽁 얼어 새빨갛게 되었다. 나는 그 손을 어루만지면서 마음이 괴로웠다. 그러나 어머니는 웃으면서 "나도 백성이 되었다"라고 말하였는데 그 말투에는 유감이나 원망이 전혀 없었다. 얼굴에는 여전히 따뜻하고 진실된 미소가 흐르고 있었다.

이 미소는 무엇을 담고 있었을까?

1960년 겨울, 파출소에서 어머니에게 그의 '개조改造'를 위하여 어머니를 포함한 몇몇 사람을 북경 인근의 농촌인 황촌黃村으로 보내 노동하도록 안배하였다고 통지하였다. 결국 2년간의 농사일로 그의 손가락 관절은 굵직하게 변하였고, 손등에는 핏줄이 불거졌으며, 나중에는 오른손 무명지가 삐뚤어져 다시는 곧게 펼 수 없게 되었다. 그러나 어머니의 얼굴에는 여전히 어떠한 후회나 원한도 없는 진실한 미소가 남아 있었다.

십년동란十年浩劫(1966~1976년 사이 문화대혁명으로 인한 재난을 가리키는 말) 때, 어머니는 우리 인민들과 마찬가지로 조국과 함께 한 차례의 큰 재난을 겪었으나 결국은 이를 극복했다. 1979년 초, 나는 당중앙黨中央에 어머니의 상황을 반영한 탄원서를 올렸다. 닷새 후에 관련 기관의 한 동지同志가 우리 집에 와서 어머니의 생활상을 보고는 눈물을 흘렸다. 11기 3중전회十一屆三中全會는 따뜻한 햇볕처럼 나의 어머니로 하여금 조국과 함께 생명의 활력을 분출할 수 있게 해 주었다.

1980년대 초, 멀리 미국의 캘리포니아 주에 사는 공부孔府의 가까운 일가친척, 정확히는 어머니의 조카가 공증서公證書를 보내 어머니를 미국으로 초청하였다. 어머니는 북경에 있는 미국대사관에 가서 서명까지 하였지만 집에 돌아와 재차 고려한 끝에 결국 미국에 가지 않았다. 공부孔府와 대대로 친분관계가 있는 유명인사의 후손 한 사람도 미국에서 북경에 도착하여 어머니를 초대하면서 미국으로 모셔 가려 했으나 어머니는 가지 않았다. 홍콩에 사는 가까운 일가친척인 사촌 동생도 와서 어머니가 아무런 도움도 요청하지 않았는데도 중국공자기금회中國孔子基金會에 돈을 기부하였다.

어머니는 한 일본인 친구로부터 돈을 받았으나 이를 고향인 곡부曲阜에 기부하여 아동활동센터를 건립하는 데 사용하게 하였고, 곡부수력전과학교曲阜水力專科學校와 일본 오사카시마고등공업학교日本大阪都島高等工業學校를 자매결연 맺게 하였으며, 곡부曲阜의 경제발전에도 일부 지원하였다. 한번은 어머니를 모시고 산동에서 북경으로 올 때 같은 열차에 있던 한 홍콩의 사업가 양 선생梁先生이 열차 승무원으로부터 나의 어머니가 공자의 후예라는 사실을 전해 듣고(열차 승무원은 신분증을 검사할 때 알게 되었다) 바로 어머니에게 2000달러를 증정하여 존경의 뜻을 표시하였다. 그의 후의를 거절하기 어려운 상황에서 어머니는 그 돈을 공자기금회에 기증할 것을 건의하였다. 북경에 도착한 이튿날 샹그릴라 호텔에서 공자기금회 비서장의 주재 아래 정식으로 기금회에 2000달러를 기부하는 행사를 가졌다.

어머니는 제6기부터 중국인민정치협상회의전국위원회全國政協의 위원委員으로 당선되었고, 중국공자기금회 부회장, 중국공자연구소 명예소장 및 고향의 곡부수력전과학교 명예교장, 공부가주孔府家酒의 명예이사장 등 직무를 맡았다. 어머니는 한마음 한뜻으로 새로운 시기의 유학儒學 연구와 고향의 발전 사업에 몰두하였으나 자신은 여전히 간소한 음식을 드시면서 검소한 생활을 하였다. 또한 민족의 우수한 전통문화를 발전시키기 위하여 이미 연로하였는데도 불구하고 여러 차례 몇몇 국가를 방문하여 교류활동을 벌였고, 어머니는 국내외 친구들에게 편지를 쓰기도 했다. 어머니는 더욱더 부지런히 손에 붓을 들었고, 얼굴에는 여전히 진실된 미소를 띠고 있었다. 이럴 때마다 나는 늘 어릴 때 어머니가 글 쓰는 것을 보던 광경이 떠올랐다.

1979년 여름, 나는 어머니를 모시고 40여 년간 헤어졌던 고향으로 돌아갔다. 남동생 가달柯達과 아들 유용劉勇도 함께 갔다.

고향에 가족은 없지만 나는 그 오래전 어린 시절의 기억과 고향 땅에 대한 깊은 그리움은 여전히 어머니의 가슴속에 맴돌면서 그녀의 영혼을 움직인다는 것을 알고 있었다.

우리는 연주兗州에 도착하여 차에서 내렸다. 관련 기관의 극진한 접대를 받았고, 어머니의 원래 집인 공부孔府에서 묵었다.

이튿날 아침, 창밖에는 온통 새들의 울음소리만 들렸다. 어머니는 귀 기울여 듣더니 매우 기뻐하면서 "나무에 아직도 이렇게 많은 '와즈哇子'가 있구나!"라고 하였다. 이 작은 새의 학명은 모르지만 '와즈'는 토속어이다. 어머니는 한 가지 이상한 현상을 기억하고 있다고 하는데, 이 새들은 공부孔府의 큰 나무에서만 살고, 공부 밖에는 한 마리도 없었다는 것이다. 어머니는 어린 시절부터 이 새들을 좋아했을 뿐만 아니라 그곳에서 전해 오던 "아침에 울면 흐리고, 저녁에 울면 개고, 한밤중에 울면 비가 온다早哇陰, 晩蛙晴, 黑夜哇叫不到明"는 속담까지 기억하고 있었다. 집을 떠난 몇 십 년간 흰 날개, 검은 배, 붉은 목에 노란 부리를 가지고 있는 이 새는 늘 어머니의 꿈속에서 날개를 펼치고 맴돌았고, 고향을 그리는 꿈도 새들처럼 고향의 하늘을 날고 있었다. 어머니의 고향을 그리는 마음은 그 검고 흰 깃털처럼 소박하고, 그 울음소리처럼 짙었다. 어머니는 문을 열고 나와 한참 동안 고목의 나뭇가지에 앉아 있는 '와즈'를 바라보았다. 어떤 것은 목을 길게 빼고 울고 있었고, 어떤 것은 나뭇가지를 돌며 춤을 추었다. 어머니는 아이들을 데리고 새들이 땅에 떨어뜨린 깃털을 주워서 기념품으로 보관하였다.

정원을 둘러보니 '4인방四人幫'에 의해 파괴된 고적古跡은 이미 새로 수리하여 복원되었다. 여전히 꽃과 나무가 무성하고, 그윽하고, 조용하며, 대청의 녹색 기와와 추녀, 조각된 대들보와 그림 그려진 기둥은 아침 햇빛 아래에서 더욱 눈부시게 화려하였다. 어머니는 금방 도료로 채색화를 그린 긴 회랑을 발길 닿는 대로 걸으면서 한편으로는 추억을 더듬으며, 한편으로는 우리에게 대청과 사랑채의 특징을 이야기해 주었다.

전상방前上房의 마당에는 '십리향十里香'이라는 나무 한 그루가 있었다. 마치 작은 그늘막涼棚(여름철에 햇빛을 가리기 위해 뜰에 친 일종의 차일·막)과 같았는데, 작은 흰 꽃들이 빼곡하게 피었으며 꽃향기가 짙게 풍겨왔다. 어머니는 걸음을 멈추지 않을 수 없었다. 예전에 남매가 전상방에서 책을 읽고 글을 쓸 때 여름이면 이 꽃향기가 창문으로 스며 들어왔고, 남매는 붓을 놓고 꽃나무 아래로 달려가 놀곤 하였다. 그들이 당시 사용했던 벼루는 지금도 앞채의 책상 위에 놓여 있어 마치 어제 일만 같았다. 수행원은 고향에 돌아온 기념으로 어머니가 무슨 말을 남겨주길 원했다. 그의 소청을 거절하기 어려워 어머니는 붓을 들고 곰곰이 생각한 후 너무 오랫동안 붓을 들지 않아 마치 손에 쇠 방망이를 쥔 것 같다고 말하였다. 고향에 돌아온 격정은 어머니로 하여금 당대唐代의 유명한 시인 하지장賀知章의 "젊어서 고향을 떠났다가 늙어서 돌아오니, 말씨는 변하지 않았는데 머리털은 쇠하였네. 아이들이 보고서 알아

보지도 못하고 손님은 어디서 왔소 하고 웃으며 묻네.少小離家老大回, 鄉音無改鬢毛衰. 兒童相見不相識, 笑問客從何處來."라는 유명한 시구를 쓰게 하였다. 그 밖에 또 무슨 말을 할 수 있었으랴? 이 시구는 당시 어머니의 심정을 그대로 표현하였다.

공부孔府의 실내 진열은 대체적으로 원상태를 회복하였다. 대청 곳곳에는 외조부 공령이孔令貽와 외삼촌 덕성德成의 묵적墨跡을 걸어 놓았다. 이 묵적들은 이미 곡부曲阜 문물의 일부분이 되어 조폭條幅(세로로 된 글씨나 그림의 속자)과 대련對聯은 탁본으로 복제되어 현지 문물상점에서 팔고 있었다.

전당루 서간前堂樓西間에는 외할머니인 왕부인王夫人의 큰 사진이 걸려 있었다. 이곳은 외할머니 생전의 침실이었고, 외삼촌과 이모, 어머니도 이 방에서 태어났다. 탁자 위에 놓여 있는 한 쌍의 탁상시계가 아직도 가고 있는 것을 보고 어머니는 매우 흥분하여 허리를 굽혀 그 시계가 움직이는 소리를 유심히 들었다. 시계는 여전히 소리가 맑고 규칙적이었다.

덕성德成 외삼촌이 결혼식을 올린 후당루 동간後堂樓東間은 여전히 결혼할 때의 진열 그대로였다. 소파, 책상 등은 모두 제자리에 있었다. 탁자 위에 있는 꽃병, 화장대는 모두 기방琪芳 외숙모의 혼수품이었다. 침실에는 그들 부부와 두 아이가 함께 찍은 가족사진이 걸려 있었다. 나의 어린 시절 우리 집에도 같은 사진이 한 장 있었다. 어머니는 항일전쟁이 끝난 후 우리를 데리고 비행기를 타고 북경北平에서 남경南京으로 외삼촌을 뵈러 갔었다. 어머니 남매가 트랩에서 만났을 때 외삼촌이 나에게 준 인상과 이 사진의 모습이 똑같았다. 어머니는 사진을 뚫어지게 바라보았다. 마치 또다시 가족을 만난 듯 자리를 뜨기 아쉬워하였다.

외삼촌은 결혼하기 전까지 줄곧 어머니와 함께 전당루前堂樓에서 살았다. 마당 안의 석류나무는 몇 십 년이 지나는 동안 많이 자라 과실이 가득 달렸으며 가지도 더욱 무성해졌다. 예전에 추석이면 삼 남매는 늘 이 나무 밑에서 달구경도 하고 석류도 땄다고 하였다. 외삼촌은 1947년 남경南京에 있을 때 곡부曲阜 집에 편지를 보내 이 석류나무의 열매를 좀 보내 달라고 하였다. 지금이 마침 추석이다. 어머니의 연세도 이제 회갑이 지났다. 어머니는 홀로 나뭇가지를 잡고 기대어 멀리 남쪽 하늘을 바라보며 멀리 있는 가족을 그렸다. "고개를 들어 밝은 달을 바라보다가, 고개를 숙여 고향을 생각하네擧頭望明月, 低頭思故鄕." 멀리 있는 가족도 같은 심정일 것이다.

공묘도 이미 다시 휘황찬란하게 개축되어 그 면모가 새로워졌다. 십삼비정十三碑亭·시례당詩禮堂 등 많은 청청廳, 당堂, 전전殿, 회랑廡은 이미 모두 복원되었으나 아직 일부 공정이 끝나지 않아 많은 인부들이 분주히 일하고 있었다. 나는 행단杏壇(공자가 학문을 강의한 곳) 앞에 서서 웅장하고 아름다운 대성전大成殿을 바라보았다. 대성전은 2층의 반석 기초 위에 우뚝 솟아 있고, 반석 기초의 주위는 사람 키 반보다 높은 한백옥漢白玉으로 만든 난간이 설치되어 있었다. 어머니는 대성전 왼쪽의 한 난간 앞에 가서 돌기둥의 조각된 주춧돌을 가리키면서 아이들에게 "이 난간은 다른 것과 겉으로 보기에는 별 차이가 없으나 만약 네가 손으로 이 주춧돌을 두드리면 소리가 나지만 다른 것은 소리가 나지 않는다. 그래서 이 주춧돌을 향석響石이라고 한단다"라고 말하였다. 우리는 기뻐하면서 손으로 두드리고 귀를 대고 들어 보았는데, 과연 거문고 소리

같이 듣기 좋은 소리가 났다. 집을 떠나 몇 십 년이 지났지만 어머니는 작은 돌덩이마저도 잊지 않았다.

벽수교壁水橋의 서쪽 나무 그늘 아래에는 사각형의 양정凉亭이 하나 있었다. 어머니는 생소하여 가까이 가 보니 안에는 높이가 2미터 남짓 되는 대형 석인石人 2개가 있었다. 엄숙하고 장중한 모습이었고, 조각한 기법이 둥글고 엄밀했다. 한 석인의 몸 아래에 '부문지졸府門之卒'이라는 네 글자가 새겨져 있고, 다른 하나에는 몸 아래에 '한고락태수서군징장漢故樂太守庶君亭長'이라는 아홉 글자가 새겨져 있었다. 오! 어머니는 기억이 떠올랐다. 이 두 한대漢代의 석인은 2천여 년의 역사가 있는 진귀한 문물이었다. 이 두 석인石人은 곡부曲阜 밖 장곡촌張曲村 들에서 발견되었다. 전하는 바에 의하면, 그곳은 고대의 노왕魯王의 묘지였다고 한다. 건륭乾隆 때에 이 석인은 공묘孔廟의 서쪽 담장 밖으로 옮겨져 왔고, 어머니가 집을 떠날 때까지도 서쪽 담장 밖의 노천에 버려진 상태였다고 한다. 비바람에 침식되어 석인의 이마 밑에는 이미 금이 가 마치 눈물 흔적 같았다. 수행원의 설명에 의하면 해방 후 두 석인을 공묘 내로 옮겨 왔고, 새로 이 양정을 지어 '한석인정漢石人亭'이라 불렀다고 한다. 비바람 속에서 돌아갈 곳이 없었던 석인도 마침내 제 집을 갖게 되었다.

어느 날 아침, 우리는 공림孔林으로 왔다. 차는 새로 닦은 환림공로環林公路를 따라 천천히 달려 나의 외조부모 묘 앞에 와서 멈추었다. 묘는 공로公路를 향하였고, 다른 삼면은 고목이 하늘을 찔렀으며, 묘 앞의 석안石案도 여전히 그대로였다. 묘비는 문화대혁명文化大革命 때 산산조각이 났으나 지금은 완전하게 복원되었다. 다만 묘비 가운데에 한 가닥 붙여 놓은 흔적이 남아 있었다. 비석은 새벽안개 속에서 영롱하게 빛나는 이슬에 젖어 있었다. 어머니는 묘 앞에 묵묵히 서 있었다. 가슴이 설레고 오만 가지 생각이 다 들었다.

우리는 묘지를 떠나 선조 공자孔子의 묘를 참배하였다. 묘 앞에 있는 태산泰山의 봉선석封禪(옛날, 제왕이 태산泰山에 가서 천지天地에 제사 지내는 전례典禮)石, 석향로石香爐, 황양정黃養正이 쓴 전자석비篆字石碑도 모두 잘 보존되어 있었다. 수행원이 우리에게 알려 주기를 십년동란十年動亂 때 현지의 백성들은 비석과 묘가 파괴되는 광경을 보고 모두 가슴 아파하였고, 공자 묘가 훼손되던 날 밤에는 일부 사람들이 위험을 무릅쓰고 몰래 이곳에 와 풀숲과 진흙 속에서 부서진 조각들을 주워 보관하고 있다가 '4인방四人幇'이 타도된 후 공자 묘를 수리하여 복원할 때 각자 보관하고 있던 조각들을 바쳐 원형이 복원될 수 있었다고 한다. 이와 비슷하게 군중들이 문물을 보호한 일이 상당히 많다. 예를 들면 공부孔府 대문의 황금색 글자로 된 편액도 어떤 사람이 한 농민에게 불태워 버리라고 명령했는데, 농부가 몰래 감추어 두었다가 공부孔府를 복원할 때 가져와서 걸어 놓았다고 한다. 또한 공부孔府 문 앞에 있는 세밀하게 조각된 한 쌍의 큰 돌사자도 마찬가지로 당시 곡부현曲阜縣의 최현장崔縣長이 누가 돌사자를 훼손하겠다는 소리를 듣고 급히 널빤지로 돌사자를 덮고 널빤지 위에 당시 유행하던 많은 표어를 붙여 놓아 돌사자가 산산조각 날 뻔한 재난을 피했다고 한다. 현지의 간부와 군중들은 이렇게 비판 받고 가산을 압류당할 위험을 무릅쓰고 슬기롭고 용감하게 곡부의 고적과 문물을 보호하였다. 이러한 감동적인 사건들은 나로 하여금 인민들이 역사를 존중하고 역사를 정확히 평가하며, 공자는 우리 중화민족의 유구한 문화역사 중에서 중요한 지위에 있어 말살할 수 없다고 생각하게 되었다.

곡부曲阜 고향 사람들은 어머니가 돌아온 것을 알고 모두 반가운 눈길로 우리를 환영하였다. 어떤 사람들은 어머니의 손을 잡고 그의 어린 시절의 이름을 불러 우리를 감동시켰다. 어머니는 "고향 사람들이 나를 잊지 않았구나"라고 말하였다.

태복사 거리太僕寺街는 북경北京 서단백화점西單商場 후문에 있는 옛 북경식의 조용하고 작은 거리이다. 예전에는 겨울 아침이 되면 늘 석탄을 운반하는 낙타가 지나갔다. 동쪽에서 들어와 서쪽으로 나갔고, 낭랑한 낙타 방울 소리는 거리를 따라 천천히 울려 퍼졌다.

이 거리에는 주택이 많지 않으나 2개의 큰 저택이 거리의 절반을 차지하고 있다. 그중 하나는 우리 집이고, 다른 하나는 외할아버지의 북경 저택 성공부聖公府이다. 외할아버지는 여기에서 병환으로 별세하셨다. 이 두 집은 바로 이웃하고 있으나 지금은 모습을 알아볼 수 없게 변해 버렸다.

우리 집에는 사람이 별로 없었다. 할아버지가 별세한 후 두 큰아버지는 분가하여 따로 지냈고, 일부 방은 세를 내주었다. 아버지는 직업이 없었으나 소실小室이 있어 매우 드물게 집에 돌아왔다. 일본군에게 점령당한 시기에 어머니는 우리 남매와 몇 명의 하인 그리고 할머니와 함께 은거하듯이 깊숙이 자리 잡은 이 넓은 저택에서 살았다. 할머니는 후원에 있는 다섯 칸의 정방正房에서 살았으며, 그에게는 따로 밥을 해 드렸다. 이 오래된 저택은 칠이 얼룩덜룩하였지만 대문은 아주 견고하였다. 비록 일본사람이 들어오려고 한다면 아무리 견고한 문이라도 소용이 없다는 것은 알았지만 그래도 이 대문은 우리 집에서 가장 중요한 것 중에 하나였다.

옆에 있는 성공부聖公府는 대문은 태복사 거리太僕寺街에 있고, 뒷문은 응달진 골목에 있다. 외조부가 돌아가신 후로는 비어 있어서 북경에 있는 공부孔府의 본가들에게 빌려 주어 살게 하였다. 그들은 자주 우리 집에 왔다. 그럴 때면 우리 집은 마치 산동 사투리와, 대파를 먹고 굵은 파를 먹고, 호호糊糊(밀가루·옥수수가루 따위로 쑨 죽)를 마시는 등 산동의 생활습관으로 마치 작은 산동이 된 것 같았다. 그들이 말하는 산동의 화제는 주로 공부孔府와 외삼촌에 관한 것이었다. 그리고 내가 어려서부터 다 클 때까지 입었던 옷도 모두 어머니가 가지고 온 옷감이거나 옷을 고쳐서 만든 것이었다. 내가 가장 기뻐하는 일은 바로 그들로부터 공자孔子의 삼천 까마귀병사 이야기 등 공부孔府와 선조 공자孔子의 신화 이야기를 듣는 것이다. 훗날 하늘에서 떼 지어 요란스럽게 울며 날아가는 까마귀를 볼 때마다 나는 심심한 경의를 표하였다.

이모의 집은 서단西單의 양육 골목羊肉胡同에 있었다. 우리 집과 그리 멀지 않아 두 자매는 서로 오가면서 적지 않은 위안을 받았다. 그러나 내가 세 살 되던 해 이모는 별세하셨고, 어린 두 아들만 남았다. 어머니는 늘 그들을 우리 집으로 데리고 오곤 했다.

어머니의 방에는 그녀와 외할머니가 함께 찍은 사진을 걸어 놓았다. 이는 그들 모녀가 함께 찍은 유일한 사진이고, 이는 당시 병환이 위급한 외조부에게 보여 주기 위해 찍은 것이었다. 지금 공부孔府의 외할머니 침실에 전시되어 있는 얼굴 사진은 바로 이 사진을 부분 촬영한 것이다.

그 당시 생활은 상당히 빈곤하였다. 어머니는 늘 사람을 시켜 일부 장신구를 전당포에 잡혀 생활을 유지하였다. 그러나 더 큰 문제는 정신적인 스트레스였다. 비록 깊숙이 자리 잡고 있는 넓은 저택에 숨어 있었지만 망국민의 그림자는 피할 수 없었다. 할머니의 세 아들 중 가장 효자는 둘째 아버지였다. 그는 본분을 잘 지키며 갑골문甲骨文을 연구하는 교수였는데, 무슨 까닭인지 일본 헌병사령부에서 그를 붙잡아가 고춧물을 부어넣어 고문하고 긴 시간 가두었다가 놓아 주었으나, 본인 자신도 무슨 영문인지 알지 못했다. 셋째 아버지는 지하당원地下黨員으로 항일운동에 종사하다 일본군에 붙잡혀 마대에 넣어 강에 버려졌다. 그리고 또 한 사촌 오빠도 불시에 실종되었다. 또…… 우리 집에는 아는 사람과 모르는 사람들한테서 이러한 소식이 늘 전해져 왔다. 그때 나는 비록 어린아이였지만 국토를 점령당한 비통한 기억은 줄곧 잊을 수가 없었다. 커서 노사老舍 선생이 쓴 『사세동당四世同堂』을 보니 책에서 묘사된 점령되었던 시기의 북경생활이 매우 익숙하게 느껴졌다.

그때 어머니는 늘 한숨을 쉬면서 하루빨리 항일전쟁에서 승리하기를 바랐다.

36 친정에 가다

　50여 년 전 어머니는 멀리 시집을 가고, 외삼촌은 집을 떠난 이후로 공부孔府의 안채內宅는 비어 있었다. 1984년, 어머니는 국가의 관련 기관에서 공부孔府의 정원 하나를 복원하여 그녀를 정착하게 한다는 소식을 듣고 며칠간 밤잠을 이루지 못했다. 어머니는 지난 온갖 고초가 생각나서 그만 병이 나고 말았다.

　1979년에 어머니가 고향을 떠난 후 처음으로 돌아가 본 것이라면 이번에는 어머니가 정식으로 친정에 돌아가는 것이다.

　새 집은 공부孔府의 동학東學에 자리 잡고 있는데, 북경 자금성故宮의 동쪽 길에 해당된다. 아마 청나라 때淸代였을 터인데, 여기는 원래 망루와 수사水榭(물가에 지은 정자亭子)가 있고 푸른 나무가 녹음을 이루어 아주 아름다운 곳이었으나, 지금은 완전히 사라져 아무것도 남아 있지 않고 집터만 조금 보일 뿐이다. 국가의 관련 기관에서 점차적으로 복원하려고 계획하고 있다고 하였다.

어머니를 위해 복원한 집은 벽돌로 담장을 둘렀고, 새로 지은 문루門樓가 있으며, 두 짝의 검은 칠을 한 작은 문이 있고, 짧은 용도甬道(큰 정원이나 묘지의 가운데 길)는 회랑으로 통하였다. 집은 소박하고 아늑하고 조용하여 가정 분위기가 물씬 풍겼다.

많은 사람들이 먼저 와서 맞아 주었고, 각 분야의 간부들도 있었는데, 만나자마자 반갑게 어머니의 이름을 불렀으며, 오랫동안 헤어졌다가 다시 만나는 환호성과 웃음소리로 가득했다. 이 구수한 고향 말투를 들어 본 지도 이미 몇 십 년이 지났다. 다른 곳에서는 들어 보기가 어려워 어머니는 어쩌다 한마디만 들어도 눈물을 흘리곤 했다. 그러나 지금은 울려고 해도 눈물이 나오지 않았다.

일반적인 환영식은 없었고, 오랜 풍습에 따라 딸이 친정으로 돌아오는 것을 맞이했으며, 독특한 풍격의 공부연孔府宴을 열었다.

어머니가 성省·시市의 최고지도자들과 함께 녹색 회랑을 따라 연회장이 마련된 서학西學의 정원에 들어서자마자 폭죽 소리가 크게 진동했다. 동시에 민간악곡「대화교抬花轎」가 연주되었는데, 마치 금방 시집간 딸을 맞이하는 것 같았다. 고대의 채색 옷을 입고 머리를 틀어 올린 안내원 아가씨들은 미소를 머금고 다가와서 어머니를 부축하면서 주렴(진주나 옥구슬 등으로 만든 발)을 들어 올렸다.

연회장 안은 붉은빛으로 눈이 부셨고, 흥이 넘쳤다. 육각궁등六角宮燈 아래, 붉은 식탁보가 깔린 둥근 식탁 위 대형 붉은 회전판 가운데 가장 큰 냉채 접시에는 음식을 이용해 붉은 '囍(희)' 자를 꾸며 놓았고, 자리 앞에 있는 메뉴에도 붉은 종이를 '囍' 자로 오려 놓았으며, 문 맞은

편의 벽 앞 장식용 탁자 가운데 세워 놓은 것도 대형의 붉은 '囍' 자다. 탁자의 양측에는 붉은 초가 타고 있었고, '동병서경東瓶(平)西鏡(靜)'의 옛 전통에 따라 동쪽에는 옛 도자기 병을 놓고 서쪽에는 옛 구리거울銅鏡을 놓았는데, 이는 '평평정정平平靜靜'의 상서로운 뜻을 의미한다. 탁자 뒷벽에 걸어 놓은 중당화中堂畫(거실의 정면 중앙에 거는 폭이 넓고 긴 족자)는 '복록수福祿壽' 삼성도三星(복福·녹祿·수壽의 세 신神)圖였고, 양옆에는 나의 외조부가 쓴 대련對聯이 걸려 있었다. 한 사람이 어머니에게 낮은 소리로 "이 중당화와 대련은 당신의 춘부장 공령이孔令貽 공께서 생전에 집안 잔치를 할 때 반드시 걸어 놓던 것인데, 이번에 당신을 영접하기 위하여 특별히 찾아서 걸어 놓았습니다"라고 알려 주었다.

축배사와 연회석에서의 이야기들은 인정미가 넘쳐흐르는 것이 마치 한집안 사람들 같았다.

"덕성德成 선생이 집에 계시지 않아 우리가 대신 당신을 영접합니다."

어머니는 술잔을 들고 있던 손을 가늘게 떨고는 버릇처럼 주위를 한 바퀴 둘러보았다.

요리가 상에 올라왔다. 요리는 순수한 공부孔府 요리였다. 요리의 재료, 요리 이름, 식기는 모두 유구한 전통이 있는 것으로 역사적으로도 유명하다. 당시 이 요리들은 매년 황궁에 진상하는 이름난 요리로 근 몇 십 년간 사라졌다가 지금 다시 발굴하고 정리해 냈다.

"시례은행詩禮銀杏을 기억하고 계십니까? 공자孔子가 아들에게 시詩와 예禮를 가르치던 시례당詩禮堂 앞의 그 은행나무는 이미 1천여 년이나 되었습니다. 공부孔府의 규정에 따르면 가장 귀한 손님을 접대할 때만 이 요리를 내는 것입니다."

"기억하다마다요. 『논어論語』에 '학시학례 역보역추學詩學禮, 亦步亦趨'라고 있습니다. 그 나무가 아직도 살아 있나요?"

"살아 있습니다."

"좋아요."

"맛을 좀 보십시오."

한 알 먹어 봤는데 무슨 맛인지 감별해 내지 못하였다.

"진주해삼珍珠海蔘입니다. 당신이 어릴 때 가장 즐겨 드시던 것입니다."

"몇 십 년 동안 고향의 해삼을 먹어 보지 못했습니다."

"이 색채가 산뜻하고 아름다운 '카오화란꾸이위烤花欖桂魚'는 덕성德成 선생이 가장 즐겨 드시던 것입니다. 1947년에 그가 며칠간 다녀가셨었는데 첫 식사로 이 요리를 주문하셨습니다."

어머니는 젓가락을 든 채 한참을 움직이지 않았다.

"오, 콩나물볶음도 있습니다. 콩나물볶음은 공부孔府에서만 연회에 올립니다. 당신의 고조할머니는 건륭乾隆의 장녀였습니다. 맞지요? 공주가 공부孔府에 시집온 후 건륭乾隆이 그녀를 보러 왔다가 콩나물볶음을 먹어 보고 칭찬을 하여 이를 전통 요리로 보전하였습니다. 당신도 어릴 때 드셔 보셨죠?"

어머니는 이 연회에서 격세지감을 느꼈다. 모든 것이 끝나고 조용해지자 친정집에 왔다는 느낌이 들기 시작했다.

연회가 끝나고 황혼이 지자 고목의 가지에 돌아온 까마귀들이 요란스레 울고, 어머니는 대청에서 천천히 안으로 걸어갔다.

다시 만나기 어려운 이별生離死別을 할 당시 공부孔府에서 생활했으

며 지금까지 살아 있는 두 후예 중 어머니 홀로 돌아와 쓸쓸히 이 460
여 칸의 공부를 거닐었다.

산천은 의구하거늘…….

주변에서 이따금 참관하는 사람들이 스쳐 지나갔다.

안채內宅의 전당루前堂樓는 당시 거주하고 있던 곳으로, 실내의 진열
은 대체로 원래의 모습을 유지하였다. 탁자 위의 탁상시계, 화장대, 벽
에 걸려 있는 외할머니의 사진, 난각暖閣에 있는 침대, 침대 머리맡에
걸려 있는 외삼촌이 쓴 대련對聯……. 여전히 그 자리에 있었다.

어머니는 묵묵히 예전의 침대에 앉았다.

그녀는 시집가기 전날에도 여기에 이렇게 오랜 시간 묵묵히 앉아 있
었다…….

외삼촌이 들어와 슬프고 헤어지기 아쉬운 눈길로 그녀를 바라보며
"작은누나, 누나가 가면 나 혼자 남게 돼요"라고 말하였다.

어려서 부모님을 잃고 남매가 함께 생활하면서 항상 같이 붙어 다니
고 서로 의지하며 살아온 혈육이다.

어머니는 묵묵히 일어나서 서로 연결된 이 7칸의 큰 빈방에서 배회
하며 마음속으로 "누나가 가면 나 혼자 남게 돼요"라는 말만 되뇌었다.

창이 언제 참관하는 사람들의 눈으로 꽉 찼는지도 모른다.

한 직원이 들어와서 "일본대표단을 접견할 수 있겠습니까?"라고 물
었다.

"오, 좋아요."

"어디에서 하시겠습니까?

"여기서 하시죠."

예전의 침실에서 어머니는 몇 십 명의 일본 친구들을 만났다. 친절하고 우호적이며, 진실하였다.

어머니는 미소를 띠고 예의 바르게 이야기를 나누고 있었지만, 마음으로는 여전히 그 슬프고 헤어지기 아쉬워하는 눈을 생각하고 있음을 나는 알고 있다.

다시 전상방前上房으로 왔다. 예전에 어머니와 외삼촌은 늘 이곳에서 악극을 보았고, 덕성德成 외삼촌은 무대에 올라가 연기를 한 적도 있었다. 문 앞에는 무대를 세우던 4개의 주춧돌이 여전히 그 자리에 있었고, 어머니는 허리 굽혀 자세히 살펴보았으나 조금도 변함이 없었다.

이 정원의 서쪽 곁채는 어머니 남매의 계몽서재였다. 문 앞의 '십리향十里香'은 더욱 무성해졌다. 마치 펼쳐 놓은 큰 우산 같았고, 나뭇가지는 거의 땅에 닿을 정도로 아주 낮게 드리워져 있었다.

당시 공부를 하다가 피로하면 남매는 밖으로 나와 이 나무의 주위를 돌면서 쫓아다니며 놀았다.

"작은누나!"

외삼촌은 소리치면서 나뭇가지 사이를 헤치고 쾌활한 작은 얼굴을 내밀었다가는 다시 빽빽한 나뭇가지 사이로 숨곤 하였다.

어머니는 감정을 어찌하지 못하고 나무 주위를 돌면서 막연히 나뭇가지를 잡아당기며 찾고 있었다. 나는 그녀를 방해하지 않고 그저 조용히 뒤를 따랐다…….

어머니의 공부孔府의 새로운 집에는 방문객이 끊이지 않았다. 어머니는 아침부터 저녁까지 정부 당국의 인사, 고향 사람, 화교, 외국 손님, 국내 친구 등 손님을 접대하느라 여념이 없었다. 하지만 나는 어머니의 마음속에는 여전히 그 슬프고 헤어지기 아쉬워하는 눈을 생각하고 있음을 알고 있다.

사람들도 늘 그의 이름을 입에 올렸다. 모두 미래와 재회에 대하여 확고한 신념으로 넘쳐 있었다. 나는 여기에 위안의 요소가 있는지 없는지 잘 모르겠다.

흥겨우면서도 적막하고, 기쁘고 위안이 되면서도 낙담하며, 확고하면서도 뒤숭숭하다. 고향에 돌아온 기쁨과 먼 곳에 있는 가족에 대한 침통한 그리움은 아주 강한 힘으로 만년의 어머니 마음을 뒤흔들었다. 어머니는 늘 큰 기쁨과 큰 슬픔의 혼란 속에 있다. 그녀는 감정을 감당하지 못할 때면 사람들을 피해 조용히 정원 뒤에 있는 거리에 인접해 있는 높은 담장 아래로 온다. 거기에는 높은 흙더미가 하나 있다. 나는 어머니를 부축하여 천천히 걸어 올라갔다.

어머니는 이 흙더미에 특별한 감정이 있다. 몇 년 전 북경인민대회당에서 국가지도자, 전국인민대표, 정협 대표들이 모인 자리에서 누군가가 "여기에는 얼마나 광활한 대지가 있는가!"라고 말하는 것을 듣고 어머니는 불현듯 다시 이 흙더미가 떠올랐다. 그때부터 흙더미는 다시 어머니의 기억 속으로 돌아왔다. 그해 어머니는 집에만 들어박혀 외부와 거의 접촉을 하지 않고 폐쇄된 생활을 하였다. 그들 남매는 예전에 여기 와서 이 높은 흙더미 위에 올라 까치발을 하고 담장을 짚고 밖의 거리와 행인을 바라보며 밖의 광활한 대지를 동경하였다.

이 몇 십 년 동안 어머니는 많은 곳에 갔고 많은 길을 걸었다. 지금도 마찬가지로 밖의 광활한 대지에서 돌아와 다시 이 흙더미에 올라 높은 담장 밖을 바라보며, 또한 더욱 먼 곳을 바라보고 있으나 동경하는 것은 다만 그때 옆에 서 있던 그 가족 한 사람뿐이다……

한 사람을 전 세계와 비교하면 얼마나 보잘것없는가. 하지만 전 세계라고 하더라도 어머니의 마음속과 생활 속에서의 이 한 사람의 지위를 대체할 수도 없고 메울 수도 없다.

37

한국 및 해외의 공자 후예

   해외의 공자 후예 중 아마 한국에 있는 사람이 가장 많을 것이다. 한국의 1987년 인구조사에 의하면 공씨는 모두 7만 2,382명으로 인구수를 기준으로 볼 때 한국의 274개 성씨 중에서 57위를 차지하였다고 한다. 한국에서 공씨 문중은 명망이 있는 집안인데, 이는 사람이 많아서뿐만 아니라 사회적 지위가 높기 때문이다. 이는 역사적 원인에 의하여 비롯되었다.

   7백여 년 전에 몽고가 고려를 공격하여 점령하였다. 36년간 여섯 차례의 전쟁을 거쳐 고려를 정복하였다. 그리고 통치하기 편하게 고려 충숙왕忠肅王의 아들 왕전王顓을 인질로 중국에 잡아 두었다. 원대元代 순제順帝 때 노위왕魯衛王에게는 이름이 보탑실리寶塔失裏라는 아름다운 딸 승의承懿공주가 있었다. 원元나라 황제는 연혼聯婚정책을 취하여 지정至正 9년(1349)에 승의공주를 왕전王顓에게 시집보냈다. 그 이듬해

충숙왕이 세상을 떠났고, 원元은 왕전王顓을 고려에 보내어 왕위에 즉위하게 하였는데 그를 역사에서 공민왕恭愍王이라고 한다. 왕후 승의공주는 공민왕과 함께 고려로 돌아갔다. 그 당시 한림원翰林院 대학사大學士로 있던 공자의 54대손 공소孔昭(1304~1381)도 명을 받고 공주를 따라 고려로 갔다.

공소孔昭는 고려로 간 후 국학國學에 임명되어 8학사八學士의 일원이 되었다. 그는 광종光宗의 이름과 휘를 피해 이름을 소紹로 고치고, 자를 우경虞卿, 호를 창암昌庵이라 하였으며, 벼슬은 재상인 문하시랑동평장사門下侍郎同平章事까지 하였고, 회원군檜原君, 창원백昌原伯으로 봉을 받았다. 그의 처음 집이 수원水原이고, 죽은 후에는 창원昌原에 묻혔다. 그의 아들 공탕孔帑(1329~1397)은 벼슬을 집현전대학사동평장사集賢殿大學士同平章事까지 하였고, 장손 공부孔俯는 벼슬을 판윤判尹까지 하였으며, 차손은 벼슬을 문하시랑동평장사까지 하였다. 두 손자는 고려 왕조가 멸망한 후 모두 은거하며 조선에서 벼슬을 하지 않았다. 공부孔俯는 팔청지수八淸之首(여덟 명의 청백한 선비 8명 중 으뜸)로 추앙되었고, 차손은 순천順天에서 귀양살이를 당했다. 증손 공휘孔暉는 벼슬을 한성판윤漢城判尹까지 하였고, 공신굉孔臣肱은 벼슬을 신호위대장군神護衛大將軍까지 하였다. 이후에도 시대마다 명인이 나와 번영해서 명망 있는 가문이 되었다.

조선의 공씨는 시조 공소孔昭가 창원백昌原伯으로 봉을 받았기에 자손들은 창원昌原을 본관으로 하였다. 조선 정종正宗 16년(1792)에 국왕은 곡부 공씨 족보를 살펴본 후 본국의 공씨들이 곡부를 본관으로 하게 명하여 자기의 선조를 잊지 않을 것을 요구했다. 그리고 또 일련의 공씨 집안을 우대하는 규정을 제정하였다. 예를 들면 공씨 문중이 공부를 하면 유명 학교에 입학시키고, 평민 백성은 잡역을 면제해 주었다. 노비로 된 공씨 문중은 일률적으로 노비의 신분에서 해제되었고, 심지어 죄를 범해도 장杖과 수囚의 형벌을 받지 않게 하였다. 중국의 연성공제도를 모방하여 공씨에 세작世爵을 주었다.

역사적으로 조선이 공씨 문중에 대해 우대하고 조혼早婚하는 습관 때문에 공씨 집안의 번영은 매우 빨랐고, 현재까지도 역시 명망 있는 가문으로 유시뇌고 있다. 북한 정무원 부총리 공진태孔鎭泰, 대한민국 외무부장관 공노명孔魯明은 모두 공자의 후예다. 이외에도 대학자, 대장군, 대기업가 등 유명인이 상당히 많다. 한국의 종친 활동은 아주 활발하다. 전국에 곡부 공씨 대한민국 종친회가 있고, 현재 회장은 전 해병대 사령관 공정식孔正植이고, 고문은 전 헌병사령관 공국진孔國鎭이다. 이외에도 서울 · 대구 · 부산 · 경기도 종친회 등 지역 종친회가 있고, 감사공파종친회監司公派宗親會 등 혈연관계로 지파를 나눈 종친회가 있다. 각 종친회의 활동은 매우 활발하다. 전국 공씨 대종회에서는 한국 공씨 문중을 수록한 「곡부공씨대동보曲阜孔氏大同譜」를 편찬하였고, 각 지파의 종친회도 지파의 족보를 편찬하였다. 한국에는 크고 작은 공묘, 사당 3백여 곳에서 공자의 영정과 위패를 모시고 있다. 전문적으로 공자를 연구하는 기관과 회관이 10여 개 있으며, 매년 공자의 생일과 제일에는 각종 활동을 개최한다.

공소孔昭의 후예 외에도 한국에는 일부 공씨 문중이 살고 있다. 대다수는 20세기 초에 산동반도로부터 산발적으로 건너가 이민한 것이다. 그들도 종친회를 만들었으며, 매년 공자 탄신일에 제사를 지낸다.

원나라 때元代에 고려로 이주한 공자의 54대손 공소孔昭는 곡부 공자 가족 중에서 가장 일찍이 해외로 이주한 공자의 후예다. 그 후 청나라 때淸代 도광道光, 함풍咸豐 연간에도 많은 공자의 후예가 남양南洋으로 내려갔고, 청나라 말년과 중화민국 시기에 일부가 유럽과 미국으로 이주하였다.

　　아시아의 일본, 말레이시아, 인도네시아, 싱가포르, 미얀마, 베트남 등 국가와 홍콩에도 공씨 문중이 흩어져 살고 있다. 동남아 각국의 공씨 문중은 대다수가 영남嶺南(중국 남방의 5령 남쪽 지역, 즉 현 광동성, 광서성 전역 및 호남성, 강서성의 일부 지역)에서 남쪽으로 이주하고, 일본의 공씨 문중은 북한과 한국으로부터 이주해 갔다. 아메리카의 공씨 문중은 주로 미국·캐나다에 살고 있고, 샌프란시스코·뉴욕·시카고 등 도시에 공씨 문중들이 흩어져 살고 있다. 그들은 대부분 20세기 초에 끊임없이 이주해 갔다. 세계 각국의 공자의 후예는 거주국의 경제와 문화발전을 위해 일정한 공헌을 하였다.

38 해외의 공자 후예가 뿌리를 찾아

조선의 공씨 문중과 곡부의 공씨 문중은 역사적으로 교류가 매우 적었다. 민국 시대에 비록 연성공과의 서신왕래는 있었지만 직접 만나 보지는 못하였다.

개혁개방 이후, 해외의 공자 후예들은 점차적으로 국내와 교류를 강화하였다.

공소孔昭는 7백여 년 전에 고려로 건너갔으나 지금은 이미 7만여 명으로 번성하였다. 1988년, 한국공씨대종회 부회장 공수영孔樹泳은 한국의 공씨 문중 대표단을 거느리고 곡부曲阜에 와서 공묘를 참배하고 원래의 종족관계를 되찾았다. 이는 공씨 문중이 고려에 이주하여 7백여 년이 지난 후에 처음으로 고향으로 돌아와 조상의 제사를 지낸 것으로서 역사적 의의가 있는 대사였다.

대표단의 염원 중 하나가 곡부曲阜에서 그들의 '뿌리'를 찾는 것이었다. 그들은 고향이 아직도 이국의 자손들을 기억하고 있는지 알고 싶어 했다. 일체의 흔적이 역사의 변천 속에 모두 사라지고 그들이 고향과는 완전히 상관이 없는 사람이 되었을까 걱정하였다. 하지만 그들이 도착한 이튿날 공부孔府 문물관리위원회에서는 공부孔府의 문서 제6630권 「거주조선세계초고居住朝鮮世系草稿」 중에서 공소孔昭가 공주를 따라 이주한 기록을 찾았다. 이는 공소孔昭 지파 문중에 대한 정식 문서다. 7백여 년이 지나 왕조가 바뀌고, 천재와 인재 그리고 비바람에 침식되고 심지어는 전례가 없는 '십년동란' 중에 '공가점孔家店 박살'·몰수·소각·비판…… 등을 겪는 와중에 인민들이 어떠한 대가를 치르면서 이 문서를 오늘까지 보관해 왔겠는가? 이는 고향과 그들의 피와 살의 교류이며, 고향이 멀리 이국땅에 있는 자손들에 대한 7백여 년이나 되는 유구한 그리움이다.

대표단에 대한 두터운 정을 나타내기 위하여 어머니는 손님들과의 만남을 내택內宅 전당루前堂樓에서 가졌다. 어머니와 외삼촌은 여기에서 태어나고 자랐다. 과거에는 여기가 공부孔府 성지 중의 성지였다.

대표단 20여 명은 모두 한결같이 검은색 양복을 입고, 가슴에는 둥근 큰 표를 달고 있었는데 표에는 '공孔'자가 적혀 있었다. 그들은 경외함과 엄숙한 표정으로 순서에 따라 마치 궁전에 들어오는 것처럼 조용히 걸어 들어왔다. 한 사람 한 사람씩 어머니 앞에 와서 인사를 하며 경의를 표했다. 어머니는 중국의 공자의 후예와 한국의 공자의 후예는 비록 다른 나라의 국민이지만 모두 곡부曲阜의 자손으로서 몸에 모두 공자의 피가 흐르고 있으며, 몇 대가 연속되어 내려가든지 곡부曲阜는 영원히 그들의 고향이고, 고향도 영원히 그들을 그린다고 말하였다.

대표단은 한국의 7만여 명 공씨 문중이 고향을 그리워하는 한없는 정을 표하였다. 그리고 공소孔昭의 묘 사진이 들어 있는 정교한 액자를 어머니께 드렸다. 이것은 또한 이 선인先人이 고향으로 돌아오려는 숙원을 달성한 것이다. 헤어질 때 한국공씨문중 대표단은 곡부曲阜에 기금을 기증하여 고향의 발전에 도움을 주었다. 이때부터 한국공씨대종회는 매년 한 번씩 대표단을 파견하여 고향 곡부曲阜를 방문하였다.

일부 공자의 후예가 돌아왔을 때 가정식으로 접견하기도 했다. 한국의 명망 있는 장군, 제7대 국회의원, 전 해병대사령관, 한국곡부공씨종친회 회장 공정식孔正植이 거느린 '곡부공씨방문단'은 곡부曲阜에 가서 공묘를 참배하고, 공묘·공림·공부를 참관한 후, 방문단을 거느리고 북경으로 나의 어머니를 뵈러 왔다. 어머니는 한국에서 세운 '아리랑 식당'에서 친족을 맞이하는 집안 잔치를 열었다. 어머니가 대표단 앞에 나오자 곧 18명의 대표단 사람들로 빼곡히 둘러싸였다. 박수 소리, 인사 소리, 웃음소리, 혈육간의 정, 고향의 정이 한자리에 녹아 내렸다. 연회석에서 공정식孔正植 선생은 얼굴을 어머니의 얼굴과 가까이하고 사람들에게 하여금 모양새가 닮았는지 잘 봐 달라고 하였다. 그는 한국의 공자의 후예인 자기와 중국의 공자의 후예가 닮은 곳이 있는지 없는지에 대해 관심을 가졌다. 그의 부인이 이리저리 둘러보더니 엉겁결에 "닮았어요, 너무 닮았어요"라고 말하자 열렬한 박수가 터져 나왔고, 그도 매우 득의양양해하고 자랑스러워했다.

어머니는 곡부양조장曲阜酒廠의 명예이사장이다. 어머니는 공부가주孔府家酒로 친족을 초대하면서 "오늘은 집안 잔치家宴를 열기에 집안 술家酒을 마시고, 우리는 모두 한집안 사람이기 때문에 서로 화목하게 지내야 하며, 단결하여 서로 돕고, 함께 우리 선조의 사상을 계승 발전시켜야 합니다"라고 말하였다. 그는 또 "한집안 사람이니 앞으로도 자주 오시기 바랍니다"라고 하였다. 그 말에 모두가 감동하였다.

연회석에서는 항렬대로 배열하고 칭호를 정하여 친척관계를 명확히 하였다. 멀리서 온 친족에 대한 정을 표하기 위하여 어머니는 오랫동안 귀중하게 보관해 두었던 황련목 여의如意를 공정식孔正植 회장에게 드리면서 "한국에 있는 모든 공씨 친척들이 모두 길상여의吉祥如意하기를 바랍니다"라고 말하였다. 공 회장은 감동해하면서 여의如意를 향해 절을 한 후 "나는 이를 한국공씨대종회의 종당에 모시어, 우리의 모든 공씨 문중들이 우리의 가보를 볼 수 있도록 하겠습니다"라고 말하였다.

39

벗이 멀리서 찾아오니
이 어찌 즐겁지 아니한가?

　중일우호협회의 北條美智子 여사는 우연히 나의 어머니 공덕무孔德懋가 구술하고 내가 기록하고 정리한 『공부孔府에서의 일화』를 보고 나서 정이 듬뿍 담긴 편지 한 통을 보내왔다. 1987년 봄, 나의 어머니께 쓴 또 다른 편지에서는 16명의 '공덕무孔德懋 방문단'을 인솔하여 특별히 방문할 것이라고 하면서 그들 중에는 그녀의 아들과 조카도 있다고 했다. 또한 곡부曲阜 공부孔府에서 나의 어머니의 결혼식을 모방하여 그녀의 조카 北條學과 藪內孝江의 혼례를 치르고 싶다고 하였다.

　그 결혼식은 지금과 비교해 보면 상당히 고전적이었고 또한 생소한 것이다. '천하제일가天下第一家'로 일컫는 공작公爵의 관저, 성인聖人의 집에서 천년의 역사 중 가장 마지막 직계자손인 공작公爵 아가씨의 결혼식은 비록 오늘에 이르기까지 반세기 정도밖에 지나지 않았지만, 마치 몇 백 년이 지난 것처럼 아득하게 느껴졌다.

336

하지만 그 결혼식은, 어머니 입장에서는 아직 생생한 일이고, 그녀의 일생 중에서 가장 중요한 순간이었으며, 인생을 내딛는 의식이었다. 그녀는 깊숙한 궁전과 같은 공부孔府의 대저택에서 나와 역대 조상들이 2천여 년을 살았던 고향과 이별을 하고 정든 가족과 고향의 어른들을 떠나 환상과 같은 성지로부터 인간 세상으로 돌아왔다. 어머니에게 어떤 운명이 기다리고 있었는지 상관없이, 가장 처음의 정열과 아름다움은 어머니의 기억 속에 오래오래 남아 있다.

北條 여사가 왜 이렇게 준비했는지는 모르겠지만, 신중히 고려하여 선택한 것임은 분명하다.

나는 북경에서 어머니를 따라 하루 전에 곡부曲阜에 도착했다. 현지 관련 기관에서 특별히 팀을 구성하여 이번의 활동을 기획, 준비하고 있었다. 준비작업은 이미 한창 진행되고 있었다. 우리가 차에서 내릴 때, 가마꾼들이 한창 가마 드는 연습을 하고 있었다. 공주 규격의 금빛 지붕 꽃가마가 다시 길거리에 모습을 드러낸 것이다. 물론 이것은 모조품이고, 진품은 국가의 문물이므로 문물관리위원회에 보내져 보관되고 있다.

어머니는 옛날 복장을 갖춘 가마꾼들이 박자를 맞춰 몸을 움직이면서 천천히 행진하는 것을 그윽이 바라보았다. 가마 위의 네 모서리에 드리워진 황금색의 구슬이 찰랑찰랑 흔들리고, 가마 위에 얹혀 있는 사발 안의 물은 행진 중에 한 방울도 흘러내리지 않았다. 그들의 행보는 그때와 똑같았다.

공부孔府 서학西學 문어귀에는 초롱이 달리고 오색 천으로 장식되어 있었다. 양쪽 두 기둥에는 황금색으로 '五色云臨門似彩(오색구름이 찾아온 것이 오색 비단 같고)'·'七香車擁彎嚲如琴(칠향차의 재갈과 고삐가 거문고 같다' 이라고 쓴 붉은색 대련과 '天作之合(하늘이 정한 배필)' 이라고 쓴 횡축이 한눈에 들어왔고, 흥겨운 분위기가 고조되어 있었다. 젊은 안내원들은 분주히 오가면서 신방新房과 혼례식장을 꾸미기에 여념이 없었다. 7개 대청을 지나자 갑자기 앞이 환해졌다. 고풍스러운 정원에 채색 띠와 천막이 쳐져 있었고, 처마 밑에는 홍사궁등房紅沙宮灯이 나란히 걸려 있었으며, 바닥에는 붉은색 카펫이 깔려 있었다. 늦봄이라 꽃보라가 흩날리고, 온 정원에는 분홍색 꽃잎이 가볍게 날며 떨어지는 것이 꽃비를 방불케 했다. 기름을 칠해 반들반들 광이 나는 본채의 격자창틀 중간에 끼워 놓은 큰 유리에는 종이를 오려 만든 빨간 창화窗花가 붙어 있었다. 방문에는 빨간 채구彩球를 달아 놓았다. 이것은 신방이다. 당시 아버지가 곡부로 와서 어머니를 맞이할 때의 신방이었다.

어머니는 감동하였다. 발걸음을 멈추고 서 있다가 한참 후에 천천히 걸어 들어가셨다.

"그때와 같나요?"

어머니는 대답 대신 고개를 끄덕이며 주위를 둘러보았다.

그때에도 자단목紫檀木 침대에 용봉장龍鳳帳, 원앙침鴛鴦枕, 백자도百子圖의 이불 겉감이었다. 마찬가지로 탁자에는 선홍색 꽃병이 놓여 있었고, 서쪽에는 오래된 동경銅鏡이 있었다. 그것은 '東瓶(平)西境(靜)(동병서경)'의 의미로 길하다는 뜻이다. 또한 대추, 용안桂圓, 땅콩, 밤 그리고 노란색 비단으로 된 방석에 황련목 여의如意가 있었다. 그때 당시 어머니의 100대 혼수품 중 가장 으뜸이 황련목 여의如意가 아니었던가!

어머니의 눈빛에는 착잡하고 아련한 감정이 흘러나왔다. 너무나도 익숙한 곳이었다.

어머니는 아무 말 없이 조용히 침대에 앉았다. 나도 역시 말없이 그녀의 옆에 앉았다. 이 방에는 우리 둘뿐이었고, 이렇게 오랫동안 앉아 있었다.

일본인 친구들이 차를 타고 곡부에 도착했다. 우리는 서화청西花廳에서 기다리고 있었다. 텔레비전 방송국 녹화 팀 기자들이 주위에서 조용히 그러나 바삐 움직였다. 어머니는 묵묵히 창밖을 주시하고 있었다. 밖에서 나지막한 발소리가 들리자 그녀는 바로 일어나 마중 나갔다.

맨 앞에서 걸어오는 사람은 우아한 자태의 부인이었다. 그녀는 들어오다가 어머니의 몇 발자국 앞에서 멈췄다. 두 사람은 서로 얼굴을 마주하고 잠시 그렇게 서 있었다. 그러고 나서 약속이나 한 듯 팔을 내밀며 서로를 꼭 껴안았다. 근래에 와서 어머니는 외국 친구를 많이 대접하셨지만 이러한 예절로 맞은 것은 이번이 처음이었다.

두 사람은 소파에 앉아서 흥미진진하게 이야기를 나누었다. 옷차림을 보면 한 사람은 화려하고 다른 한 사람은 소박했으나 눈빛은 다 같이 진지하고 친절이 넘쳤다. 처음 만났지만 어떻게 오랜 이별 끝에 다시 만난 가족과 같을까? 깊은 그리움 때문이었을까, 아니면 문화적 관념에서 우러나오는 공통된 존경 때문이었을까? 아니면 다른 이유라도 있는 것일까?

봄날의 화사한 햇살이 서화청을 비추고 광채가 나는 그녀들의 얼굴을 비추었다. 이 서화청은 공부孔府의 저택에서 가족과 절친한 친구들을 만나는 객실이었다. 저택을 비워 둔 지 몇 십 년이 되었지만 오늘 어머니께서 고희古稀에 서화청에서 진실한 친구이자 이국 자매를 만나는 것은 기쁘고도 위안이 되는 일이었다.

어머니는 공부의 전통에 따라 北條 여사에게 황련목으로 조각한 공자상을 선물하였다. 北條 여사도 답례로 어머니께 선물을 하였다. 회견이 끝난 후 다 함께 200여 무畝에 달하는 공부의 고건축물을 참관하였다.

어머니와 北條 여사는 손을 잡고 공부孔府에서 산책하였다. 나는 北條 여사의 아들인 선광善光 선생과 함께 그 뒤를 따랐다.

"이곳은 우리가 계몽교육을 받던 서재입니다. 휴식시간에 우리들은 늘 서재 앞 이 큰 나무 아래서 장난을 치곤 했죠. 이 나무는 십리향이라고 부른답니다."

"이곳은 우리가 예전에 악극을 보던 곳입니다. 저기 보세요, 연극무대를 설치하던 주춧돌이 아직도 있네요."

전당루前堂樓는 어머니가 출생하던 날부터 시집가기 전까지 살던 곳이다. 어머니는 난각暖閣을 가리키면서 "언니와 남동생 우리 셋은 모두 이 침대에서 태어났습니다. 언니는 일찍이 세상을 떠났고, 남동생 덕성은 먼 대만에 있습니다. 오늘 당신이 멀리서 이곳을 찾아오셨고, 우리는 자매와 같으니, 제 어머님께서 아직 살아 계신다면 분명히 환영했을 것입니다. 우리 어르신 사진 앞에서 함께 기념사진을 찍읍시다"라고 하셨다.

외할머니는 사진 속에서 웃으시면서 우리를 보고 있었다.

혼례식은 다음 날에 치러졌다. 이른 아침, 공부孔府 대문과 길은 혼례식을 보러 온 사람들로 북적거렸다. 그날 특별히 구성된 팀의 통계에 의하면, 혼례식을 보러 온 사람은 3만여 명에 달하였는데, 성안의 사람들이 거의 다 온 것이다.

징 소리가 세 번 울리자, 채색 등이 높이 들어 올려지면서 폭죽이 일제히 터졌다. 북소리가 하늘에 진동했다. 기나긴 의장대는 일본인 친구가 투숙한 궁궐 안 손님 방에서 출발하여 정남문正南門으로 들어가서 궁궐 안길을 따라 공부孔府로 왔다. 신부의 금빛지붕 꽃가마 뒤에는 신랑이 앉은 녹색 가마가 따랐다. 北條 여사와 신랑, 신부 어머니 모두 각자 옛날식 마차에 앉았고, 모두 중국의 고대 복장을 입었다.

혼례식장은 서화청西花廳의 정원에 설치되었다. 붉은 휘장 앞에는 탁자를 놓았고, 향 연기가 솔솔 피어올랐다. 결혼을 위한 빨간 촛불이 켜져 있었고 가운데에는 큼지막한 '囍(희)' 자가 붙어 있었다. 수가 놓여진 탁자보를 씌워 놓은 팔선八仙 탁자에는 오공五供(향, 꽃, 등, 물, 과실 등을 담는 다섯 가지 그릇)을 진열하였고, 탁자 앞에는 빨간 비단방석을 깔아 놓았다. 北條 여사와 신부의 어머니가 탁자 옆에 앉아서 주례와 통역자의 음창吟唱(소리 높여 읊음) 소리 속에서 절을 받았다. 신랑신부는 번잡한 절 의식을 치른 후 각자 빨간 띠의 한쪽 끝을 잡고 신랑이 앞서 걸었다. 신랑신부 들러리는 각각 신랑신부를 부축하여 신방으로 들어갔다.

아리따운 신부는 꽃단장을 하고 있었다. 붉은 수건으로 얼굴을 가리고 용봉龍鳳 침대에 앉아, 가슴에는 한 쌍의 황련목 여의如意를 안고 있었다. 이 모습은 바로 어머니의 그때 모습이었다. 나는 한 사람의 눈앞에 또렷하고 자세한 자신의 먼 옛날 젊었을 때의 모습이 재현되었을 때 어떠한 마음일지, 어떠한 감동을 받을지에 대해서 잘 모른다. 그것은 아마도 매우 복잡하고 말로 형용하기 어려운 심정이었을 것이다. 하지만 매우 귀중한 일일 것이며, 모든 사람이 경험할 수 있는 것은 아니라고 생각한다. 이 시각, 이미 50여 년의 세월이 흘렀지만 청춘의 아름다움은 다시금 어머니의 만년을 비추었다. 어머니의 얼굴에는 내가 그동안 한 번도 보지 못했던 광채가 뿜어졌다. 그녀는 가볍게 "감사합니다"라고 말했다.

그날 저녁, 공부孔府의 전통에 따라 둘도 없는 공부 특유의 성연聖宴을 베풀었다. 우리가 연회장의 정원에 들어갈 때, 맹렬한 폭죽 소리가 울리고 민간 악곡 「대화교擡花轎」가 연주되었으며, 고대 복장을 한 젊은 복무원들이 미소를 띠고 주렴(진주나 옥구슬 등으로 만든 발)을 젖혔다. 연회장 안에는 빨간 불빛이 눈부시도록 휘황찬란하였다. 예쁜 술이 달린 육각궁등六角宮燈이 높이 걸려 있고, 얼굴 맞은편 벽에는 '복록수福祿壽' 삼성도三星圖의 족자가 걸려 있으며, 양측에는 나의 외조부이신 76대 연성공 공령이孔令貽의 친필 대련對聯이 있다. 탁자 위에는 거대한 '囍(희)' 자가 있었고 양측에는 빨간 촛불이 켜져 있다. 식탁 위의 빨간 식탁보, 빨간 회전판이며 빨간 '囍(희)' 자를 새겨 놓은 메뉴판과 식기들이 있었다. 실내 주위에 활짝 피어 있는 생화에서 은은한 꽃향기가 풍기는 이 모든 것들은 50여 년 전과 너무 흡사하였다. 요리들은 순수한 공부孔府 요리였으며, 연회석상에서 일본인 친구들은 즐거운 분위기에 맞춰 노래를 불렀다. 어머니는 족자를 써서 선물했다. 현실 속의 우정과 옛날에 대한 추억이 함께 녹아들었다.

연회를 마치고 방에 들어오신 어머니는 오래도록 잠을 이루지 못하였다. 그녀는 책상에 앉아 서둘러 글을 써 내려갔다. 내가 어머니에게

다가가자 몇 글자가 눈앞에 들어왔다. "청춘은 돌아오지 않는다고 누가 말했던가, 문 앞에 흐르는 물은 아직도 아직도 흐르는데誰道人生无再少, 門前流水尙能西."

우정이 청춘을 불러왔다.

40 동영東瀛에서
눈물의 상봉

1980년대 초, 우리는 외삼촌이 보내온 사진을 받았다. 외삼촌과 외숙모가 함께 찍은 사진이 있었고, 사촌 동생, 사촌 동생의 처 그리고 자녀들과 함께 찍은 사진도 있었다. 이것은 어머니에게 40여 년 만에 가장 큰 위안이 되었으며 우리 집안의 큰 희소식이었다. 그날 저녁 어머니는 사진을 보면서 자정이 넘도록 잠을 이루지 못하였다.

우리가 외삼촌께 인편으로 보내 드린 첫 번째 물건이 바로 외조부의 묘에 있는 흙이었다. 어머니가 묘에 가서 직접 떠와 정교한 함에 넣은 것이다. 고향의 흙은 어디를 가든 없어서는 안 되는 것이다.

어머니의 가장 큰 염원은 살아 있을 때 형제와 만나는 것이다. 많은 국내외의 친척과 친구들이 이에 대하여 자주 묻고 관심을 가져 주었다. 하지만 세상의 많은 일들이 보기에는 쉽지만 실제로는 어려운 경우가 많다.

344

여기에서 우선 감사를 드려야 할 분은 일본인 친구 金子泰三 선생, 謙田正 선생과 騰穎 여사이다. 그들은 공부孔府의 1천년 역사에서 마지막 직계자손이 이 두 사람밖에 없다는 것을 알고 나서 이들 둘이 만날 수 있도록 열과 성을 다하여 노력하였다. 그 결과 어머니와 외삼촌은 42년이라는 세월이 지나고 나서야 만날 수 있게 되었다. 공부 역사에 새로운 장을 연 것이다.

　어머니는 1990년에 일본 윤리연구소의 요청에 따라 일본을 방문하여 유시마성당湯島聖堂 3백 주년 사문회斯文會 활동에 참가하였다. 어머니는 이번의 일본 방문도 예전의 몇 차례와 마찬가지로 해야 할 일이 단순하고 명확한 것으로 생각했었다. 하지만 일본에 도착하여 3일째 되던 날, 갑자기 외삼촌이 대만에서 일본으로 왔다는 소식을 들었으며 그날 麗澤대학의 초청으로 강연을 한다고 들었다. 어머니는 이 소식을 듣자마자 잠시도 지체하지 않고 일본인 친구 騰穎 여사와 함께 황급히 麗澤대학을 찾았다. 도착해 보니 강연은 아직 시작되지 않았다. 어머니는 감정을 주체하지 못할까 봐, 그리고 외삼촌의 강연에 영향을 줄 것 같아 주위의 호의를 거절하고 앞좌석에 앉지 않고 맨 뒷좌석에 조용히 앉았다.

　오후 1시 10분, 이는 역사적인 시각이었다. 외삼촌은 천천히 강단에 올라섰다. 거의 반세기 동안 이별했던, 밤낮으로 그리워했던 친혈육이 정말로 어머니의 앞에 나타났다!

　어머니는 당시를 회상하면서 그때 심정을 어떻게 표현해야 좋을지 모르겠다고 하셨다. 어머니는 외삼촌의 고향의 억양에 조금도 변함이 없다는 것만 알 수 있었지 무슨 말을 하는지 전혀 들리지 않았다고 하신다. 어머니는 외삼촌의 머리도 희끗희끗해졌고 치아도 일부 빠진 것을 보았다. 하지만 몇 십 년 전의 모습과 똑같이 느껴졌다. 공부孔府에서 함께 생활하면서 함께 책 보고 놀던 바로 그 모습이었다. 어머니는 눈길 한번 떼지 않고 숨을 고르며 꼼짝 않고 외삼촌을 바라보셨다. 강연 내내 어머니는 계속 이렇게 보고만 계셨다. 어머니의 70여 년 인생에서 어느 누구를 이렇게 바라보기는 처음이었다. 지금 이 시각을 위하여 어머니는 장장 40여 년을 기다리셨다.

발표가 끝나고 외삼촌은 휴게실에서 쉬고 있었다. 그는 뜻밖에 작은누나가 왔다는 것을 알게 되었다. 어머니가 들어가자 그는 재빨리 앞으로 다가오면서 "작은누나, 어떻게 오셨어요?"라고 한마디만 하고 목이 메어 더 말을 잇지 못하고 어머니를 으스러지도록 꼭 껴안았다.

어머니를 힘주어 껴안은 외삼촌의 얼굴에는 뜨거운 눈물이 하염없이 흘러내려 어머니의 어깨와 등에 떨어졌다. 어머니도 외삼촌을 껴안고 목 놓아 울었다. 몇 십 명의 일본인 친구들이 있거나 말거나, 지금 일본의 대학에 있다는 사실조차도 깜빡 잊은 채 말이다. 오로지 40여 년 만에 그리운 친혈육을 만난 기쁨의 눈물만이 존재하고 다른 것은 일체 존재하지 않았다. 드디어 만나게 되었구나! 천 마디 만 마디 말이 모두 눈물이 되어 흘러내렸다.

어머니가 북경으로 시집갈 때, 외삼촌은 시를 써서 그리움의 정을 표했다. 시에는 다음과 같은 구절이 있었다.

| 해 질 무렵 북망로는 끝이 없고, | 黃昏北望路漫漫, |
| 골육이 이별하니 눈물이 마르지 않네, | 骨肉相離淚不干, |

천리길 운산은 구름에 덮였으니,   千里雲山煙霧遮,

어쩔 줄 몰라 혼자 듣는 기러기 소리는 차갑기만 하네.

搔首獨聽雁聲寒.

꿈에도 생각지 못했던 것은 1948년 남경에서 헤어진 후 이별의 눈물을 42년이나 흘려야만 했다는 사실이다.

그러나 결국에는 만났다. 바다가 아무리 넓다 해도, 세월이 아무리 무정하다 해도 그 무엇도 양안(중국과 대만)의 형제의 상봉을 막을 순 없었다.

일본인 친구들은 조용히 옆에 서 있었다. 많은 사람들이 감동해서 눈물을 흘렸다. 끊임없이 플래시가 터지면서 이 귀중한 역사적인 순간을 담았다.

이는 한 차례의 우연한 만남이었다. 황급히 만나 황급히 헤어졌다. 그때 당시의 정국에서는 그렇게 할 수밖에 없었다.

일폭증련화인생
一幅贈聯話人生

이별한 지 40여 년이 된 어머니와 외삼촌은 일본에서 뜻밖의 만남을 가졌지만 그 시간은 30분밖에 안 되었다. 만남과 헤어짐이 이렇게 총망하니 서로 말없이 바라보고 눈물만 흘릴 뿐이었다. 헤어질 때가 되자 하고 싶은 말들이 너무 많아 어디서부터 시작해야 할지 몰랐다.

麗澤대학에서 그들은 서로 팔짱을 끼고 대학을 나갔다. 이 한 쌍의 친혈육은 마치 예전에 공부孔府에서 그랬던 것처럼 잔디밭을 천천히 걸었다. 예전에 수업시간이 끝난 후 그들은 이렇게 팔짱을 끼고 정원이나 채소밭에서 산책을 하곤 했었다. 지금은 비록 세월이 많이 흘렀지만 그 정은 아직도 변함이 없었다.

부득이하게 헤어져야 할 시간이 되었다. 외삼촌은 다정하게 말했다. "누나, 고향에 자주 가세요. 우리는 앞으로 만날 기회가 꼭 있을 겁니다." 이 두 마디는 외삼촌의 모든 마음이었다. 외삼촌은 학교 잔디밭에서서, 멀어져 가는 어머니의 모습이 더 이상 보이지 않을 때까지 눈으로 배웅을 하였다. 외삼촌의 말은 어머니의 가슴에 아로새겨졌다.

일본인 친구들이 어머니와 외삼촌이 상봉할 때 찍은 몇 십 장의 사진을 신속하게 인화하여 사진첩에 넣어 보내준 것에 대하여 감사한다. 어머니는 사진첩을 트렁크에 넣지 않고 가슴에 꼭 껴안았다. 그녀는 말하기를, 난 동생을 안아서 북경의 집으로 데려왔다고 하였다.

북경의 집 사방 벽에는 모두 어머니와 외삼촌이 일본에서 함께 찍은 사진들을 걸었다. 어느 쪽을 바라보든 볼 수 있도록. 한동안 어머니는 매일 상봉의 기쁨 속에서 생활하고 있었다.

어머니가 너무 유감스럽게 생각하는 것은 제대로 이야기할 틈이 없었다는 것이다. 그들은 몇 십 년 동안 하늘 아래 각기 다른 곳에 있으면서 인생의 고초와 풍랑을 모두 겪었을 것이다. 어렵게 이루어진 외삼촌과의 만남에서 서로의 인생에 대하여 나누었더라면 얼마나 좋았을까! 이런 것을 생각할 때마다 후회막급이다.

어느 날 오후, 낮잠에서 깨어나신 후 어머니는 객실의 소파에 앉아 여기저기서 온 편지들을 읽고 있었다. 그중 대만에서 온 편지를 열어 보는 순간, 본인도 모르게 벌떡 일어나셨다. 편지에는 두 장에 걸쳐 나눠 쓴 외삼촌의 서예작품字幅이 있었다.

작은 누나二姐

인생의 풍랑이 한 잔의 술이 아니겠는가,

하지만 조국의 만리강산이 마음에 있으니 우리는 영원히 하나

風雨一杯酒 江山萬里心

동생 덕성弟德成

　이는 누나와 동생이 헤어진 후 40여 년 만에 처음으로 받은 외삼촌의 편지였으며, 아직도 묵향이 풍기는 것 같았다. 어머니는 그 익숙한 글씨체를 오래도록 바라보며 눈시울을 붉혔다. 북경에 돌아온 후의 유감스러웠던 마음은 연기처럼 사라졌다. 어머니가 외삼촌한테 하고 싶었던 말을 외삼촌은 이미 알고 있었다. 몇 십 년 동안 서로의 마음속에 담아 두었던 천 마디 만 마디의 말이 모두 이 열 글자 속에 함축되어 있었다. 인생의 풍랑이 한 잔의 술이 아니겠는가, 하지만 조국의 만리강산이 마음에 있으니 우리는 영원히 하나라는 것이다. 이 얼마나 넓고 깊은 생각이며, 얼마나 깊은 사랑인가! 이는 외삼촌이 어머니에 대한 찬탄의 말이고, 수십 년간 남매가 걸어온 역정의 총결이다. 또한 고희古稀를 맞은 외삼촌의 마음속 깊은 감정의 결정체이며 인생의 귀결이다. 어머니는 이 글을 표구하여 벽에 걸어 놓았다. 정중앙은 일본에서 만났을 때의 사진이고, 아래에는 그들 둘의 어린 시절 사진을 끼워 넣었다. 이 사진은 만국신문사 기자가 촬영한 것으로, 어머니는 긴치마長袍를 입고 위에는 조끼를 걸치고 댕기머리를 따고 있었다. 외삼촌 역시 긴치마長袍를 입고 왼쪽 손은 허리를 짚고 의젓하게 옆에 서 있는 모습이었다. 한 폭의 글자와 이 사진들은 혈육의 깊은 정을 보여 주고 있을 뿐만 아니라, 그들의 거리낌 없는 인생태도를 나타낸다.

　그 후부터 어머니는 맞은편에 있는 소파에 앉아 있길 좋아하였으며,

마치 이 열 글자가 아무리 읽어도 끝이 없는 한 편의 문장처럼, 마치 수십 년 인생의 희로애락의 해답을 얻은 것처럼 곰곰이 이 대련의 뜻을 새겼다.

이때 어머니의 모습은 매우 평온하였으며 얼굴의 주름도 많이 펴졌다.

어머니는 고향 곡부曲阜에 대하여 더욱 관심을 가졌고 가는 횟수도 더욱 잦아졌다. 이는 자연히 외삼촌의 고향에 대한 정과 그리움이 포함되었을 것이다.

어머니의 만년은 더욱 충실하고 활발해졌으며 늘 바쁘셨다. 사회의 관련 기관과 언론매체들이 찾는 횟수가 많았다. 어머니는 여생을 고향과 조국통일을 위하여 힘쓰셨다. 고향에 대해서도 할 일이 많았다. 외조부의 묘를 공림孔林에서 처음으로 개방하여 참관할 수 있도록 하였다. 문물보호와 건설을 강화하기 위하여 중국 공산당 곡부시曲阜市 위원회와 시정부는 묘지를 새로 만들기로 하였다. 문물관리위원회는 연구와 설계를 마치고 의견을 수렴하여 현재 작업진행 중에 있다. 고향의 공부孔府와 공림孔林, 공묘孔廟는 최근 유네스코 세계유산으로 선정되어 '세계유산목록'에 수록되었다. '삼공三孔'은 우리 민족의 우수한 문화유산으로서 찬란한 빛이 세계로 향하고 있다.

공부孔府의 1천년 역사는 이미 끝났다. 그러나 공부의 최후의 자녀는 아직도 가야 할 역사의 길을 가고 있다.

바다 위로 떠오른 밝은 달,
지금 하늘 끝에서 보고 있겠지

1995년 9월, 나와 어머니는 북경에서 열리는 제4차 세계부녀대표대회에 함께 참석하였다. 같은 대표단에 속한 것이 아니어서 회의 기간에 서로 볼 수는 없었다. 이 기간에 어머니가 회의를 미처 마치지 못하고 중화민족 양안(중국 대만) 문화교류 대표단과 함께 대만으로 간다는 것을 알고, 나는 급히 회유懷柔에서 북경으로 돌아와 어머니를 도와 짐을 정리했다.

둥근 달이 높이 뜨는 추석에 어머니는 기쁨을 가득 안고 파도가 넘실대는 해협을 날아 조국의 보물섬인 대만에 도착하여 정식으로 외삼촌과 만나게 되었다.

대표단과 함께 움직여야 하기 때문에 외삼촌은 공항으로 어머니 마중을 나오지 않았다. 외삼촌은 어머니가 대만에 도착한 날 호텔로 전화를 했다. 그러나 어머니는 대회에서 유학사상에 대해 연구한 내용을 발

표하고 있었기 때문에 연락이 안 되었다. 그러자 외삼촌과 외숙모는 고령에도 불구하고 차를 몰고 빗길을 달려 호텔로 오셨다. 어머니는 나중에, 외삼촌과 외숙모가 왔다는 소식을 듣고 너무 기뻐서 심장이 튀어나올 것만 같았다고 말씀하셨다. 급히 객실로 내려오니 외삼촌은 소파에서 일어나면서 "누나"라고 나지막이 불렀다. 외삼촌과 어머니는 서로를 꼭 껴안았다.

이번의 만남은 꿈인지 생시인지를 구분하기 어려운 그런 짧은 순간이 아니었다. 손을 내밀면 느낄 수 있는, 충분한 시간을 가지고 자세히 눈앞의 가족을 눈여겨볼 수 있는 만남이었다. 40여 차례의 춘하추동을 거쳐 드디어 이 꿈을 이루게 된 것이다. 어머니는 "此生足矣(이제 죽어도 여한이 없다)"라고 말씀하셨다.

기방琪方 외숙모는 비록 칠순이 되었지만 예전의 우아한 모습이 여전하였다.

60년 전의 혼례에서 어머니는 신부의 들러리를 서셨다. 공부孔府 대문에서 외숙모를 맞이하여 외삼촌 옆으로 데려갔다. 그때부터 이 한 쌍의 부부는 서로 깊이 사랑하고, 동고동락하며 풍운의 시절을 함께하면서 지금까지 왔다. 그들의 검은 머리가 흰머리가 되어 나란히 서 있는 모습을 보고 어머니는 감개무량해하셨다.

외삼촌이 침묵을 깨뜨렸다. "작은누나, 집으로 갑시다. 집에 가서 자세한 얘기 나누시지요. 식사도 하시고요."

이 한 끼 식사를 하는데 4시간이 넘게 걸렸다. 오전 11시부터 시작하여 오후 3시가 넘어서도 끝나지 않았다. 하지만 시간이 너무 빨리 지나서 눈 깜짝할 사이였던 것처럼 느껴졌다. 그들은 식사는 별로 하지 않고 얘기를 많이 나눴다. 어릴 때의 서재, 부모님의 묘, 세상을 떠났거나 아직 살아 계시는 고향에 있는 친척들과 친구들……. 해도 해도 끝이 없는 화제이고 모두 같은 감정이었다.

식사가 끝난 후 계속하여 이야기를 나누다 어머니는 갑자기 외삼촌이 예전에 써 주었던 시 중에서 "만리 길 달빛이 그리움을 전하네萬里月光寄相思"의 구절이 생각났다. 오늘, 하늘에는 둥근달이 휘영청 떠 있고 땅에는 가족들이 다 모였으니 정말 기쁜 일이 아닐 수 없다!

시간이 많이 흘렀으나 외삼촌과 외숙모는 여전히 피곤한 기색이 없었다. 어머니는 그들의 건강을 생각해서 부득이 작별을 고하면서 다음에 다시 만나자는 약속을 하였다. 외삼촌은 외숙모가 어머니를 호텔까지 바래다줘야 한다고 고집하였다. "기사가 좋은 사람이긴 하지만, 기방琪芳에게 모셔다 드리게 하면 내가 더 마음이 놓입니다." 어머니는 웃으시면서 "참, 내 어린 동생아"라고 하셨다.

대만에서 대표단은 일정상 고웅高雄, 기륭基隆, 일월담日月潭 등 몇 곳을 관광하기로 되어 있었다. 비록 이런 기회는 얻기 힘든 것이지만, 어머니한테는 별로 큰 매력이 없었다. 필요한 활동 외에 그녀는 줄곧 가족들과 함께 지냈다. 그들은 고향의 습관대로 만두며 찐빵을 드셨고, 호호糊糊를 마셨다. 외삼촌은 어머니가 사용할 밥그릇까지 세심하게 다 준비해 놓았다. 호텔에 알맞은 그릇이 없을까 봐 어머니에게 외삼촌의 집에서 하나 가져가 호텔에서 사용하도록 하였다. 나중에 어머니는 이 그릇을 조심스럽게 북경의 집으로 가져왔다. 이후에는 어디에 있든 그녀는 마치 외삼촌과 함께 식사하는 것과 같을 것이다.

대만에 있을 때, 한 달만 지나면 어머니의 생신이었다. 외삼촌과 외숙모는 어머니에게 생신을 쇠고 돌아가라고 재차 간청하였다. 대만에서 어머니 생신을 제대로 축하해 드리고 싶어 하셨다.

이 일로 외삼촌과 외숙모는 어머니와 오랫동안 이야기하였지만 이미 북경에 다른 일정이 있었고, 귀국일자를 변경할 수가 없었다. 외삼촌과 외숙모가 함께 생일선물을 골라 미리 선물해 드리는 수밖에 없었다.

외삼촌은 회의에 가 봐야 하기 때문에 어머니가 떠날 때 보지 못한다고 했다. 그들은 전화로 통화하였다. 어머니는 외삼촌, 외숙모에게 편지를 써서 "한 쌍의 나이든 수성壽星"이라고 부르면서 그들 둘이 영원히 사랑하고 건강하며 즐겁게 장수하기를 바란다고 하였다. 편지를 부치고 나서 어머니는 짐을 정리하여 공항에 나갈 준비를 하였다. 그러나 뜻밖에도 외삼촌과 외숙모가 급하게 서둘러 배웅하러 오셨다.

세 사람은 조용히 함께 앉아 있었다. 시간은 자꾸 흘러만 갔다. 드디어 외삼촌이 먼저 일어서면서 말했다. "됐어요, 가셔야죠. 누나." 목소리에는 깊은 아쉬움이 담겨 있었다.

어머니는 북경에 돌아온 후 40여 년 동안 간절하게 그리워했던 마음이 보상을 받은 것 같고, 40여 년 소모한 기력이 다 회복된 것 같고, 또한 "此生足矣(이제 죽어도 여한이 없다)"가 아니라 앞으로도 새로운 희망이 있을 것 같다고 말씀하셨다.

跋文

정종섭 교수와 가란 여사

경북 안동에 있는 노산서원陶山書院은 조선을 대표하는 유학자 퇴계 이황退溪 李滉 선생의 학덕을 기리는 곳이다. 조선시대의 사상·학문·경세에서 퇴계 학맥退溪學脈이 이룩한 공功은 역사에 길이 빛난다. 이 도산서원으로 들어가는 입구에 공덕성孔德成 선생의 글이 있다. 우리 역사에서는 쉽게 발견되는 이름이 아니라 익숙하지 않겠지만, 공덕성 선생은 만세사표萬世師表인 공자孔子 이후 남자 직계를 기준으로 볼 때 공자가孔子家의 마지막 후손이다. 공덕성 선생이 살아생전에 그 조상인 공자의 철학과 사상을 조선에서 실천한 퇴계 선생의 도산서원에 글을 남긴 것은 어쩌면 당연한 일이었을지도 모른다. 국적이란 인위적인 것일 뿐 사람은 인연 따라 가는 것이기에 공자의 후손인 곡부 공씨들도 한국에 살고 있고, 공덕성 선생도 1980년 도산서원 원장을 맡기에 이른다. 그는 도산서원에 '추노지향鄒魯之鄕'이라는 휘호를 남겼다. 추노鄒魯란 공자가 태어난 노나라와 맹자가 태어난 추나라를 일컫는 것이니, 도산이 바로 공맹의 정신적 고향, 즉 유가儒家의 본향本鄕이라는 뜻이다.

공덕성 선생은 공자의 77대 적손嫡孫이다. 1920년에 출생하여 100

일 만에 연성공衍聖公의 지위를 승계하였고, 중국 대륙이 공산화되면서 1949년 타이완으로 옮겨 가 국가 5부府 중의 하나인 고시원장考試院長을 맡는 등 국가의 원로 역할을 하였다. 모택동의 문화혁명으로 광란의 도가니 속에서 공자의 묘를 파헤치고 문묘와 서원 등 전통문화와 문물을 파괴하는 소식을 듣고는 어떤 일이 있어도 중국 대륙에 발을 디디지 않겠노라고 결심하였다. 결국 그는 문화혁명 이후에도 조상의 묘를 찾지 못했고, 그가 살았던 공부孔府에도 다시 가 보지 못한 채 2008년 11월 대만에서 88세의 일기로 눈을 감았다.

공덕성 선생에게는 손위 누이가 둘 있었는데 공덕제孔德齊·공덕무孔德懋 여사이다. 이 책의 저자인 가란柯蘭 여사는 공덕무 여사의 무남독녀이다. 2005년 평소 알고 지내는 친우親友인 최우영崔宇永 사장과 곡부曲阜를 방문하기로 하고, 최 사장이 양어머니로 모시는 가란 여사를 톈진天津으로 가서 먼저 뵙기로 했다. 가란 여사는 우리를 매우 기쁘게 맞이하며 톈진에서 곡부까지 동행하면서 어릴 때 당신이 살았던 공부孔阜의 잠겨 있는 방도 열어 보여 주시면서 상세히 설명을 해 주셨다. 우리 집안도 역대로 유가의 전통 속에서 살아왔기에 공맹孔孟의 책은 항상 가까이 대해 왔지만, 공자가를 찾아가는 길은 실로 역사적이었다. 나는 항상 유가의 책을 읽으면서도 공자가에 대해 궁금하였고, 공자를 조상으로 두고 수천 년을 살아온 공자가의 사람들을 한번 만나 집안의 내력 이야기를 듣고 싶었다.

곡부에서는 먼저 공림孔林에 있는 공자의 묘와 공자의 손자인 공사子思의 묘를 참배하고, 공자를 모신 대성전大聖殿이 있는 공묘孔廟도 차례로 참배하였다. 공림에서 가란 여사는 특히 외할아버지 공령이孔令貽

357

의 묘에서 자신의 외할아버지와 외할머니에 대한 상세한 이야기를 들려주었다. 실로 넓디넓은 공림은 공자의 덕성과 가르침만큼이나 끝이 없었고, 고목들은 오랜 세월 풍상을 겪으면서도 굳건히 비티고 서서 인간들에게 지금도 공자의 메시지를 전하고 있었다.

공자의 후손들, 즉 역대 연성공 집안사람들이 살았던 공부孔府에 들어갔다. '성부聖府'라는 편액이 걸린 대문을 통과하여 세 개의 문을 지나 오래된 집안의 마당으로 들어섰다. 많은 방실과 문으로 연결된 각각의 건물들에 대하여 가란 여사는 노령의 나이에도 아랑곳하지 않고 열성으로 옛날이야기를 들려주었다. 그 이야기가 곧 역사였다. 가란 여사의 어머니가 기거하였던 방의 문도 열어 보여 주고, 벽에 걸려 있는 사진들에 대해서도 이야기를 하며, 그 옛날 어릴 때 방 안을 들락거리면서 또 마당에서 놀던 외가에 관한 이야기를 하였다. 집안 구석구석을 다 돌아보고 후정원으로 나와서도 가란 여사의 이야기는 끝이 없었다.

이러한 경험은 실로 역사적일 뿐 아니라 알 수 없는 인연법에 따라 생겨난 일이다. 우리 아버지의 세대에서는 가능하지 않은 일이 나의 세대에 와서 일어난 것이다. 2007년에 나는 제자들과 함께 곡부를 방문하였다. 그때도 가란 여사는 톈진에서 곡부로 오시느라 힘이 드셨을 텐데도 전혀 내색하지 않고 우리 일행을 맞이하여 집안에 대한 이야기를 들려주셨다. 공자가의 역사에 대해서는 맹계신孟繼新의 『공자가사孔子家史』를 비롯하여 몇 종의 책이 있지만, 실제 그 집안사람들이 살았던 생생한 이야기는 가란 여사의 이 책만이 전해 준다.

나는 이 책을 번역하여 한국의 많은 사람들에게도 들려주고 싶었다. 그래서 분에 넘치는 번역 작업에 손을 대었다. 마침 중국 연변대학延邊

大學 법학원法學院의 채영호蔡永浩 교수가 당시 서울대학교 법과대학 박사과정 공부 중이어서 두 사람이 시간을 가지고 천천히 번역하자면서 채 교수가 초벌 번역을 하면 내가 대조하여 다듬는 작업을 하였다. 그러던 중 나의 학교 일이 점점 많아져 번역 작업이 차일피일 늦어지게 되어, 우리나라에서 검사를 마치고 중국 정법대학 대학원에서 중국 법을 연구하고 활동하는 나의 오랜 친구인 정연호鄭然鎬 변호사에게 나머지 일을 부탁하였다. 정연호 변호사는 가란 여사와 곡부를 방문할 때 같이 갔을 뿐 아니라, 나와 마찬가지로 유가와 중국 철학과 역사에 대하여 많은 관심을 가지고 있어 번역하기에는 적격이었다. 결국 이 책은 채영호 교수의 초벌 번역과 정연호 변호사의 번역으로 우리나라에 소개되기에 이르렀다. 이 책은 공자가의 마지막 세대들이 겪었던 경험과 그 집안의 내력, 풍습 등, 한번 손에 잡으면 가란 여사의 이야기에 깊이 빠져들게 된다. 너무 흥미진진하고 또 새롭게 알게 되는 사실들이 많다. 아직도 북경에 생존해 계신 공덕무 여사의 이야기를 들을 수 있으면 더없이 좋으련만, 이제는 고령으로 우리에게 공자가의 마지막 이야기를 모두 들려주기 어려운 점이 너무 아쉽다.

이 책이 한국에서 번역되어 출간된 것도 역시 인연법에 따른 것이라고 생각된다. 가란 여사가 기록해 두지 않았더라면 사라지고 말았을 사실들이 고스란히 남아 인간의 역사로 우리에게 다가온 것이니, 그 의미는 실로 크다고 하겠다.

경인년 가을
정종섭鄭宗燮(서울대학교 법과대학 학장 · 법학박사)